HERRGOTTSWINKEL

Ramona Ziegler

HERRGOTTSWINKEL

Familiensaga aus dem Allgäu

Weltbild

Besuchen Sie uns im Internet:
www.weltbild.de

Genehmigte Lizenzausgabe für Verlagsgruppe Weltbild GmbH,
Steinerne Furt, 86167 Augsburg

Umschlaggestaltung: Alexandra Dohse, www.grafikkiosk.de, München
Umschlagmotiv: Getty Images, München
Gesamtherstellung: GGP Media GmbH, Pößneck
Printed in the EU
ISBN 978-3-86800-380-2

2013 2012 2011 2010
Die letzte Jahreszahl gibt die aktuelle Lizenzausgabe an.

Gewidmet der guten Fee in meinem Leben,
Rosel,
die an Lichtmess 2009
95 Jahre alt wurde.
Ohne sie hätte ich dieses Buch nicht schreiben können.

Für *Lina*,
die in meinem Herzen meine Oma war.

Und für *Hans*,
dem ich so viel verdanke.

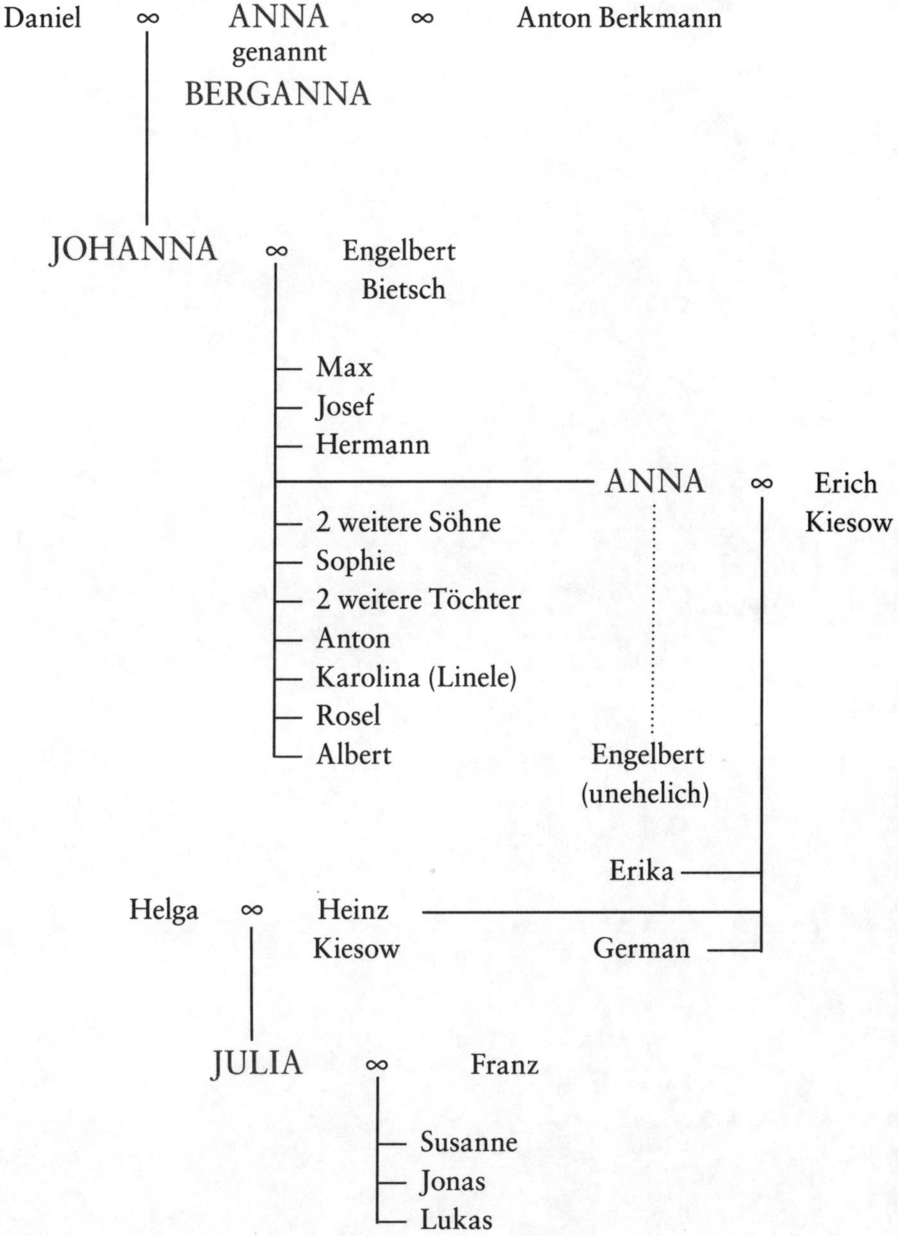

Daniel ∞ ANNA genannt BERGANNA ∞ Anton Berkmann
JOHANNA ∞ Engelbert Bietsch
Max
Josef
Hermann
ANNA ∞ Erich Kiesow
2 weitere Söhne
Sophie
2 weitere Töchter
Anton
Karolina (Linele)
Rosel
Albert
Engelbert (unehelich)
Erika
Helga ∞ Heinz Kiesow
German
JULIA ∞ Franz
Susanne
Jonas
Lukas

JULIA

DASS ES EINMAL SO WEIT KOMMEN WÜRDE, HÄTTE ICH mir selbst in meinen schlimmsten Träumen nicht ausmalen können. Mir war in meinem Leben nie etwas geschenkt worden, geschweige denn in den Schoß gefallen, aber die letzten vierundzwanzig Stunden stellten alles in den Schatten, was mir in meinem bisherigen Leben zugestoßen war. Es war stets ein harter Kampf gewesen, meine Ziele zu erreichen – obwohl diese gar nicht übermäßig zahlreich oder übertrieben ehrgeizig waren –, trotzdem hatte ich dafür viele Jahre des Wartens, der Demütigungen und Beleidigungen hinnehmen müssen. Doch Beharrlichkeit, Offenheit und vor allem mein Vertrauen – vielleicht könnte man es auch als eine Art naiver Nächstenliebe bezeichnen – hatten mich meinen bescheidenen Vorstellungen vom Glück mittlerweile ein ganzes Stück näher gebracht. Der hinter mir liegende Tag hatte jedoch all dies zunichtegemacht, und nun stand ich auf den Ruinen meines bisherigen Lebens. Ich konnte nicht mehr. Ich wollte nicht mehr. Und weder von der Kraft noch von dem Mut, noch einmal ganz unten anzufangen, war mir etwas geblieben.

Im Haus waren schon alle zu Bett gegangen, und auch mein Mann gab neben mir die gleichmäßigen, tiefen Atemgeräusche des traumlosen Schläfers von sich. Nur ich konnte wieder einmal keine Ruhe finden. Wo ich ihn doch jetzt so dringend gebraucht hätte, nachdem wir gerade den heftigsten Streit unserer gesamten Ehe hinter uns – nein, besser gesagt, ohne Klärung vertagt – hatten. Aber das war typisch für Franz, er entzog sich immer von Neuem unseren Konflikten. Im Augenblick war es der Schlaf, der ihm die Möglichkeit bot, sich weitere Diskussionen zu ersparen. Sein Schlusssatz in unserer vorausgegangenen Auseinandersetzung hatte gelautet: »Ich kann und ich mag nicht mehr!« Typisch! Statt unsere Situation zu bereden und gemeinsam eine Lösung zu finden, zog er sich zurück und ließ mich mit den Schwierigkeiten allein. Doch nun hatte ich ein für alle Mal genug davon, es gab keinen Zweifel mehr für mich: Ich hatte mich in ihm getäuscht, er stand nicht wirklich zu mir. Liebe sah anders aus als das, was er mir zu geben bereit war.

Sollte es Agnes, die Frau meines Schwagers, also doch geschafft haben, unsere Ehe zu zerstören! Seit Jahren musste ich mich von ihr und von Eberhart, dem fünfzehn Jahre älteren Bruder meines Mannes, demütigen lassen. Fast hatte ich mich daran gewöhnt, mit ihren andauernden Beschimpfungen zu leben, obwohl mein Selbstbewusstsein und mein inneres Gleichgewicht inzwischen äußerst in Mitleidenschaft gezogen worden waren. Doch ich hatte ja meinen Mann, der mich immer wieder aufrichtete, und vor allem meine Kinder, die mich brauchten. Seit gestern war nun alles anders!

»Ich verstehe dich einfach nicht mehr, Julia«, hatte Franz bei unserem Streit zu mir gesagt. »Mein Bruder und seine Frau sind dort, und wir leben hier in unseren vier Wänden. Lass sie doch sagen und machen, was sie wollen.«

»Dazu bin ich ja bereit! Auch, dass ich in ihren Augen eine Hure sein soll, dass sie unterstellen, Susanne sei vielleicht gar nicht von dir, und dass ich nie die Richtige für dich sein werde, damit könnte ich leben. Aber dass du es nicht fertigbringst, an meiner Seite zu stehen, wenn sie mich so niedermachen, das nehme ich dir übel«, erwiderte ich aufgebracht.

»Soll ich mich auch noch mit ihnen anlegen, reicht es nicht, wenn sie mit dir über Kreuz sind?«

Sicher, für ihn war die Situation nicht einfach, immerhin war es sein Bruder, aber um eine Entscheidung würde er nicht herumkommen.

»Ja, das solltest du, weil *wir* jetzt eine Familie sind und zueinander stehen müssen. In guten wie in schlechten Zeiten – das war doch auch dein Wille, oder erinnerst du dich nicht mehr? Wenn du von mir verlangst, ich solle das alles weiter erdulden, dann muss ich schon an deinen Versprechen zweifeln – und an deiner Liebe ebenfalls.«

Danach gab ein Wort das andere, immer hitziger warfen wir uns gegenseitig unsere Verfehlungen an den Kopf, und am Schluss knallten Türen. Erst viel später im Bad folgten jene Sätze, die mich jetzt nicht einschlafen ließen: »Ich kann und ich mag nicht mehr! Vielleicht sollten wir uns besser trennen.«

Für mich brach eine Welt zusammen, ich glaubte, meinen Ohren nicht zu trauen. Mein Mann nahm es tatsächlich in Kauf, dass unsere Familie zerbrach, weil ich die ständigen Beleidigungen seines Bruders nicht weiter ertragen wollte, denn es war nur Eberhart, der mir gegenüber Worte wie ›dreckige Matz‹ und ›Luder‹ und noch Schlimmeres in den Mund nahm. Agnes war ihrem Mann zwar an Bösartigkeit ebenbürtig, doch sie war geschickter, viel geschickter. Sie ließ mich jede Sekunde, die wir miteinander verbrachten, spüren, dass ich in ihren Augen ein verabscheuungswürdiges Nichts war, nicht mal würdig, Franz die Wäsche zu waschen – und dass aus mir nichts werden konnte, sosehr ich mich auch anstrengen mochte. Im Gegensatz zu ihrem Mann brauchte sie dafür kein ordinäres Wort, doch ihre Gesten, ihre gegen mich gerichteten Spitzen taten mehr weh, als wenn mein Schwager mich einen ›weiblichen Wanderpokal‹ oder gar eine ›Freizeitnutte‹ schimpfte. Ja, selbst solche Begriffe waren schon gefallen!

In meinen Augen gab es – und das war für mich das Allerschlimmste – jedoch weder einen Anlass noch irgendeine Situation oder eine Erklärung dafür, was zu solchen Vorwürfen geführt haben konnte. Bestimmt tausendmal schon hatte ich mir den Kopf zermartert, worauf sich diese Anschuldigungen gründen sollten, allein, mir war das alles so schleierhaft wie Franz' Verhalten, mich vor die Wahl zwischen Durchhalten oder Trennung zu stellen. Wollte er mir tatsächlich nur die Alternative lassen zwischen weiteren haltlosen Demütigungen – dafür aber *mit* ihm an meiner Seite – oder dem Ende dieses Psychokrieges – dies jedoch dann leider *ohne* ihn? Franz' Worte wiesen keinen Ausweg aus dem Dilemma, sie machten nur alles noch viel unerträglicher, und bei diesem Gedanken kamen mir wieder die Tränen. Dabei hatte ich doch schon den ganzen Tag nichts anderes getan als geheult. Ich war das Nichts, ich war die Versagerin, für die man mich hielt. Nicht einmal fähig, einen Ausweg zu erkennen, nicht einmal fähig, für mich und für die, die ich liebte, um Hilfe zu bitten. Aber wen hätte ich auch bitten sollen? Die Worte desjenigen, der mir auf immer seine Hilfe und sein Herz versprochen hatte, dröhnten in meinem Kopf, während ich mich im Bett schlaflos von einer Seite auf die andere wälzte und keine Antwort fand.

»Ich kann und ich mag nicht mehr!«

Ganz leise schlüpfte ich unter der Bettdecke hervor und huschte zum Schlafzimmer hinaus. Ich ging barfuß ins Bad, machte Licht und erschrak zutiefst über mein entstelltes Gesicht, das mir aus dem Spiegel entgegenblickte. Weiße, aufgedunsene Wangen und blutrot unterlaufene Augen starrten traurig ins Leere. Schnell wandte ich mich ab und bediente mich gedankenverloren von dem Stapel achtlos auf dem Hocker abgelegter Kleidungsstücke, dann löschte ich wieder das Licht und schloss die Badezimmertür leise hinter mir. Wie in

Trance schlich ich die Treppe hinunter, nur kein Geräusch machen, das war das Einzige, woran ich denken konnte. Ohne Licht zu machen, ertastete ich meinen Weg bis zum Windfang, zog Winterschuhe und Anorak an. Schließlich nahm ich noch meine Skihandschuhe von der Ablage und setzte die Wollmütze auf. Dann öffnete ich ganz vorsichtig die Haustür und schloss sie ebenso vorsichtig wieder hinter mir.

Draußen war es bitterkalt, der Wind fuhr in kurzen Stößen über Hausdächer und Bäume hinweg. Es hatte frisch geschneit. Welch ein Glück, denn so würde das Knacken meiner Schritte auf dem Windharsch vom Neuschnee verschluckt werden. Niemand würde mich hören können, während ich mich von unserem Haus fortbewegte. Ich schlug den Weg durch den Pfannenstiel in Richtung Illerdamm ein. Mir war unendlich kalt. Nicht von außen, die Kälte kam tief aus meinem Inneren, und es war auch nicht der eisige Wind, der mir bei jedem Schritt die Tränen in die Augen trieb. Wie überlauter Glockenlärm hallte es ohne Unterlass in meinem Kopf: »Ich kann nicht mehr! Ich will nicht mehr!«

Kurze Strecken meines Weges rannte ich, um schneller voranzukommen. Immer wieder drehte ich mich um, sah nach, ob mir auch niemand folgte. Ich wollte nur weg von zu Hause, je weiter weg, desto besser. Diese Heuchelei in meiner Familie nahm mir die Luft zum Atmen, daheim hatte ich nur noch das Gefühl, verachtet und nicht verstanden zu werden. Ich war wütend und traurig zugleich. Wild entschlossen lief ich weiter durch die sternenklare Winterlandschaft. Der frisch gefallene Pulverschnee lag knietief auf meinem Weg durch den Wald hinauf zum Hüttenberger Eck. In der hellen Vollmondnacht zeichneten sich die Umrisse der Bäume mit ihren vom Schnee gebeugten Ästen deutlich ab. Der Weg ging stetig bergan, mit jedem Schritt sank ich tiefer ein und kam nur äußerst mühsam vorwärts. Allmählich verließen mich die Kräfte. Vor lauter

Anstrengung war ich schweißgebadet und konnte weder vor noch zurück. Die eiskalte Luft schmerzte bei jedem Atemzug in meiner Lunge. Jetzt war mir einfach alles so egal, dass ich mich in den Schnee fallen ließ und weinte.

Mir war nicht klar, wie lange ich so dagelegen hatte, aber der kalte Schnee auf meinem Gesicht brachte mich wieder zur Besinnung. Ich war im Schnee gefangen. Bei jeder Anstrengung, mich aus der feuchten Masse zu befreien, sank ich noch tiefer ein. Aus eigener Kraft kam ich nicht mehr frei. Panik ergriff mich! Musste ich hier erfrieren? Sollte ich meine Kinder nie mehr wiedersehen? Warum hatte ich mich nur so weit von jedem Weg entfernt! Jetzt konnte mir keiner mehr helfen. In meiner letzten Verzweiflung rief ich um Hilfe, aber wer hätte mich hier oben in der Einsamkeit schon hören sollen?

Plötzlich ergriff mich von hinten eine Hand am Anorak. Vor Schreck schlug ich wild um mich und stieß einen grellen Schrei aus. Da erkannte ich meinen Mann Franz, der mich aus meinem kalten Gefängnis zog. Er war meinen Spuren im Tiefschnee gefolgt und hatte mich so gefunden. Im kalten Licht des Mondes wirkte sein Gesicht hinter den Nebelwolken, die sein Atem in der nächtlichen Kälte erzeugte, noch unwirklicher. Doch passte diese Atmosphäre eines Gruselfilms genau zu dem, was gerade hinter mir lag. Fast wäre ich in ein irres Lachen ausgebrochen, als mir dieser melodramatische Vergleich durch den Kopf schoss, wäre da nicht das Zittern am ganzen Körper gewesen. Halb gelähmt vor Kälte und Entsetzen über das, was ich getan hatte, zerrte, schob und trug mich Franz bis zu den Wurzeln eines Baumes, unter dem kaum Schnee lag. Auch er schlotterte und atmete vor Kälte nur stoßweise. Dann nahm er mich aber in den Arm und hielt mich einfach fest. So standen wir eng umschlungen und vor Kälte zitternd da, weder Franz noch ich haben wohl später einmal wieder so gefroren wie in diesem kurzen Moment.

Schließlich nahmen wir uns bei der Hand und stapften wortlos hintereinander die steile Anhöhe hinunter. Ich wimmerte leise vor mich hin, da ich meine Zehen nicht mehr spürte, und ich taumelte eher vorwärts, als dass man es als Laufen hätte bezeichnen können. Ich würde von Glück reden können, wenn ich mir nichts erfroren hatte. Wie hatte ich nur so etwas Verrücktes tun können? Als wir den Pausenhof des Gymnasiums überquerten und in den Privatweg einbogen, der zu unserem Haus führte, waren meine Finger so taub, dass ich das Gefühl hatte, sie seien mit meinen Handschuhen zusammengewachsen. Schwer atmend stieß mein Mann die Haustür auf, wir stürmten in die Küche, hielten unsere Hände vor den noch warmen Ofen, und zum ersten Mal weinte ich vor Kälte, vor Schmerzen und gleichzeitig auch vor Erleichterung. Je mehr das Gefühl in meine Finger und Zehen zurückkehrte, desto stärker wurden die Schmerzen. Nadelstiche durchzuckten meine Füße und Hände – aber ich begann mich wieder zu spüren und selbst, wenn es wehtat, das war besser als mein Zustand der gefühllosen Taubheit vor einigen Stunden!

Wir huschten die Treppe hoch ins Bad und stellten uns zusammen unter die heiße Dusche. Als Franz seine Arme um meinen Hals legte und meinte: »Ich liebe dich doch, Julia, das musst du mir einfach glauben«, da brach alles aus mir hervor, was ich so lange unterdrückt hatte. Ich schluchzte hemmungslos und weinte, bis ich trotz des heißen Wassers aus der Dusche einen salzigen Geschmack im Mund hatte. Franz hielt mich fest, bis meine Tränen vor Erschöpfung versiegten – und auch, weil ich schlagartig begriffen hatte, dass er mir durch seinen Satz soeben zu verstehen gegeben hatte: Es gibt noch eine Chance für uns! Nichts ist verloren!

Eng umschlungen und ohne uns abzutrocknen, schlüpften wir kurz darauf unter die Bettdecke. Und trotz unserer Müdigkeit und Erschöpfung liebten wir uns in dieser Nacht zärtlich, vertraut, aber ebenso verzweifelt. Ich beschloss, auch jetzt nicht aufzugeben, sondern weiterhin alles dafür zu tun, dass unsere Liebe bestehen konnte.

Am darauffolgenden Morgen war von dieser Zuversicht nicht viel geblieben, ein Blick in den Spiegel führte mir all unsere Probleme wieder vor Augen, und erneut schien mir alles völlig aussichtslos zu sein. Schluss jetzt mit der Grübelei in aller Herrgottsfrühe, ermahnte ich mich selbstkritisch. Fang doch einfach mal wieder zu leben an. Spür dich, hör auf dich und auf deine Bedürfnisse – tu etwas für dein Wohlbefinden. Alles andere wird sich weisen. Ich verabschiedete mich schnell von Franz, der sich für die Arbeit fertig machte, und küsste Susanne, die bereits mit gepacktem Ranzen an der Tür stand. Dann zog ich die beiden Buben an, setzte Lukas in den Kinderwagen und brachte mit ihm zusammen Jonas in den Kindergarten. Auf dem Weg begegneten wir einigen anderen Müttern und Vätern, die ihre Kinder dort ablieferten. Doch ich grüßte nur kurz und blickte schnell wieder nach unten, mir war nicht nach belanglosen Gesprächen – vor allem wollte ich nicht, dass sie meine traurige Miene bemerkten. Als Jonas aus dem Kindergarten zurück war und wir mittaggegessen hatten, verspürte ich das dringende Bedürfnis, an die Luft zu gehen, es zog mich geradezu in die Natur, ich musste die Beklemmung abschütteln, die zu Hause auf mir lastete.

Mit Lukas im Tragetuch und Jonas auf dem Schlitten machte ich mich auf. Doch es herrschte eine seltsame Stimmung auf unserem Weg den Illerdamm entlang. Nebelschwaden legten sich über die Oberstdorfer Berge, obwohl es heute Morgen noch so ausgesehen hatte, als würde es ein strahlend blauer Wintertag werden. Auch vor der Hörnerkette und den

Sonnenköpfen wurde der Hochnebel immer dichter, und gerade heute hätte Sonnenschein meinem Gemütszustand gewiss besonders gutgetan. Doch immer weniger reichte die Kraft der Wintersonne aus, bis unten ins Tal durchzukommen, ein diffuses Licht legte sich über die Schneelandschaft und ließ alles seltsam konturenlos erscheinen. Der Schnee verstärkte die unwirkliche Stimmung noch, indem er jedes Geräusch verschluckte. Fast schienen wir lautlos durch die Landschaft zu schweben, auf uns zurückgeworfen, von den anderen vergessen.

Lukas' Schreien, dessen Hände an der kalten Luft froren, riss mich aus meiner Versenkung. Ich war nahe daran gewesen, in einem meiner tiefschwarzen ›Seelenlöcher‹ zu verschwinden, die mir inzwischen so vertraut waren, die zu mir gehörten wie meine von der Arbeit rissigen Hände oder die Müdigkeit, die mich nach jeder kleinen Anstrengung überfiel. Lukas' Schreien hatte mich auch daran erinnert, dass ich mich nicht so gehen lassen durfte, ich brauchte ein Ziel – und ich musste dringend mit jemandem reden! Überrascht stellte ich fest, dass ich ganz unbewusst den Weg zu meiner Tante Rosel nach Westerhofen eingeschlagen hatte. Wie oft schon hatte sie mir beigestanden, wenn ich nicht mehr ein noch aus gewusst hatte. Vor ihrem Haus angekommen, war ich unendlich erleichtert, als ich sah, dass in der Küche Licht brannte, schließlich kamen wir völlig unangekündigt.

Schnell hüpfte Jonas vom Schlitten, und mit meinen Kindern betrat ich das alte Bauernhaus. Hier hatte sich seit meiner Kindheit nichts verändert. Die Tür, durch die man sowohl das Wohnhaus als auch den kleinen Brotladen betrat, war noch immer dieselbe. Der niedrige, enge Laden, der aussah wie der Kaufladen, mit dem ich als Kind gespielt hatte, war so eingerichtet, als hätte es die letzten dreißig Jahre nicht gegeben. Lediglich die Auslage auf den alten Holzregalen war eine andere. Früher hatte Tante Rosel Süßigkeiten, Tabakwaren, Brot und süßes Gebäck sowie Getränke verkauft – heute gab es nur noch Brot und Semmeln auf Bestellung, nach denen es im Augenblick auch himmlisch duftete.

Ich klopfte an die weiß gestrichene Küchentür und trat, ohne auf eine Antwort zu warten, ein. Holz knisterte im Ofen, und Rosel blätterte in der Zeitung und hatte einen Teller mit einer belegten Seele vor sich stehen. Sie blickte mich erfreut, aber auch etwas erstaunt über den schwarzen Rand ihrer Brille an.

»Ja, du mein Gott, das ist aber eine Überraschung«, begrüßte sie mich. »Häng nur erst deinen Mantel auf, dann trinken wir zusammen einen Kaffee, du siehst ja ziemlich verfroren aus.«

Nachdem ich abgelegt und Rosel die Kinder ausgiebig bewundert hatte, setzte ich mich mit Lukas und Jonas auf den Knien zu ihr. Auf dem Kanapee lag wie immer die kuschelige Wolldecke, doch mein kleiner Lukas weigerte sich, als ich ihn von seinen dicken Wintersachen befreit hatte, auf ihr liegen zu bleiben, und krabbelte stattdessen lieber in der Stube umher, um alles genauestens zu inspizieren. Jonas kritzelte derweilen mit Buntstiften in der Zeitung auf dem Tisch. Das Kanapee und der alte Tisch, das weiße Küchenbüfett und das Waschbecken aus feinem Porzellan mit dem rahmenlosen Spiegel darüber – alles war mir so vertraut, nichts war anders als in meinen Kindertagen. Nur der Holzherd kam mir jetzt kleiner vor als damals, doch das mochte auch daran liegen, dass ich seitdem gewachsen war, und neben ihm stand nun ein Elektroherd mit Backröhre, die einzige Neuerung im ganzen Raum. Auf dem Kanapee lagen auch die bequemen pastellfarbigen Sofakissen, mit denen ich gute Erinnerungen verband, hatte ich doch auf ihnen häufig meinen Mittagsschlaf gehalten. Sogar die Wanduhr war noch dieselbe und sie tickte laut hörbar in die Stille des Raumes – obwohl ich das Gefühl hatte, hier sei schon vor Jahrzehnten die Zeit stehen geblieben.

Auch Tante Rosel, die jüngste Schwester meiner Großmutter Anna, schien sich kein bisschen verändert zu haben. Fürsorglich schenkte sie mir eine Tasse Kaffee ein, holte dann noch schnell Semmeln aus ihrem Laden, und so begann unsere erste gemeinsame Brotzeit seit langem. Natürlich kamen wir sofort auf alte Zeiten zu sprechen, in diesem Zimmer schien gar kein anderes Gesprächsthema möglich, und schon bei Tante Rosels Anfangssatz kehrten alle meine Erinnerungen an die hier verbrachte Kindheit zurück.

»Weißt du noch, wie du oft mitten im Sommer in deiner kurzen roten Lederhose und der weißen Baumwollbluse hier am Tisch gesessen bist, weil es dir draußen zu heiß war?«

Während der Sommer hatte meine Tante immer das Gästezimmer und manchmal sogar ihr eigenes Schlafzimmer an Sommerfrischler vermietet, dann lebte sie über Wochen nur in dieser Küche. Die meisten Gäste kamen schon über viele Jahre, und so kannten sie in der Regel auch die kleine Julia bereits. Einige brachten mir sogar Geschenke mit, es kam auch vor, dass ein Gast Tante Rosel für meine Großmutter hielt, da ich so viel Zeit bei ihr verbrachte. Erst wenn die Gäste nach dem Frühstück ausgeflogen waren, um die ›sonnigen Berge‹ und die ›schwindelnden Höhen‹ zu besteigen, frühstückten Rosel und ich zusammen. Oft lagen noch die Brotkrumen oder Semmelbrösel des Gästefrühstücks auf der Tischdecke, doch das störte uns nicht. Von Tante Rosel bekam ich in einer winzigen Tasse so viel ›Muckefuck‹, wie ich wollte, und dazu gab es die köstlichen, oft noch ofenwarmen Semmeln und selbst gemachte Marmelade. Käse, Wurst und Eier waren den Gästen vorbehalten – doch manchmal fütterte ich heimlich, wenn Rosel im Laden Kundschaft hatte, ein

Rädchen Wurst an die zwei Angorakatzen, die bei meiner Tante lebten und die mein Ein und Alles waren.

Nach dem Frühstück durfte ich spülen und musste mich dabei auf einen Hocker stellen, da ich noch nicht groß genug war, um in die Spülschüssel auf dem Holzherd greifen zu können. Tante Rosel machte in der Zwischenzeit die Betten der Hausgäste, und wenn sie zurückkam, stand nicht selten die halbe Küche unter Wasser, aber wir lachten nur gemeinsam darüber, nie hätte Rosel mit mir geschimpft, und trockneten das gespülte Geschirr zusammen ab. Dann spielten wir den Rest des Vormittags Mensch-ärgere-dich-nicht.

All diese Erinnerungen hatte der eine Satz von Tante Rosel sofort in mir wachgerufen. Ein wohliges Gefühl über diese Zeit des Glücks breitete sich in meinem Bauch aus.

Mit einem Mal brach es aus mir heraus – ich heulte nur so drauflos, eine tiefe Traurigkeit hatte mich wieder überfallen. Krampfartig schüttelte mich ein nicht enden wollender Anfall aus Verzweiflung, Wut, Selbstmitleid und Enttäuschung, und Tante Rosel setzte sich zu mir auf das Kanapee, legte den Arm um meine Schulter und sah mich nur mit großen, verständnisvollen Augen an.

»Was ist denn los, Julia, so kenne ich dich gar nicht?«, fragte sie schließlich.

Ich musste erst warten, bis der Anfall sich etwas gelegt hatte, bevor ich zum Sprechen in der Lage war. »Bitte hilf mir, ich weiß nicht mehr weiter.« Dann sprudelte alles aus mir heraus, die Beleidigungen, die Demütigungen, meine problematische Ehe, meine Depressionen – unser böser Streit letzte Nacht. Die ganze Geschichte meines Leidens und die Ausweglosigkeit, die alles nur noch schlimmer machte.

Rosel gab mir lange keine Antwort. Schließlich meinte sie nur: »Heute Nacht bleibst du auf jeden Fall hier. Ich muss erst einmal nachdenken.«

So rief ich Franz an, um ihm mitzuteilen, wo ich war und dass ich heute Nacht mit Lukas und Jonas nicht nach Hause kommen würde. Er war hörbar erleichtert, dass er endlich wusste, wo ich steckte. »Bitte kümmere dich um Susanne, auch morgen früh«, bat ich ihn, und als er etwas einwenden wollte, entgegnete ich nur kurz: »Auch ich bin wichtig, dir wird schon was einfallen.«

Danach fühlte ich mich innerlich so leer und kraftlos, dass ich es gerade noch schaffte, die Kinder zu versorgen und mir auf dem Kanapee ein Bett zu machen. Auch die Verabschiedung von Rosel, die sich in ihr Schlafzimmer zurückzog, fiel sehr kurz aus, dann versank ich innerhalb von Sekunden in eine erschöpfte, traumlose Bewusstlosigkeit, für die der Begriff ›Schlaf‹ viel zu wohlwollend gewesen wäre.

Am nächsten Morgen wachte ich wenig erholt bereits um sechs Uhr auf. Hinter der Küchentür hörte ich Tante Rosel schon mit dem Bäcker sprechen, der seine Tageslieferung vorbeibrachte. Ich zog mich schnell an, dann öffnete ich die Tür, um Rosel zu zeigen, dass ich wach war.

»Ich komme gleich«, rief sie mir zu und verstaute die Backwaren im Laden. »Kannst du schon mal das Frühstück machen, ich muss nur noch schnell etwas holen.« Dann verschwand sie in der kleinen Kammer neben der Küche.

Gegen sieben saßen wir vier um den gedeckten Tisch mit der rosafarbenen Decke und begannen zu essen. Als das Geschirr wieder abgeräumt war und die beiden Jungen zufrieden die Kiste mit Spielzeug durchforsteten, die ihre Großtante hervorgeholt hatte, legte Rosel ein kleines braunes Lederalbum auf den Tisch. Das war es also, was sie vorhin in der Kammer für mich herausgesucht hatte.

»Was man dir angetan hat, Julia«, begann sie, »zeugt nicht nur von einem schlechten Charakter, das sowieso, es zeugt ebenso von einer großen Einfältigkeit, ja, Dummheit, denn

Menschen, die man so behandelt, werden sich wehren, sobald sie eine Möglichkeit dazu finden. Und so machen diese Dummköpfe nur ihr eigenes missglücktes Leben noch komplizierter, indem sie sich durch ihr bösartiges Verhalten ihre schlimmsten Feinde erst erzeugen.«

Ich hörte der alten Frau, der ich seit meiner Kindheit zutiefst vertraute, gespannt zu. Dabei öffnete ich das lederne Album und sah jedes einzelne der darin enthaltenen Schwarzweißfotos lange an. Noch konnte ich zwischen den Fotos und den Worten meiner Tante keine Verbindung herstellen.

»Dein Problem, Julia, ist, dass du einerseits ein Geheimnis nicht zu kennen scheinst, das wohl der Auslöser für all die Beschimpfungen und den Streit zwischen dir und Agnes ist. Du wirst also in der Vergangenheit suchen müssen, damit dieses Geheimnis gelöst werden kann. Und andererseits fühlst du deine Lage so ausweglos, weil du bisher nur die Wege kennst, die jedem in deiner Lage sofort einfallen. Du brauchst also eine Landkarte möglicher Wege aus deiner Misere und nicht nur ein paar ausgetretene Pfade. Bei so einer Landkarte kann ich dir, glaube ich, helfen, die Detektivarbeit in deiner Familie musst du schon selber machen.«

Ich hing inzwischen richtiggehend an den Lippen meiner Tante, sollte sie tatsächlich eine Lösung für meine Probleme haben?

»Nur wer die Vergangenheit kennt, kann die Gegenwart verstehen – und so die Zukunft meistern, das habe ich mal irgendwo gelesen«, fuhr Rosel fort. »Also habe ich dir Bilder mitgebracht und eine Geschichte. Beides kann dir verdeutlichen, wie Menschen aus unserer Familie noch Schlimmeres erlebt haben als du und trotzdem ihren ganz eigenen Weg gegangen sind. Sie sind Teil unserer Vergangenheit, weil sie Teil unserer Familie sind. Danach wirst du sehen, wie in einer Familie jeder sozusagen auf den Schultern des anderen steht und dessen Fehler nicht unbedingt nochmals begehen muss – wenn er von ihnen weiß! Die Geschichte handelt von Anna, die man zu ihrer Zeit die ›Berganna‹ nannte, spielt vor mehr als hundert Jahren, und sie war meine Großmutter, zu der ich ›das Mahle‹ sagte.«

Und dann erzählte sie mir vom Leben der Berganna, während ich in der warmen Küche saß, meinen Buben ab und zu durchs Haar strich und in dem braunen Lederalbum mit den Schwarzweißfotos unserer Familie blätterte.

BERGANNA

ERSTES KAPITEL

Wieder einmal hatte Anna ihren Kopf durchgesetzt! Verwunderlich war das allerdings nicht. War sie doch nicht nur das einzige Mädchen unter sechs Geschwistern, sondern auch noch die Älteste von allen. Bei ihren Brüdern musste sie schon früh die Ellenbogen einsetzen, sonst hätte sie keine Chance gehabt. Und zupacken konnte sie, das hatte sie bereits oft bewiesen. Von klein auf war sie verantwortlich für die Betreuung ihrer kleinen Brüder und wenn sie später ihrer einzigen Tochter erzählte, dass sie mit neun Jahren ihren kleinsten Bruder fast ganz alleine aufgezogen hatte, weil die Mutter so viel andere Arbeit hatte, war sie sogar ein bisschen stolz darauf. Im ganzen Dorf Bolsterlang war die Familie Bader sehr angesehen. Jeden Sonntag nahmen die Baders selbst bei Wind und Wetter den anstrengenden Weg bis nach Fischen auf sich, um den dortigen Gottesdienst besuchen zu können.

Heute war der erste Mai – ein Tag, den Anna schon sehnsüchtig erwartet hatte. Zum ersten Mal in ihrem Leben durfte sie zum Maitanz nach Schweineberg auf die Wittelsbacher Höhe. Die Schweineberger veranstalteten dort jedes Jahr ein Tanzfest um den großen Lindenbaum, der dort oben stand. In den letzten Jahren hatte sich dieses Ereignis zu einem richtigen Volksfest entwickelt. Hier trafen sich nach den langen, harten Wintermonaten junge Mädchen und Burschen im heiratsfähigen Alter, um den Frühlingsbeginn zu feiern. Anna freute sich schon lange auf dieses besondere Ereignis. Sie war voller Ungeduld, denn ihre Freundinnen aus der Nachbarschaft durften bereits mit achtzehn Jahren und manchmal noch früher auf das Fest. Nur ihr Vater hatte jedes Jahr eine andere Ausrede. Doch dieses Mal hatte sie selbst ihn überzeugen können, allerdings hatte er erst nach wochenlangem Bitten und Betteln zugestimmt, seine einzige Tochter diesem ›Heiratsmarkt‹, der sich seiner Ansicht nach nicht groß von einem Viehmarkt unterschied, auszusetzen. Nur Annas sprichwörtlichem eisernen Willen war es zu verdanken, dass er am Ende klein beigegeben hatte. Ihre Überredungskünste hatten sich dabei vor allem auf ein Bündel Stoff gestützt.

Der Vater hatte ihr zum Geburtstag aus einem Immenstädter Trachtengeschäft den Stoff für ein neues Sonntagsdirndl mitgebracht. Wie er seiner Frau später erzählte, erschien ihm total überflüssig, was die Verkäuferin alles wissen wollte. Selbst nach Augen- und Haarfarbe seiner Tochter hatte diese gefragt. Als er so genau über Anna nachdenken musste, wurde ihm zum ersten Mal wirklich bewusst, dass seine Tochter zu einer begehrenswerten jungen Frau herangewachsen war. Doch nicht nur das, Anna war ein Segen für die ganze Familie. Sie sah, wo sie gebraucht wurde, und entlastete ihre Mutter, die oft kränkelte, sehr. Noch wollte er sie nicht an einen anderen Hof und einen anderen Mann verlieren. Nein, da musste schon ein besonderer Mann kommen, der seiner Anna neben vielen Kindern und viel Arbeit etwas bieten konnte. Und dieser junge Mann war dem alten Bader noch nicht begegnet. Er hatte an jenem Tag gute Geschäfte auf dem Viehmarkt gemacht und nun wollte er mit dem Stoff seiner Tochter eine Freude machen. Annas Mutter hatte in den darauffolgenden Wochen ein schönes Dirndl genäht. Sie freute sich so sehr für ihre Anna und arbeitete mit ganz besonderer Sorgfalt.

Am Morgen des ersten Mai zog Anna ihr neues Gewand zum ersten Mal an. Der Vater und die Brüder staunten nicht schlecht, als sie Anna aus dem Haus kommen sahen. Sie trug ein lindgrünes, in sich fein gemustertes langes Dirndl, mit zarten rosafarbigen und hellblauen Blümchen. Die Schürze war hellblau und in der Taille ganz schlicht mit einer Schleife zusammengebunden. Unter dem Dirndl kam eine weiße, ausgeschnittene Bluse zum Vorschein, die Annas zartes Dekolleté zur Geltung brachte. Ihr Haar hatte sie zu einer Gretelfrisur zusammengesteckt. Die Sonne umschmeichelte Annas feine Gesichtszüge und unterstrich die warmen Farben des frisch gestärkten Stoffes. Das Mädchen war unschuldig und rein, ja sie hatte eine fast engelhafte Ausstrahlung. Mit ihren einundzwanzig Jahren lag das ganze Leben noch vor ihr.

Sie setzte sich mit ihren Brüdern und einigen Nachbarn auf den hinteren Teil des Pferdewagens, die Eltern saßen vorne auf dem Kutschbock und wie jeden Sonntag ging es zunächst nach Fischen zum Gottesdienst. Aber diesmal wollte die Zeit in der Kirche überhaupt nicht vergehen. Anna kamen die Minuten wie Stunden vor. Endlich war der Gottesdienst vorbei und die Baders besuchten noch zusammen das Grab der Großeltern. Danach ging es gemächlich wieder zurück nach Bolsterlang, dem elterlichen Hof entgegen. Heute ließen Anna und ihre zwei jüngsten Brüder das Mittagessen nach kurzem Protest der Eltern ausfallen, da sie nicht die Letzten auf dem Maitanz in Schweineberg sein wollten.

Zwar hatte Anna sich durchgesetzt, was den Maitanz betraf, doch der Vater hatte darauf bestanden, dass zwei ihrer Brüder sie begleiteten, um ein Auge auf sie zu haben.

»Ich kann selber auf mich aufpassen«, hatte sie dem Vater trotzig entgegengehalten. Doch es hatte nichts geholfen.

»Entweder so oder gar nicht«, hatte der Vater bestimmt erwidert, und da Anna wusste, dass sie ihn nicht würde umstimmen können, gab sie schließlich nach.

Also machten sich die drei jungen Leute zusammen auf den Weg. Dieser führte sie von Bolsterlang über das Tiefenberger

Moor nach Schweineberg und dann auf die Anhöhe unter dem Lindenbaum. Schon von ferne konnten sie auf dem Hügel die vielen Leute als kleine schwarze Punkte ausmachen, und auch die Musik war weit über das Tal zu hören. Anna hob vorsichtig ihren langen Rock mit der Schürze hoch, damit ihr neues Dirndl nicht schmutzig wurde. Ihre Brüder lächelten sich verschwörerisch an, denn sie hatten sich dort mit ihren Mädchen verabredet, von denen die Eltern nichts wissen durften.

Als Anna mit ihren Brüdern eintraf, waren einige junge Männer schon dabei, ihre Partnerinnen beim Tanz nach allen Regeln der Kunst durch die Luft zu wirbeln. Dabei fiel Anna sogleich ein großer, breitschultriger junger Mann mit dunkelbraunem Lockenkopf auf, der den anderen in der Abfolge der Tanzfiguren immer wieder wortlos Anweisungen gab, wie sie sich den Bräuchen des Maitanzes gemäß zu drehen und den Tanzboden einmal in einer parallelen Linie, das andere Mal in einer Diagonalen zu durchmessen hatten. Dann spielten die Bläser einen Tusch, es wurde mucksmäuschenstill und die Besucher suchten sich alle einen Platz, von dem aus die Mitte des Tanzbodens leicht einzusehen war. Der gut aussehende junge Mann und seine Partnerin gaben eine Soloeinlage ihres tänzerischen Könnens. Von den Zuschauern kamen laute Jubel- und Anfeuerungsrufe und am Schluss des Tanzes anhaltender Applaus. Der schneidige Bursche wurde sogleich von einer Schar junger Leute umgeben und als Held gefeiert. Anna hörte, wie einige Mädchen neben ihr tuschelten.

»Das ist doch der Gundler von der Breite oben«, sagte ein etwas übergewichtiges Mädchen, worauf ihre Freundin schnippisch hinzufügte: »Der war doch im letzten Jahr wegen Wilddieberei mit seinem Bruder im Bau.« Da mischte sich ein junger Mann in das Gespräch. »Der Daniel hat nicht für sich gewildert, um reich zu werden, sondern dafür, dass die

Ärmsten unter den Armen auch einmal genug zum Essen für ihre Kinder auf den Tisch bekommen.«

Die Musik spielte weiter und Daniel tanzte ohne Unterlass mit verschiedenen Mädchen und hatte sichtlich Spaß daran. Anna stand im Schatten einer Wirtsbude und war überwältigt von der Aussicht, die man von hier oben hatte. Vor ihr erstreckten sich satte grüne Wiesen, übersät mit bunten Frühlingsblumen, und dahinter war die Kulisse der Oberstdorfer Berge auszumachen, die selbst im Mai noch ganz weiß vom Schnee des letzten Winters waren, als hätte jemand Puderzucker über ihre Gipfel gestreut. Lange stand Anna tief in die Schönheit dieses Anblicks versunken da, während ihre Brüder losgezogen waren, sich etwas zu trinken zu holen. Da kam mit einem Mal Daniel Gundler, gefolgt von einigen jungen Männern, auf die Wirtsbude zu, um sich mit den anderen nach den anstrengenden Tänzen eine Maß zu genehmigen. Als er einige Züge getrunken hatte, reichte er den Maßkrug weiter und blickte unverwandt auf Anna, wobei er mit dem Handrücken Schaum von seiner Oberlippe wischte.

Anna spürte einen Blick auf sich ruhen und als sie sich umwandte, sah sie in zwei tiefblaue Augen, Augen, die das Blau des Himmels widerzuspiegeln schienen. Sie spürte, wie eine leichte Röte ihr Gesicht überzog. Verlegen blickte sie zu Boden, drehte sich wieder um und wollte in die andere Richtung davoneilen. Da hielt sie eine kräftige Männerhand am Oberarm fest. Sie blieb stehen und schaute dem jungen Mann schüchtern ins Gesicht, der sie lachend zum Tanzen aufforderte. Obwohl Anna nicht gerade von kleinem Wuchs war, kam sie sich neben diesem stattlichen jungen Mann zum ersten Mal in ihrem Leben klein vor. Das Herz schlug ihr bis zum Hals und sie konnte ihm zunächst nicht unbefangen antworten, auch merkte sie jetzt die neidischen Blicke anderer junger Mädchen, die sich um die Tanzfläche versammelt hatten.

Die Musiker machten eine kleine Pause, um bei dem warmen Wetter ihren Durst zu stillen. Da wurde Daniel auch schon wieder von anderen jungen Leuten vereinnahmt, bevor sie ihm eine Antwort hätte geben können. Anna ging ein Stück von dem Trubel weg und setzte sich mit weichen Knien auf eine graue Strickjacke, die sie ihrem Bruder Jakob abgenommen hatte. Etwas war mit ihr geschehen. Ihr war ganz heiß und schwindelig, und als ihre Brüder sich mit ihren Mädchen zu ihr gesellten, wäre es ihr lieber gewesen, noch etwas alleine zu sein und das Erlebte ganz für sich zu genießen.

»Soll ich vielleicht noch etwas zu trinken holen?«, vernahm sie plötzlich von der Seite eine angenehme Männerstimme. »Oder darf ich dich noch einmal zum Tanzen auffordern?« Anna drehte sich unvermittelt um und sah wieder in diese wundervollen blauen Augen. Diesmal ließ sie sich nicht zweimal bitten und bald tanzten und redeten sie, und die Zeit verging im Flug.

Die Brüder ließen Anna nicht mehr aus den Augen und als die Sonne unterging und es zu dämmern anfing, drängten sie zum Aufbruch. Um neun sollten sie wieder zu Hause sein, so war es mit den Eltern vereinbart. Anna verabschiedete sich mit einem Handschlag von ihrem ausdauernden Tänzer, der ihr versprochen hatte, sie kommenden Sonntag in Bolsterlang zu besuchen. Sie hatte sich bei der Verabschiedung wohl doch zu viel Zeit gelassen, denn plötzlich war es stockfinster und sie stolperten auf dem holprigen Weg nach Hause. Bald war der Mond von schnell aufziehenden Gewitterwolken gänzlich verdeckt, es fing auch schon zu blitzen an und kurze Zeit später krachte der Donner. Das Gewitter kam immer näher und sie schafften es gerade noch, trocken im elterlichen Haus anzukommen, bevor ein kräftiger Platzregen einsetzte. Anna ging sogleich in ihre Kammer. Sie wollte ganz für sich sein und weiter von dem schönen Tag träumen.

Die Brüder erzählten den Eltern am nächsten Morgen, dass Anna nur mit einem einzigen Burschen getanzt hätte, aber sie wüssten nicht, wer das gewesen sei. Sie wüssten nur, dass er Daniel gerufen werde und von der Breite bei Tiefenbach stamme. Anna vertröstete ihre Eltern auf den nächsten Sonntag, denn da würde sie der junge Unbekannte besuchen.

Endlich war die Woche vorbei. Am Samstagabend setzte plötzlich heftiger Regen ein und es wurde ziemlich ungemütlich draußen. Anna hatte einen Gugelhupf mit Rosinen für den morgigen Sonntagnachmittag gebacken, der ein bisschen zu dunkel geraten war. Sonntag früh regnete es immer noch wie aus Kübeln, was die ganze Familie aber nicht vom sonntäglichen Kirchgang abhielt. Nach dem Mittagessen sagte der Vater mit einem erleichterten Lächeln zu Anna: »Ich glaube, heute Nachmittag kommt dein Verehrer nicht mehr. Bei diesem Sauwetter von der Breite oben bis Bolsterlang, das ist schon bei schönem Wetter ein weiter Weg!«

Woher wusste der Vater, dass Daniel auf der Breite wohnte? Hatte er ihr nachspioniert? Um die Stimmung ihrer Tochter etwas aufzuhellen, meinte ihre Mutter beschwichtigend, die Sonne werde sicher nächsten Sonntag wieder scheinen. Aber Anna liefen dicke Tränen über das Gesicht und sie sagte so laut, dass alle es hören konnten: »Wenn einem Mannsbild das bisschen Regen was ausmacht, dann kann er nichts Gescheites sein.« Daraufhin stürmte sie in die Stube und räumte den Kaffeetisch mit dem guten Geschirr ab. Sie hatte heute schon in aller Herrgottsfrüh, als die anderen noch schliefen, den Tisch schön gedeckt und mit einem bunten Wiesenblumenstrauß geschmückt, den sie hinter dem Haus bei strömendem Regen geschwind gepflückt hatte.

Gerade, als sie dabei war, die Blumen von der Stube in die Küche zu tragen, klopfte es an der Tür. Anna machte mit der Vase in der Hand auf – und der tropfnasse Daniel stand vor ihr. Als sich ihre Blicke für einen kurzen Moment begegneten, spürte sie wieder das angenehme, warme Gefühl in der Magengegend. Wie im Traum gab sie Daniel die Hand zur Begrüßung und war sich sicher, dass er ihr lautes Herzklopfen hören konnte. Das Wasser lief nur so von seinem Hut und er war völlig vom Regen durchweicht. Nachdem Daniel von der ganzen Familie ausreichend bestaunt worden war, ging Annas ältester Bruder mit ihm in die obere Bubenkammer, wo er sich seiner nassen Wäsche entledigen konnte und etwas Frisches zum Anziehen bekam. Die Hose und das Hemd sowie der Kittel waren Daniel viel zu klein. Seine Beine und Arme waren zu lang dafür und sogar die Filzpantoffeln waren zu kurz geraten. Doch all das machte nichts, die geborgte Kleidung war trocken und Daniel wurde es schnell wieder warm.

Anna hatte mittlerweile in der Küche den Herd neu angefeuert und kochte einen Milchkaffee. Als Daniel in den viel zu kleinen Kleidungsstücken vor ihr stand, fing sie lauthals an zu lachen und bald lachte die ganze Familie mit. Mit flinker Hand hängte sie die tropfnasse Kleidung um den Küchenherd zum Trocknen auf, dann saßen alle um den Tisch in der Küche und tranken Milchkaffee und dazu wurde der etwas angebrannte, bröselige Gugelhupf gegessen.

»Wenn man ihn in den Kaffee eintaucht, dann schmeckt man es kaum noch, dass er zu lange im Ofen war«, meinte Daniel verständnisvoll, als er schon das fünfte Stück in der Hand hielt. Wieder lachten alle, nur Anna schaute verlegen drein. Der Vater fragte Daniel beim Kaffeetrinken ziemlich aus, was Anna gar nicht recht war.

Wegen des anhaltend schlechten Wetters trat Daniel an diesem Abend den Heimweg nicht mehr an. Er nächtigte in der Tenne über dem Stall. Dort war es warm von den Kühen und Annas Mutter hatte ihm auch noch Decken mitgegeben.

Der Vater schaute dreimal, ob auch alle Türen verschlossen waren. Er ließ sogar die Tür zum Gaden zur Sicherheit einen kleinen Spalt offen stehen.

Bevor Anna zu Bett ging, legte sie nochmals Holz in den Küchenofen und drehte Daniels immer noch feuchte Kleidung auf die linke Seite, damit sie über Nacht gut trocknen konnte. Der Vater rief sie zu sich ins Schlafzimmer und schimpfte mit ihr. Er fragte aufgebracht, ob sie ganz närrisch geworden wäre, Holzarbeit sei doch keine Frauenarbeit, doch Anna wusste, er wollte ihr nur zeigen, dass seine Augen und Ohren heute Nacht überall sein würden.

Am nächsten Morgen half Daniel Annas Brüdern bei der Stallarbeit und als der alte Bader nach dem Rechten sehen wollte, war der Stall bereits sauber gemistet und die fünf Kühe und drei Kälber schon zum Weiden auf der Wiese hinter dem Haus. Mittlerweile hatte es zu regnen aufgehört, und Daniel hatte seine getrockneten Sachen wieder angezogen. Die drei jüngeren Brüder von Anna waren bereits in der Schule und sie saß mit Daniel noch am Küchentisch, um sich für den nächsten Sonntag zu verabreden. Lange konnten sie nicht ungestört zusammen sein, denn die Mutter kam dauernd in die Küche und tat ganz beschäftigt.

Als Daniel sich bei Annas Eltern bedankt und verabschiedet hatte, gab er auch Anna zum Abschied mit einem warmen Lächeln die Hand und verschwand dann mit strammem Schritt hinter dem Nachbarhaus.

Anna war glücklich, glücklicher, als sie sich jemals in ihrem bisherigen Leben gefühlt hatte. Doch dieses Glück sollte nicht von langer Dauer sein.

ZWEITES KAPITEL

Als der alte Bader am Mittwochabend vom Stammtisch nach Hause kam, war sein Blick finster und seine Stimmung gedrückt. Seine Frau merkte sogleich, dass etwas nicht in Ordnung war, und fragte ihn vorsichtig, was denn passiert sei.

»Der Daniel ist kein so unbeschriebenes Blatt, wie es scheint. Stell dir vor, erst im letzten Jahr war er mit seinem Bruder vier Wochen im Gefängnis, weil sie beim Wildern erwischt worden sind. Ich will heute Abend mit der Anna sprechen und ihr den Umgang mit dem Burschen verbieten.«

Als der Vater Anna nach der Stallarbeit auf das Gehörte ansprach, sagte sie, sie wisse schon Bescheid darüber, Daniel würde aber seit damals nicht mehr wildern.

Annas Eltern mussten erkennen, dass ihre Tochter Mittel und Wege finden würde, sich mit Daniel zu treffen, auch wenn sie es ihr verbieten würden. Also wollten sie lieber ein Augenmerk darauf haben, wenn sich Daniel am Sonntag wieder bei ihnen in Bolsterlang einfinden würde. Und spätestens wenn Anna wieder auf die Alpe Rangiswang gehen und den Sommer über dort oben mit ihren drei jüngeren Brüdern arbeiten musste, würden ihr die Flausen und Träumereien schon vergehen. Gerade für eine junge Frau war es mit dem Vieh harte, schwere Arbeit und Käse und Butter mussten auch noch jeden Tag gemacht werden.

Doch während der nächsten Wochen kam Daniel jeden Sonntag, und als Anna dann auf der Alpe war, klopfte es eines Samstagnachts leise an ihrem Zimmerfenster. Im Nu stand sie auf, huschte zur Eingangstür der Hütte und fragte erwartungsvoll: »Wer ist da?«

»Wer soll schon da sein, ich bin es!«

»Und wer ist ich?«, hakte Anna freudig nach, denn natürlich hatte sie seine dunkle Stimme sofort erkannt.

»Daniel, direkt von der Breite!«, flüsterte er, um ihre schlafenden Brüder nicht zu wecken.

Mit heftigem Herzklopfen öffnete Anna vorsichtig die Tür und sie standen sich etwas verlegen gegenüber. Barfuß, nur mit ihrem langen Nachthemd bekleidet und mit ihrem schönen Haar, das sie jetzt offen trug und das ihr weit über die Schultern reichte, sah sie die große, dunkle Gestalt erwartungsvoll an. Ohne ein Wort nahm Daniel Annas Hand und zog sie leise ein gutes Stück von der Hütte weg. Als er sie dann fest in seine Arme schloss und sie leidenschaftlich küsste, da wurde die unerfahrene Anna von ihren Gefühlen überwältigt.

Unter dem freien Himmel hatte Daniel seine Jacke auf der Wiese ausgebreitet. Er zog Anna mit sich auf dieses Bett unter dem Sternenzelt und sie redeten, lachten und küssten sich immer wieder. Als er merkte, dass sie zu frösteln begann, knöpfte er sein Hemd auf und legte es ihr etwas unbeholfen um die Schultern. Unbeabsichtigt, vielleicht aber auch nur gut eingefädelt, berührte seine Hand dabei Annas Brust unter dem dünnen Stoff des Nachthemds. Sie legte sich zitternd zurück auf Daniels Jacke, nun aber nicht mehr der Kälte wegen. Mit weit geöffneten Augen sog sie den Himmel, die Sterne, den Geruch der Erde und des Waldes in sich hinein, begierig, diesen Augenblick nie zu vergessen. Sie erschauderte, als seine Hand unter ihrem Nachthemd verschwand und er sanft über die Innenseite ihrer Schenkel streichelte. Die Berührung beschleunigte ihren Herzschlag und ihren Atem – obwohl sie sich der Gefühle, die sie dabei empfand, zuerst erwehren wollte. Doch als Daniels Hände immer höher wanderten und schließlich das warme, feuchte Dreieck erreichten, vergaß sie alle Ängste und Vorsätze und begann vor Lust zu stöhnen. Sie spreizte voller Verlangen weit ihre Beine und Daniel drang unter immer leidenschaftlicheren Küssen und Berührungen, die ihren Körper erzittern ließen, behutsam in sie ein. Er spürte ihr anfängliches Zögern, ihre Unerfahrenheit und verhielt sich überaus vorsichtig. Je länger Anna seine zärtlichen und zugleich fordernden Bewegungen in sich spürte, desto mehr Vertrauen entwickelte sie ihm gegenüber, desto williger gab sie sich seinen Stößen hin. Ein wohlig warmes Gefühl breitete sich in Wellen in ihrem Bauch aus, strömte in jede Zelle ihres Körpers und als es schließlich ihren Kopf erreichte, explodierte etwas in ihr, durchzuckte es ihren Körper mit einer Kraft, die den Himmel, die Sterne, alles um sie herum mit ihr eins werden ließen.

Als sie von den ersten Sonnenstrahlen geweckt wurden, lag Daniel noch immer halb ausgezogen in ihren Armen und sie weckte ihn mit einem langen Kuss. Dann rannte sie eilig zur Hütte zurück und durch die noch immer sperrangelweit offen stehende Tür in ihre Kammer. Gott sei Dank schliefen ihre Brüder noch fest! Sie zog ihr Nachthemd aus und bemerkte einen kleinen Blutfleck auf der Rückseite des dünnen Stoffes. Ohne weiter darüber nachzudenken, zog sie sich an, kämmte ihr Haar und flocht es zu zwei Zöpfen. Dann ging sie zum Brunnen vor der Alpe und weichte das Baumwollnachthemd in einem kleinen Blecheimer in kaltem Wasser mit etwas Kernseife ein.

Nun kam ihr die letzte Nacht wie ein Traum vor, unwirklich und doch wunderschön. Und dass Daniel in ihr Leben getreten war, empfand sie als ein Geschenk, das nur Gott ihr gemacht haben konnte. Was war es doch für eine Lust, jung zu sein, zu leben und zu lieben – Daniel zu lieben! Geschwind weckte sie ihre drei Brüder, die in der oberen Kammer schliefen, sie molken gemeinsam die Kühe im kleinen Stall, und als ihre Brüder die Kühe auf die Sommerweide trieben, zog Anna ihre Stallwäsche aus und legte sich kurz in das eiskalte Brunnenwasser. Hier spürte sie, dass sie nicht träumte, sondern höchst lebendig war, denn das noch nicht von der Sonne erwärmte Wasser stach wie mit tausend Nadeln auf ihrem nackten Körper.

Sie zog sich eine saubere Schürze an, wusch ihr Nachthemd aus und hängte es über die Leine zum Trocknen. Danach richtete sie das Frühstück, damit sie gleich mit dem Käsen beginnen konnte, wenn alle etwas im Magen hatten. Zwar war heute Sonntag, doch das machte hier oben keinen Unterschied, die Arbeit musste jeden Tag gleichermaßen erledigt werden, schließlich kannten Kühe kein Wochenende. Als ihre Brüder zurück waren, den Stall gemistet und sich unter lautem Geschrei und Gelächter ebenfalls in dem eiskalten Brunnenwasser gewaschen hatten, saßen endlich alle gemeinsam auf der Eckbank um den großen Holztisch in der Küche. Das Ostfenster stand offen, warme Sonnenstrahlen durchfluteten den Raum.

Anna war heute seltsam wortkarg, das fiel ihren Brüdern bald auf und schließlich fragte einer, ob sie krank sei oder bedrückt, aber sie ließ sich nichts entlocken. »Beeilt euch lieber, in anderthalb Stunden fängt in Fischen der Gottesdienst an, und der Vater wäre sehr ungehalten, wenn ihr zu spät dran seid! Und habt ihr auch den Zettel, auf dem ich alles aufgeschrieben habe, was ihr heute Abend mitbringen sollt?«, fügte sie noch etwas schärfer hinzu, da die Burschen immer ihre Gedanken ganz woanders zu haben schienen.

»Hier, ich habe den Zettel, und natürlich ist uns Euer Auftrag wie immer Befehl«, gab einer von ihnen schnippisch zurück und sie eilten gut gelaunt talwärts.

Kaum saß Anna am offenen Feuer und rührte die Milch im Kupferkessel, da plagten sie nun doch Gewissensbisse wegen dem, was letzte Nacht passiert war. Würde sie Daniel wiedersehen oder würde er sich nun von ihr fernhalten, da er bekommen hatte, was er wollte? Hatte sie es ihm zu leicht gemacht? Sie hätte stark sein sollen, hätte sich auf jeden Fall sträuben sollen, ein bisschen zumindest …

»Gibt es hier vielleicht auch etwas zu essen?«, riss sie eine mittlerweile vertraute Männerstimme aus ihrer Grübelei. Anna errötete und nickte beschämt. Doch schneller, als sie sich erheben und ihm etwas auf den Tisch stellen konnte, hatte er sich schon neben sie gesetzt und seinen Arm um ihre Schulter gelegt. Sie lehnte den Kopf an seine Brust, und er nahm ihr den großen, hölzernen Rührlöffel aus der Hand und begann gleichmäßig die immer wärmer werdende Milch selbst zu versorgen.

Anna stand auf und machte ihm Rührei mit Speck, dazu gab es frische Milch. Es schien ihm sichtlich zu schmecken, so schnell hatte er das Frühstück verschlungen. Anna hatte wieder das Rühren übernommen, und als das Thermometer die richtige Temperatur anzeigte, schwenkte sie den Kessel von der Feuerstelle. Dann eilte sie in den Käsekeller und holte das Lab. Sie leerte eine kleine Menge aus der Flasche, vermengte die Flüssigkeit zunächst in einer Keramikschüssel mit kalter Milch, dann goss sie die Mischung vorsichtig in die erhitzte Milch, während sie von Daniel durch weiteres gleichmäßiges Umrühren unterstützt wurde.

Er beobachtete sie bei ihren Tätigkeiten und bewunderte sie für ihre Umsicht und ihre flinken Handgriffe. Als die Milch geronnen war, nahm Anna das Harfenrührgerät, das die gestockte Milch in viele kleine Einzelteile durchtrennte, dann wurde der Kessel wieder über die Feuerstelle geschwenkt, in die Daniel soeben neue Holzscheite geworfen hatte.

»Sei vorsichtig«, ermahnte ihn Anna, »die auffliegende Asche könnte in die Milch kommen. Dann haben wir hässliche schwarze Flecken im Bergkäse.«

Mit der Zeit schwammen lauter kleine Kügelchen in der Molke, die Anna schließlich mit einem grob gewirkten Käsetuch geschickt aus dem Kessel fischte. Als der Käse dann endlich in seiner Form lag, forderte Anna Daniel auf, den schweren Stein darüber einzuspannen, der die Feuchtigkeit herauspresste. Die verbliebene Molke aus dem Kessel schüttete er den Schweinen in den Trog neben der Hütte. Zum Schluss wurde der Kessel gereinigt und der feuchte Boden gewischt. Die Arbeit war fürs Erste getan. Nun hatten sie Zeit für sich.

Sie machten sich auf den Weg zum Gipfel des Rangiswanger Horns. Es war kein anstrengender Aufstieg, eher eine kleine Wanderung, wie geschaffen für einen Sonntag. So konnten sie nebeneinanderher schlendern und, beflügelt von ihrer guten Laune, die ihnen geschenkte freie Zeit nutzen, um miteinander herumzualbern. Je weiter sie nach oben kamen, desto ernsthafter wurde ihr Gespräch. Anna begann, von ihren Ängsten und Befürchtungen, was die vergangene Nacht betraf, ohne Scheu zu sprechen, doch Daniel versicherte ihr seine Ernsthaftigkeit, auch wenn er alles so widerstandslos hatte erreichen können, denn er liebe sie aufrichtig und vom ersten Augenblick an, als sie sich damals unter der Linde in die Augen geblickt hatten. »Da hat es mich wie mit einem Blitz durchfahren und ich wusste, das ist die Frau meines Lebens.«

Jetzt war Anna sicher, es war richtig gewesen, sich ihm hinzugeben, sich ihm letzte Nacht ganz hinzugeben, denn er gab seinerseits alles zurück. So, wie sie sich ihm schenkte, so schenkte er sich ihr. Mit dieser Sicherheit des Herzens durchlebten sie einen Sommer voller Zärtlichkeit und Leidenschaft, einen Sommer, der wie alles Schöne im Leben viel zu schnell vorüber war.

DRITTES KAPITEL

Als der September kam, war es mit der Freiheit vorbei. Der Alpsommer war zu Ende und die Vorbereitungen für den Almabtrieb wurden getroffen. Annas Brüder spannten den Schimmel vor den Wagen, und Käse, Kleidung und noch vorhandene Lebensmittel wurden ins Dorf hinuntergefahren. Dann wurden die Kühe ins Tal getrieben und jeder Bauer bekam seine Tiere wieder in den Stall zurück. Anna erhielt den Lohn für drei Monate schwere Arbeit ausbezahlt.

Am Sonntag nach der Kirche teilte sie ihren Eltern und Geschwistern mit, dass sie mit Daniel an diesem Nachmittag einen Besuch bei dessen Eltern machen würde. Bereits um elf Uhr fuhr Daniel mit seinem Einspänner vor. Nachdem das Pferd getränkt worden war und etwas Hafer und Stroh bekommen hatte, ging es nach der Breite, die hoch über Tiefenbach bei Sonthofen liegt. Anna staunte während der Fahrt, wie weit der Weg war, denn diese Strecke hatte ihr Daniel zum ersten Mal im Mai bei strömendem Regen zu Fuß und nur für sie zurückgelegt. Sie lehnte sich an seinen Oberarm und legte ihren Kopf gegen seine Schulter, während er die Halfter des Pferdes hielt. Manchmal konnte sie es noch immer nicht glauben, dass er zu ihr gehörte.

Als sie oben ankamen, war der Nachmittag schon fortgeschritten und Daniels Mutter saß auf der Bank vor dem Haus und stopfte Socken. Seine Schwester strickte eine Mütze und der Vater saß in der Küche und las in einer alten Bibel. Er konnte nicht mehr so gut gehen und kam daher nicht jeden

Sonntag in die Kirche. Deswegen hatte er es sich jeden Sonntag zur Angewohnheit gemacht, durch das Lesen in der Bibel seine eigene Zwiesprache mit Gott zu halten. Anna wurde von Daniels Schwester argwöhnisch betrachtet und auch die alte Gundlerin schaute kaum von ihrer Näharbeit auf. Nur Daniels Vater lächelte Anna freundlich an und bat sie, sich zu ihm an den Tisch zu setzen.

Anna hatte viel übrig für jene Art des Glaubens, wie sie Daniels Vater praktizierte. Gott sei ihr auf der Alpe und in der freien Natur näher als in der Kirche, sagte sie später, als sie bei Zopf mit Butter und Marmelade zusammensaßen.

»Wann kommt das Kind?«, fragte Daniels Mutter ohne jeden Zusammenhang.

»Wer bekommt ein Kind?«, fragte daraufhin Daniels jüngerer Bruder, der gerade zur offen stehenden Küchentür hereinkam.

Anna wurde verlegen und ganz rot im Gesicht.

»Wir werden Anfang Oktober heiraten und das Kind wird im März auf die Welt kommen«, beantwortete Daniel gleich beide Fragen auf einmal.

»Ich werde Großvater«, freute sich Daniels Vater.

»Eine, die nichts hat, nichts kann und nichts ist, hättest du nicht bringen brauchen – und von der Schönheit kann man auch nicht runterbeißen«, schimpfte Daniels Mutter. Sie stand ohne einen weiteren Kommentar mit ihrer Tochter auf und beide setzten sich wieder auf die Bank vor dem Haus und führten ihre Arbeiten fort.

Mit einem schweren Stein auf der Brust und Tränen in den Augen verließ Anna mit Daniel das Anwesen der Gundlers. Ohne Daniels Mutter und Schwester noch eines weiteren Blickes zu würdigen und ohne Abschiedsgruß gingen sie zu Fuß nach Tiefenbach, wo Daniel sich bei seinem Freund Henne ein Pferd mit Wagen ausborgte. Dann traten sie bedrückt den Heimweg an.

Lange sprachen sie kein Wort, denn in wenigen Stunden galt es, auch Annas Familie die Neuigkeit über das bevorstehende Ereignis mitzuteilen. Als sie gegen sieben Uhr abends den Bauernhof der Baders erreichten, war es im Stall bereits dunkel. Daniel spannte den alten Gaul aus und brachte ihn in den Stall. Anna brachte ihm Hafer, Stroh und Wasser, während Daniel das alte Pferd trocken rieb. Dann gingen sie in die Küche, wo Annas Brüder mit den Eltern bereits Milch und Brocken aus einer großen Schüssel aßen.

»Kommt her, setzt euch dazu«, sagte Annas Vater kurz. Ihre Mutter hatte schon vorgesorgt, denn zwei Löffel lagen zusätzlich auf dem Tisch. Anna und Daniel setzten sich auf die Bank und die Brüder rutschten noch etwas zusammen, sodass sie alle Platz hatten. Als die Schüssel leer war, räusperte Daniel sich und eröffnete, dass er Anna so schnell wie möglich heiraten wolle, gleich im Oktober solle die Hochzeit sein. Die Stimmung war ziemlich gedrückt und die Mutter schaute Anna mit fragendem Blick an.

»Ich bin schwanger und bekomme im März ein Kind«, flüsterte Anna mit dünner, leiser Stimme, dann konnte sie die Tränen nicht mehr zurückhalten.

»Komm«, sagte der Vater zu Daniel und erhob sich mit dem jungen Burschen, der jedes Mal den Kopf einziehen musste, wenn er von einem zum anderen Zimmer ging, nicht, weil die Türen so niedrig, sondern weil er so groß war. Er folgte dem Mann, der bald sein Schwiegervater sein sollte, mit einem unguten Gefühl. Auch Annas Brüder verließen die Küche nun wortlos und sie spülte mit ihrer Mutter zusammen noch Schüssel und Löffel ab, dann setzten sie sich in der Küche bei schwachem Petroleumlicht an den Tisch und warteten ohne ein Wort auf die beiden Männer. Im ganzen Hof herrschte eine angespannte Atmosphäre und es war so still wie manchmal kurz vor einem Gewitter.

In der guten Stube bot der alte Bader Daniel einen Stuhl an, nachdem er selbst an dem großen Tisch Platz genommen hatte. Nach einem tiefen Seufzer begann er mühsam das schwierige Gespräch.

»Ein Leben geht so schnell vorbei, und bevor man sich umschaut, ist man schon alt und krank. Schau mich an. Meine Frau und ich hatten nicht viel vom Leben: sechs Kinder, die wir ständig satt bekommen mussten, viel Arbeit und nur wenig Zeit füreinander. Für Anna habe ich mir ein besseres Leben gewünscht, Daniel, denn sie ist etwas ganz Besonderes, nicht nur, weil sie meine einzige Tochter ist!« Erst nachdem er sich wieder etwas besser im Griff hatte, konnte er weitersprechen. »Was mich aber viel stärker beunruhigt, ist dein nächtliches Treiben im Wald. Verstehe mich nicht falsch, ich halte dich für einen anständigen Kerl, doch die Wilderei ist eine gefährliche Sache und schon manche junge Frau ist darüber zur Witwe geworden. Das Leid möchte ich nicht nur meiner Anna, sondern auch dem Kind, das sie von dir bekommt, ersparen.«

Daniel hob den Kopf und blickte dem alten Mann selbstbewusst in die Augen. »Ich habe nie gewildert, weil ich mich bereichern wollte, sondern damit sich arme Menschen, die viel weniger haben als Ihr und ich, einmal satt essen oder zum Arzt gehen können.«

Doch diese Antwort stellte Annas Vater nicht zufrieden. »Ist das alles, was du dazu zu sagen hast?«

»Nein. Ich mag Anna viel zu gern, als dass ich mir keine Sorgen darüber machen würde, dass ich auch sie da mit hineinziehen könnte. Und nicht nur sie, nachdem wir bald eine Familie sein werden. Meine Verantwortung ist so viel größer geworden, sogar ans Aufhören habe ich schon gedacht.«

»Dann gib mir dein Wort darauf. Es muss ein für alle Mal ein Ende damit haben. Nur dann kann ich dir in Gottes Namen meine Tochter zur Frau geben.«

Daniel nickte zögerlich, gab seinem Gegenüber dann aber doch den Handschlag, der sein Versprechen besiegelte. Da umarmte der alte Mann ihn aus ehrlichem Herzen, beide waren erleichtert über das Ergebnis dieser offenen Aussprache, hatten sie dadurch doch auch einen Weg zueinander gefunden. »Und kein Wort zu den Weiberleuten«, beendete Annas Vater augenzwinkernd ihre Aussprache, als er sich von der Eckbank erhob.

Anna kam die Warterei wie eine Ewigkeit vor, doch da kam der Vater endlich mit Daniel zur Küchentür herein und nickte wohlwollend. »Meinen Segen sollt ihr haben.«

Anna und die Mutter fingen beide vor Erleichterung zu weinen an. Der Vater holte einen selbst gebrannten Birnenschnaps aus dem Küchenschrank und goss vier kleine Schnapsgläser voll. Die waren noch von seiner Mutter und wurden nur zu ganz besonderen Anlässen aus dem Schrank geholt. Daniel bekam von der alten Baderin wieder zwei Wolldecken, damit er auf dem Heuboden schlafen konnte. Dieses Mal schaute der Vater nicht mehr, ob alle Türen verriegelt waren, denn nun war ja passiert, was er eigentlich hatte verhindern wollen. Sie gingen bald zu Bett und Anna hatte leise im oberen Gang die Tür, die zur Tenne führte, aufgesperrt. Dass Daniel nicht in der Tenne geschlafen hatte, blieb der Mutter allerdings nicht verborgen, befand sich doch kein einziger getrockneter Grashalm auf den beiden schön zusammengelegten Wolldecken.

Daniel verließ schon in aller Herrgottsfrühe das Haus, denn er hatte mit seinem Freund Henne eigentlich vereinbart, dass er das Pferd am späteren Sonntagabend zurückbringen würde, und nun war es doch Montag geworden. Nachdem er

Pferd und Wagen abgeliefert hatte, stieg er eilig die Anhöhe über Tiefenberg hinauf. Die Sonne ging gerade über dem Iseler am Oberjoch auf und der morgendliche Tau perlte vom Gras auf seine neuen Haferlschuhe und die Sonntagshose.

Plötzlich sprang erschreckt ein Reh aus dem Dickicht und an ihm vorbei. Mit dem Wildern musste es nun vorbei sein. Dieses Versprechen hatte er gestern Abend dem alten Bader gegeben – und er hatte vor, es auch zu halten. Versprechen wurden nicht gebrochen!

Als er am elterlichen Hof ankam, sah er, wie seine Schwester gerade den Mist auf einem hölzernen Schubkarren zur Stalltür hinausfuhr. Die Mutter hörte er schon von Weitem schimpfen. Er war spät dran, heute musste er mit seinem Bruder, der bereits an der Haustüre stand und Ausschau nach ihm hielt, ins Holz. Schnell ging er in seine Kammer, zog sich um und riss sich in der Küche noch einen Ranken Brot herunter. Dann nahm er eine leere Flasche und ging in den Stall, wo er sie mit kuhwarmer Milch füllte.

Der Bruder kam mit Ross und Wagen, der mit Sägen und Äxten beladen war, aus der Tenne gefahren. Auch der Vater saß schon auf dem Wagen. Das kann ja heiter werden, dachte Daniel bei sich. Heute mussten sie wieder genau nach den Anweisungen des alten Gundler arbeiten, und es gab keine Möglichkeit, sich mittags eine Stunde unter einen Baum in den Schatten zu legen und auszuruhen. Und er war jetzt schon hundemüde, denn er hatte nachts ja kaum geschlafen.

Auf dem Weg ins Holz musste er immer wieder an seine zukünftige Frau, seine Berganna, wie er sie liebevoll nannte, denken. Sorgen machte er sich schon, wie es einmal werden sollte, wenn sie alle unter einem Dach zusammenleben würden. Seine herrschsüchtige Mutter, die ihm in der Vergangenheit jedes Mädchen vertrieben hatte – aus Eifersucht oder einfach nur aus Angst, auf dem Hof nicht mehr das Sagen zu haben? Und es waren nicht wenige heiratsfähige Frauen gewesen, die er nach Hause mitgebracht hatte. Immerhin war er ein gut aussehender junger Bursche mit seinen achtundzwanzig Jahren. Dazu sein Ruf als verwegener Wilderer weit über die Landesgrenze hinaus – das ließ manches Frauenherz höher schlagen. Und er hatte es weidlich ausgenützt, ein Hallodri war er schon gewesen, doch das war jetzt vorbei, immerhin bekam seine Anna ein Kind und er würde bald Vater werden.

Das Laub hatte sich schon von Gelb über Orange bis Dunkelrot verfärbt, die schwächer gewordenen Sonnenstrahlen kamen nur noch vereinzelt bis auf den Waldboden und es wehte ein leichter, angenehmer Herbstwind, als sie mit dem Gespann ihren Arbeitsplatz erreichten.

»Heute müssen wir wieder Föhn haben«, klagte der Vater auf dem Wagen sitzend über die Schmerzen in seinem steifen Bein. Daniel und sein Bruder waren damit beschäftigt, Brennholz auf den Wagen zu laden und beachteten das Jammern ihres alten Herrn nicht. Als der Wagen voll beladen war, fuhr der Vater die erste Fuhre zum Hof zurück. Die beiden jungen Männer folgten zu Fuß.

Mittags gab es Kaiserschmarrn mit frischem Apfelmus. Es war nicht gerade ein Essen für schwer arbeitende Holzer, wie der Vater konstatierte. Er war sich sicher, dass seine Söhne ein für alle Mal vom Wildern genug hatten, nachdem sie vier Wochen in Kempten deswegen hatten einsitzen müssen. Die beiden Stutzen hatte er seinen Söhnen bereits letztes Jahr vorsorglich abgenommen. Nein, die Arbeit auf den Wiesen und im Holz reichte ihnen nach jener Bestrafung offensichtlich, so müde und zufrieden wie sie nach dem Kaiserschmarrn fast am Tisch einschliefen.

Was der alte Gundler aber nicht wusste, war, dass Daniel erst letzte Woche im Tirol sein neues Gewehr, einen Spitz-Kugelstutzen aus der Werkstätte des berühmten Büchsenmachers Knittel, dem Vater der noch berühmteren Adler-Nanni, abgeholt hatte. Doch nun würde er diesen Stutzen wohl nicht mehr brauchen. Fast tat es ihm schon leid, dass er ihn nicht vor seinem Versprechen zumindest einmal ausprobiert hatte. Aber einen Abnehmer würde er sicher für ihn finden, den Bocker vielleicht oder auch den Henne. Seine beiden Wildererfreunde trugen sich seit geraumer Zeit ebenfalls mit dem Gedanken, sich einen Stutzen im Tirol machen zu lassen. Und von dem Geld würde er Anna ein Hochzeitsgeschenk anfertigen lassen, das ihn immer an den Stutzen erinnern sollte. Was genau, das wusste er noch nicht, aber etwas ganz Besonderes musste es sein. So besonders, wie seine Anna für ihn war.

Von seinen Gedanken an das Hochzeitsgeschenk wieder in die Wirklichkeit zurückgebracht, erklärte Daniel seinen Eltern, dass er am Sonntag nach der Kirche das Aufgebot bestellen wolle. »Wenn du meinst, dass so eine die Richtige für dich ist«, erwiderte seine Mutter mürrisch. Die Männer gingen nach dem Essen wieder ins Holz und so vergingen auch die folgenden Tage.

Am Sonntag traf Daniel schon um acht Uhr in der Früh mit Anna im Pfarrhof in Fischen ein und sie bestellten das Aufgebot. Nach dem Gottesdienst wusste ganz Bolsterlang, dass der Daniel nun unter den Pantoffel kommen sollte. Es war ein schöner, sonniger Tag und Daniel ging mit Anna nach dem Gottesdienst nicht nach Hause. Sie fuhren mit Annas Eltern und den Brüdern hinten auf dem Heuwagen, der mit Decken ausgeschlagen war, zu Annas Elternhaus nach Bolsterlang. Jetzt waren alle hungrig und vor allem durstig. Es gab eine deftige Brotzeit und dann wurde es für Daniel schon wieder Zeit, den Heimweg zu Fuß anzutreten. Der Vater erlaubte keine weitere Nacht mehr im Haus. Was würden die Nachbarn sagen. Es wurde sowieso schon gemunkelt, dass Anna in guter Hoffnung sei, weil es mit der Heirat so schnell gehen sollte. Anna begleitete ihren Liebsten noch bis Kierwang, dann musste er, nach einer zärtlichen Verabschiedung, alleine weiter.

»Wohin so eilig?«, riss ihn völlig unerwartet eine Stimme aus seinen Gedanken, als er in Tiefenbach an Hennes Hof vorüberging. Zugleich spürte er eine Hand auf der rechten Schulter. Daniel drehte sich abrupt um und blickte in das rußgeschwärzte Gesicht seines ›Jagdkumpans‹. »Komm mit, der Bocker wartet oben am Bildstöckle schon auf uns.«

»Lass mich in Ruhe, macht ihr das doch alleine«, erwiderte Daniel schroff und wandte sich ab. Aber Henne rannte ihm hinterher und versuchte, ihn die Anhöhe hinauf zu dem Bildstock mit sich zu ziehen. Dabei beschimpfte er Daniel unentwegt als Verräter an der gemeinsamen Sache, bis dieser sich gezwungen sah, sein Verhalten zu erklären. »Nichts verstehst du, Henne, gar nichts! Anna bekommt im März ein Kind von mir. Meinst du, ich will es nur vom Gefängnis aus groß werden sehen?«

Zuerst herrschte Stille, dann unternahm Henne einen neuen Anlauf. »Und ein Versprechen, das du Freunden gegeben hast, zählt das etwa nichts mehr? Unsere Ziele will ich erst gar nicht ins Spiel bringen, auf die wir alle zusammen einen heiligen Eid geschworen haben! Die Armut, die wir einmal bekämpfen wollten, wird immer größer, wohin man auch schaut, in den Häusern hungern die Kinder, in den Dörfern hocken die Bettler an den Ecken. Und du wagst es, wegen eines noch ungeborenen Kindes unserer ernsten Sache abzuschwören? Erst gestern sind in Imberg und Luibisch mehrere Kinder gestorben, nur weil kein Geld für einen Doktor, geschweige denn für die benötigte Medizin mehr im Beutel war. Und du wagst es, wegen eines möglichen Gefängnisaufenthalts deine Augen und dein Gewissen davon abzuwenden? In den Wäldern holzen sie schon das wertlose Gestrüpp ab, weil sie sonst im nächsten Winter frieren, viele von ihnen sogar erfrieren werden, denn für vernünftiges Feuerholz ist schon lange kein Heller übrig. Und du wagst es, nur an dich und dein eigenes Glück zu denken! Was hat dieses Frauenzimmer bloß aus dir gemacht? Ich kann es dir sagen: einen Waschlappen, einen jämmerlichen Waschlappen und Wortbrecher.«

Der Faustschlag traf Henne völlig unerwartet, Daniel lag bereits auf ihm und gemeinsam rollten sie ineinander verkeilt und einander umklammernd die Anhöhe hinunter. Unten angekommen blieben sie heftig keuchend auf dem Rücken liegen und starrten wortlos in den Himmel, dann fingen beide plötzlich lauthals zu lachen an, sie konnten gar nicht mehr aufhören damit.

»Natürlich helfe ich euch – bis zur Hochzeit. Danach muss Schluss sein, auf immer. Auch andere Versprechen gelten!« Gemeinsam gingen die Freunde bis zur Weggabelung zwischen Bildstock und Breite. »Wir treffen uns dann an dem Heustadel linker Hand vor dem Grenzübergang zum Rehbach. Bis heute Nacht.« Mit diesen Worten verabschiedete sich Henne und überließ Daniel wieder seinen Gedanken.

Als Daniel zu Hause ankam, waren bereits alle zu Bett gegangen. Leise nahm er sich eine Kerze aus der Stube mit und verschwand auf dem Klohäuschen hinter dem Haus. Niemand würde dort das Versteck für seinen neuen Stutzen vermuten. Er holte die Einzelteile unter dem Gebälk hervor und setzte sie sorgfältig zusammen. Dann machte er sich auf den Weg über den Hirschberg und von dort ins Tirol.

VIERTES KAPITEL

Heute Nacht würde er nicht zu Bett gehen. Heute Nacht wollte er alleine sein und sein Glück voll auskosten. Während er strammen Schrittes durch den Wald ging, schwärzte er noch sein Gesicht mit Ruß, den er sich schon letzte Woche auf einen alten Leinenlappen geschmiert hatte. Es war eine kühle und klare Septembernacht. Die Sterne am Himmel und der Mond leuchteten ihm den Weg.

Nur bis zur Hochzeit wollte er seinen alten Freunden helfen, nur bis sie einen zuverlässigen Mann gefunden hatten, der ihn bei ihrem großen Vorhaben ersetzen konnte. Keiner konnte von ihm verlangen, dass er vor dem Elend der Welt die Augen verschloss, nur weil er eine schöne junge Frau kennen- und lieben gelernt hatte und bald Vater sein würde. Nie konnte das Unglück von vielen aufgewogen werden durch das Glück eines Einzelnen!

Zur zweiten Morgenstunde feuerte er auf einem Baum sitzend einen gezielten Schuss ab. Er trug das erlegte Reh ins Tal und verkaufte es bei einem Gastwirt, der sichtlich erstaunt und gleichzeitig erfreut war, Daniel nach längerer Pause wieder zu seinen Lieferanten zählen zu können. Nachdem sie sich schnell über den Preis geeinigt und mit einem selbst gebrannten doppelten Enzian auf die erneuerten Geschäftsbeziehungen angestoßen hatten, verschwand Daniel, so schnell er gekommen war.

Zuerst wusch er sich am nächsten Bach den Ruß vom Gesicht. Zu Hause angekommen zog er sich am Brunnen vor dem Hof aus und sprang in das eiskalte Wasser. Er war von der körperlichen Anstrengung und von der Aufregung verschwitzt und das Bad bot eine willkommene Abkühlung. Er nahm die Kernseife, die immer in einer Schüssel neben dem Brunnen lag, und wusch sich. Plötzlich ging das Schlafzimmerfenster der Eltern auf und der Kopf seines Vaters schaute heraus. »Daniel, bist du das?« Da kam auch die Mutter zum Fenster und warf ein Handtuch auf die Stiege vor dem Hof.

»Unser Daniel ist närrisch geworden, der Bub holt sich ja den Tod!«, bemerkte sein Vater.

»So schnell stirbt man nicht«, hörte Daniel seine Mutter erwidern, die das Fenster wieder schloss, ohne den Sohn weiter zu beachten.

Das Geld hatten Daniel und seine Freunde durch drei geteilt, und das letzte Drittel war dann wieder durch drei geteilt worden. Dies waren die privaten Anteile ihres gemeinsamen Unternehmens. Der Hauptanteil aller Beutezüge verblieb stets bei Henne, der ihn dann den zahllosen Bedürftigen zukommen ließ. Daniels Anteil lag sicher versteckt unter seiner Matratze. Er war für Annas ganz besonderes Hochzeitsgeschenk reserviert. Und jetzt wusste er auch, was er ihr schenken wollte: einen schönen silbernen Anhänger aus Granen. Er hatte bereits zwei Granen in einem Geheimversteck, doch der Juwelier wollte für die Kette und den Anhänger sicher mindestens sechs weitere. Für Daniel bedeutete das noch einige schlaflose Nächte vor der Hochzeit. Anna sollte von seiner verbotenen ›Armenpflege‹ nichts erfahren. Sorgen und Ängste waren für eine werdende Mutter und für das Kind nicht gut. Also musste alles schnell erledigt werden.

Mit diesem Gedanken fiel Daniel in einen tiefen Schlaf. Als er am Morgen erwachte, war er überhaupt nicht müde, obwohl die Nacht sehr kurz gewesen war. Von seinem Vorhaben getrieben schlüpfte er in seine Stallkleidung. Die Tage vor der

Hochzeit vergingen wie im Flug. Er war nun fast jede Nacht auf der Pirsch. Ab jetzt wusch er sich in einem nahe gelegenen Tobelbach, wo er ein Stück Seife und ein Handtuch im Geäst eines Baumes versteckt hatte. Seine Eltern und Geschwister bekamen so von dem nächtlichen Treiben nichts mit.

Gewöhnlich wurde dort geheiratet, wo das junge Paar dann auch zusammen leben würde, doch Anna hatte ihren eigenen Kopf. Auf ihren Wunsch hin wurde die Hochzeit in der Pfarrkirche von Fischen gefeiert. Anna hatte im Gegensatz zu ihrem Mann eine große Verwandtschaft und sie wollte ihrer Familie den beschwerlichen, weiten Weg auf die Breite nicht zumuten. Außerdem spürte sie genau die Ablehnung ihrer zukünftigen Schwiegermutter – doch das Fest würde sie sich nicht verderben lassen, es sollte unvergesslich schön werden.

Ihre Tanten und Cousinen kochten und buken nun schon tagelang und sollten dafür auch mit kurzen Wegen zur Kirche belohnt werden. Nach der Trauung würden die weiteren Feierlichkeiten unter freiem Himmel vor Annas Elternhaus in Bolsterlang stattfinden. Wenn das Wetter mitmachte. Im Moment sah es nicht so aus: Sintflutartiger Regen stürzte vom Himmel.

»Hoffentlich musst du in deiner Ehe nicht so viele Tränen weinen, wie heute Regentropfen vom Himmel fallen«, meinte die Mutter ängstlich zu Anna, denn noch immer beschlich sie beim Gedanken an die Heirat ihrer Tochter mit dem jungen Daniel ein ungutes Gefühl. Sie konnte ihren Mann nicht verstehen, dass er zu dieser Hochzeit so schnell seine Zustimmung gegeben hatte. War er doch sonst immer so besonnen und gab nichts auf das Gerede im Dorf. Der ganze Ort tratschte schon. Nun ja, dachte sie bei sich, Hauptsache das Kind ist gesund. Sollten sich die anderen doch ihr Maul zerreißen. Lieber ein uneheliches Kind als ein krankes oder gar keines. Sie freute sich schon sehr auf ihr Enkelkind. »Kinder sind Geschenke vom Herrgott«, hatte sie immer zu ihrem Mann gesagt, wenn sie wieder einmal guter Hoffnung war.

Über hundert Personen wurden zum großen Fest erwartet. Auf den Einladungen hatte Anna vermerkt, dass Teller, Tassen und Besteck selber mitgebracht werden mussten. Am liebsten hätte sie auf der Wittelsbacher Höhe geheiratet, unter freiem Himmel, dort, wo sie ihrem Daniel zum ersten Mal begegnet war. Sind seitdem wirklich erst fünf Monate vergangen, überlegte sie erstaunt, ihr kam es vor, als würde sie Daniel schon ihr ganzes Leben kennen, so vertraut war er ihr. Nun hatte es endlich zu regnen aufgehört und Nebelschwaden zogen über Wiesen und Wälder. In den Bergen hatte es bereits etwas geschneit und die Kühle des Herbstes war auch hier unten schon zu spüren. Nur vereinzelt kamen Sonnenstrahlen zwischen den Wolken hervor, aber immerhin waren nun größere Stücke blauen Himmels zu sehen.

Die Mutter hatte Zöpfe gebacken, der Vater eine Sau geschlachtet. Nein, nachsagen wollte er sich nichts lassen, was die Hochzeit seiner einzigen Tochter betraf. Morgen wurde Erntedankfest in der Kirche gefeiert und Anna würde dort ihrem Daniel das Jawort geben. Am heutigen Vortag ging es auf die Gemeinde, wo ›weltlich‹ geheiratet werden sollte. Anna trug ihr schwarzes Sonntagsdirndl mit einer weißen Bluse und einer blauen Schürze und kam so wild die Treppe heruntergesprungen, dass das Gebälk knarrte. »Du springst uns noch das ganze Haus zusammen«, ermahnte der alte Bader vorwurfsvoll seine Tochter.

Annas ältester Bruder Jakob stand bereits fertig angezogen an der Tür. Auch Daniel war nun eingetroffen und hatte einen kleinen herbstlichen Blumenstrauß mitgebracht. Als Anna zur Tür herauskam, nahm er sie fest in seine Arme und drückte ihr einen schnellen Kuss auf den Mund. »Doch nicht vor den Eltern«, meinte Anna verschämt. Doch die Eltern schauten sich nur lachend an und forderten die jungen Leute auf, sich zu beeilen, schließlich könne morgen keine kirchliche Trauung stattfinden und wenn sie heute zu spät kämen, müssten alle Gäste unverrichteter Dinge wieder nach Hause gehen. Daniel holte eine Kiste vom Wagen, die mit einem weißen Bettlaken zugedeckt war, und trug sie in die Küche. »Für morgen«, sagte er zu seinen zukünftigen Schwiegereltern. Dann nahm er ohne ein weiteres Wort seine Anna bei der Hand und hob sie auf den Kutschbock. Jakob kletterte auf die Rückbank.

Zu dritt fuhren sie mit dem Einspänner nach Sonthofen, wo Daniels Bruder Seppi und sein bester Freund Henne schon nervös vor dem Rathaus warteten. Nach einer kurzen Begrüßung betraten die beiden Geschwisterpaare das Gebäude, während Henne unten vor dem Portal blieb und dem Pferd Hafer und Stroh gab. Die Zeremonie dauerte kaum eine Viertelstunde, der Bürgermeister war wohl hungrig und wollte um zwölf Uhr zu Hause sein. Nach der Übergabe der Heiratsurkunde wünschte er Anna und Daniel viel Glück und einen reichen Kindersegen. Er schüttelte allen Anwesenden die Hand und zum Schluss, als alle bereits wieder vor dem Rathaus standen, fügte er Daniel gegenüber noch mit einem eindringlichen Unterton in der Stimme hinzu, er habe ja nun große Verantwortung und mit dem Wildern sei hoffentlich Schluss. Daniel erwiderte, dass er sein Lehrgeld im vergangenen Sommer in Kempten schon bezahlt habe, und bestieg mit Anna schnell den Wagen. Die beiden Trauzeugen saßen bereits vorn auf dem Kutschbock.

Mittlerweile war es wieder richtig warm geworden, und nur vereinzelte Wolkenfetzen trieben noch am blauen Himmel. Sie machten am Gasthof zum Hirschen halt und tranken ein kühles Bier. Die Freunde prosteten dem jungen Paar zu.

Auch Anna nahm einen großen Schluck aus Daniels Glas. Sie saßen lachend am Tisch unter den alten Kastanien und alberten herum. Anna war glücklich und doch war ihr Herz schwer von dem, was der Bürgermeister zum Schluss angedeutet hatte. Daniel schien ihre Gedanken erraten zu haben und meinte abfällig, während er ihre Hand fest in die seine nahm: »Der Bürgermeister ist ein alter Schwätzer, denk dir nichts!«

Dann wurde es Zeit, sich auf den Heimweg zu machen. Daniel fuhr mit Ross und Wagen und nahm seinen Bruder und Henne mit. Anna ging mit Jakob zu Fuß. Sie sprachen nicht viel.

»Ich kann gar nicht verstehen, was ihr am Bier so köstlich findet«, sagte sie plötzlich aus heiterem Himmel zu ihrem Bruder. »Außer vielleicht, dass es einen so lustig werden lässt.« Ihr war das Bier ziemlich in den Kopf gestiegen und am liebsten wäre sie irgendwo mit Daniel allein gewesen. Da fiel ihr mit einem Mal eine Möglichkeit ein, ihm auf andere Weise ganz nahe zu sein. »Ich gehe noch auf die Wittelsbacher Höhe zu dem schönen, alten Lindenbaum, bei dem ich Daniel kennengelernt habe, und wünsche mir etwas für unser Leben zu zweit«, erklärte sie entschlossen. »Kommst du mit?«

»Meinetwegen«, antwortete Jakob kopfschüttelnd, »du tust eh, was du willst, und du bekommst auch immer, was du willst.«

Als sie den steilen Weg über den Seewendel zurückgelegt hatten und in Schweineberg angekommen waren, setzte sich Jakob auf einen Holzklotz am Wegrand und schaute seiner Schwester nach, wie sie barfüßig den steilen Hang hinaufrannte. Dann schmiegte sie ihren schlanken Körper an den Lindenbaum, ihre Arme umklammerten ihn wie die einer Ertrinkenden, Tränen liefen ihr übers Gesicht und sie betete mit all der Kraft und Leidenschaft, die sie für Daniel empfand. »Lieber Gott, hilf mir, Daniel vom Wildern abzubringen, und lass uns zusammen mit unseren Kindern glücklich und gemeinsam uralt werden!« Wie lange sie so dagestanden und gebetet hatte, wusste sie hinterher nicht mehr. Irgendwann hörte sie von weit her eine Stimme ungeduldig »Anna« rufen. Sie ließ den Baum erschreckt los und lief die Anhöhe hinunter.

Zurück bei ihrem Bruder angelangt, zog sie geschwind ihre Schuhe an und nun gingen sie übers Tiefenberger Moor mit schnellem Schritt ihrem Elternhaus entgegen. Dort angekommen kleidete Anna sich um und half der Mutter, die am Backen war und unentwegt Teig knetete, in der Küche. Als es später im Haus langsam still wurde und alle nach getaner Arbeit im Bett lagen, konnte Anna lange nicht einschlafen. Ab morgen würde sie nicht mehr in diesem Bett schlafen – Daniel würde sie auf die Breite mitnehmen! Mit dieser Vorfreude schlief sie schließlich tief und fest ein und wurde erst wieder wach, als es laut an ihrer Zimmertür klopfte.

Die Mutter brachte Anna das Brautkleid, das schon sie bei ihrer Hochzeit getragen und das die Schneiderin bis gestern Abend geändert hatte. Anna hatte Zweifel, als sie es sich verschlafen anschaute. »Es ist nicht wichtig, ob es neu ist«, sagte die Mutter, »viel wichtiger ist, was man fühlt, wenn man es anhat.«

Schnell schlüpfte Anna aus dem Bett und nachdem sie eine Katzenwäsche gemacht hatte und ihr seidenweiches, langes Haar gekämmt war, steckte die Mutter es geschickt zu einer Gretelfrisur zusammen. Dann zog Anna ehrfürchtig das Kleid über und war sichtlich erstaunt, wie gut es ihr passte. Vor dem Hof waren schon ihre Brüder, der Vater und fast das ganze Dorf versammelt, um gemeinsam zum Gottesdienst nach Fischen aufzubrechen. Ein langer Festzug ging von Bolsterlang an der Au-Mühle vorbei bis Fischen. Dort warteten weitere Gäste, Kirchgänger und Schaulustige.

Nur der Hochzeiter und seine Familie waren noch nicht

eingetroffen. Schon wurde gemunkelt, der gut aussehende Daniel würde in letzter Minute noch einen Rückzieher machen, konnte er doch an jedem Finger fünf haben, wie manche bösen Zungen behaupteten. Anna jedoch wartete tapfer mit ihren Eltern vor der Kirche. Als die meisten schon hineingegangen waren und der Pfarrer mit seinen Ministranten vom Pfarrhof kam, waren plötzlich von Weitem Pferdefuhrwerke zu hören.

»Da kommt Daniel«, rief Anna freudig. Es waren drei Fuhrwerke, voran Daniel mit seinen Eltern, seiner Schwester und dem Bruder, dahinter Daniels Freunde aus Tiefenberg, unter ihnen Henne und Bocker, und als Letztes ein Wagen mit Verwandten, die Anna nicht kannte. Daniel begrüßte Anna mit einem breiten Lächeln und hakte sie unter. Die Begrüßung der Schwiegermutter und Schwägerin dagegen fiel eher kühl aus.

Als alle anderen in der Kirche versammelt waren, nahm Daniel Anna zur Seite und flüsterte ihr ins Ohr: »Es tut mir leid, dass ich mich so verspätet habe, aber du weißt ja, die Leute ... An jeder Kreuzung musste ich den Wagen anhalten, weil mir schon wieder einer zur Hochzeit gratulieren wollte. Manche hatten sogar ein kleines Geschenk für uns beide dabei. Und so ist es immer später geworden.« Dann gingen sie hinter dem Pfarrer und den Ministranten durch die weit geöffnete Tür der Kirche, deren Innenraum in der morgendlichen Sonne hell erstrahlte. Die Orgel setzte ein, alle begannen zu singen und es wurde ein sehr schöner, feierlicher Gottesdienst.

Nach der Trauung gingen Anna und Daniel mit ihren Familien zu den Gräbern von Großeltern und Urgroßeltern. Dann bildeten die Wagen eine Kette und fuhren gemeinsam den Holperweg nach Bolsterlang. Viele der geladenen Gäste gingen zu Fuß, manche sprangen noch auf einen der vorbeikommenden Wagen auf, die schon restlos überfüllt waren. Als Anna mit Daniel am elterlichen Hof ankam, spielte bereits die Dorfmusik und das Bier floss und kurz darauf wurde Spanferkel serviert. Das verliebte Paar tanzte auf der Wiese hinter dem Hof und jeder überreichte sein kleines Geschenk. Viel hatte keiner, doch was sie schenkten, kam von Herzen. Am Nachmittag gab es Kuchen und Kaffee, doch die Männer blieben lieber beim Bier. Alle hatten ihre Freude an dem schönen Fest, nur Annas Schwiegermutter und die Schwägerin betrachteten alles argwöhnisch. Direkt nach der Kirche hatte die Schwiegermutter noch von der ergreifenden Predigt des Pfarrers geschwärmt. Jetzt bei Kaffee und Kuchen meinte sie abfällig: »Dafür, dass er schon so alt ist, hat der Herr Pfarrer die Predigt ganz ordentlich hinbekommen.« Anna überhörte den Kommentar. Den heutigen Tag wollte sie sich nicht verleiden lassen. Bald darauf wurde es auch schon Zeit, aufzubrechen. Die Kühe mussten in den Stall und gemolken werden. Anna verabschiedete zusammen mit Daniel alle Hochzeitsgäste, dann kam der schmerzliche Abschied von Eltern und Brüdern.

Schließlich saß Anna zusammen mit ihrem Mann sowie Schwager und Schwägerin hinten im Wagen und der Hof ihrer Eltern verschwand immer weiter in der Ferne. Vorne auf dem Kutschbock hockte der Schwiegervater mit seiner Frau, die finster schaute und immer wieder die Geißel über den beiden Pferden schnalzte. Die anderen beiden Wagen aus Tiefenbach folgten dem Zweispänner. Daniel hatte zu viel Bier getrunken, so wie die meisten der männlichen Hochzeitsgäste, und war über dem Geschaukel eingeschlafen. Es begann dunkel zu werden und die Schwiegermutter schimpfte, warum man nicht schon eine Stunde früher aufgebrochen sei. Sowieso sei es ein Schmarren gewesen, die Hochzeit dort zu feiern, wo die Braut zu Hause war – immer diese neumodischen Einfälle der jungen Leute. Anna drückte ihren Kopf eng an Daniels Oberarm und schloss die Augen. Sie wollte gar nicht hören, was das verbitterte und unzufriedene Weib da sagte. Sie war glücklich über das gelungene Fest und freute sich schon auf den kommenden Frühling, wenn sie zu dritt sein würden. Das war sicher, so sicher wie das Amen in der Kirche, glaubte sie. In Tiefenberg verabschiedeten sie ihre Freunde und Verwandten.

Nun ging es noch die steile Anhöhe auf die Breite hoch. Als die Pferde mit einem Ruck vor dem Gundler'schen Hof zu stehen kamen, wachte Daniel auf und kletterte geschwind vom Wagen. Er breitete die Arme aus und Anna flog ihm mit einem mächtigen Satz entgegen, sodass beide auf dem Boden landeten und übermütig lachten. Die Mutter begann schon wieder zu keifen: »Die Flausen werde ich ihr schon noch austreiben.«

Da wurde es Daniel zu viel. »Meiner Anna treibt niemand irgendetwas aus«, herrschte er seine Mutter an, dann küsste er seine Frau leidenschaftlich auf den Mund. »Heute Nacht werden wir nicht im Haus schlafen«, flüsterte er Anna zu und ging mit ihr eine Anhöhe hinauf, die der Breite gegenüberlag. Oben angekommen standen sie vor einem Heustadel. Daniel öffnete die Luke und hob Anna hinein. Er zündete eine Petroleumlampe an und Anna konnte in ihrem schwachen Schein zwei Wolldecken und Kissen erkennen. Daniel breitete eine der Decken aus und ließ sich darauf fallen. Anna legte sich neben ihn und bald küssten sie sich leidenschaftlich. Als Daniel ihr zärtlich unter den Rock fassen wollte, bestand sie darauf, zuerst das Licht auszumachen. Daniel löschte geschwind die Lampe, dann lag er wieder neben ihr und sie spürte seine Hände überall auf ihrem Körper. Inzwischen kannten beide die Vorlieben des anderen so gut, dass es nicht mehr ein alleinstehender Berg war, dessen Gipfel sie zusammen erreichten, sondern eher ein Gebirge, auf dem sie von Gipfel zu Gipfel reisten.

Am nächsten Morgen wachte Anna auf, als sie ein Grashalm an der Nase kitzelte. Sonnenstrahlen fielen durch die einzelnen Holzspalten des Stadels und so konnte Anna ihren schlafenden Daniel betrachten und fand ihn schön, schöner als je zuvor. Als sie ihm einen verliebten Morgenkuss auf die Lippen drückte, brummte er zufrieden und schlug blinzelnd die Augen auf. Dann standen sie gemeinsam auf und zogen ihre Sachen wieder an. Die Kleidung war voller Heu, und obwohl Anna vor dem Stadel alles ausschüttelte, fand sie noch hier und da übersehene Halme. Daniel lächelte sie verschmitzt an und meinte, die Mutter würde bestimmt eine Bürste und ein Bügeleisen haben, um die Knitterfalten wieder zu glätten. Aber mit zerzaustem Haar und verknittertem Hochzeitsgewand wollte Anna ihrer Schwiegermutter auf keinen Fall begegnen. Daniel verstand ihre Scham zwar nicht, doch er respektierte ihren Wunsch. Leise schlich sich Anna von hinten durch die Tenne in den Hof. Daniel ging durch den Stall ins Wohnhaus und dann in den ersten Stock. Er hörte seine Mutter in der Küche hantieren. Leise schloss er die Tür auf, die Tenne und Wohnhaus im ersten Stock miteinander verband. Anna schlüpfte in Daniels Zimmer und zog sich aus, dann hängte sie die Kleider auf einen Bügel. Daniel war schon in sein Arbeitsgewand geschlüpft. Nun holte er Anna vom Brunnen einen Krug Wasser. Vorsichtig, denn die Mutter sollte nichts merken, schlich er an der Küchentür vorbei. Anna kämmte ihr langes, dunkelblondes Haar mit den hellen Strähnen und wusch sich mit dem Wasser aus dem Krug. Schnell zog sie ihr Arbeitsdirndl an und lief zu Daniel vor das Haus, der gerade draußen am Brunnen sein Gesicht trocken rieb.

In der Küche war die Schwiegermutter sichtlich erstaunt, die beiden jungen Leute so ordentlich gekämmt und angezogen zu sehen. Und Daniels Vater bemerkte beim Frühstück, dass er leider gar nichts von der Hochzeitsnacht mitbekommen habe, obwohl er immer wieder ganz angestrengt an der Wand gehorcht habe. Anna errötete und Daniel schüttelte schweigend den Kopf über so viel Neugier. Daniels Mutter wollte, dass Anna nach dem Frühstück hinter dem Haus Holz hackte. Doch Daniel widersprach ihr, eine Schwangere habe ja wohl keine Männerarbeit zu machen. »Heute Mittag kommt Annas Bruder Jakob und bringt die Hochzeitsgeschenke und Annas Bett sowie Aussteuerwäsche und Kleidung. Anna soll lieber in der Kammer Ordnung machen, damit das zweite Bett und die Wäschekommode auch Platz haben.«

»Wie du meinst«, erwiderte seine Mutter, »du bist ja jetzt der Bauer und hast das Sagen!«

»Na, na«, meinte Daniels Vater. »Noch bin ich nicht unter der Erde.«

Also ging jeder seiner gewohnten Arbeit nach. Anna putzte die Kammer und hängte die Wäsche zum Lüften auf die Leine vor dem Haus. Sie zog das Bett ab und füllte den Sack, der als Matratze diente, mit frischem Stroh. Bald läuteten die Mittagsglocken, und da kam auch schon Jakob mit den Eltern und ihren Habseligkeiten den steilen Berg hochgefahren. Anna lief ihren Eltern freudestrahlend entgegen. Sie umarmte die Mutter, dann setzten sich alle zusammen vors Haus und aßen Kratzat mit Apfelmus und Zwetschgenkompott. Annas Schwägerin hatte gekocht. Das Essen schmeckte vorzüglich. Danach wurde der Wagen abgeräumt. Alle halfen mit und trugen die Gegenstände in die Kammer der jungen Eheleute. Anna und Daniel begleiteten die Eltern und Jakob zurück bis Tiefenbach, dann hieß es für lange Zeit Abschied nehmen, das wusste Anna. Es fiel ihr sichtlich schwer und sie sah ihren Eltern mit traurigen Augen hinterher, bis diese hinter einer Kurve verschwunden waren.

Die jungen Eheleute gingen Hände haltend wieder die steile Anhöhe zur Breite hinauf. Daniel musste in den Stall und Anna räumte die Kammer auf. Sie richtete das Bett für die Nacht und bei dem Gedanken an ihren geliebten Daniel durchlief ein angenehmer Schauer ihren Körper. Sie errötete bei dem Gedanken, was er heute Nacht wieder alles mit ihr anstellen würde, doch plötzlich wurde sie von einem heftigen Klopfen in die Wirklichkeit zurückgeholt. Annas Schwägerin Walburga, von allen nur Burgel genannt, war gekommen, um sie zum Abendessen zu holen. Anna löschte das Licht und folgte Burgel nach unten.

FÜNFTES KAPITEL

So vergingen die goldenen Oktobertage und der nebelreiche November. Daniel schlief jeden Abend neben Anna ein und wachte am Morgen neben ihr auf. Die Schwiegermutter war ihr gegenüber inzwischen etwas freundlicher geworden, denn sie schien sichtlich erleichtert, dass ihr Sohn seinen gefährlichen nächtlichen Jagdtrieb nun anderweitig auslebte. Schon begann der erste Schnee zu fallen. Plätzchen wurden gebacken und Anna war endlich fertig mit der warmen dunkelbraunen Jacke, die sie Daniel zu Weihnachten gestrickt hatte. Morgen war Heiligabend und sie wollten alle gemeinsam in die Christmette nach Tiefenbach. Annas Bauch war schon leicht gewölbt und Daniel liebte es am Abend im Bett, seine Hand auf Annas Bauch zu legen und das Kind strampeln zu spüren.

»Ich wünsche mir ein Mädchen«, sagte er. »Ein Mädchen, wie du es bist, mit dunklen Augen und langen Zöpfen.«

»Du spinnst«, neckte ihn Anna. »Jeder Bauer wünscht sich zuerst einen Sohn, einen Stammhalter! Ich wünsche mir einen Buben mit deinen blauen Augen und deinen dunklen, lockigen Haaren.«

An Heiligabend legte Anna den braunen Kittel auf Daniels Bett. Als sie unten in der Stube zusammen Stille Nacht gesungen und sich frohe Weihnachten gewünscht hatten, war Anna etwas beschämt, denn sie hatte kein Geschenk für Daniels Familie. Sie bekam von der alten Gundlerin einen Kinderpullover und von Burgel ein passendes Mützchen dazu mit warmen Handschuhen und Schal. »Wenn das nur kein Unglück bringt«, meinte der alte Gundler. »Man soll doch dem noch ungeborenen Kind nichts schenken!«

»Wir schenken es doch nicht dem Kind, sondern der zukünftigen Mutter«, widersprach Burgel ihrem Vater schnell. Heute wollte sie keine schlechte Stimmung in der Stube haben. Dann zogen sie sich alle warm an und fuhren mit Daniel und dem großen Hörnerschlitten nach Tiefenbach, um mit den anderen Dorfbewohnern das Weihnachtsfest zu feiern. Es war eine sternenklare Nacht und der Schnee staubte nur so. Obwohl es sehr kalt war, machte die Schlittenpartie allen riesigen Spaß. Nach dem Gottesdienst schoben sie gemeinsam den Schlitten wieder die Anhöhe hinauf. An Frieren war gar nicht zu denken.

Als Daniel mit Anna ins Schlafzimmer ging, sah sie im Kerzenschein auf ihrem Bett etwas Kleines, Rundes funkeln. Es war eine Silberkette mit einem Anhänger aus Granen, die in Eichenblätter gefasst waren, dazu passend zwei Ohrstecker. Anna glaubte ihren Augen nicht zu trauen. So etwas Schönes hatte sie noch nie gesehen. Daniel legte ihr die Kette um den Hals. Dann schmiegte er sich zärtlich von hinten an seine Anna und küsste sie sanft an der Stelle, wo die Schulter in den Nacken überging. Da bemerkte er Tränen in den Augen seiner Frau.

»Bist du enttäuscht?«, fragte Daniel unsicher.

»Enttäuscht?«, gab ihm Anna glücklich zur Antwort. »Es ist wundervoll! Nie habe ich etwas Vergleichbares bekommen!« Insgeheim war sie jedoch etwas besorgt über seinen Liebesbeweis, der sicher teuer hatte erkauft werden müssen.

»Ich wollte dir das Geschenk schon zur Hochzeit geben, doch der Goldschmied hatte so viel zu tun und wurde erst vor Kurzem fertig damit.« Erst jetzt bemerkte Daniel die Strickjacke auf seinem Bett. Gleich schlüpfte er hinein und sie passte ihm wie angegossen. Er fragte, wann sie denn die Zeit gehabt hätte, ihm so etwas Schönes zu stricken, doch Anna schwieg und lächelte ihren Daniel nur liebevoll an. Dann lagen sie eng umschlungen im warmen Bett und schliefen auf der Stelle tief und fest. Von diesem Weihnachtstag an trug Anna den Anhänger auf ihrem Herzen, sie hatte Daniel versprochen, ihn nie wieder abzunehmen. Am Dreikönigstag wachte sie gegen drei Uhr nachts auf, als Daniel auf das Häuschen musste, wie er ihr leise ins Ohr flüsterte. Sie musste sogleich wieder in einen tiefen Schlaf gefallen sein, denn sie wurde erst wieder wach, als ihre Schwägerin sie ganz außer der Reihe weckte.

»Wo ist der Daniel«, fragte Burgel aufgeregt und Anna sah, dass der Platz neben ihr verlassen war. Sofort war sie hellwach. Wo war Daniel? Schnell zog sie sich an und lief die Treppe hinunter zum Haus hinaus. Es musste die ganze Nacht geschneit haben. Der Himmel war wolkenverhangen, alles war unter einer dicken Schneedecke begraben. Anna rannte, so schnell das im Schnee möglich war, zu Henne nach Tiefenbach hinunter, der würde sicher wissen, was zu tun sei. Burgel folgte ihr. Auch ihr Schwager Seppi zog sich in aller Eile an und machte sich allein auf die Suche. Doch in dem tiefen Pulverschnee war keine Spur zu erkennen. Henne trommelte einige junge Burschen aus dem Dorf zusammen und nun machte sich ein ganzer Suchtrupp auf den Weg.

»Wir suchen die sprichwörtliche Nadel im Heuhaufen. Vielleicht sollte ich in unserem Fall eher von der Gänsefeder im Schnee sprechen«, meinte Henne, als er sich von Anna verabschiedete. Anna weinte und stapfte mit ihrer Schwägerin wieder mühsam im knietiefen Schnee den Berg hinauf nach der Breite. Die Stunden vergingen. Es gab kein Lebenszeichen von Daniel. Schon brach die Dämmerung herein, als Anna endlich hoch oben am Waldrand über der Breite eine Lichterkette von Fackeln entdeckte.

Schnell zog sie ihren Umhang über und lief dem Licht entgegen. In dem tiefen Schnee kam sie jedoch nur langsam voran, und die Erschöpfung wurde mit jedem Schritt größer. Allein ihr eiserner Wille ließ sie durchhalten und so quälte sie sich Schritt für Schritt durch die immer höher werdenden Schneemassen den Berghang hinauf. Ihr Atem bildete in immer kürzer werdenden Stößen Nebel in der kalten Luft vor ihrem Gesicht, ihr Keuchen schien das ganze Tal zu erfüllen. Doch sie kam den Lichtern näher und trotz der anbrechenden Dunkelheit konnte sie erkennen, dass die Männer jemanden bei sich hatten.

Eine Welle neuer Kraft erfüllte sie. Die letzten Meter würde sie auch noch durchhalten, sie brauchte Gewissheit. Schnell! Jetzt lag nur noch ein kurzer Anstieg vor ihr, dann würde sie die Gruppe erreicht haben. Immer wieder musste sie sich Tränen und Schweiß aus dem Gesicht wischen, der ihr aufgrund der unmenschlichen Anstrengung von der Stirn in die Augen rann. Dann hatte sie es endlich geschafft, die Gruppe war direkt vor ihr und sie bekam die Gewissheit, vor der sie sich so gefürchtet hatte.

Da vor ihr lag Daniel, schwer verwundet auf einer Bahre. Anna schrie in die dunkle Nacht und weinte trotz ihrer Erschöpfung ihre Wut und Enttäuschung laut heraus. Den ganzen Weg zurück mussten andere sie stützen und führen, so sehr war sie außer sich. Daniel stöhnte vor Schmerzen leise vor sich hin. Schließlich trug man ihn in die warme Stube seines Elternhauses und legte ihn auf den Tisch. Er hielt Annas Hand und zitterte jetzt am ganzen Körper. Alle versammelten sich um ihn herum und begannen, murmelnd das Vaterunser zu beten. Da richtete Daniel sich ein letztes Mal auf und rief »Anna!«, dann fiel er kraftlos nach hinten und war tot. Jetzt knieten sich alle auf den Boden und beteten den Rosenkranz. Anna lag mit ihrem Kopf auf Daniels Brust und schluchzte ohne Unterlass, die Tränen schienen kein Ende zu nehmen. Erst nach langen, für Anna unendlich langen Minuten hörte das Schreien in ihr auf, lösten sich die Krämpfe in ihrem Inneren etwas, fand sie wieder zu einer trügerischen Ruhe zurück, die nun die unendliche Leere offenbarte, die der Verlust ihres geliebten Daniel in ihrem Herzen gerissen hatte.

Auch das Gebet war verstummt und bis auf Henne hatten alle von Daniels Freunden das Haus verlassen. Die Verbliebenen saßen neben dem Toten in der Stube und lauschten wie erstarrt Hennes Erzählung, wie er Daniel gefunden hatte.

»Oben am Bildstöckle habe ich ihn entdeckt, da hatte er schon vor Schmerz Graswasen aus dem Boden gerissen und sich immer wieder im Schnee und seinem Blut gewälzt. Eine Blutspur führte Richtung Berghofer Wald, dort muss er überrascht und von hinten, unterhalb des rechten Schulterblatts, angeschossen worden sein. Das Unglück geschah wohl schon in den frühen Morgenstunden von Dreikönig. Daniel muss sich dann schwer verletzt auf seinem Stutzen bis zum Bildstöckle geschleppt haben. Dabei verlor er Blut, viel Blut. Den ganzen Tag war er auch noch der eisigen Kälte ausgesetzt. Irgendwann verließen ihn dann wohl seine Kräfte und er muss das Bewusstsein verloren haben«, beendete Henne weinend seine Geschichte. »Als ich ihn fand, war er teilweise schon eingeschneit und hätte ich nicht den rot verfärbten Schnee gesehen, wäre ich achtlos an ihm vorbeigegangen.« Henne ballte die Fäuste und versprach, den Tod seines Freundes bei der Obrigkeit zu rächen.

»Das hilft dem Daniel jetzt auch nicht mehr, und wer auf ihn geschossen hat, weißt du ja auch nicht«, sagte Anna mit Tränen in den Augen.

Bald darauf verabschiedete Henne sich und trat schweren Herzens den Heimweg an, denn er musste auch heute, an diesem Schicksalstag, seine Tiere im Stall versorgen. Burgel ging mit ihren Eltern ebenfalls in den Stall, und Anna und Seppi zogen den blutüberströmten Daniel aus und wuschen ihn wortlos. Beide weinten und sprachen kein Wort. Anna holte saubere Sachen und kleidete ihren Mann liebevoll an. »Warum nur, Daniel, warum«, fragte sie mit tränenerstickter Stimme, »hast du dein Versprechen gebrochen und bist heimlich aus unserem warmen Bett geschlichen? War dir deine alte Leidenschaft so viel wichtiger als ich? Waren denn deine Schwüre nicht ernst gemeint?«

Dann faltete sie seine Hände und legte einen Rosenkranz hinein. Zum Schluss kämmte sie ihm noch das zerzauste, dunkle Haar und küsste ihn zum letzten Abschied auf den Mund. Als sie sich dabei über ihn beugte, fiel ihr Blick auf die neue Halskette mit den Granen, Daniels Geschenk. Und da ahnte sie plötzlich den Grund für Daniels Wortbruch: Konnte es sein, dass er nur für sie wieder zum Wilderer geworden war? Dass er, nur um dem Goldschmied die letzte Rate für dieses teure Geschenk bezahlen zu können, klammheimlich aus dem Haus geschlichen war? Wie gerne hätte sie auf das Geschenk verzichtet, jetzt, als sie ihn so vor sich liegen sah! Weinend entfernte sie die Blutreste vom Boden und trug die Wasserschüssel zur Stube hinaus. Dann stellte sie im Raum Kerzen auf und räumte die alte Kleidung weg.

Seppi saß wie versteinert auf der Ofenbank und starrte mit leerem Blick zu seinem toten Bruder auf dem Tisch. Anna setzte sich neben ihn und betete. Plötzlich kam die Schwiegermutter unvermittelt zur Tür herein und schrie Anna an, was ihr einfalle, den Daniel einfach zu waschen und frisch anzukleiden, ohne sie zu fragen. Immerhin sei er ihr Sohn, den Anna ihr einfach weggenommen habe. Da kam auch der alte Bauer in die Stube zurück und wohl zum ersten Mal in seinem Leben schrie er seine Frau an: »Sei jetzt endlich still!

Wenn du schon auf die Lebenden keine Rücksicht nimmst, dann doch wenigstens auf die Toten.« Dann sackte er auf dem Stuhl neben der Tür zusammen und schluchzte hemmungslos wie ein kleines Kind.

Anna hielt die ganze Nacht Totenwache und ging erst beim Morgengrauen zu Bett. Auf einmal hatte alle Kraft sie verlassen. Sie glaubte, keine Luft mehr zu bekommen, als sie die alte Holzstiege zur Kammer hinaufstieg. Betäubt vor Schmerz legte sie sich in Daniels Bett. Es roch nach ihrem geliebten Mann. Sie rollte sich wie eine Schnecke unter der Bettdecke zusammen und weinte. Wie lange sie geschlafen hatte, wusste sie beim Aufwachen nicht. Lange konnte es nicht gewesen sein. Von unten in der Stube hörte sie Stimmengewirr und sie schlüpfte schnell aus dem Bett. Das Wasser in der Waschschüssel war gefroren, die Fenster waren total vereist und selbst auf der Bettdecke lag Raureif. Sie lief die Treppe hinunter und betrat die Stube. Da stand ein großer Mann im grünen Umhang und mit einer markanten Hakennase, das konnte nur der Jäger Dorn vom Ostrachtal sein, von allen wegen der Nase nur Adlerdorn genannt.

Gerade forderte er Seppi auf, den Toten zu entkleiden, da er die Wunde sehen wolle. Aber es war Anna, die Daniel die Joppe aufknöpfte, unter der er die braune Strickjacke trug, die Anna ihm erst vor zwei Wochen geschenkt hatte. Dann knöpfte sie auch sein weißes Hochzeitshemd auf und schob die Leinentücher auf der rechten Brustkorbseite beiseite, die vom Blut rot verfärbt waren. Anna weinte leise, als sie die blauschwarze Wunde erneut vor Augen hatte. Der Jäger drehte Daniel zur Seite. Der Einschuss war eindeutig von hinten erfolgt. »Du kannst deinen Mann wieder anziehen«, befahl ihr Dorn. Anna knöpfte ihrem Mann erst das Hemd, dann die Strickjacke und schließlich die Joppe wieder zu. Dabei weinte sie ununterbrochen vor sich hin. »Wo ist der Stutzen?«, fragte der Jäger streng. Anna drehte sich wortlos um, bückte sich und holte den Stutzen unter der Ofenbank hervor. »Es fehlt keine Patrone«, sagte sie mit dünner Stimme. Dorn überzeugte sich selbst. Ohne ein einziges Wort des Mitgefühls gab er bekannt, dass er den Stutzen mitnehmen würde. Wegen der weiteren Ermittlungen, wie er sagte. Dann verließ er das Anwesen auf der Breite so schnell und grußlos, wie er gekommen war.

Im Laufe des Nachmittags kamen viele Menschen von den nahe gelegenen Dörfern, um Daniel noch einmal zu sehen und sich von ihm zu verabschieden. Ein nicht enden wollender Strom von Männern, Frauen und Kindern strömte den steilen Trampelpfad zur Breite herauf und trat in die Stube, in der Daniel aufgebahrt lag. Die Bestürzung über seinen Tod war groß in der Bevölkerung. Noch größer aber war die Trauer, dass einer nicht mehr da war, der zu ihnen gehalten hatte, der ihre Nöte ernst genommen hatte, weil er sie kannte. Und der ihnen auch geholfen hatte, soweit es in seiner Macht stand – auch wenn es der Obrigkeit nicht passte. Allein Anna half das wenig. Sie hatte den Menschen verloren, der alles für sie gewesen war: Freund, Gefährte, Geliebter, Ehemann – und in gerade mal zwei Monaten der Vater ihres gemeinsamen Kindes! Was sollte nur aus ihr werden? Was sollte nur aus allem werden?

SECHSTES KAPITEL

»Könntest du dich vielleicht etwas beeilen?«, trieb Seppi Henne an, als sie Daniel in den Fichtensarg legten, den der alte Gundler vor einigen Jahren für sich selbst gezimmert hatte. »Du weißt doch, wie eilig sie es mit der Beerdigung haben.«

In der Tat sollte die Beisetzung bereits am folgenden Tag stattfinden. Die ›bessere‹ Gesellschaft und die staatlichen Autoritäten befürchteten nämlich, dass es wegen Daniels Tod zu einem Volksaufstand kommen könnte. Nach der Anzahl der Leute zu schließen, die sich bereits von ihm verabschiedet hatten, und jenen, die vor der Tür Schlange standen, um das noch zu tun, war ein Aufruhr der ›kleinern Leute‹ durchaus möglich. Sie verehrten Daniel wie einen Volkshelden, hatte er doch mit seinen Kumpanen stets versucht, ihre Not ein wenig zu lindern, und dabei nicht nur sein Leben aufs Spiel gesetzt, sondern es nun in ihren Augen völlig unverdient verloren. Solche Gesetze wie das gegen Wilderei wurden sowieso von denen ›da oben‹ nur gemacht, weil sie keine Ahnung von den herrschenden Zuständen hatten und sie obendrein die Natur und deren Geschöpfe als ihr Eigentum betrachteten. Seltsamerweise fragte nämlich keiner der Amtspersonen jemals einen der ›Großkopfeten‹, woher diese sich das Recht für einen Abschuss nahmen, außer dass sie dafür mit Geld bezahlt hatten. Und das wiederum hatten sie nur den einfachen Leuten abgepresst. Ja, manchmal brauchten sie noch nicht einmal Geld dafür, es reichte, wenn sie innerhalb der ›feinen‹ Gesellschaft ihre Beziehungen spielen ließen.

Anna stand wortlos und unfähig, eine weitere Träne zu vergießen, in der Ecke der Stube und beobachtete, wie Henne den Deckel auf den Sarg setzte und mit lauten Hammerschlägen den Leichnam für alle Ewigkeit vor den Lebenden verbarg. Dann trugen die beiden Männer ihre schwere Last nach draußen in die eisige Kälte. Sie hievten den schmucklosen Fichtensarg auf den Hörnerschlitten und banden ihn mit mehreren Seilen fest, damit er beim Transport hinab ins Dorf nicht verrutschen konnte.

Es versprach ein schöner Wintertag zu werden. Anna konnte den Atem der beiden sehen, der sich deutlich gegen die tief stehende Morgensonne abzeichnete, die inzwischen den Bergsattel des Imberger Horns hinter sich gelassen hatte. Dieser Atem, dachte Anna, als ob man sehen könnte, wie die Seele den Körper verlässt. Und sie fand es angemessen, dass die Natur an diesem Morgen mit einfachen Mitteln deutlich machte, dass nicht nur sie heute ein Stück ihrer Seele verloren geben musste. Henne und Seppi setzten sich vorne auf den Schlitten, Anna nahm mit den beiden Frauen hinten auf einem Querbrett Platz, sodass sie mit dem Rücken zum Sarg saßen. Und jetzt ging es die tief verschneiten Hänge über Riedle hinunter nach Sonthofen.

Unwillkürlich musste Anna an ihre letzte Schlittenfahrt denken. Etwas mehr als zwei Wochen war es her, seit sie sich am Heiligen Abend zur Christmette nach Tiefenbach aufgemacht hatten. An dem Tag hatte Daniel mehrere zusätzliche Bretter festnageln müssen, damit alle Platz fanden. Singend und manchmal auch mit lautem Gebrüll, wenn es etwas zu schnell in eine Kurve ging oder der Schlitten einen ›Luftsprung‹ machte, war es talwärts gegangen, heiter, ausgelassen, fast übermütig. Heute sah die Welt ganz anders aus. Eine bedrückende Stille begleitete sie die gesamte Fahrt über, selbst der sonst dunkelgrüne Wald hatte an diesem Morgen ein tiefschwarzes Gewand angelegt. In der absoluten Windstille war vom durch den weichen Schnee fahrenden Schlitten nur ab und zu ein Geräusch zu hören. Sie schienen eher zu schweben, als zu gleiten, dachte Anna, und die ganze Welt wirkte wie entrückt und in Watte gepackt, so unwirklich wie ein Traum, so beklemmend wie ein Albtraum – trotz des strahlend blauen Himmels und der weißen Pracht um sie herum.

Unterhalb der Burg Fluhenstein wurden sie bereits erwartet. Immer mehr Menschen schlossen sich dem Trauerzug an. Fast hätte man meinen können, da würde ein berühmter Mann zu Grabe getragen, so viele Menschen waren auf den Beinen, und später in der Kirche war bei weitem nicht für alle Platz. Erst nach der Predigt war draußen auf dem Friedhof die komplette Trauergemeinde wieder versammelt. Aber es war nicht nur eine Trauergemeinde, wie Anna sofort erkannte. Von der Kirchtür bis weit hinein in den Friedhof standen grimmig aussehende kräftige Männer Spalier, zweiundfünfzig an der Zahl, einer für jede Woche im Jahr des Herrn. Alle von ihnen trugen lange braune Kotzen, die meisten von ihnen hatten einen dichten Vollbart und graue Filzhüte mit Gamsbärten auf den Köpfen – und Anna kannte keinen von ihnen. Erst als Henne ihr ins Ohr flüsterte, wer diese Respekt gebietenden, fast Furcht einflößenden Kerle waren, konnte Anna sich einen Reim auf die seltsame Ehrbezeigung machen, die nun sechsundzwanzig Männer links und weitere sechsundzwanzig rechts von ihr wie auf ein verstecktes Zeichen hin ausführten. Sie hoben ihre am oberen Ende fast wie ein Bischofsstab gekrümmten mannshohen Wurzelstöcke in die Luft, sodass sich deren Spitzen über dem Sarg, den Trägern und der trauernden Familie berührten und eine Art Tunnel bildeten, den alle in Richtung Friedhof durchschreiten mussten. Vereinzelt waren nun wütende Rufe, Protestschreie, ja sogar Flüche und Verwünschungen aus der Menge der Trauernden zu hören. Der arme Pfarrer hatte seine liebe Not, alles unter Kontrolle zu halten, indem er auf den Anlass und den heiligen Ort, an dem sie sich befanden, hinwies. Nach einer Weile hatten Zorn und Wut wieder Platz gemacht für Stille und Abschiednehmen – und alle Anwesenden begaben sich auf den kurzen Weg von der Kirche zum Friedhof.

Auch dort hatte der Schnee alles in Besitz genommen, hatte sämtliche Grabsteine unter einer weißen Decke versteckt. Nur an einem einzigen Punkt war dieses riesige Leichentuch unterbrochen, und auf diese Stelle schritten die Sargträger langsamen Schrittes zu. Schließlich wurde der Sarg mit Hilfe von zwei langen Seilen Stück für Stück in die schwarze Erde hinabgelassen, ja, er schien darin zu versinken wie ein Gegenstand, den man ins Moor wirft und der für immer verloren ist, wenn sich die schwarze Masse wieder über ihm schließt. Anna glaubte, vor Trauer nicht mehr weiterleben zu können.

Sie musste gestützt werden, als sie zurückgingen, um die Heimfahrt anzutreten. »Anna, du musst jetzt tapfer sein und an dein Kind denken! Vergiss nie, die Zeit heilt alle Wunden«, verabschiedete sich der Vater von ihr, denn sie sollte bei den Schwiegereltern wohnen bleiben.

»Diese Wunde heilt nie, Vater«, gab Anna zurück und umarmte ihn und ihre Geschwister. Dann trug sie ihnen noch einen Gruß und Genesungswünsche an ihre Mutter auf, die wieder einmal krank das Bett hüten musste und ihrer Tochter in dieser schweren Stunde keinen Beistand hatte leisten können.

In gedrückter Stimmung schloss sie sich ihrer neuen Verwandtschaft an, die bereits losmarschiert war. Vor ihr ging ihre Schwiegermutter, eingerahmt von Burgel und Seppi. Die beiden redeten wild auf die ältere Frau ein. Der alte Gundler war mit einer Grippe ans Bett gefesselt und hatte wie ihre Mutter daheimbleiben müssen. Wie in jedem Jahr hatte sich der Winter über die am wenigsten Widerstandsfähigen hergemacht, und sie durften froh sein, wenn sie unbeschadet ins nächste Frühjahr kamen.

Mit solchen Gedanken über Krankheit und Tod lief Anna so vor sich hin, als sie plötzlich ihren Namen hörte und jäh in die Realität zurückgerissen wurde. Sie musterte die drei vor ihr herlaufenden schwarz gekleideten Gestalten. Da war einmal Burgel, ihre Schwägerin: die Erstgeborene der noch lebenden Kinder, hündisch ihrer Mutter ergeben, im besseren Fall von burschikosem Auftreten, meist jedoch hinterhältig und beleidigend. Dabei war sie auch noch bigott und plante sogar, nach dem Tod ihrer Eltern ins Kloster zu gehen, da sie wohl keinen Mann mehr abbekommen würde, wie Daniel Anna gegenüber einmal gemeint hatte. Dann war da ihr Schwager Seppi, drei Jahre jünger als sein Bruder Daniel – und immer in seinem Schatten. Er war nicht nur schmächtig, sondern seinem Bruder auch geistig weit unterlegen, deswegen hatte er ihm stets nachzueifern versucht und alles nachgeplappert, was Daniel zum Besten gab. Noch immer hatte er höchstens einmal im Jahr eine eigene Meinung und schien sich nach Daniels Tod nun von seiner Schwester durchs Leben ›leiten‹ zu lassen. Und als dritte Person kam die ›Krönung‹ von Annas neuer Familie: Die alte Gundlerin war eine kleine, ausgemergelte Person, vom Leben wie von der vielen Arbeit gezeichnet, und sie hatte darüber ein hartes Herz bekommen, war eiskalt und berechnend, unnahbar und undurchschaubar geworden.

»Da bekommst du ein böses Weib als Schwiegermutter, wenn du den Daniel heiratest«, hatte Annas Vater gleich beim ersten Mal festgestellt, als er sie getroffen hatte.

»Ich will ja nicht die Mutter heiraten, sondern den Daniel«, hatte Anna lachend und schlagfertig geantwortet.

Doch nun gab es keinen Daniel mehr, der sie hätte beschützen können.

»Redet ihr über mich?«, fragte sie die drei vor sich.

»Wie kommst du denn darauf?« Burgel drehte sich beim Gehen kurz um und verzog abfällig das Gesicht.

»Lauf lieber etwas schneller und kümmere dich nicht um Dinge, die dich nichts angehen«, meinte die alte Gundlerin, wobei sie es nicht einmal für nötig befand, Anna anzusehen.

Anna konnte kaum noch Schritt halten, sie bekam einfach keine Luft mehr. Auch durfte sie dem Kind in ihrem Bauch nicht zu viel zumuten. Und so wurde der Abstand zu den drei ›Krähen‹ vor ihr, wie sie sie bei sich nannte, immer größer. Einsam und schutzlos, wie sie sich inzwischen fühlte, und aus Angst vor der Zukunft rollten die Tränen fast ohne Unterbrechung über ihre Wangen, die inzwischen wegen der Kälte die Farbe sonnengereifter Äpfel angenommen hatten. In gut zwei Monaten sollte ihr Kind zur Welt kommen – was sollte dann nur werden?

Verzweifelt hing sie weiter ihren trüben Gedanken nach und nahm gar nicht wahr, dass sie bereits den Steig bei Sonthofen hinter sich gebracht hatte. Erst als sie dumpfe Schritte im Schnee und keuchendes Atmen und ein »Anna, so warte doch!« hörte, drehte sie sich abrupt um und sah Henne hinter sich, wie er allein den schweren Hörnerschlitten den Abhang hochzog. Sein Gesicht war fast purpurn, der Filzhut fiel ihm weit in den Nacken und seine kohlrabenschwarzen Haare hingen ihm wirr und feucht in die Stirn.

»Hilft dir denn keiner mit der schweren Last?«, wollte sie wissen und die Erinnerung an den heutigen Morgen stieg beim Anblick des Schlittens wieder in ihr hoch, sodass sie die Verzweiflung von Neuem übermannte. Henne schien ihre Gefühle bemerkt zu haben, denn bevor sie sich's versah, nahm er sie unbeholfen in den Arm, und an seiner Schulter schluchzte sie ihr ganzes Leid und ihre Traurigkeit heraus. Auch Henne konnte sich nun nicht mehr halten und so lagen sie sich eine ganze Weile in den Armen und weinten. Weder der tiefblaue Himmel noch die vom Schnee gleißenden Gipfel um sie herum scherten sich auch nur im Entferntesten um ihren Schmerz und ihren Verlust. Inmitten dieser teilnahmslosen und über alles erhabenen Schönheit waren sie nur zwei kleine schwarze Punkte, für die die Zeit einen Augenblick lang stehen geblieben war.

Schließlich löste sich Anna aus der Umarmung und trocknete sich mit ihrem Kopftuch das nasse Gesicht. Henne und sie fassten die großen schwarzen Schlaufen, die unterhalb der Griffe befestigt waren, und – nach anfänglichem Protest von Henne – zogen sie gemeinsam den Schlitten weiter nach Tiefenbach.

»Und wie soll es nun weitergehen?«, fragte er in die dumpfe Stille hinein, die nur manchmal vom Knistern der beiden Kufen auf der schneebedeckten Straße unterbrochen wurde.

»Wie soll es schon weitergehen!«, erwiderte Anna verzweifelt, denn beim Gedanken an die Zukunft tat sich vor ihr stets ein tiefschwarzer Abgrund auf.

Inzwischen waren sie am elterlichen Hof von Henne angelangt. »Ich bringe euch morgen den Schlitten wieder hinauf«, meinte Henne, »aber wenn du willst, könnte ich dich noch ein Stück begleiten.«

Doch Anna lehnte dankend ab. Sie wollte ein wenig alleine sein, um ihre Gedanken ordnen zu können.

»Du weißt, wenn du vor Kummer nicht mehr weiterkannst und einfach einmal jemanden zum Reden brauchst, ich bin immer für dich da. Das wollte ich dir noch sagen, schließlich war der Daniel mein bester Freund«, versprach er ihr mit brüchiger Stimme. Dann wischte er sich die Tränen aus den Augen und wandte seinen Blick ab. Niemand sollte ihn so sehen.

»Ich weiß, und dafür danke ich dir«, erwiderte Anna, die

selbst den Tränen wieder gefährlich nahe war. Dann drehte sie sich langsam um und machte sich auf den Weg in Richtung der nächsten Anhöhe, auf die Breite zu, wo sie von nun an alleine bei ihren Schwiegerleuten leben sollte.

Als sie oben ankam, dämmerte es schon, im Stall jedoch brannte kein Licht. Also ging Anna schleppenden Schrittes vor das Haus. Sie war vom beschwerlichen Aufstieg ziemlich außer Atem, denn das Kind unter ihrem Herzen war ja nicht mehr so klein. Als sie die kalte Türklinke herunterdrückte, um einzutreten, stellte sie fest, dass die Tür verschlossen war. Sie rüttelte, doch drinnen war kein Geräusch zu hören und aus keinem der Fenster fiel irgendein Licht nach draußen. Wo steckte ihre neue Familie nur? Anna stapfte im knietiefen Schnee um das Haus herum. Sie rief mehrere Male und dabei immer lauter, doch von nirgendwo bekam sie eine Antwort. Als sie den Hof umrundet hatte und wieder bei der Haustür angelangt war, versuchte sie, durchs nächstgelegene Fenster einen Blick in die Küche zu werfen.

Da erblickte sie schemenhaft im Dunkel die drei zusammengekauerten Gestalten, die sich um den Küchentisch in die Ecke des Herrgottswinkels drückten und schweigend aus einer Schüssel in ihrer Mitte das Abendessen löffelten. Anna klopfte mit ihren steif gefrorenen Fingern ans Fenster und bat nochmals laut um Einlass. Da sah sie, wie ihre Schwiegermutter – nach einigem Zögern – sich endlich langsam von der Eckbank erhob, schlurfend in Richtung Haustür kam und kurz darauf wurde ihr endlich geöffnet.

»Bisch endlich au do, fascht hätt mer scho nimmer damit grechnet.« Das war ein Willkommensgruß, der sich gewaschen hatte, Anna verschlug es die Sprache. Geschwind schlüpfte sie ins Haus und verriegelte die alte, knarrende Tür wieder. Dann folgte sie der Alten in die Küche und rieb ihre klammen Hände vorm Ofen, in dem das Feuer prasselte.

»Ja, wo kommst du denn jetzt her«, stieß Burgel, ihre Schwägerin, ins selbe Horn wie vorhin die alte Hexe, die gerade ihrem Mann stolz berichtete, wie viele Menschen auf die Beerdigung ihres Sohnes gekommen waren. Der alte Gundler musste soeben erst in die Küche gekommen sein. Anna setzte sich zu Schwager und Schwägerin an den Tisch und aß warme Milch mit Brocken. »Viel ist nicht mehr da«, bemerkte Burgel schnippisch. »Doch wer nicht kommt zur rechten Zeit, der muss essen, was übrig bleibt, gell Bruder.« Anna nahm sich wortlos die letzten Brotstücke aus der fast leeren Milchschüssel.

Nachdem alle ihr Essen beendet hatten, ging der alte Gundler zurück ins Bett, weil ihn wieder fröstelte. Seine Frau Walli, Burgel und ihr Bruder Seppi machten sich in den Stall auf, um die Kühe zu versorgen. Anna aber blieb in der Küche zurück, räumte das Geschirr ab und begann es am Herd zu spülen. Dann kochte sie Tee für sich und den Schwiegervater und machte ihm eine heiße Bettflasche aus Kupfer zurecht, die sie schließlich sorgfältig in ein Tuch wickelte. Sie brachte den Tee und die Wärmflasche nach oben in sein Schlafzimmer über der Küche.

Danach ging sie zurück in die Küche, den einzigen warmen Raum im ganzen Haus, wusch Hände und Gesicht mit heißem Wasser aus der alten blechernen Spülschüssel, in die sie vorher wie üblich etwas Milch gegeben hatte, und badete schließlich ihre Füße, die sich noch immer wie Eiszapfen anfühlten, in dem warmen Wasser, bis diese vom zurückkehrenden Blut anschwollen und fast so rot wie blühender Mohn geworden waren. Dabei nahm sie hin und wieder einen kleinen Schluck vom Kamillentee aus dem irdenen Becher, der neben ihr auf dem Küchentisch stand. Sie hatte die Kamille letzten Sommer selbst geerntet in ihrem kleinen Garten auf der Alpe Rangiswang, hatte sie dann an einer Leine in Sonne und Wind sorgfältig getrocknet und schließlich in kleine Leinensäckchen gefüllt, die sie nun nur in heißes Wasser zu legen brauchte und schon war das gut schmeckende und dazu noch die Abwehrkräfte fördernde Getränk fertig.

Rangiswang! Allein der Name rief in ihr den letzten Sommer, die Unbeschwertheit – und die Erinnerung an Daniel zurück. Wie schön das Leben damals gewesen war, dachte sie. Und wie schnell es verflogen, und sie aus dem Himmel in eine Hölle geworfen worden war. Heute wollte sie mit niemandem aus der Familie mehr zusammentreffen und so war sie bereits oben in ihrer Kammer und lag im Bett, als die anderen wieder aus dem Stall zurückkamen.

Von nun an machte Anna zusammen mit Burgel den Haushalt, die Wäsche und half aus, wo man sie sonst noch brauchte. Wenn es die Zeit erlaubte, nähte oder strickte sie aus Wollresten oder aufgetrennten alten Kleidungsstücken Sachen für ihr Kind. Ihrer Schwiegermutter Walli ging sie, so weit das möglich war, aus dem Weg. Und das war auf einem so kleinen Hof nicht leicht. Die Tage und Wochen vergingen eintönig und unterschiedslos, und ehe sich's Anna versah, konnte es nun schon jeden Tag so weit sein, dass sich die Wehen einstellten und das Kind in die Welt wollte.

Der alte Gundler war seine Wintergrippe nie ganz losgeworden, aber jetzt plagte ihn ein noch schlimmeres Leiden. Er hatte sich eine schwere Lungenentzündung zugezogen und Anna hatte es übernommen, ihn zu pflegen. Sie kochte ihm unterschiedliche Kräutertees, machte Umschläge und Aufgüsse, ja, selbst einer nicht ganz unangenehmen Behandlung im Heuschober musste er sich unterziehen, als Anna ihm eine Art ›Schwitzhütte‹ unter dem Heu zurechtmachte, in der er dick angezogen heißes, mit Heu, Fladen von Ochsendung und Kräuterschnaps versetztes Wasser einatmen musste, bis ihm der Schweiß aus allen Poren tropfte.

»Vom Geruch her müsste Euch Euer Vieh nun schon von Weitem erkennen«, meinte Anna lachend, als sie ihn danach gründlich von oben bis unten mit trockenem Heu abrieb, bis seine alte, faltige Haut rosa wie bei einem Baby wurde. Zum ersten Mal hatte sie die Gelegenheit, sich ihren Schwiegervater genauer anzusehen. Himmel, wie ausgemergelt und eingeschrumpelt er aussah! Bucklig, mit einem kaputten Bein und anfällig für jede Art von Krankheiten. Doch seine Gebrechen waren nicht nur körperlicher Natur, schlimmer fast stand es um seine seelische Gesundheit. Denn zeit seines Lebens hatte er bei seiner Frau nichts zu melden gehabt, sie behandelte ihn eher wie einen Knecht und nicht wie einen Ehemann. Kein Wunder allerdings, hatte er doch als Knecht auf dem Hof gearbeitet und dann eingeheiratet. Bekommen war ihm das nicht, jedem Tier auf dem Hof hätte man eine bessere Behandlung gewünscht, als er von seiner Frau bekam. Früher hatte er, wenn die Not am ärgsten war, Zuflucht beim Alkohol gesucht, war tagelang verschwunden, aber dann doch reumütig zurückgekehrt. Wo hätte er auch hin sollen? Er hatte niemanden sonst, keine Familie, nicht einmal entfernte Verwandte – und die wenigen Freunde aus seiner Jugend waren ihm wegen der bösartigen Frau abhandengekommen. Konnte es sein, dass er, nachdem die Flucht in den Alkohol zu teuer geworden war, nun Zuflucht bei allen möglichen Krankheiten suchte? Doch das war wie die Frage nach der Henne und dem Ei, entschied Anna, es gab keine Antwort darauf, ob er krank wurde, weil er immer unglücklich war, oder ob er unglücklich wurde, weil er immer krank war.

Diesmal immerhin konnte Anna ihm helfen – und keine drei Tage nach seiner ›Ochsenkur‹ war der alte Gundler morgens und abends wieder bei der Arbeit im Stall anzutreffen. Die alte Gundlerin war beeindruckt, was Anna über Heilpflanzen alles wusste, doch sie zeigte ihre Bewunderung nicht, von Dankbarkeit für die Genesung ihres Mannes ganz zu schweigen. Vielmehr versteckte sie ihre Gefühle weiterhin hinter einer Maske der Verachtung, die sie aufsetzte, sobald Anna in der Nähe war.

»Wenn man hart und schwer wie eine Bäuerin arbeitet, kann man sich mit einem solchen Aberglauben nicht mehr befassen«, gab sie bei einem Abendessen zu verstehen. »Sennerin auf einer Alpe willst du gewesen sein? Käse und Butter willst du gemacht haben? Da kann ich nur lachen, wenn da noch Zeit war, sich mit Pflanzen und Kräutern zu beschäftigen – außer du hast den Tag verhext, dass er für dich doppelt so lang gedauert hat!«

Einmal, es war bereits kurz vor ihrer Niederkunft, fiel Anna die schwere blecherne Spülschüssel aus der Hand, und der ganze Küchenboden schwamm im Spülwasser. Sie kniete mit einem Lumpen auf den Dielen und war damit beschäftigt, ihr ›Unglück‹ aufzuwischen, als Walli, vom Gepolter in der Küche angelockt, hereingestürmt kam und sie anschrie: »Du bist nichts, du kannst nichts und du hast nichts! Das Einzige, was du in deinem Leben geschafft hast, war, mir meinen Sohn wegzunehmen, du Hexe! Verhext hast du ihn, damit er bei dir bleibt – und doch, wäre dein Balg erst mal auf der Welt gewesen, dann wäre er schon zu mir zurückgekommen, das habe ich gespürt, so was merkt eine Mutter.«

Anna hockte auf allen vieren in der Nässe, Tränen schossen ihr in die Augen, sodass sie nichts mehr sehen konnte, doch sie ließ sich nichts anmerken. Am Küchenstuhl zog sie sich mit beiden Händen hoch, dann stand sie wieder, wenn auch schwankend, auf den Beinen und ging wortlos und ohne einen Blick auf ihre Schwiegermutter aus dem Zimmer.

»Und wer räumt den Dreck jetzt weg?«, keifte die Alte hinter ihr her, doch Anna beachtete die Tiraden gar nicht weiter, sondern stieg selbstbewusst die knarrende, ausgetretene

Stiege zu ihrer Kammer hinauf. Das brachte die Schwiegermutter derart in Zorn, dass sie hinter Anna herlief und ihr geifernd nachrief: »Und wer sagt mir eigentlich, ob der Balg auch tatsächlich von meinem Daniel ist? Was man sich von dir erzählt, kannst du mit deinem Aussehen an jedem Finger fünf Männer nebenher gehabt haben!«

Anna drehte sich nicht einmal um. Unbeirrt ging sie in ihr Zimmer, stieß die Tür mit lautem Knall hinter sich zu und verriegelte sie von innen. Inzwischen hatte die tobende Alte den ersten Stock erreicht und polterte mit den Fäusten gegen die versperrte Tür. »Und noch eins, was geht uns deine Schwangerschaft überhaupt an? Wie kommen wir eigentlich dazu, dich und dein Balg durchzufüttern, wo uns doch selbst kaum etwas bleibt?«

Anna saß am ganzen Körper zitternd auf ihrem schmalen Bett, ihre Knie waren weich und ihr Herz raste, als ob es jeden Moment zerspringen könnte. Nein, hier konnte und wollte sie nicht länger bleiben! Sie musste eine andere Lösung finden, sowohl für sich selbst – aber noch mehr um ihres Kindes willen. Sicher würde sie anfangs bei ihren Eltern Unterschlupf finden, und danach würde es schon irgendwie weitergehen. Aber hier musste sie weg. Schleunigst!

Nach einer Weile vernahm sie vor ihrer Kammertür die Stimmen von Burgel und dem alten Gundler, die wild auf ihre Schwiegermutter einredeten und Walli schließlich wegzerrten. Gegen Abend klopfte es vorsichtig an ihre Tür und Burgel bat, hereinkommen zu dürfen. Nach anfänglichem Zögern öffnete Anna schließlich und Burgel übergab ihr ein Haferl mit Flädlesuppe und ein Stück Brot.

»Für heute ist es sicher besser, wenn du oben in der Kammer bleibst«, meinte Burgel, die seit der Lungenentzündung ihres Vaters nicht mehr ganz so abweisend schien. »Bis morgen wird sie sich schon wieder beruhigt haben.«

Anna sah Burgel aus rot verweinten, traurigen Augen an. Sie bedankte sich für die Suppe, meinte aber, dass sie in dieser Situation nichts hinunterbekommen würde.

»Du vielleicht nicht, aber dein Kind wird Nahrung brauchen«, entgegnete ihre Schwägerin energisch und stellte das Essen auf den kleinen Nachttisch unter dem Fenster.

Als sie fort war, verschloss Anna die Kammer wieder, löffelte die Suppe in sich hinein, ohne deren Geschmack überhaupt wahrzunehmen, und legte sich danach völlig erschöpft zu Bett. Sie musste etwas Ruhe und Schlaf finden, bevor sie sich heute Nacht, wenn alle anderen schliefen, zu ihren Eltern nach Bolsterlang aufmachen würde. Die notwendigsten Sachen hatte sie bereits in ein großes Kopftuch gebunden und im Schrank versteckt. Später, im Frühjahr, wenn der Schnee weg war, würden ihr Vater und ihre Brüder die Aussteuer und die wenigen Habseligkeiten, die sie mitgebracht hatte, immer noch holen können. Und über diesen Gedanken und Plänen schlief Anna schließlich ein. Tief, traumlos und völlig erschöpft versank sie in das schwarze Nichts, das ihr Erholung und Vergessen hätte bieten können, wäre da nicht ein stärker werdendes Ziehen und Pochen gewesen, eine Unruhe, die sich langsam ankündigte und schließlich schlagartig von ihr Besitz ergriff.

Ein dumpfer Schmerz durchzuckte ihren unteren Rücken, wie ein Messer durchschnitt er ihren Unterleib. Nachthemd und Bett waren bereits völlig durchnässt. Der Schmerz kam und ging, das konnten nur die Wehen sein! Ihr Bauch zog sich immer wieder ganz fest zusammen, kurze Zeit später entspannte er sich dann. Nur ganz langsam gelang es ihr, aufzustehen, aber schon nach wenigen Augenblicken musste sie sich wieder setzen. Der Druck nach unten, den sie in aufgerichteter Lage verspürte, war einfach zu groß. Ganz langsam ließ sie sich auf ihre Knie nieder, kroch und rutschte, so gut es ging, zur Kammertür und entriegelte sie unter größter Anstrengung, da sie sich dafür nach oben strecken musste. Dann ging es wieder auf allen vieren weiter quer über den Gang zum Zimmer, das dem ihren gegenüberlag. Gott sei Dank, die Tür war nicht verschlossen, und so schleppte sie sich mit letzter Kraft an Burgels Bett, ein schmerzverzerrtes Ächzen war alles, wozu sie statt eines Hilferufs noch in der Lage war. Stöhnend rüttelte sie an der Schulter ihrer tief schlafenden Schwägerin, im Zimmer nebenan schnarchten Walli und der alte Gundler um die Wette.

»Leise, Burgel, sei leise«, bat Anna flüsternd, als ihre Schwägerin schlaftrunken fragte, was los sei. »Ich glaube, das Kind kommt.«

Burgel war schlagartig hellwach. »Aber ich habe so etwas doch bisher nur bei unserem Vieh mitgemacht«, war ihre erste unsichere Reaktion. »Wie sollte ich da helfen können?«

»Ich weiß«, erwiderte Anna. »Aber ich wüsste nicht, wen ich sonst um Hilfe bitten sollte.«

»Wir müssen die Mutter wecken, die weiß, wie das geht.«

»Nein, Burgel, wir beide werden das auch alleine schaffen! Das bist du Daniel, mir und dem Ungeborenen schuldig, hörst du? Nach allem, was gestern mit der alten Gundlerin vorgefallen ist, will ich sie keinesfalls dabeihaben. Lieber sterbe ich!«

Burgel stand auf und stützte Anna auf dem Weg in die Küche hinunter. Dort war es warm, und im Schiffchen befand sich noch genügend warmes Wasser, mit dem Burgel sofort mehrere Tücher tränkte. Anna hatte sich inzwischen leise stöhnend auf die harte Eckbank im Herrgottswinkel gelegt und versuchte durch regelmäßiges Atmen ihre Wehen unter Kontrolle zu bekommen. Burgel tupfte ihr die Stirn und schon nach der fünften Presswehe kam das Kind. Blutverschmiert und von blauroter Farbe lag es in Burgels Armen, gesund und bereits so kräftig, dass sein erster Schrei eigentlich alle im Haus geweckt haben musste. Ihre Schwägerin rieb das Kind mit einem der nassen, warmen Tücher ab, durchtrennte die Nabelschnur mit einem bereitgelegten Messer und legte das Neugeborene dann in ein Handtuch gehüllt auf Annas Bauch. Danach beseitigte sie die Nachgeburt und wurde selbst von so unglaublicher Freude übermannt, dass ihr die Tränen kamen.

»Wenn das der Daniel noch erlebt hätte«, stieß sie schluchzend hervor, wobei sie Anna kurz an sich drückte und dem Kind vorsichtig über das Köpfchen streichelte. Schließlich brachte sie Anna eine große Unterhose mit Stoffeinlagen, die sie in den nächsten Tagen benutzen sollte.

»Was ist es denn«, fragte Anna, die das Kind noch gar nicht richtig hatte ansehen können.

»Ein Mädchen«, antwortete Burgel.

»Da hat Daniel also doch recht behalten, er wünschte sich immer ein Mädchen.« Mein Gott, wie gerne hätte sie ihn in diesem Augenblick neben sich gehabt!

»Und wie soll sie heißen?« Burgel wollte wie immer alles ganz genau wissen.

»Johanna, wie Daniels Großmutter – und so wie meine Mutter.« Anna lachte überglücklich, dass sie alles so gut und schnell überstanden hatte. »Aber warte mit der guten Nachricht noch bis morgen früh, lass deine Eltern weiter schlafen. Es reicht, wenn sie dann erfahren, dass sie heute Nacht Großeltern geworden sind.«

Burgel strich der kleinen Johanna noch einmal zärtlich über den kahlen Kopf, dann half sie Anna die schiefe Treppe nach oben und ließ, nachdem sie deren nasses Bett bemerkt hatte, die frischgebackene Mutter mit ihrem Neugeborenen bei sich übernachten. Eng umschlungen und das Kind in ihrer Mitte wärmend schliefen sie ein.

Die winterliche Stille und ein für das Gundler'sche Anwesen ungewohnter Friede hatte sich über den fast unter dem Schnee begrabenen Bauernhof gelegt.

In der ersten Morgendämmerung des folgenden Tages stand Anna mit dem kleinen Bündel am Fenster ihrer Kammer, in die sie gleich nach dem Aufstehen zurückgekehrt war. Ihr Entschluss stand fest: In diesem Haus, in dem sie und ihr Kind nur geduldet sein würden, wollte sie nicht bleiben. Schon allein um ihrer Johanna eine schöne Kindheit sicherzustellen, musste sie baldmöglichst fort von hier.

Es hatte wieder leicht zu schneien angefangen, in diesem Jahr wollte der Frühling wohl überhaupt nicht kommen. Heute – am elften März 1873 – lag vor dem Haus noch über ein Meter Schnee. Selbst unten im Tal war über Nacht alles wieder ganz weiß geworden. Anna hörte ihre Schwiegermutter in der Küche unten hantieren und wieder einmal war sie dabei, vor sich hin zu schimpfen. Diesmal, weil das Feuer im Ofen nicht recht brennen wollte. Es half alles nichts, Anna musste hinunter, und so nahm sie all ihren Mut zusammen und stieg entschlossen mit dem Kind im Arm die Stiege hinab. Als sie die Tür zur Küche öffnete, saßen bereits alle am Tisch und hatten mit der Morgenmahlzeit begonnen. Mit dem Rücken zu ihr die dürre, ausgemergelte Gestalt ihres Schwiegervaters, rechts davon am Fenster ihr Schwager, der kaum aufschaute, als sie ins Zimmer trat. Dem Vater gegenüber saß Burgel und kurz huschte ein Lächeln über ihr Gesicht, als sie Anna und Johanna erblickte.

»Ich muss Euch was sagen«, begann Burgel aufgeregt mit den Neuigkeiten. »Heute Nacht habe ich der Anna geholfen, ihr Kind zur Welt zu bringen.«

»Und was ist es geworden, Junge oder Mädchen?« Die alte Gundlerin war gerade dabei, in der Pfanne geröstete Kartoffeln auf den Tisch zu stellen.

»Ein Mädchen, so, wie es sich Daniel gewünscht hat«, erwiderte Anna mit fester Stimme.

»Das hab ich mir schon gedacht, dass du mehr als ein Mädchen wohl eh nicht zustande bringen würdest.« Und ohne das Kind eines Blickes zu würdigen, nahm sie Platz und begann mit dem Essen.

Anna konnte nicht anders, ihr stiegen Tränen in die Augen. Verflogen war all das Selbstbewusstsein von vorhin. Traurig setzte sie sich zu den anderen und fischte mit einem Löffel die gebratenen Erdäpfel aus der Pfanne. Am Tisch war die Stimmung äußerst bedrückt, keiner sprach und man hörte nur manchmal ein Gekratze in der Pfanne und hin und wieder einen Huster des frischgebackenen Großvaters, der wieder einmal krank war.

Als alle bis auf Anna und Walli zur Arbeit im Stall waren, fragte die Schwiegermutter, ohne Anna anzusehen, wie es nun weitergehen solle. Anna eröffnete der Alten, dass sie vorhabe, zu ihren Eltern nach Bolsterlang zurückzukehren, und je schneller das passiere, desto besser sei es für alle Beteiligten. Zum ersten Mal, seit sie sich kannten, schien sie ihrer Schwiegermutter aus der Seele zu sprechen.

»Ich will Henne fragen, wann er mich, mein Kind und das Nötigste mit seinem Einspänner hinüberbringen kann«, versuchte Anna das unerfreuliche Gespräch zu beenden.

»Ja, der Henne, der hat es dir angetan, nicht wahr? Kaum war mein Sohn unterm Boden, da hat er dich schon im Arm gehabt. Sage nichts, ich hab es mit eigenen Augen gesehen!«

Anna stand mit klopfendem Herzen auf. Sie hob ihre Kleine auf den Arm und ging wankend zur Tür. Gerade hatte sie die Klinke ergriffen, um die Küche zu verlassen, da sprang die Alte hinter ihr auf.

»Jetzt bist wohl sprachlos, dass ich das weiß, aber weil ich von Anfang an wusste, was du für eine bist, ist mir nichts entgangen.«

Anna blickte ihr traurig und voller Mitleid in die Augen. »Wie ausgerechnet Ihr einen Sohn wie den Daniel auf die Welt bringen konntet, ist mir ein Rätsel. Er hatte so überhaupt nichts von Euch. Ihr seid nur ein armer, armer Mensch. So wie Ihr möchte ich niemals werden.«

Oben in ihrer Kammer schloss sie sich ein und legte sich weinend auf ihr Bett. Lange überlegte sie hin und her, was sie nun am besten tun sollte, und betrachtete dabei das kleine schutzlose Wesen in ihren Armen, das zuerst gierig an ihrer Brust trank und dann friedlich einschlief. Wie schön und wichtig wäre es gewesen, in diesem Moment Daniel an ihrer Seite zu haben. Was sollte aus dem Kind ohne den Vater bloß werden? Irgendwann musste sie über ihren Gedanken und auch wegen der Anstrengungen der letzten Nacht eingeschlafen sein, denn sie wachte erst wieder auf, als es draußen schon dämmerte und die kleine Johanna ihren Hunger in die Welt hinausschrie. Jetzt war es zu spät, den Hof noch zu verlassen. Als es bereits stockfinster war, wurde vorsichtig an ihre Tür geklopft. Zuerst dachte Anna, es sei Burgel, doch als sie öffnete, stand der alte Gundler mit einer Petroleumlampe in der Hand vor ihr.

»Alle sind im Stall«, begann er verlegen und betrat humpelnd die Kammer. »Ich will mir mein Enkelkind auch einmal ansehen.«

»Kommt nur«, bat ihn Anna traurig und führte ihn ans Bett, wo er sich die Kleine eine ganze Weile besah.

Dann stopfte er ihr schnell und als würde er etwas Verbotenes tun einen kleinen Beutel mit Münzgeld in die Hand. »Nimm es«, forderte er sie unbeholfen auf. »Ich habe es mir heimlich abgezwackt, wenn ich Holz verkauft habe, ein Notgroschen, du verstehst. Meine Frau darf davon nichts wissen, sie hat mich mein ganzes Leben kurz gehalten wie einen Tagelöhner und mich nur geheiratet, weil sie einen Mann suchte, der den Vater macht. Die Burgel ist nämlich nicht von mir, nur hat sich ihr leiblicher Vater schon während der Schwangerschaft aus dem Staub gemacht. Ich war sozusagen der Lückenbüßer, aber das Spiel habe ich erst viel später durchschaut und da war ich bereits verheiratet.« Er lachte bitter. »Und wenn du das Geld nicht willst, dann nimm es für meine Enkelin Johanna. Burgel hat mir ihren Namen gesagt. Ein schöner Name, wie ich finde. Aber bitte kein Wort zu Burgel, sie weiß nichts von unserer Unterhaltung. Außerdem hat sie es bereits schwer genug mit so einer Mutter, die ihr auch noch die wenigen Verehrer weggebissen hat, die sie jemals hatte. Aber für Walli ist eh keiner gut genug, so wenig, wie du gut genug für Daniel sein konntest. Weil sie nicht den Mann ihres Lebens heiraten konnte, gönnt sie aus Eifersucht und Verbitterung dieses Glück nicht einmal ihrem eigenen Fleisch und Blut.«

Mit dieser traurigen Erkenntnis stand er wieder schwerfällig vom Bettrand auf und hinkte gebeugt zur Tür. Dort drehte er sich noch einmal kurz zu ihr um. »Keiner darf wissen, dass ich hier war, vergiss das nicht«, waren seine Abschiedsworte, bevor er die Kammertür hinter sich schloss.

Etwa eine Stunde später bekam sie auch noch Besuch von Burgel, die ihr eine Schüssel mit kuhwarmer Milch nach oben brachte, in der kleine Brotstücke schwammen. »Du musst jetzt viel essen, Anna, damit dein Kind auch schön kräftig wird.«

Und während Anna alles bis auf den letzten Rest hungrig in sich hineinschlang – schließlich war es das erste Essen seit dem Frühstück –, trug Burgel Johanna im Arm durchs Zimmer und bewunderte die kleinen Hände und die winzige Nase des Neugeborenen. »Ich werde nie Kinder haben«, stieß sie plötzlich abrupt hervor.

»Das kannst du doch gar nicht wissen«, erwiderte Anna beschwichtigend, obwohl sie wusste, dass Burgel recht hatte.

Doch sie bekam keine Antwort mehr, denn Burgel verschwand ohne ein weiteres Wort aus ihrem Zimmer, nachdem sie die Kleine zurück ins Bett gelegt hatte.

Annas Entschluss stand fest: Morgen wollte sie sich in aller Frühe auf den Weg nach Tiefenbach zu Henne machen und dann mit ihm und seinem Gespann weiter zu ihren Eltern nach Bolsterlang. Mit diesem Gedanken schlief sie ein. Als der Morgen graute, ging sie ein letztes Mal in die Küche nach unten, um sich beim Frühstück von ihrer noch so jungen Verwandtschaft zu verabschieden. Ohne Umschweife und mit kurzen Worten teilte sie ihr Vorhaben mit. Überraschenderweise bot ihr Burgel vor allen anderen an, sie bis Tiefenbach zu begleiten. Fast schien es, als hätte Anna hier oben doch eine neue Freundin gewonnen – und sie freute sich zum ersten Mal in den letzten Monaten wirklich.

Bald darauf brachen die beiden Frauen auf, Burgel trug die kleine Johanna und an einem Stock über ihrer Schulter baumelte das Kopftuch mit Annas wichtigsten Habseligkeiten, denn Anna fiel der Fußmarsch noch sichtlich schwer. Ganz vorsichtig, breitbeinig und immer wieder festen Tritt suchend stieg sie die steile Anhöhe nach Tiefenbach hinunter. Dort angekommen, war sie einigermaßen verwundert, dass die Einspänner und Henne bereits auf sie warteten, doch Burgel gestand ihr, dass sie letzte Nacht noch heimlich zu Henne hinuntergeeilt sei, um ihn vorab zu informieren.

»Schade, dass ich euch beide schon wieder verlieren muss. Nur wir drei, das hätte jetzt so schön werden können«, meinte sie, als Henne Anna und die Kleine in Felle und Decken hüllte, damit sie es während der Fahrt warm hätten.

»Ja, nur wir drei, da hast du recht ... Aber ich werde dir deine Freundlichkeit und Hilfe nicht vergessen, Burgel, und so weit sind wir ja auch nicht voneinander fort.« Anna umarmte sie schnell noch einmal und schon ging es los Richtung Bolsterlang.

Mit Henne redete sie nicht viel auf dieser Fahrt, sie hing lieber ihren Gedanken nach und je weiter sie fuhren, desto unwirklicher kamen ihr die letzten Monate vor. Sie war froh, dass ein trauriges Kapitel ihres Lebens zu Ende ging und dass sie Daniels ›Abschiedsgeschenk‹ aus ihrem wundervollen Sommer in die neue Zeit mit hinübernehmen konnte: Johanna!

Die Überraschung der Eltern war groß, als sie schließlich vor dem Hof in Bolsterlang zu stehen kamen. Noch größer aber war die Wiedersehensfreude und der Stolz auf das ›Butzele‹, das sie nun zum ersten Mal sahen. »Aber ich will Euch nicht auf der Tasche liegen, das verspreche ich Euch«, waren Annas Begrüßungsworte.

»Jetzt kommt doch erst mal herein«, erwiderte Annas Vater. »Ihr seid sicherlich hungrig.« Dann wies er seine beiden jüngsten Söhne an, sich um das verschwitzte Pferd zu kümmern, und sie gingen mit Henne ins Haus.

Anna wollte gleich mit dem Erzählen anfangen, doch ihre Mutter unterbrach sie. »Später, Anna. Jetzt essen wir, und dann ist auch noch Zeit. Stell dir vor, zufällig gibt es heute auch noch dein Lieblingsessen. Kässpatzen.«

Alle setzten sich und als auch die Kinder vom Stall zurück waren, stand eine riesige, dampfende Schüssel in der Tischmitte, aus der sich jeder bedienen konnte, denn Teller gab es keine. Gegessen wurde direkt aus der Schüssel, das war Brauch bei Kässpatzen. Dazu gab es kalte Milch und für alle ein Gläschen Enzian zum Abschluss – und zur Feier des Tages.

Beim Abschied fragte Henne, ob er wieder einmal bei ihr vorbeischauen dürfe. Anna verneinte nicht und begleitete den besten Freund ihres Mannes bis zu seinem Gespann, das er vor den Hof führte, um ihrer ganzen Familie Lebewohl zu sagen, bevor er wieder Richtung Tiefenbach losfuhr.

Anna setzte sich mit ihren Eltern auf die alte Holzbank vor dem Haus. Es war warm geworden, die Sonne hatte bereits die ersten Grasflecken freigelegt und das Wasser tropfte von den Eiszapfen, die vom Dach nach unten ragten. Anna fing sofort an, zu erzählen, was ihr alles bei den Gundlers zugestoßen war. Die Worte sprudelten nur so aus ihr heraus, sie war froh, endlich darüber reden zu können – und vor allem mit Menschen, die ihr wohlgesinnt waren. Während der ganzen Zeit spielte ihr Vater mit der kleinen Johanna auf seinem Schoß, die immer wieder versuchte, seinen Finger zu ergreifen und dabei wild mit ihren kleinen Ärmchen herumzappelte.

»Es war richtig, dass du nach Hause gekommen bist!« Ihre Mutter war ganz entrüstet, wie ihre Tochter behandelt worden war. »Wenn wir auch nicht viel haben, Bettler sind wir keine. Und lieber wenig zu essen als wenig Mitgefühl!«

»Erinnerst du dich, Anna«, pflichtete ihr Vater bei, »als ich dir damals gesagt habe, was das für ein kaltes Weib ist? Sogar den eigenen Mann behandelt sie wie einen Deppen, nur gut zum Arbeiten, aber ohne Rechte.« Kopfschüttelnd erhob er sich mit seiner Enkeltochter im Arm. »Doch auch für die wird einmal der Zahltag kommen. Glaube mir, Anna, Gottes Mühlen mahlen, und auch wenn sie nur ganz langsam mahlen, vergessen tun sie keinen, auch die alte Gundlerin nicht.«

»Solange ich lebe, wird sie ihre Enkeltochter jedenfalls nicht mehr zu Gesicht bekommen«, erklärte Anna voller Genugtuung.

»Das macht der doch nichts«, erwiderte Annas Mutter. »Diese Frau hat kein Herz im Leib, sie weiß gar nicht, was Liebe und Mitgefühl sind. Im Grunde kann man sie nur bemitleiden, denn sie bestraft sich durch ihr eigenes Handeln selbst.«

»Es gibt Menschen, die sind schon tot, obwohl sie noch auf Erden leben, denn von ihnen wird nicht einmal mehr in der engsten Familie gesprochen.« Annas Vater versuchte, seiner Tochter einen kleinen Trost für die erlittenen Demütigungen zu spenden. »Und so wollen wir es mit ihr in unserer Familie halten.«

SIEBTES KAPITEL

Drei Jahre zogen ins Land und wieder hielt der Winter Einzug – wie immer Anlass für Anna, dem Alpsommer auf Rangiswang nachzusinnen. Auch dieses Jahr hatte sie ihre Tochter mitgenommen und Johanna war ihr sogar schon etwas behilflich gewesen. Ein früherer Sommer dort oben kam Anna in den Sinn, der schöner gewesen war als ein Traum. Wie Daniel sie heimlich nachts besucht hatte, welch vertraute Zweisamkeit und große Liebe sie mit ihm hatte erleben dürfen. Das alles schien so weit entfernt und so unwiederholbar verloren, dass sie sich zwingen musste, in die Gegenwart zurückzukehren, sonst hätte die Verzweiflung schnell wieder von ihr Besitz ergriffen.

Ihre kleine Johanna gedieh prächtig, und Anna hatte tagtäglich große Freude an ihr. Die Haare ihrer Tochter waren schnurgerade und wollten sich gar nicht locken, ihre Augen strahlten in demselben Rehbraun wie die von Anna. Aber was ihren Charakter und ihre Sturheit betraf, da war sie ganz Daniel nachgeschlagen. Während der ersten beiden Jahre war Annas Mutter mit auf die Alpe gekommen, weil ihre Tochter so viel zu tun hatte, die Winter verbrachten sie alle gemeinsam auf dem Hof der Eltern, wo Anna der Mutter half. Es hatte in dieser Zeit einige Verehrer gegeben, doch mit dem Thema hatte Anna abgeschlossen. Jeden verglich sie insgeheim mit Daniel, und schon hatten sie bei ihr jegliche Chance verspielt.

Doch einen gab es, der hatte ihr schon den Hof gemacht,

als sie gerade einmal sechzehn gewesen war. Annas Vater hatte ihn damals mit einer Geißel vom Hof vertreiben müssen, so zudringlich war er gewesen. Berkmann hieß er und hatte einen Hof mitten in Bolsterlang. Er war zehn Jahre älter als Anna und lebte, seit sie sich erinnern konnte, mit seinen beiden Brüdern, die zwölf und fünfzehn Jahre älter waren als er selbst, auf diesem elterlichen Hof. Die Brüder waren milde ausgedrückt etwas seltsam und wurden von allen Dörflern nur Rumpler und Bumpler geheißen. Klein, untersetzt und menschenscheu waren sie und trugen, schon immer wie es schien, schwarze Vollbärte und eine Haarpracht, die zerzausten Vogelnestern glich. Nur selten hatte jemand ein Wort aus ihrem Mund vernommen, aber arbeiten konnten sie, dass es eine Freude war, sie im Holz dabei zu beobachten.

Anton Berkmann, der jüngste, hatte mit seinen älteren Geschwistern keine Ähnlichkeit: groß gewachsen, eher hager und von flinker Auffassungsgabe wie er war. Anton war trotz des Vorfalls mit der Geißel hartnäckig geblieben und hatte Anna mehrmals im Sommer auf der Alpe besucht. Dabei hatte er sich nicht nur als nützlich, sondern auch als sehr umgänglich erwiesen. Vergangenen Sommer hatte er ihr, als gerade die Alpenrosen blühten, sogar einen schönen Strauß und der kleinen Johanna geschnitztes Holzspielzeug vorbeigebracht, das seine Brüder während der langen Winterabende selbst gefertigt hatten. Er hatte kein Hehl daraus gemacht, dass er Anna noch immer sehr verehrte, und hatte auch ganz offen mit ihr darüber gesprochen, dass in seinem Männerhaushalt alles drunter und drüber ginge und die liebevolle und ordnende Hand einer Frau dringend benötigt würde.

»Und irgendeine will ich auch nicht nehmen«, eröffnete er ihr an einem Sonntagvormittag, als Anna gerade damit beschäftigt war, Käse zu machen. Anton saß an ihrer Seite auf dem Bänkchen neben dem Kupferkessel und hatte Johanna auf seinen Knien. Anna rührte fleißig die erhitzte Milch und hatte von der Wärme des Feuers und durch das beständige Rühren schon ein ganz rotes Gesicht bekommen. Das Kopftuch hing ihr weit ins Gesicht, während sie einen Blick über den Kesselrand warf.

»Ich habe mir auch schon Gedanken gemacht, wie es mit mir und Johanna nach dem Sommer weitergehen soll«, antwortete sie, ohne ihn anzusehen. Und als sie vom Kessel aufsah und sich umdrehte, war er bereits aufgesprungen, hatte Johanna vor sich in die Luft gehalten und mit ihr einen Freudentanz begonnen. »Nicht so schnell, du musst mir Zeit lassen, Anton, bitte versteh das. Es ist noch nicht lange her, dass ich meinen Mann beerdigt habe, und ich habe ihn sehr geliebt. Auf der anderen Seite kann ich nicht weiter meinen Eltern auf der Tasche liegen, Jakob wird Ende September heiraten, und dann wird es eng auf dem Hof. Ich brauche also demnächst für Johanna und mich eine Bleibe und Arbeit.«

»Für Johanna brauchst du vor allen Dingen einen Vater«, erwiderte Anton drängend und legte eine Hand auf Annas Schulter.

Erschrocken zuckte sie unter der Berührung zusammen. Doch er schien das vor lauter Freude gar nicht zu bemerken. »Sag mir, wann ich das Aufgebot bestellen soll.«

»Aufgebot?« Anna schüttelte den Kopf. »Hör zu. Ich werde nach dem Almabtrieb mit Johanna bei dir einziehen und dir und deinen Brüdern den Haushalt führen. Aber eine Hochzeit? Damit musst du schon warten, bis ich die Trauerzeit für beendet halte und wieder Platz in meinem Herzen ist für einen neuen Mann. Es hat nichts mit dir zu tun, Anton, glaube mir das, aber noch ist mir der Gedanke ans Heiraten so fremd wie die Rückseite vom Mond.«

Inzwischen war Anna dabei, den Käse in die Form zu füllen und ihn dann einzupressen, sodass die Molke auf der Seite des Tisches herunterlief, wo sie von einer kleinen Kanne aufgefangen wurde. Schließlich bückte sie sich, griff nach der nun vollen Kanne und überreichte sie Anton. »Trink«, sagte sie mit einer Spur Bitterkeit in der Stimme. »Trink auf unser gemeinsames Leben.«

Als Anton sich am späten Nachmittag von ihr verabschiedete, um den Heimweg anzutreten, war er glücklich über das, was er erreicht hatte. Die Frau, die er schon so viele Jahre begehrte und verehrte, wollte bei ihm einziehen. Auch wenn sie nur das Zuhause und noch nicht das Bett mit ihm teilen wollte, so war er überzeugt, dass es bloß eine Frage der Zeit war, bis er sie ganz besitzen würde. Dann würde er sie heiraten und mit ihr einen Stammhalter zeugen, denn seine Brüder würden das wohl nicht mehr schaffen. Mit solchen Gedanken stieg er den Weg nach Bolsterlang hinunter, überglücklich, stolz, selbstzufrieden.

Anna hingegen war oben auf der Alpe allein mit ihrem Kind und machte sich schwere Vorwürfe, ob sie nicht zu voreilig gehandelt hatte. Auf keinen Fall wollte sie, dass ihre Schwiegermutter noch im Nachhinein recht bekam, indem sie sich nun dem Erstbesten an den Hals warf. Und wie würde ihr Vater, auf den sie immer zählen konnte, wohl auf die Neuigkeit reagieren? Anna sehnte sich dringend nach jemandem, den sie hätte um Rat fragen können, so beklemmend war ihr nach dieser Unterhaltung zumute.

Kurz vor dem Viehscheid war der Vater dann hochgekommen, um ihr zu helfen, die Alpe winterfest zu machen, und es bot sich endlich die Gelegenheit, über Annas Entscheidung zu reden. Der Vater sprach ihr gut zu und versicherte: »Die Liebe wird kommen, Anna. Sie wächst mit der Zeit. Ihr werdet euch zusammenraufen, glaube mir. Und wenn ihr erst gemeinsame Kinder habt, wird eure Verbindung noch fester werden. Ich spreche da aus Erfahrung.«

Anna schaute ihren Vater forschend an, dann fragte sie ohne Umschweife: »Habt Ihr Mutter nicht immer geliebt?«

»Die Schwester deiner Mutter war es, die ich geliebt habe. Sie war Magd auf dem Hof meiner Eltern und hat sie im Alter gepflegt. Ich war unsterblich in sie verliebt. Und so ist es passiert, dass sie schwanger wurde. Wir mussten heiraten, aber sie starb im Kindbett bei deiner Geburt. Jetzt stand ich da, alleine mit einem Kind und bettlägerigen Eltern, dem Hof und der vielen Arbeit. Auf der Beerdigung habe ich dann ihre Schwester getroffen, die Mutter, die du kennst. Sie hatte ein gutes Herz, kam auf den Hof und ging mir überall zur Hand. Nachdem wir uns ein Jahr lang gegenseitig geprüft hatten und es als richtig empfanden, haben wir dann geheiratet. Wir haben uns zusammengetan, wie man so schön sagt, sie hat mir fünf Söhne geschenkt und sie war dir immer eine gute Mutter. Mir war sie jeden Tag, seit wir uns kennen, eine gute Frau.«

Anna saß wortlos und wie gelähmt neben ihrem Vater.

»Sie hieß übrigens Anna wie du, ich habe sie nie vergessen, doch obwohl ich sie noch immer in meinem Herzen trage, ist das Leben weitergegangen. Und auch bei dir und deiner Liebe zu Daniel wird es so sein. Deswegen ist deine Entscheidung richtig, schon allein um Johannas willen.« Er nahm seine Tochter in die Arme und hielt sie ganz fest, als sie schluchzend ihre Stirn an seine Schulter drückte.

Am nächsten Morgen ging es hinab ins Tal. In der Nacht waren noch Annas Brüder und Anton gekommen, um mit anzupacken. Annas Vater lenkte das alte Pferdefuhrwerk, das mit Käse voll beladen war, den steilen Bergweg hinunter. Anna und ihre kleine Tochter saßen neben ihm auf dem Kutschbock. Die jungen Männer kümmerten sich ums Vieh. Als Kühe und Kälber schließlich gesund im Tal angekommen waren, wurde erst einmal der Viehscheid vollzogen und jedem Bauern wurden aus der großen Herde, die den Sommer in den Bergen verbracht hatte, seine Tiere übergeben. Danach saß die ganze Familie Bader mit ihrem Gast Anton Berkmann am großen Tisch von Annas Eltern und es gab g'schupfte Nudeln mit Sauerkraut. Anna warf immer wieder einen Blick auf ihre Mutter, denn so würde sie sie auch weiterhin bei sich nennen, und dachte über sie nach. Nein, nie wäre sie auf die Idee gekommen, dass das nicht ihre Mutter sein könnte, mehr Liebe, Fürsorge und Mitgefühl hätte sie von keiner anderen Frau bekommen.

Verdammt, ausgerechnet jetzt, sie wollte doch gar nicht weinen! Doch da stupste sie ihr Vater, der ihren Gemütszustand wohl mitbekommen hatte, sanft in die Seite: »Sei nicht traurig, Anna, dein Elternhaus ist ja nicht aus der Welt und du kannst uns immer besuchen, wenn dir danach ist.« Er hatte den Anlass für ihre Tränen offensichtlich falsch gedeutet, aber sie war ihm umso dankbarer für seine Worte, als sie sich nun leichteren Herzens von ihren Eltern und ihren Brüdern verabschieden konnte. Dann machte sie sich mit ihrer Tochter auf dem Arm auf den Weg in ihr neues Zuhause. Anton, der schweigend neben ihr ging, hatte einen kleinen Leiterwagen im Schlepptau, auf dem Annas und Johannas Habseligkeiten verstaut waren.

Unterwegs begegneten sie einigen Dorfbewohnern, die zwar freundlich grüßten, doch nachdem die drei vorbeigezogen waren, hinter vorgehaltener Hand tuschelten und kicherten. Anna machte das nichts aus, aber sie bemerkte wohl, dass es Anton unangenehm war.

»Soll ich wieder umkehren?«, fragte sie ihn herausfordernd.

»Lass nur, mir ist egal, was andere sagen«, entgegnete er schnell. Aber Anna wusste, dass das gelogen war.

Am Hof angekommen, ging Anton geschwind die Steintreppe zur Tür hoch und schloss auf. Ein Blick über den Zaun genügte, um Anna zu zeigen, dass der kleine Garten vor dem Haus nicht im besten Zustand war. Doch im Haus wartete die weit größere Überraschung auf sie. Sie glaubte zunächst, dass ihr die Einbildung einen Streich spielte, aber da standen wirklich zwei Schafe und eine Ziege im Hausflur. Überall am Boden lagen Heu und Wäschestücke verstreut, und Rumpler und Bumpler saßen mit Holzschuhen, die eigentlich nur im Stall erlaubt waren, und mit ihrem schmutzigen Arbeitsgewand am Küchentisch. Mit vollem Mund nickten sie Anna zu. Auf dem Herd stapelte sich gebrauchtes Geschirr und unter dem Tisch rekelte sich eine grau gestreifte Katze, die gerade ihre Jungen säugte. Anna verschlug es die Sprache.

Doch im oberen Stockwerk, in das Anton sie nun führte, sah es nicht viel besser aus. Sie betraten ein großes Zimmer mit drei Fenstern, wohl das frühere Schlafzimmer von Antons Eltern. Spinnweben hingen in den Ecken, es roch nach Moder und die Fensterscheiben waren blind vor Schmutz, sodass die Vorhänge eigentlich überflüssig geworden waren.

»Also hier muss sich einiges ändern, wenn ich bleiben soll«, war Annas trockener Kommentar. »Sag das deinen Brüdern.« Dann öffnete sie alle Fenster und begann, das Bett mit Wäsche aus einem der Schränke frisch zu überziehen. »Fürs Erste werde ich nicht in den Stall gehen, ihr seid ja zu dritt, sondern das Haus von oben bis unten in Ordnung bringen.« Und mit diesen Worten schob sie Anton zur Tür hinaus, verriegelte sie und schlüpfte mit Johanna bei offenen Fenstern in das frisch gemachte Bett, in dem sie beide sofort fest einschliefen.

Sie wurde von einem infernalischen Lärm aus dem Nebenzimmer geweckt. Wie sich herausstellte, war es das Geschnarche von Rumpler und Bumpler, die wohl einen ›Sängerwettstreit‹ austrugen. Am liebsten wäre sie sofort wieder nach Hause zurückgekehrt. Doch diese Schande wollte sie sich und ihren Eltern ersparen. Sie scheute sich nicht vor der Arbeit, die jetzt auf sie zukam. Flink zog sie Johanna an und brachte diese zu ihrer Mutter, die erst einmal untertags für die Kleine sorgen sollte, bis das Haus einigermaßen in Ordnung gebracht war. Zurück auf dem Bergmann'schen Hof legte sie los.

Und tatsächlich – es war weniger die Arbeit, die ihr große Mühe bereitete, als vielmehr Rumpler und Bumpler, die sich inzwischen in ihrem eigenen Dreck eingerichtet hatten und murrten und schimpften, als ihre gewohnte Umgebung sich so veränderte. Nicht selten kam es auch zu Auseinandersetzungen mit ihrem eigenen Bruder, da sie sich in ihrer Ruhe und Eintönigkeit gestört fühlten. Anna kümmerte das alles wenig. »Ich kann ja wieder gehen«, lautete ihr Spruch, mit dem sie regelmäßig Anton dazu brachte, sich bei seinen beiden ›Hausschweinen‹ durchzusetzen. Seine Angst, er könnte sie wieder verlieren, war ihr größtes Druckmittel.

Nachdem Dreck und Unordnung beseitigt waren, strichen sie das Haus innen neu, Möbel wurden umgestellt, die Vorhänge gewaschen und zum Teil abgeändert und schließlich allerhand Neues angeschafft. Bald war das Haus nicht mehr wiederzuerkennen, aus dem Saustall war eine schmucke Bleibe geworden. Und alles, oder das meiste zumindest, war Annas Werk. Sie war stolz darauf, was sie in der kurzen Zeit bis zum Advent geschafft hatte.

Einhergehend mit dieser großen Veränderung hatten sich auch Rumpler und Bumpler gemacht. Sie hatten ihre Freude an der kleinen Johanna gefunden und spielten oft stundenlang mit ihr. Dabei behandelten sie das Kind überraschend feinfühlig, feinfühliger jedenfalls, als Johanna mit den beiden umsprang. Sie zog an ihren wuschligen Haaren und den langen Bärten, sie schrie und tobte, wenn etwas nicht nach ihrem Willen ging, und machte oft kaputt, was die beiden für sie angefertigt hatten. Anna hatte selten geduldigere und liebevollere Spielgefährten erlebt als diese beiden alten Männer.

Anton ging sie aus dem Weg. Sie hatten sich angewöhnt, nur das Nötigste miteinander zu reden. Manchmal verhielt er sich inzwischen sogar richtig bockig und beleidigt, denn so hatte er sich das Leben mit seiner Zukünftigen nicht vorgestellt. Anna verbrachte die Tage um Weihnachten herum in sehr melancholischer Stimmung. Immer wieder hing sie ihren Tagträumen nach und je tiefer sie sich in ihnen verlor, desto klarer wurde ihr, dass sie nie wieder in ihrem Leben so glücklich werden würde wie damals mit Daniel. Mit dieser Tatsache musste sie sich wohl oder übel abfinden.

Pünktlich am elften März, Johannas Geburtstag, hielt Anton um Annas Hand an. Es war eine ziemlich nüchterne Angelegenheit. Er erwartete sie oben auf dem Gang, als sie Johanna nach dem Mittagessen zu Bett gebracht hatte, schaute ihr fest in die Augen und stellte ohne Umschweife seine Frage.

»Willst du meine Frau werden?«

Es gab kein Entkommen. »Ja«, erwiderte sie und schaute zu Boden.

Anton war außer sich vor Freude. Er umfasste Annas schmale Taille mit beiden Armen und wirbelte sie einmal um ihre gemeinsame Achse in dem geräumigen Treppenhaus herum. Anna jedoch machte sich gleich wieder von ihm los, murmelte, dass sie in die Küche müsse, und stürmte die Treppe hinunter.

Sie heirateten im engsten Familienkreis. Anna trug ihr lindgrünes Sommerdirndl, das ihr nun eher ein Stück zu weit war. Sie sah nicht gut aus. Mit brüchiger Stimme antwortete sie: »Ja, ich will«, als der Pfarrer sie fragte, ob sie Anton in guten wie in schlechten Tagen beistehen wolle.

Wusste er eigentlich, was er da sagte? Was er da verlangte?

Ja, mit ihrem Daniel, da wäre sie sehr wohl bis ans Ende der Welt gegangen, aber was war das für ein Gott, der ihr nach einem Sommer des Glücks den Liebsten wieder entrissen hatte? Der ihr den Mann nahm, den sie noch nicht einmal richtig kennengelernt hatte? Nein, so ein Glück wie mit Daniel würde sie nie mehr erleben, so etwas bekam man nur einmal geschenkt.

Als sie Anton verstohlen musterte, musste sie sich eingestehen, dass er ein stattlicher Mann war. Seine braunen Augen, die etwas tief lagen und von leicht bläulichen Schatten umgeben waren, blickten angestrengt auf den Altar. Sein Gesicht war leicht gebräunt und sein schwarzes Haar begann sich an den Schläfen schon silbern zu verfärben. Er hatte schöne Hände, kräftig und doch feingliedrig, obwohl sie gezeichnet waren von der harten Arbeit eines Bauern.

Anna hatte der Predigt des Pfarrers kaum zugehört, so sehr war sie mit ihren Gedanken abgeschweift, aber das Versprechen, ihn zu lieben und zu ehren, das hatte sie bei vollem Bewusstsein abgegeben. Ja, sie wollte ihm eine gute Frau sein, denn auch er hatte sich ihr gegenüber stets als guter Mann gezeigt. Er ließ sie gewähren. Er vertraute ihr. Auch dass sie weiter den Sommer auf die Alpe ging, um dort für drei Monate als Sennerin zu arbeiten, hatte er ihr nach anfänglichem Zögern noch vor der Hochzeit zugestanden. Allerdings hätte sie sich diese Freiheit auch nicht mehr nehmen lassen!

Aber wie sie es auch drehte und wendete, es gab einen Punkt, mit dem sie noch nicht ihren Frieden geschlossen hatte, es vielleicht nie tun würde. Dieses Thema spukte ihr während des restlichen Gottesdienstes und der nachfolgenden kleinen Feier unermüdlich durch den Kopf. Wenn sie Anton eine gute Frau sein wollte, wenn ihre Vorsätze und Versprechen wirklich ernst gemeint waren, dann musste sie ihre Verpflichtungen auch bis zur letzten Konsequenz einhalten. Dem Thema Beischlaf und der näher rückenden Hochzeitsnacht würde sie nicht entkommen.

Anna versuchte, den Gedanken beiseitezuschieben, und richtete ihre Aufmerksamkeit auf die Hochzeitsgesellschaft, die ungewöhnlich schweigsam den Schweinebraten mit Kraut und Semmelknödeln verzehrte, den Annas Mutter in der Küche von Antons Hof zubereitet hatte. Es wollte so gar keine Stimmung aufkommen, nicht einmal das ausgezeichnete Essen konnte das ändern. Die kleine Johanna sprang in der Stube umher und spielte mit den Holzpferdchen, die ihre beiden Onkel geschnitzt hatten.

Als der Pfarrer und sein Messner sich zum Aufbruch anschickten, wurde Anna ganz nervös und begann, hektisch den Tisch abzuräumen. Rumpler und Bumpler saßen vor dem Haus auf dem Bänkchen und rauchten ohne ein Wort ihre Zigarren. Annas Vater sprach mit Anton in der Stube über den bevorstehenden Sommer und die Viehpreise, während Anna in der Küche das Geschirr abwusch. Da bemerkte Annas Mutter, die ihr zur Hand ging und das Geschirr in die Schränke zurückräumte, plötzlich, dass ihre Tochter leise vor sich hin weinte.

Mitfühlend sah sie ihre Tochter an, dann legte sie sanft ihre Hand auf Annas Unterarm. »Sieh mich an, Anna! Man kann im Leben alles, man muss es nur von Herzen wollen.«

Anna schluchzte nur noch lauter und presste plötzlich mit tränenerstickter Stimme hervor: »Ich will ja, aber ich bin noch nicht so weit!« Da wurde ihr Gespräch abrupt von Annas Vater unterbrochen, der in die Küche trat und seine Frau zum Aufbruch drängte.

Am Nachmittag stiegen die Frischvermählten mit Johanna aufs Bolsterlanger Horn. Die Kleine saß auf Antons Schultern und ihre gute Laune war so ansteckend, dass es schließlich auch den Eheleuten gelang, ein ungezwungenes Gespräch zu führen. Doch immer, wenn Anton seiner Frau zu nahe kam oder sie auch nur leicht berührte, zuckte sie zurück.

Rumpler und Bumpler waren mit der Stallarbeit schon fast fertig, als Anna, Anton und Johanna am frühen Abend von ihrem Ausflug zurückkamen. »Heute machen wir die Arbeit für dich mit, ausnahmsweise und nur, weil du ja noch Wichtiges vorhast«, begrüßte sie Rumpler, und die beiden Brüder grinsten von einem Ohr zum anderen.

Beim Abendessen wechselten sie vor lauter Anspannung kein Wort miteinander und wenn sich ihre Blicke zufällig trafen, schaute Anna sofort errötend zur Seite. Bald darauf brachte Anna ihre Tochter zu Bett, die nach der Anstrengung des Tages sofort einschlief. Anna wusch sich und zog ihr frisches Nachthemd über. Dann legte sie sich in ihr Bett und wartete.

Sie hörte, wie sich die Zimmertür leise öffnete. Anton trat an ihr Bett, entkleidete sich und kroch zu ihr unter die Bettdecke. Zuerst nahm er sie nur in den Arm und strich ihr beruhigend über den Rücken. Er legte sein Gesicht an ihre Wange. Lange blieben sie reglos in dieser Stellung liegen. Dann flüsterte er ihr ins Ohr, wie schön er sie fände, wie begehrenswert sie sei und dass er sie gern ganz spüren würde, deswegen solle sie doch ihr Nachthemd ausziehen, das nur stören würde. Danach ging alles sehr schnell, und rückblickend musste Anna zugeben, dass sie sich an fast nichts erinnern konnte, außer, dass sie gedacht hatte, sie wolle um Himmels willen nicht gleich wieder ein Kind bekommen. Jedenfalls hatte sie den Eindruck, dass Anton zufrieden einschlief, und sie schlich kurz darauf aus dem Zimmer und ging mit einer Schüssel Essigwasser hinter dem Hof auf das stille Örtchen, wo sie sich gründlich wusch. Das Wasser verursachte einen leicht brennenden Schmerz, aber sie würde alles in ihrer Macht Stehende tun, um eine Schwangerschaft zu verhindern. Dafür fühlte sie sich momentan einfach nicht genug bei Kräften, außerdem hätte sie mit zwei oder gar noch mehr Kindern jeden Gedanken an einen Sommer auf der Alpe aufgeben müssen. Und ihre dort oben errungene Freiheit war mit das Kostbarste, was sie besaß.

Zurück im warmen Bett schlief auch sie sofort ein und erwachte erst, als die Sonne schon hell im Zimmer stand und Johanna zu ihr unter die Decke schlüpfte. Der Platz neben ihr im Bett war leer und unten in der Küche erwartete sie die schönste Überraschung der letzten Monate: ein liebevoll dekoriertes Frühstück, das ihr Anton zubereitet haben musste, bevor er sich zusammen mit seinen Brüdern zur morgendlichen Stallarbeit aufgemacht hatte.

In den folgenden Wochen konnte es Anna kaum erwarten, auf die Alpe zu kommen. Fieberhaft zählte sie jeden Tag, bis es endlich so weit war. Die letzten Tage vor ihrem Aufstieg vergingen dann doch wie im Flug, und an Pfingsten, das dieses Jahr sehr früh lag, hatte Anna die alte eisenbeschlagene Truhe mit dem Nötigsten für sich selbst und Johanna gepackt. Plötzlich versuchte Anton sie, ganz entgegen seines vor der Hochzeit gegebenen Versprechens, doch noch umzustimmen, aber Anna blieb hart und verfolgte ungerührt ihr Vorhaben. Keine zehn Pferde hätten sie davon abbringen können!

»Ihr seid vorher auch ohne mich ausgekommen«, erwiderte Anna ihm. »Allerdings will ich keinen solchen Saustall mehr vorfinden, wenn ich im Herbst zurückkomme.« Sie hatte bereits einer Nachbarin den Auftrag gegeben, mindestens jeden zweiten Tag im Hause Berkmann nach dem Rechten zu sehen und einzugreifen, sobald das nötig sein sollte. Nach dem Sommer wollte Anna sie von ihrem eigenen Geld dafür entlohnen.

Schlussendlich blieb Anton nichts anderes übrig, als klein beizugeben, denn seine frühere Zusage konnte er schlecht zurücknehmen, und Anna verbrachte drei himmlische Monate in der frischen Bergluft zusammen mit ihrer Tochter. So klein Johanna auch noch war, so schien sie hier oben doch viel ausgeglichener und konnte sich gar nicht sattsehen an den vielen wild lebenden Tieren wie Gams und Adler, Luchs und Auerhahn – und natürlich den zahlreichen Gebirgspflanzen, deren Namen Anna ihr stets aufs Neue nennen musste. Aber die beiden lebten nicht nur körperlich auf, von dieser Landschaft schien ein Zauber auszugehen, der auch ihre Seelen berührte. Endlich gab es genug Luft und Raum zum Atmen, und Anna genoss es, nach getaner Arbeit einfach im Gras liegend in den Himmel zu blicken und dabei die Natur in sich aufzunehmen, die in dieser Höhe besonders intensiv zu ›leben‹ schien. Johanna gedieh prächtig, und manch schwere Erkältung, die sich hartnäckig über die Wintermonate eingenistet und bis weit über den Frühling hinaus gedauert hatte, waren die beiden auf der Alpe – auch aufgrund von Annas Kräuterwissen – wieder losgeworden.

Viel zu schnell waren die drei Monate vergangen, und die beiden mussten wieder hinunter nach Bolsterlang zu Anton und seinen Brüdern, die von Jahr zu Jahr sonderbarer wurden. In den Folgejahren wurde Anna zwar einige Male schwanger, doch Antons Wunsch nach einem Stammhalter ging nicht in Erfüllung, da sie stets einen Abgang hatte. Auch in Anna war inzwischen der Kinderwunsch wieder erwacht, denn Johanna war nun schon größer und hätte auf das neue Geschwisterchen aufpassen können, aber es sollte wohl nicht sein! Anton gab ihr die Schuld dafür und immer wieder kam es zu Spannungen und Streit. Sie konnte zusehen, wie sich ihr zuvorkommender, bisweilen sogar zärtlicher Mann nach und nach verwandelte. Streitsüchtig, verbockt und voller Selbstmitleid wurde er ein häufiger Gast im Wirtshaus und wenn er dann nach Hause kam, war er richtig unausstehlich. Sogar Johanna gegenüber entwickelte er Gefühle von Abneigung, Eifersucht und Wut, insbesondere, wenn er getrunken hatte. Dann sperrte Anna ihn aus ihrem Zimmer und er musste in der Stube nächtigen. Dort unten konnte sie ihn oft die ganze Nacht toben hören, so haderte er mit der Welt und seinem Schicksal.

Dann, ganz plötzlich, überschlugen sich die Ereignisse: Bumpler kam auf tragische Weise im Holz ums Leben. Ein schwerer Schlag für Rumpler, der sich die Schuld an dem Unfall gab – und für Anton, der sein Leben mit den Brüdern geteilt hatte und nun noch mehr Grund dafür sah, ins Wirtshaus zu gehen. Im darauffolgenden Frühjahr konnte Rumpler eines Morgens nicht mehr aufstehen, ein Schlaganfall war wohl die Ursache. Drei Tage später war auch er tot. Der Pfarrer vermutete in seiner Beerdigungsrede, Rumpler habe wohl ohne seinen jüngeren Bruder nicht weiterleben wollen, mit dem er sich schließlich ein Leben lang fast ohne Worte verstanden habe. Überhaupt nahmen in diesem Jahr die Beerdigungen kein Ende. Einen Monat nachdem Rumpler unter der Erde war, verstarb nach langer Krankheit auch der alte Gundler, dessen Münzbeutel Anna noch immer für Johanna verwahrte. Ihre frühere Schwiegermutter hielt es nicht einmal für nötig, einen Leichenschmaus für ihn abzuhalten, er musste mit einem kargen Begräbnis vorliebnehmen. Obwohl Anna sich fürchtete, noch einmal mit dieser bösen Frau zusammenzutreffen, ging sie auf den Friedhof, um sich von diesem herzensguten Mann, der so gar nichts von seinem Leben gehabt hatte, zu verabschieden und zu zeigen, wie sehr sie ihn geschätzt hatte.

Es war wenig überraschend, dass sie dort auf Burgel traf, die sie allerdings kaum wiedererkannte, so dick und unbeweglich war sie geworden. Wohl, um die täglichen Schikanen ihrer Mutter ertragen zu können, hatte sie sich einen übermäßigen Fettpanzer angefressen. Sie begegnete Anna wieder mit der gewohnten Kühle und Arroganz von früher und hatte es sichtlich nicht geschafft, sich aus den Klauen der übermächtigen Mutter zu befreien.

Trotz des traurigen Anlasses freute sich Anna sehr, als sie auch Henne unter den Trauernden stehen sah. Nachdem alle anderen den Friedhof verlassen hatten, gingen Anna und Henne zusammen in den nahe gelegenen Brauereigasthof ›Engel‹, um nach der langen Zeit wieder einmal miteinander zu schwätzen.

»Nach unserem letzten Treffen hab ich mich einfach nicht getraut, bei dir vorbeizukommen«, meinte Henne und schüttelte sich, weil er den scharfen Obstler zu hastig hinuntergeschluckt hatte. »Du hast so seltsam auf meine Umarmung reagiert, dass ich nicht wusste, ob du meine Nähe überhaupt willst.«

»Und jetzt ist es zu spät«, entgegnete Anna ernst. »Wie du weißt, bin ich wieder verheiratet.« Dann stand sie auf, weil sie das Gespräch doch zu sehr aufwühlte, und verabschiedete sich schnell von ihm, der gar nicht wusste, wie ihm geschah und was er falsch gemacht haben könnte. Henne blieb allein in der Gaststube sitzen.

Jahre darauf, es war wohl Ende Juni, denn nur zu dieser Zeit verströmten die Wiesen auf Rangiswang gegen Abend jenen Duft, von dem einem schwindlig werden konnte, saßen Johanna und sie auf dem Bänkchen in der Alpe beim Milchrühren und Anna erzählte ihrer Tochter zum ersten Mal von ihrem richtigen Vater. Obwohl das Mädchen gerade einmal zwölf Jahre alt war, hörte sie aufmerksam zu und fragte anschließend traurig seine Mutter:

»Mag der Anton mich deshalb nicht, weil ich gar nicht sein Kind bin?« Anna sah ihre Tochter, die dem geliebten Daniel in so vielem glich, zärtlich an und erwiderte: »Nein, Johanna, das hat andere Gründe. Wenn du älter bist, werde ich sie dir einmal erklären.« Die Erklärungen, die sie ihr hätte geben können, würden das Mädchen überfordern.

Als dann der Viehscheid kurz bevorstand, wurde Anna krank – wie so oft um diese Zeit. Sie litt unter Schlafstörungen, Bauchkrämpfen und Übelkeit. All das konnte nur an ihrem unglücklichen Leben in Bolsterlang liegen, doch der Winter kam Jahr für Jahr ohne Erbarmen und der Abstieg von der Alpe nahte stets von Neuem. Sie musste sich einfach damit abfinden!

ACHTES KAPITEL

Es war Herbst geworden, Annas letzte Tage auf der Alpe waren gekommen. Zweiundvierzig Sommer hatte sie hier oben verbracht. Draußen war es finster und der Regen peitschte an die kleinen Fensterscheiben. Das Feuer im Ofen knisterte und sie hatte es sich auf der Bank davor mit ein paar Decken bequem gemacht. Es war ein ungewohnter Moment absoluter Ruhe und Behaglichkeit, den sie auskostete, wusste sie doch, wie selten das Leben einem solche Geschenke machte.

Am Vormittag, gerade als sie mit dem Käsen fertig gewesen war, hatte plötzlich Joseph vor ihr gestanden. Alt und gebeugt und mit seinem grauen Haarkranz um den Kopf, der ihn fast wie ein Mönch aussehen ließ, streckte er ihr schwer keuchend vom Aufstieg ein schmales, in buntes Papier gewickeltes Päckchen entgegen.

»Ich wollte mich für dieses Jahr von dir verabschieden«, begann er. »Morgen geht es wieder nach München, du weißt ja, ich bin eh schon zwei Wochen zu spät dran, aber weil es mir hier in der Sommerfrische immer so gut geht, habe ich einfach zwei Wochen drangehängt. Gott sei Dank muss ich niemanden um Erlaubnis fragen.«

Eigentlich hatte er ihr schon am Abend vorher Adieu gesagt, aber dieses Nicht-Loslassen-Können war in den letzten Jahren zu einem festen Ritual zwischen ihnen geworden. Doch diesmal schien ihm der Abschied ganz besonders schwer zu fallen, denn als er ihr die Hand drückte, waren die Tränen in seinen Augen nicht zu übersehen, und das lag nicht nur an der dicken Brille, deren Gläser alles dahinter so stark vergrößerten, dass sie ihn insgeheim manchmal als ›Frosch‹ bezeichnete. Unter anderem seiner Brille und seines Alters wegen hätte sie ihn niemals als gut aussehend oder stattlich beschrieben. Dafür war er der sanfteste und gescheiteste Mann, den sie in ihrem Leben kennengelernt hatte.

Joseph bestand darauf, dass sie das Päckchen erst öffnete, wenn er seinen Rückweg angetreten hatte, und das hatte sie ihm versprochen. Vor vielen Jahren war er zum ersten Mal beruflich ins Allgäu gekommen und hatte sich, wie es damals Mode war, von den einfachen Leuten Märchen und Sagen erzählen lassen, diese schriftlich festgehalten und gesammelt. So hatte er Annas Heimat kennen- und auf den ersten Blick lieben gelernt. Nach diversen Stationen von Hindelang bis Weitnau und von Rohrmoos bis Waltenhofen hatte er sich schließlich für Bolsterlang entschieden, um im dortigen Gasthof seine ›Funde‹ zu bearbeiten. Diesem Ort war er treu geblieben und logierte dort nun schon seit Jahren immer mehrere Wochen im Mai, während er entweder an einer neuen Märchensammlung saß oder einen Band mit Sagen zusammenstellte, die im Spätherbst zur jährlich wiederkehrenden Buchmesse in Leipzig erscheinen sollten. Um den ›Kopf auszulüften‹, wie er es nannte, machte er oft lange Wanderungen, da man auf ihnen leicht interessante neue Menschen – und neue Geschichten für seine Bücher – entdecken konnte. Beim ›Kopf auslüften‹ hatte er auch Anna auf der Alpe kennengelernt, und bei seinen wiederholten Besuchen hatten sie sich miteinander angefreundet.

Anna gefiel es, wenn er über die Entstehung der Berge redete, denn es wäre ihr nie in den Sinn gekommen, dass es diese einmal nicht gegeben haben könnte. Aber sie war entsetzt, als er ihr einmal von einem Forscher namens Darwin berichtete, der herausgefunden haben wollte, dass die Menschen nicht von Gott erschaffen worden waren. Doch auch er hatte nicht schlecht gestaunt, als Anna ihm über die Pflanzen und die Zyklen des Mondes erzählte, als sie ihm erklärte, wann man einen Baum für einen Dachbalken fällen konnte, der dem Wetter trotzen würde, und in welchen Nächten die Wolpertinger auf einsamen Waldlichtungen Hochzeit feierten. Bei dieser Geschichte hatte sie allerdings so lachen müssen, dass die Kühe erstaunte Blicke zu den beiden im Gras liegenden Gestalten herüberwarfen.

Zu mehr als Berührungen war es zwischen ihnen nie gekommen, und obwohl Anna diese als seltsam vertraut und überraschend angenehm empfunden hatte, vielleicht sogar ein bisschen darauf gewartet hatte, dass er seine Hand nicht wieder von ihrem Arm oder ihrer Schulter zurückzog, sondern fordernder und eindeutiger wurde – es kam einfach nicht dazu.

Sie war immerhin verheiratet und hatte das Gelöbnis abgelegt, ihrem Mann stets eine gute Frau zu sein. Doch war es richtig gewesen, dass sie sich all die Jahre und trotz Josephs schüchterner Avancen immer zurückgehalten hatte? War es richtig gewesen, anständig zu bleiben und das Leben einfach so an sich vorbeiziehen zu lassen? Das bisschen Leben, das sie gehabt hatte und das sich eigentlich auf einen einzigen glücklichen Sommer reduzieren ließ?

Nun saß sie wieder allein in der Hütte, Joseph würde für viele Monate in München sein, wo er mittlerweile einen Verlag hatte, der ihn voll in Anspruch nahm – und die ihr verbleibende Zeit wurde fühlbar weniger. Sie entschloss sich, Joseph nächste Woche, wenn sie wieder im Tal war, zu schreiben, um ihm einiges zu sagen, was er eventuell ganz gerne hören würde.

Bei diesem Gedanken fiel ihr sein Geschenk wieder ein und mit zitternden Händen öffnete sie, ohne das Papier zu zerreißen, das Paket. Darin lag ein gelbes, nicht besonders dickes Buch, auf dessen Einband in dunkelroten Buchstaben geprägt war: *Felsige Höhen und blumige Täler, Gedichte von Joseph Anton Steinhöbel.*

Anna schlug das Buch auf und entdeckte sofort die Widmung auf dem hellgrünen Vorsatzpapier: »Für meine Berg-Anna ein Dank für die vielen schönen Sommer auf der Alpe Rangiswang, Dein Joseph.« Warum hatte sie ihm nicht schon lange ihr Herz geöffnet, jetzt blieb ihnen nur noch so wenig Zeit! Als sie langsam das schön illustrierte Bändchen durchblätterte, fand sie ungefähr in der Mitte eine gepresste Rose und blieb unvermittelt am Titel des dort abgedruckten Gedichtes hängen. Mit klopfendem Herzen las sie die folgenden Zeilen und die Buchstaben begannen vor ihren Augen zu verschwimmen:

Die Berg-Anna

Im Sonnenschein auf Rangiswanger Höh'
Geht leis und lind die Alpenfee
Anna:
Sie schaut herab auf ihres Vaters Herde
Und singt ein Lied, das frisch zum Felsen schallt;
Sie preist den Sommertag und Gottes weite Erde,
Ein Jodler kühn im Hochtal wiederhallt.

Der Vater ruft zu Heerd und Feuerung;
Es steigt herab die Hirtin jung,
Anna;
Sie geht zur Arbeit froh in ihre Hütte;
Dort sah ich sie am Herd beim Feuerschein,
Die braunen Hände flink, und rasch die Tritte,
Sie schaut zur Tür, sie hofft und jodelt fein.

Es ist der Stimme Klang, der heit're Sinn,
Die liebe, traute Sennerin
Anna.

Vom hohen Wald der Waidmann kommt geschritten,
Zum frommen, frohen Gruß die Büchse knallt;
Es naht die Zeit, um Liebchens Hand zu bitten –
Ein Jodler frisch herab zur Hütte schallt.
Mich grüßt die Morgenblum' auf freien Höh'n
Und ein Gedanke heimatschön –
Anna!
Doch etwas fehlt mir noch auf dieser Erde:
Gib, Liebchen, mir die Hand zum heil'gen Bund;
Sei du mein Weib am gold'nen Alpenherde! …
Was singt die Lieb', was jauchzt im Erdenrund?

Im Goldgeschmeide hell zur grünen Höh'
Geht leis und lind die Alpenfee
Anna;
Sie singt »die Braut« im hellen Alpenliede,
Des Jünglings Freiheit, Kraft und Minnelust;
Sie singt so bräutlich schön und wird nicht müde,
Frischauf steigt eine Welt in ihrer Brust.

Nach 40 Jahren geht auf grünen Höh'n
Die Bergesmutter mild und schön,
Anna;
Sie geht dort leis und lind mit ihren Lieben
Und singt ein Lied vom Alpenblütenschnee,
Ein Herzensfrühling ist ihr noch geblieben,
Mit weißem Haupt steigt sie zur Sonnenhöh'.

In dieser stürmischen Nacht saß Anna noch lange in Decken gewickelt in der Stube und starrte ins verglühende Feuer. Dann nahm sie einen Stift zur Hand und begann mit ungeübter Hand die ersten Zeilen eines Briefes aufs Papier zu bringen – nicht ahnend, dass es ihr erster und letzter Brief an Joseph sein sollte.

JULIA

GERADE ALS TANTE ROSEL IHRE GESCHICHTE BEENDEN wollte, war Jonas mit einem herausgerissenen, vergilbten Zeitungspapier in der Hand aus dem Nebenzimmer gekommen.

»Da ist es ja«, rief Tante Rosel erleichtert aus, die während ihrer Erzählung immer wieder in dem alten Fotoalbum geblättert hatte, als ob sie verzweifelt nach etwas suchen würde. »Ich hatte schon befürchtet, dass mir das Gedicht meiner Großmutter abhandengekommen ist«, fügte sie hinzu. Dann setzte sie sich kerzengerade und mit einem feierlichen Gesichtsausdruck auf ihrem Küchenstuhl zurecht und las das schöne Gedicht meiner Ururgroßmutter laut vor, wobei ihr Blick immer wieder aus dem Küchenfenster schweifte. Sie schien es fast auswendig zu kennen. Die beiden Buben und ich lauschten andächtig den Versen, die ein hartes, ein schweres Leben beschrieben. Es war schön und traurig zugleich. Mir liefen Tränen übers Gesicht.

»Mama, du weinst ja«, sagte Jonas erschrocken.

Tante Rosel reichte mir ein Taschentuch. »Julia, du solltest Mut und Kraft schöpfen aus dem Leben der Berganna. Immer wenn es dir schlecht geht, dann denke an sie und nimm dir ein Beispiel an ihr. Du bist ihre Nachfahrin und sicherlich hast du viel von ihrer Stärke in deinem Blut. Dir ist es nur nicht klar, deine Kraft liegt im Verborgenen, sie schlummert noch in dir.«

Mit Schrecken bemerkte ich, wie spät es geworden war, es wurde dringend Zeit für die Kinder und mich, nach Hause zurückzukehren. An der Tür steckte mir meine Tante ein blaues Kuvert in die Hand. »Immer wenn es dir schlecht geht, lies das und bewahre es gut auf, bei dir ist es sicher aufgehoben, das weiß ich.« Ich wollte das Kuvert zunächst nicht annehmen, doch Rosel bestand darauf. Sie drückte mich noch einmal herzlich, dann machte ich mich mit meinen Kindern auf den Heimweg. Während ich durch die verschneite Winterlandschaft ging, im Tragetuch meinen Lukas und auf dem Schlitten Jonas, dachte ich über die Berganna nach.

Woher hatte sie bloß die Stärke genommen, die mir fehlte? Sie war alleine gewesen, hatte nichts gehabt und hatte ihr Zuhause mit einem Kind ganz auf sich gestellt verlassen, vor über hundert Jahren, und doch hatte sie es irgendwie geschafft. Was hatte sie im Unterschied zu mir? Sicher, sie war die älteste und einzige Tochter einer kinderreichen Familie. Ihr wurde im Leben nichts geschenkt. Sie wusste schon von klein auf, was es heißt, zu arbeiten und zu überleben. Doch als die Berganna mit der neugeborenen Johanna das Haus ihrer Schwiegereltern verlassen hatte, war sie in eine völlig ungewisse Zukunft gegangen. Alles muss ihr besser erschienen sein, als sich weiter den Demütigungen der verbitterten Schwiegermutter auszusetzen.

Es fing jetzt heftiger zu schneien an, glücklicherweise würden wir bald zu Hause sein. Während ich darüber nachdachte, welche Gründe die Berganna bewogen haben mochten, diesen harten und doch geraden Weg zu gehen, wurde mir klar, dass sie durch ihren Weggang vom Hof der Schwiegereltern einen ganz wesentlichen Vorteil mir gegenüber gehabt hatte: Aufgrund der für die damaligen Verhältnisse großen Entfernung von gut drei Stunden Fußmarsch hatte sie ihrer Schwiegermutter danach nur noch einmal begegnen müssen, und zwar auf der Beerdigung des Schwiegervaters. Wie oft hingegen traf ich Agnes oder Eberhart ohne Vorwarnung in einem

Geschäft beim Einkaufen? Wenn die Kinder am Nachmittag ihren Mittagschlaf hielten, und ich es mir einmal draußen im Liegestuhl mit einem Buch bequem gemacht hatte, stand Agnes oft unvermittelt vor mir und fragte unverfroren: »Am helllichta Dag kasch du rumflacka?« Dann war es mit meiner inneren Ruhe sofort vorbei. Ich war ständiger Beobachtung ausgesetzt, immer fanden Agnes und Eberhart irgendetwas zu nörgeln. Es war unmöglich, ihren Sticheleien zu entkommen. »Wenn ich nur noch mal von vorne anfangen könnte!«, dachte ich laut vor mich hin. Doch das war undenkbar. Franz würde mich für verrückt erklären, wenn ich ihm vorschlagen würde, aus der Gegend wegzuziehen. Er hatte einen guten Job, und unser ganzer Freundeskreis war hier. Nein, ich würde Franz' Bruder und dessen Frau nicht so ohne weiteres aus dem Weg gehen können.

Doch das allein hätte meine Probleme sicher auch nicht gelöst. Die Berganna hatte anscheinend eine große innere Stärke besessen, sicherlich hatte sie für die Dinge, die ihr im Leben wichtig waren, hart und schwer arbeiten und oft genug mit ihren Brüdern darum kämpfen müssen. Ich hingegen war ein Einzelkind und hatte nie zu kämpfen gelernt. Verglichen mit meiner Ururgroßmutter war ich eine Träumerin, auch hatten meine Eltern mich verwöhnt und mir meine materiellen Wünsche meist erfüllt, ohne lange zu überlegen. Sie hatten oft ein schlechtes Gewissen gehabt, da sie nur wenig Zeit für mich erübrigen konnten, ständig waren sie damit beschäftigt gewesen, das nötige Geld zu verdienen.

Die Berganna hatte sicher auch nicht viel Zeit zum Grübeln gehabt. Ihre Tage waren von früh bis spät ausgefüllt gewesen mit schwerer Arbeit. Ich hingegen besaß eine Waschmaschine, Spülmaschine, Bügelmaschine und einen Staubsauger, und zweimal in der Woche kam sogar eine Putzhilfe – da gab es schon Momente, in denen ich mir dann viel zu viele

Gedanken über das schwierige Verhältnis zu Agnes und Eberhart machte.

Mit diesen Gedanken im Kopf traf ich schließlich zu Hause ein. Schon von draußen sah ich, dass im Bad Licht brannte. Als ich die Haustür aufschloss, knisterte das Feuer behaglich im Kachelofen. Ich lief mit den Kindern die Treppe ins Bad hinauf, wo Franz gerade Wasser in die Wanne laufen ließ. Susanne plantschte schon fröhlich im Schaum, und auch Jonas und Lukas konnte es gar nicht schnell genug gehen, in das warme Nass zu kommen. Ich stellte mich unter die Dusche, und Franz wusch den Kindern die Haare.

»War es schön bei Tante Rosel?«, fragte er seine beiden Buben.

»Ich will auch eine Katze«, meinte Jonas nur, woraufhin sich Susanne eifersüchtig beschwerte, dass sie nicht zu Tante Rosel hatte mitkommen können.

Dann gingen wir in die Küche und aßen Abendbrot, anschließend brachten wir die Kinder zu Bett.

Nach der Nacht bei Tante Rosel lag auch ich kurz darauf wieder in meinem eigenen Bett. Es war gerade mal zwei Abende her, seit ich den größten Streit mit Franz gehabt und mich im Schnee großer Gefahr ausgesetzt hatte. Der Besuch bei Tante Rosel und ihre Geschichte über die Berganna waren Balsam für meine Seele gewesen, auch wenn sich an den schlimmen Dingen in meinem Leben nichts Grundlegendes geändert hatte. Zumindest war der Besuch hilfreich gewesen, um mich in meiner Entscheidung zu bestärken, dass ich um und für meine Familie kämpfen wollte. Und ich wusste, dass ich dafür bald wieder Kraft brauchen würde, denn bis zum nächsten Besuch bei Eberhart war es nicht mehr lange hin. Daran hatte Franz mich beim Abendessen erinnert.

»Julia, ich weiß, dass dir das nicht gefallen wird, aber ich kann nicht allein auf Eberharts Geburtstag auftauchen. Die

Hetze gegen dich würde deswegen nicht verstummen, ich würde sie nur allein aushalten müssen. Wenn du mitkommst, kann ich wenigstens zeigen, dass wir zusammengehören. Das wolltest du doch vorgestern von mir, ein Zeichen ihnen gegenüber, dass ich zu dir stehe, oder?«

»Das deutlichste Zeichen, das du geben könntest, wäre, dass wir beide nicht mehr hingehen! Ich verkrafte diese Besuche nicht, du hast doch gesehen, wie es mir das letzte Mal danach ging«, erwiderte ich. »Es kostet mich jedes Mal mehr an Überwindung, inzwischen habe ich richtige Panikanfälle, wenn es wieder so weit ist.«

»Er bleibt trotzdem mein Bruder. Überleg es dir, ob du mitkommst, denn ich werde zu ihm gehen, auch wenn ich es allein tun muss. So selten, wie ich ihn besuche, habe ich sowieso schon ein schlechtes Gewissen«, beendete er lapidar unsere Essensunterhaltung. Wie konnte er in dieser Auseinandersetzung nur immer wieder so gelassen bleiben, fragte ich mich. Auch jetzt hörte ich ihn bereits ruhig und tief atmen, er war eingeschlafen. Ich jedoch fand wiederum keine Ruhe. Zu sehr war ich aufgewühlt. Ich wollte endlich verstehen, was hinter den ständigen ordinären Beschimpfungen und all der Verachtung von Agnes und Eberhart steckte. Sollte nun deshalb auch noch unsere Ehe in Gefahr sein? Ruhelos wälzte ich mich von einer auf die andere Seite und dachte daran, wie verheißungsvoll alles einmal begonnen hatte.

MIT FÜNFZEHN HATTE ICH MEINE LEIDENSCHAFT FÜR die Berge entdeckt. Zu Hause war es kaum noch auszuhalten, meine Eltern zankten sich ständig, und in der Natur fand ich meine Ruhe. Da ich in diesem Alter eher eine Einzelgängerin war, zog ich es vor, allein loszuziehen und mich beim Klettern im Fels auszuprobieren. Mein Vater hatte mir diese Ausflüge eigentlich verboten, da er jedes Mal große Ängste um mich ausstand, wenn ich so fernab jeder Hilfe alleine unterwegs war. Aus Trotz war ich häufig schon Freitagnachmittag einfach verschwunden, meine Eltern fanden dann nur einen Zettel auf dem Küchentisch vor, dass ich erst Sonntagabend wieder zurück zu sein gedachte. Manchmal begegnete ich zufällig anderen, mit denen ich dann den geplanten Gipfel bestieg. Auch das gehörte zu meinen ›Abenteuern‹ – Leute kennenzulernen. Manchmal blieb ich aber auch allein, warf alle meine Ziele einfach über den Haufen und las unter einem Baum ein Buch, bis die Dämmerung oder schlechtes Wetter meinen Rückzug in einen nahe gelegenen Heustadel erzwang. Wenn ich dann am Sonntag zu Hause ankam, gab es meist ein fürchterliches Donnerwetter, und ich zog mich, so schnell ich konnte, zu einem ausgiebigen Bad in einer alten Zinkbadewanne zurück, denn ein Bad hatten wir damals noch nicht, und um acht war ich im Bett, abgekämpft, aber glücklich.

Eines Tages überlistete mich mein Vater dann, indem er mich ungefragt bei der Bergwacht zu einem Kletterkurs anmeldete. Er erzählte mir von seinen zwei Cousins, die beim Klettern in den Tod gestürzt waren, einer hatte am Gimpel seine zukünftige Frau mit ins Grab gerissen, der andere war am Rubihorn verunglückt. Beide Todesfälle hätten in seiner Familie solches Leid verursacht, dass er mich deshalb, ohne zu fragen, bei dem Kurs angemeldet habe.

So packte ich an einem Freitagabend Rebschnürchen, Karabinerhaken und meinen roten Kletterhelm in meinen Rucksack, obendrauf kam mein Schlafsack, und am nächsten Morgen fuhr mich meine Mutter bereits um acht Uhr mit Gemurre zur Talstation der Nebelhornbahn.

An der Kasse bemerkte ich eine Gruppe junger Leute, die ebenfalls Kletterrucksäcke mit Schlafsäcken dabeihatten. Unter ihnen befanden sich zwei Männer, die sich sehr ähnlich sahen und wohl Brüder sein mussten. Mir fiel sofort auf, dass sie trotz des großen Altersunterschiedes einander wie aus dem Gesicht geschnitten waren. Aber so, wie sie miteinander lachten und mit den Kursteilnehmerinnen zu flirten versuchten, konnten sie unmöglich Vater und Sohn sein. Ich stellte mich etwas abseits, da ich niemanden kannte. Mit einigen Urlaubern und der Klettergruppe stieg ich in die leicht schwankende Gondel. Es versprach, ein schöner Frühlingstag zu werden, und so versammelten wir uns oben alle auf der Terrasse des Edmund Probst Hauses. Der Kursleiter schien sehr erfreut, dass wir so zahlreich waren, nur leider entpuppte ich mich als blutige Anfängerin, als er uns die wichtigsten Knoten beibringen wollte, und verwechselte links und rechts, oben und unten.

Da nahm sich der Jüngere der beiden Männer, die mir anfangs schon aufgefallen waren, meiner ungelenken Finger und meines momentan noch ›ungelenkeren‹ Verstandes an. Er war schlank, hatte dunkelbraunes, leicht gewelltes Haar – und Augen, wie ich sie noch nie gesehen hatte! Sie waren von einem dermaßen durchdringenden Türkisblau, dass ich sofort an das Wasser von Gletscherseen denken musste.

Nun hatte ich die Knotentechnik sehr schnell begriffen, mein Herz klopfte jedes Mal, wenn er beim Zeigen meine Finger zart berührte, jetzt begann der Kurs richtigen Spaß zu machen! Nachmittags ging es über ein Schneefeld in den Fels, und am Abend saßen wir zusammen in der Berghütte und lauschten den Berggeschichten der einzelnen Kursteilnehmer. Dabei hatte sich der Ältere der beiden augenscheinlichen Brüder, der sich mir als Eberhart vorgestellt hatte, neben mich auf die Bank gesetzt und versuchte, mich in ein Gespräch zu verwickeln.

Ich hatte richtig geraten. Die beiden waren tatsächlich Geschwister, und Eberhart war fünfzehn Jahre älter als sein

Bruder Franz. Sie lebten in Sonthofen wie ich – allerdings ohne Eltern, die auf tragische Weise bei einem Autounfall ums Leben gekommen waren. Seitdem, so erzählte mir Eberhart voller Stolz, würden sie zusammen im Haus ihrer Eltern leben, und er trüge die Verantwortung für seinen kleinen Bruder. Von Anfang an gefiel mir der Jüngere der beiden besser, nicht nur, weil er in meinem Alter war. Eberhart war mir zu forsch, seine Absichten standen ihm zu deutlich ins Gesicht geschrieben, und er sprach nur von sich. Franz dagegen hielt sich während des gesamten Abends eher im Hintergrund, nur ab und zu trafen sich unsere Blicke, wenn zwischen ihm und den beiden Mädchen links und rechts von ihm gerade mal eine Gesprächspause eintrat.

Beim Zubettgehen gab es dann noch einen unerfreulichen Zwischenfall. Eberhart hielt sich wohl für unwiderstehlich, vielleicht hatte er aber auch nur zu viel getrunken. Er fing mich an der Treppe vom Waschraum zu den säuberlich nach Frauen und Männern getrennten Schlaflagern ab und versuchte, mich zu küssen. Ich wehrte mich gegen seine Umarmungen und drehte den Kopf weg, aber erst die Drohung, laut zu schreien – und ein unsanfter Schlag in seine Magengrube –, belehrten ihn eines Besseren. Beleidigt und leicht schwankend trat er den Rückzug an.

Am nächsten Tag waren die Berge wolkenverhangen, und wir entschieden uns, nach Kursende ins Tal zu marschieren. Mit unseren Bergschuhen schlitterten wir über die letzten Schneefelder des vergangenen Winters und lieferten uns wilde Schneeballschlachten. Ich versuchte natürlich stets, nur Franz zu treffen, bekam aber viel mehr Treffer ab, da ich neben seinen Würfen auch noch den Schneebällen ausweichen musste, die Eberhart auf mich abfeuerte. Schon am nächsten Wochenende sollte ich die beiden wieder treffen. In Rubi tauschten wir unsere Telefonnummern aus und verspeisten das erste Eis des Jahres zusammen. Nach dem nächtlichen Vorfall auf der Hütte hätte ich auf Eberharts Anwesenheit durchaus verzichten können, aber Franz' Nähe war nur zu haben, wenn ich seinen Bruder mit in Kauf nahm. Und das war mir das Zusammensein mit Franz allemal wert!

Die Liebe zu den Bergen hatte uns zusammengebracht, und schon nach diesem ersten Wochenende am Nebelhorn verabredeten wir gemeinsame Klettertouren. Ich musste jedoch feststellen, dass Eberhart jedes Mal bestimmen wollte, wo es hinging, wo übernachtet wurde, wann Pausen gemacht wurden und Ähnliches. Er hatte den Überblick, die Erfahrung und als Ältester natürlich auch die Verantwortung – das war zumindest seine Überzeugung. Mich dagegen begann seine Gockelhaftigkeit immer stärker zu stören.

»Was meinst du«, fragte ich Franz beim Abschiednehmen nach der dritten Tour, als wir einen Moment lang allein waren, »könnten nicht auch einmal nur wir beide zusammen in die Berge gehen, ohne deinen Bruder?«

»Wenn du möchtest, können wir das gleich am kommenden Wochenende in die Tat umsetzen, denn Eberhart trifft sich seit Kurzem wieder mit seiner langjährigen Freundin – da scheint sich wohl was anzubahnen, zumindest tut er seit einiger Zeit so geheimnisvoll.«

Ich hätte vor Freude fast einen Luftsprung gemacht. Endlich ein ganzes Wochenende allein mit Franz! Und endlich würde ich den Nachstellungen von Eberhart entkommen, der jede Bergtour dazu genutzt hatte, mich, wo es nur ging, zu begrapschen, obwohl ich ihn schon mehrmals zurechtgewiesen hatte, dass mir an ihm nichts lag. Natürlich nur, wenn Franz es nicht hören konnte, denn ich wollte Eberhart ja nicht vor seinem kleinen Bruder bloßstellen, der ihn so zu verehren schien. Und eventuell war ich nun sogar dauerhaft von Eberharts Annäherungsversuchen erlöst, da er jemand anders hatte. Ich freute mich für ihn und noch viel mehr auf das kommende Wochenende mit Franz.

Wir gingen auf die Fuchskar, und als der Erfahrenere von uns beiden kletterte Franz vor und sicherte, während ich bei ihm am Seil hing. Mehr noch als sein Können bewunderte ich seine Zuverlässigkeit und seine leise, aber selbstsichere Art, nicht nur in den Bergen. Von Wochenende zu Wochenende schenkte ich ihm mehr Vertrauen, und aus dem Vertrauen entstand Liebe, eine tiefe Liebe, die weit über das anfängliche Verliebtsein hinausging. Ich war mir sicher, das war der Mann, auf den ich immer gewartet hatte. Nach den Touren saßen wir meist mit Freunden auf einer Berghütte zusammen oder wir gingen zum Tanzen in die Laterndlalm im Tannheimer Tal. »Weißt du eigentlich, dass du mit dem Franz gleich einen doppelten Sechser im Lotto gewonnen hast«, meinte bei einem dieser Hüttenabende eine meiner Freundinnen. »Ich werde ihn auch nie mehr hergeben, mach dir also keine Hoffnungen«, erwiderte ich lachend. Ich wusste schon, wie gut es das Schicksal am Nebelhorn mit mir gemeint hatte.

Inzwischen trafen wir uns fast jeden Tag, denn die Wochenenden gingen uns beiden viel zu schnell vorüber, und bald schon planten wir unseren ersten gemeinsamen Urlaub. Wir wollten zusammen den Heilbronner Weg gehen, eine der schönsten Touren, die ich kenne – und wir wollten uns dabei Zeit lassen, nicht nur von Gipfel zu Gipfel rasen. Das sollten die tun, die hinterher unbedingt etwas zum ›Stenzen‹ brauchten, Franz und mir ging es um unser Zusammensein in den Bergen, nicht um Rekorde.

Eberhart hatte ich während dieser Zeit immer nur zufällig mit Franz zusammen gesehen, er war wohl sehr mit Agnes, wie seine ›Flamme‹ hieß, beschäftigt, und wenn wir uns trafen, war er mir gegenüber jetzt äußerst kühl und zugeknöpft. Mich wunderte, dass mir Eberhart seine Freundin gar nicht vorstellte, und als ich Franz einmal fragte, wie er denn die Freundin seines Bruders fände, gestand er mir, eine Einladung von Eberhart an mich, Agnes kennenzulernen, nicht ausgerichtet zu haben. Franz spürte sicherlich schon damals, dass wir nicht miteinander harmonieren würden. Und so war es dann auch, als wir zum ersten Mal zusammenkamen. Eberhart hatte das Treffen in einem Café arrangiert, und irgendwie empfand ich das Ganze von Anfang an als sehr steif und förmlich. Doch schlimmer war noch, dass ich mir während des Treffens mit Agnes vorkam, als würde ich von der Lehrerin ausgefragt: Ausbildung und Berufswunsch? Immer schien ich die falschen Antworten zu geben, für sie war ich ein ›Bürofräulein‹, wie sie sich herablassend ausdrückte. Haushalt und Kochen? Immer war sie es, die wusste, wo man billiger einkauft, was das beste Waschmittel ist und wie Krautkrapfen am besten zubereitet werden. Dazu kannte natürlich sie die wichtigeren Leute, die besseren Läden und die angesagteren Kneipen. Kurzum, ich war neben ihr ein kleines Licht, mir fehlte ihre ›Klasse‹ und so ziemlich jedes ›Niveau‹. Es war ein unerfreuliches Treffen vom ersten Blickkontakt an bis zur förmlichen Verabschiedung.

An unserem ersten gemeinsamen Silvester zu viert wollten wir nach Oberjoch, um auf ihren Wunsch hin in einem Nobelhotel zu feiern. Wir hatten uns festlich angezogen, doch hatte es an diesem Spätnachmittag dermaßen geschneit, dass wir mit dem Auto den Pass von Hindelang aus nicht hochkamen. Wir drehten um, und Franz und ich planten einen romantischen Schneespaziergang zu zweit. Zuerst zog ich mir zu Hause bequemere Sachen an, dann fuhren wir zu Franz, damit auch er sich umziehen konnte. Da verlangten Agnes und Eberhart plötzlich, dass bei ihnen gefeiert wurde. Als ich es wagte, meine Vorliebe für den Spaziergang mit Franz kundzutun, endete das Jahr im Streit: »Du lässt dir von ihr wohl alles vorschreiben?«, »Was hat sie nur aus dir gemacht« und »Die hat doch nur einen schlechten Einfluss auf dich« – das waren noch die harmloseren Vorwürfe, denen ich mich ausgesetzt sah.

Als wir den beiden dann eines Tages von unserem Plan erzählten, zusammenzuziehen, schoss Agnes den ersten richtigen Giftpfeil auf mich ab, dem noch so viele folgen sollten. »Mit der wirst du dich noch umschauen«, sagte sie schnippisch zu Franz.

Aber was sie auch sagte, wir hielten zusammen. Wir schwammen gegen den Strom.

MIT DIESER EINSICHT SCHLIEF ICH SCHLIESSLICH, EIN wenig beruhigt, ein. In den kommenden Wochen verlangte der Alltag meine ganze Aufmerksamkeit, und Franz stürzte sich dermaßen in Arbeit, dass ich mich schon fragte, ob ihm der berufliche Stress gelegen käme, um mir aus dem Weg gehen zu können. Erst vor einem halben Jahr hatten wir unser Reihenhaus bezogen. Es war noch immer eher als Baustelle zu bezeichnen denn als Wohnstätte. Nichts war fertig! Und dazu ständig das ganz normale Kinderchaos, natürlich weit und breit nichts von einer Hilfe oder gar Entlastung zu sehen. Kein Urlaub seit sechs Jahren, nur Arbeit und rund um die Uhr die Kinder. An geregelter Nachtruhe mangelte es, seit Moses das Meer geteilt hatte, und seit Kurzem war auch noch die Neurodermitis bei unserem Jüngsten dazugekommen, eine Unverträglichkeit bestimmter Nahrungsmittel, wie mir der Kinderarzt erklärte.

In der ganzen Zeit hatten Agnes und Eberhart nie angeboten, sich auch nur einmal um unsere Kinder zu kümmern. Stattdessen schien es ihnen wichtiger zu sein, alle sechs Monate auf Fernreise zu gehen. Sie gingen auf Kreuzfahrt, während wir unseren Jahresurlaub mit den Dachdeckern verbrachten, sie machten Helikopterskiing in Kanada, während ich mich in den letzten Schwangerschaftswochen vor Lukas' Geburt kaum um den Haushalt kümmern konnte, und sie fuhren zum Surfurlaub nach Hawaii, als Franz und ich unseren Garten anlegten.

Trotzdem, ganz unglücklich war ich im Augenblick über diese Situation nicht, so lief unser Leben wenigstens ohne große Auseinandersetzungen ab, und ich konnte wieder etwas zur Ruhe kommen. Ich versuchte die Entscheidung, ob ich wieder mit zu Franz' Bruder gehen sollte, vor mir herzuschieben, doch der Tag des Besuches rückte näher und näher. Schließlich stellte Franz dann die Frage, auf die ich schon lange gewartet hatte: »Gehst du nun mit zu Eberharts Geburtstag oder bleibst du lieber zu Hause?«

»Ich komme mit, deinetwegen. Und weil wir eine Familie sind! Ich weiß zwar nicht, wie ich das durchstehen soll, aber niemand soll mir vorwerfen können, ich würde vor den Problemen nur immer davonlaufen. Außerdem will ich Agnes und Eberhart nicht die Chance geben, einen Keil zwischen uns zu treiben. Ich hoffe, du wirst mir helfen, falls es wieder hart auf hart kommt.«

»Versuch doch einfach, sie so zu nehmen, wie sie sind. Du wirst sie nicht mehr ändern«, entgegnete er.

Für ihn war das Problem immer erst dann vorhanden, wenn er direkt damit konfrontiert wurde. Mir aber ging es ab dieser Zusage von Tag zu Tag schlechter, und kurz vor dem Besuch an Ostern hätte ich am liebsten irgendeine Ausrede erfunden, um nicht dabei sein zu müssen. Als der Nachmittag schließlich kam, war ich furchtbar nervös. Susanne hüpfte schon fertig angezogen ausgelassen hinter dem Haus auf und ab, während Franz mit Jonas das Auto aus der Garage holte. Und ich wurde wieder einmal nicht fertig. Gerade hatte ich

Lukas angezogen, da stellte ich fest, dass er jetzt auch noch die Hose voll hatte.

Meine innere Angespanntheit übertrug sich wohl unwillkürlich auf die Kinder. Sie spürten, wenn es der Mutter nicht gut ging, dann ging es der ganzen Familie schlecht. Als ich Lukas endlich in seinen warmen Anzug gepackt, mir noch schnell meine Winterjacke übergeworfen hatte und schließlich auch im Auto saß, waren die beiden älteren Kinder schon wieder am Streiten. Ich schimpfte mit den beiden und bat sie, heute bei Onkel und Tante um Himmels willen lieb zu sein, da sonst der Osterhase kein Geschenk für sie bringen würde.

Vor der Haustür angekommen, läutete Jonas auch schon Sturm. Eberhart öffnete, und nun begann im Flur die Prozedur des Ausziehens. Agnes jammerte, dass die Kinder so viel Dreck hereingetragen hatten, und fing sogleich an, diese ›Mitbringsel‹ zusammenzufegen.

Endlich saßen wir alle im Wohnzimmer und aßen bunte Schokoladeneier. Agnes hatte furchtbare Angst, dass eines der Kinder irgendwo mit schwarzen Schokoladenfingern einen klebrigen Abdruck hinterlassen könnte. Also wurden die Finger der Kleinen ständig mit einem feuchten Tuch und anschließend mit einer Papierserviette sauber geputzt. Und der Mund durfte natürlich auch nicht vergessen werden. Jonas turnte dabei auf der neuen Couch herum und schlug Purzelbäume, sodass die Sofakissen auf den Boden fielen, während Agnes unermüdlich damit beschäftigt war, die Kissen wieder aufzuschütteln und an ihren richtigen Ort zurückzubefördern. Da stieß sich Lukas den Kopf an der Ecke des Esstisches an. Sofort fing er lauthals an zu weinen.

Mein Mann und sein Bruder unterhielten sich unbeirrt über anstehende Arbeiten, die im Frühjahr am Haus in Angriff genommen werden sollten. Meine Nerven lagen ziemlich blank. Wie gern wäre ich einmal mit Franz allein gewesen!

Eine Kreuzfahrt oder Hawaii musste es ja gar nicht sein. Mal wieder eine Bergtour machen, auf einer Hütte übernachten, so wie zu der Zeit, als wir uns kennengelernt hatten. Meine Güte waren wir da jung gewesen! Halbe Kinder noch.

Ich nahm den weinenden und müden Lukas auf den Arm und tröstete ihn. Schluchzend legte er seine kleinen Hände um meinen Hals und drückte sich ganz fest mit seinem Kopf an meine Brust. Dabei fiel mein Blick auf ein dunkelblau gerahmtes Foto, das im Wohnzimmerregal stand. Es zeigte Agnes und Eberhart an eine Palme gelehnt, während türkisblaues Wasser ihre nackten Füße umspülte. Ich nahm das Bild in die Hand und fragte Agnes, wo das Foto denn aufgenommen sei. Sie schaute mich hochmütig und etwas verlegen an, dann erzählte sie, dieses Foto stamme aus Hawaii, wo sie im vergangenen Sommer Urlaub gemacht hätten. »Deswegen konnten Eberhart und ich euch doch letzten Sommer nicht bei eurem Hausbau helfen, da wir die Reise schon fest gebucht hatten.«

Ich zeigte Franz das Foto und sagte leise: »Schau, das wünsche ich mir auch einmal, mit dir ganz allein an so einem schönen Sandstrand zu sein.«

Da fing Eberhart an, mich ohne ersichtlichen Grund zu beschimpfen. »Des ka i mer denka, du Matz! D'Kinder alloi lassa, damit ma kommod nuie macha ka, des war ja scho immer mehr dei Sach«, hörte ich ihn mit sich überschlagender Stimme schreien.

Mit zitternder Hand stellte ich das Bild an seinen Platz zurück. Ohne ein weiteres Wort stürmte ich in den Flur, schlüpfte in meine Schuhe und zog heftig schluchzend meinem Lukas seinen Overall und seine Mütze an. Dann lief ich mit klopfendem Herzen ohne Jacke in die Kälte hinaus. In meinem Kopf drehte sich alles. Immer wieder diese wüsten Beschimpfungen! Ich spürte die Kälte nicht und ich spürte auch nicht das

Gewicht von meinem Kind, das ich auf meinen Armen fest an mich gedrückt hielt.

Kurze Zeit später hielt ein Auto neben mir an. Es war mein Mann, der mir die Tür öffnete, dann setzte ich mich mit Lukas auf den Beifahrersitz. Als ich sie wieder geschlossen hatte, nahm er mich mitsamt Lukas in den Arm, und ich merkte an seinem nassen Gesicht, dass auch er geweint hatte. Susanne und Jonas saßen hinten im Auto und sprachen kein Wort. Die Kinder verstanden den Sinn der Worte, die ihr Onkel gesagt hatte, noch nicht, doch spürten sie, dass es etwas ganz Schlimmes gewesen sein musste. Was veranlasste ihn bloß zu diesen Beschimpfungen?

»Was soll ich nur machen, Julia?« Franz war ganz verzweifelt. »So kann das doch nicht weitergehen.«

»Du hast mich bei deinem Bruder mit keinem Wort in Schutz genommen! Ich habe von dir kein Wort zu meiner Verteidigung gehört! So geht es tatsächlich nicht weiter.« Ich war außer mir vor Wut und Enttäuschung. »Ich hatte dich gebeten, an meiner Seite zu sein, falls es hart auf hart kommt. Deswegen habe ich überhaupt zugestimmt, mitzukommen. Von nun an kannst du allein zu Eberhart gehen, ich setze keinen Fuß mehr über die Schwelle!«

Zu Hause angekommen, fasste ich einen Entschluss. Wir stritten doch eigentlich nur noch. Und immer wegen Agnes und Eberhart. Sie hatten erreicht, worauf sie die ganze Zeit hingearbeitet hatten – unsere Ehe war kaputt. Und ich brauchte schnellstens Abstand, sonst würde ich an dieser Situation noch zerbrechen. Ich beschloss, für eine Weile mit den Kindern zu Rosel zu ziehen, um der schwierigen Situation mit Franz aus dem Weg zu gehen und zum Nachdenken zu kommen.

Als Franz am nächsten Morgen bei der Arbeit war, packte ich schnell das Nötigste für mich und die Kinder, um fürs

Erste bei Tante Rosel versorgt zu sein. Irgendwie kam ich mir dabei vor wie Berganna bei ihrem Auszug von der Breite, allerdings floh ich nicht aus dem Haus der bösen Schwiegermutter, sondern aus dem Nest, das Franz für die Kinder und mich gebaut hatte. Ich liebte ihn noch immer, auch wenn er sich so schwer damit tat, sich um meinetwillen von seinem Bruder zu lösen.

Aber wie der Berganna war mir klar geworden, dass ich eine Veränderung in meinem Leben herbeiführen musste, wohin auch immer mich diese Veränderung bringen mochte. Das Gewohnte ging nicht mehr, und etwas Neues war noch nicht in Sicht. Ich lebte in einer Art Zwischenwelt und Zwischenzeit – und wo hätte ich diese besser verbringen können als bei meiner Tante Rosel, die mir schon immer zur Seite gestanden hatte, wenn mein Leben an einem Scheideweg angelangt war.

Franz schüttelte verständnislos den Kopf, als ich beim Mittagessen meine Pläne mit ihm besprach, und meinte nur: »Tu, was du nicht lassen kannst. Wenn es dir bei deiner Entscheidung hilft, dann geh doch zu deiner guten Fee.«

Am frühen Nachmittag traf ich mit Sack und Pack und meinen Kindern bei Tante Rosel ein. »Ja, wer kommt denn da?«, sagte sie erstaunt und blickte vom Küchenherd hoch. »Wollt ihr auch einen Teller Hühnersuppe?«, fragte sie. Kurze Zeit später saßen wir zusammen und löffelten die Suppe in uns hinein. »Du schaust so traurig, Julia. Hast du Sorgen?«, fragte sie mich ohne Umschweife.

»Ich weiß einfach nicht mehr, wie es in meiner Ehe weitergehen soll. Kann ich eine Zeit lang mit den Kindern bei dir wohnen, bis sich die Situation wieder etwas gebessert hat?«

»Du kommst aber auch immer zu mir, wenn es brennt«, erwiderte sie. »Natürlich kannst du hierbleiben. Ein Geheimrezept habe ich allerdings nicht für dich, Julia, und eine

Garantie gibt es niemals für eine glückliche, gemeinsame Zukunft. Meine Eltern haben sich respektiert und über lange Jahre Vertrauen zueinander aufgebaut. Keiner hat den anderen je zu beherrschen versucht. Ob sie glücklich waren miteinander? Der große Unterschied für die Frauen heute ist, dass sie alle einen Beruf erlernen können. Das macht sie unabhängig und selbstbewusst. Schau dir nur mal deine Urgroßmutter Johanna an. Was hatte sie von ihrem Leben mit uns dreizehn Kindern und der vielen Arbeit? War sie zufrieden?«

Dann begann meine Tante, mir die Geschichte ihrer Mutter Johanna, der einzigen Tochter der Berganna, zu erzählen.

JOHANNA

ERSTES KAPITEL

Johanna war als Einzelkind aufgewachsen – eine Seltenheit zu der damaligen Zeit, in der man entweder ganz viele Kinder hatte oder gar keine. Sie erlebte eine unbeschwerte Kindheit, abgöttisch geliebt von ihren Onkeln Rumpler und Bumpler, die sich, obwohl in ihrer Art sonst eher unbeholfen, rührend um Johanna kümmerten. Einer war immer da, um sie herumzutragen oder zu trösten, wenn sie quengelte oder weinte. Jeder Wunsch wurde ihr von den Augen abgelesen.

Spielsachen aus Holz, die ihr die beiden Onkel an den langen, dunklen Winterabenden schnitzten und die eher zu einem Buben gepasst hätten als zu einem Mädchen, hatte sie auch mehr als genug. Da war ein Holzschaukelpferd, weiß bemalt und mit vielen schwarzen Flecken, auf das sie sich setzen konnte. Es hatte einen echten Schweif und eine Mähne aus dunklen Rosshaaren, außerdem ein ledernes Pferdehalfter und einen kleinen hellbraunen Sattel. Johanna schaukelte manchmal mit ihrem Pferdchen so wild in der Stube, dass man Angst haben musste, sie würde jeden Moment mitsamt ihrem Schimmel umfallen. Da gab es viele geschnitzte braune und schwarzweiß gefleckte Kühe. Einen kleinen Holzschubkarren, in dem Johanna Heu in der Stube herumfahren und dann an ihre Holzkühe und ihr Pferdchen verfüttern durfte. Einen kleinen Rechen und eine Schaufel, sogar eine kleine hölzerne Mistgabel hatte sie. Wenn sie einen Wunsch hatte, dann wurde dieser von ihren Onkeln erfüllt, so gut es eben ging. Da war es kein Wunder, dass oft Kinder aus der Nachbarschaft bei ihr zum Spielen waren, und sie sogar manchmal ein bisschen beneidet wurde, weil sie in den Augen ihrer kleinen Freunde alles hatte.

»Du musst nur einmal mit dem Finger schnippen und schon hast du, was du willst«, schimpfte manchmal die Mutter mit ihr. »Im Leben kann man nicht alles haben und als Frau schon gleich gar nicht. Je früher du das einsiehst, desto leichter fällt dir später einmal der Verzicht.« Dabei sprach sie mit ernster Stimme und schaute Johanna streng an. Aber die Kleine wollte davon nichts wissen, wich dem Blick der Mutter aus und schaute stur in eine Ecke oder zum Fenster hinaus. »Wer nicht hören will, muss fühlen, mein liebes Kind!« Mit solchen und ähnlichen Mahnungen versuchte die Berganna, ihre Tochter auf die Widrigkeiten des Lebens vorzubereiten.

Johanna schlief grundsätzlich bei ihrer Mutter im Bett und wenn sie am anderen Morgen doch einmal in ihrem Bettchen aufwachte, dann schaute sie nur trotzig auf den Boden und sprach bis zum Mittag mit niemandem mehr ein Wort, so beleidigt konnte sie sein. Die Bindung zu ihrer Mutter war sehr eng. Das war auch kein Wunder, wurde sie doch mit über vier Jahren nachts noch gestillt.

Im Sommer durfte sie stets mit ihrer Mutter auf die Alpe. Obwohl dort oben andere Sitten als zu Hause herrschten, freute sich Johanna jedes Jahr auf diese wundervollen Wochen allein mit ihrer Mutter. Zwar hatte diese auf der Alpe sehr viel zu tun und wenig Zeit für Johanna, doch das machte dem Mädchen nichts weiter aus. Johanna war den ganzen Tag draußen und spielte mit ihren geschnitzten Holztieren im nahe gelegenen Wald.

Sie war zierlich, konnte so viel essen, wie sie wollte. »Du nimmst einfach nicht zu und wirst immer eine dürre Geiß bleiben«, sagte die Mutter einmal zu ihr, als sie Johanna in einer blechernen Wanne badete. »Du bist wie dein Vater, der war auch immer in Bewegung. Na, und den eigenen Kopf, den hast du ganz sicher ebenfalls von ihm«, fügte sie hinzu, während sie ihrem Kind die langen glatten Haare bürstete, und der kleine Treibauf wieder einmal gar nicht stillhalten wollte.

Johanna war ein flinkes, aufgewecktes und in ihrer Art ein unkompliziertes und natürliches Kind. Sie hatte lange schwarze Zöpfe und große dunkelbraune Augen. Immer war sie nett gekleidet und entwickelte schon früh eine gewisse Eitelkeit. Ihre Mutter konnte geschickt mit Nadel und Faden umgehen und freute sich, wenn sie ihre Tochter mit einer Schleife im Haar oder einer Schürze herausputzen konnte.

Dann waren eines Tages ihre beiden Onkel kurz hintereinander gestorben, was für das kleine Mädchen nicht einfach zu verstehen war. Rumpler und Bumpler waren für sie allgegenwärtig gewesen. Johanna konnte sich ein Leben ohne die beiden gar nicht vorstellen. Plötzlich sollten sie nicht mehr da sein. Johanna ging oft in das obere Zimmer, wo die Onkel gemeinsam gehaust hatten, doch es war und blieb leer. Außer einem Schrank, zwei Betten und einem Tisch mit zwei Stühlen war darin nichts mehr von den beiden geblieben.

Lange schon, ganz besonders aber nach dem Tod von Rumpler und Bumpler, wünschte sich Johanna ein kleines Geschwisterchen. Einen Spielkameraden, jemand, der den Platz in ihrem Herzen ausfüllen konnte, den die beiden Onkel zurückgelassen hatten. Aber auch jemanden, der sie bewunderte und der zur Verfügung stand, wenn ihr danach war – eben so, wie es die beiden Alten getan hatten. Ob Mädchen oder Junge war ihr egal, Hauptsache jemand würde ihr den Verlust ersetzen.

Wenn sie am Abend von ihrer Mutter ins Bett gebracht wurde und betete, vergaß sie am Ende ihres Gebetes nie zu sagen: »Lieber Gott im Himmel, mach bitte, dass ich noch ein Geschwisterchen bekomme, wenigstens nur ein einziges.

Amen!« Dann küsste die Mutter sie liebevoll auf die kleine Stirn und ging geschwind und mit feuchten Augen aus dem Zimmer. Wie hätte sie ihrer Tochter auch erklären können, dass sie sich ja selbst ein weiteres Kind wünschte, sie aber einfach nicht mehr schwanger wurde.

Manchmal klang es inzwischen fast vorwurfsvoll, wenn Johanna ihre Mutter fragte: »Warum bekommen alle meine Freundinnen in ihrer Familie kleine Butzele, nur wir nicht?« Doch die Mutter war nicht um eine Antwort verlegen: »Der Storch fliegt immer über unseren Hof hinweg und vergisst einfach, uns auch ein Butzele dazulassen.« So legte Johanna jeden Abend ein paar Körner auf das Fensterbrett, denn eine Freundin aus der Nachbarschaft hatte einmal zu ihr gesagt, dass der Storch die Körner holen und irgendwann ein Baby dafür vorbeibringen würde. Johanna war für diesen Ratschlag sehr dankbar. Ganz beglückt erzählte sie der Mutter davon. Von diesem Moment an waren die Körnchen am nächsten Tag auch immer verschwunden, doch ein Geschwisterchen bekam Johanna trotzdem keines mehr.

Johannas Freundinnen schoben stolz Kinderwagen mit ihren kleinen Geschwistern durchs Dorf, sie dagegen hatte nur einen kleinen hölzernen Leiterwagen mit einem Teddybären darin, der in eine Wolldecke eingewickelt war. Manchmal mochte sie gar nicht mehr mit ihren Freundinnen spazieren gehen, weil sie sich schämte, den dunkelbraunen Teddy auszufahren. Johanna war darüber sehr, sehr traurig und oft weinte sie in einer Ecke still vor sich hin. Erst im Sommer, wenn sie alleine bei der Mutter auf der Alpe und nicht mehr die ewige Außenseiterin war, blühte sie wieder auf. Doch die Sommer gingen viel zu schnell vorüber, Jahr für Jahr kam der Herbst ohne Erbarmen und der Abstieg von Rangiswang nahte von Neuem. Das war Johanna schon als Kind schmerzlich bewusst und da sie keinen anderen Ausweg erkennen konnte, hielt sie sich mehr und mehr an die Feen und Waldgeister, die Moorlichter und Windsbräute ihrer Fantasiewelt.

Am letzten Weihnachten vor ihrem sechsten Geburtstag bekam Johanna eine Puppe vom Christkind und einen kleinen Puppenwagen. Die Puppe hatte blaue Augen und rote Lippen. So etwas hatte Johanna noch nie gesehen. Die langen, schmalen Finger der Hände und auch die kleinen Füße gefielen Johanna sehr. Der Körper war aus Stoff, und die Puppe hatte sogar echtes, langes lockiges Haar. »Du darfst sie niemals fallen lassen, Johanna! Hörst du? Die Arme und Beine und der Kopf sind aus Porzellan und könnten zerbrechen.« Johanna war begeistert. Endlich hatte sie ihr Butzele, das sie versorgen musste, das sie herumtragen und spazieren fahren konnte!

Nachdem Johanna in die Schule gekommen war, fand die jährliche Sommerfrische auf der Alpe ein plötzliches Ende. Zum ersten Mal war sie für längere Zeit von ihrer Mutter getrennt, die sie über alles auf der Welt liebte. Nur an den Samstagnachmittagen, wenn die Schule vorbei war, bot sich die Möglichkeit, auf die Alpe zu gelangen – und weder ein heftiges Gewitter, ja, nicht einmal ihr Vater Anton, zu dem sie nie ein inniges Verhältnis hatte aufbauen können, konnten sie davon abhalten. Für diese wenigen schönen Stunden bei ihrer Mutter auf Rangiswang hätte sie alles getan, alles gegeben. Für diese eine Nacht in der Woche bei ihrer Mutter im Bett nahm sie jeden Ärger, jede Strafe in Kauf.

Regelmäßig schimpfte sie der Pfarrer im Unterricht vor der ganzen Klasse aus, weil er sie am Sonntag nie in der Kirche sah, und prophezeite, dass sie in die Hölle kommen werde, da er einem Heidenkind niemals die heilige Kommunion erteilen würde. Johanna saß auf ihrer Bank und weinte. Vor diesem dicken, alten Mann mit der krächzenden Stimme und den starken Brillengläsern hatte sie große Angst.

Jeden Sonntagabend musste sie von Neuem zurück ins Tal, was jedes Mal mit vielen Tränen verbunden war. Zu Hause führte sie dann wieder dem Vater den Haushalt. Es waren freudlose Tage, die, wäre es nach ihr gegangen, gar nicht schnell genug vergehen konnten. Doch es dauerte und dauerte, bis endlich der ersehnte Samstag da war! Die ganze Woche nörgelte der Vater nur an Johanna herum, nichts konnte sie ihm recht machen. Manchmal schlug er sie sogar oder versetzte ihr einen Tritt in den Hintern, sodass sie in eine Ecke taumelte. Einmal verfluchte Anton das Mädchen, bloß weil es in der Eile das Salz mit dem Zucker verwechselt hatte. Der wahre Grund für seinen Wutausbruch war aber wohl eher der Alkohol, der inzwischen fast das Blut in seinen Adern ersetzte. Anton hielt Johanna vor, dass ihre Mutter – die ›Berghexe‹, wie er sie bösartig nannte – ihm keine Kinder schenkte. Johanna wusste bald nicht mehr, wie sie sich verhalten sollte. Immer stiller und trauriger wurde sie und zog sich in eine Welt zurück, zu der selbst ihre Mutter nur selten Zugang bekam.

Warum nur war ihr Leben so kompliziert geworden, warum bekam sie keine Antworten auf die vielen Fragen, die sie gehabt hätte? Etwa, warum ihr Vater so unnahbar und ohne Gefühl ihr gegenüber war, oder warum die schönen Tage von Samstag auf Sonntag so schnell verflogen, die freudlosen aber dauerten, obwohl doch jeder Tag gleich lang sein müsste? Jetzt, wo sie eine Puppe und einen Puppenwagen hatte und endlich mit ihren Freundinnen hätte spazieren gehen können, jetzt hatte sie dafür auf einmal keine Zeit mehr vor lauter Arbeit.

Nachts, wenn sie sich alleine und fröstelnd in ihr Zimmer schlich und in ihr kaltes Bett huschte, lag neben ihr nur die harte Porzellanpuppe, an die sie sich schmiegte und neben der sie sich in den Schlaf weinte. Ihr Leben unter der Woche, das früher so schön gewesen war, war zum Albtraum geworden.

Erst wenn die großen Ferien begannen, war die Welt für Johanna wieder in Ordnung: Trotz der Einwände des Vaters verbrachte sie die gesamte Kafanz bei ihrer Mutter auf der Alpe. Antons Bequemlichkeit und seinen Jähzorn, wenn er wie so oft zu viel getrunken hatte, wollte sie nicht länger als nötig über sich ergehen lassen.

Hatte Johanna das Dorf erst einmal hinter sich gelassen, fielen auch bald die Sorgen und Nöte der letzten Monate von ihr ab. Wenn Zeit und Wetter es zuließen, machte Johanna während des Aufstiegs oft eine Pause auf dem Weiherkopf. Von seinem Gipfel aus hatte man eine wunderschöne Aussicht auf die Täler und Berge rundum. Hier oben, außer Atem und mit klopfendem Herzen, hatte sie das Gefühl, dem lieben Gott ganz besonders nah zu sein! Nordöstlich von ihrem Standpunkt erhob sich der Grünten – hoheitsvoll und breit stand er da, der Wächter des Allgäus. Übers Ostrachtal und das Oberjoch hinaus konnte sie den Iseler und einige Tannheimer Berge im Außerfern erblicken, sogar der Schweizer Säntis war von hier oben auszumachen. Unten im Tal waren einzelne Ortschaften zu erkennen, winzige Häuschen und Sträßchen so dünn wie ein Faden ließen die Welt dort unwirklich erscheinen, so als wäre sie ein Riese und würde die Werke von Zwergen betrachten, dachte Johanna. Schräg unter ihr lagen Sonthofen und Burgberg, und wenn sie die Augen zusammenkniff, konnte sie im Dunst Kempten und dahinter die weite Ebene des Unterlandes ausmachen. So mussten die Bergdohlen die Welt wahrnehmen, die vom Grat des Weiherkopfes losflogen und sich dann in der warmen Luft nach oben tragen ließen.

Als Johanna, die mittlerweile zwölf Jahre alt war, in diesem Sommer nach dem langen und beschwerlichen Aufstieg mit ihrer Puppe Hildedick im Arm das schmale einstöckige

Häuschen der Alpe Rangiswang inmitten sanft hügeliger Bergwiesen erblickte, stürmte sie mit einem Schrei des Entzückens das letzte Stück des Weges hinunter und warf sich direkt in die ausgestreckten Arme ihrer Mutter. Jetzt war Johanna glücklich! Jetzt war sie zu Hause!

Das alte Holzhaus bestand aus einem Wohntrakt und einem Stall, der für längere Kaltwetterperioden oder krank gewordene Tiere vorgesehen war. Direkt vor dem Haus befand sich ein kleiner, gegen Wildverbiss eingezäunter Garten mit Nutzpflanzen, Blumen, Salat und Kräutern. Neben dem Eingangstor stand ein hölzerner Brunnen, an dem man sich wusch, Wasser für die Küche und das Käsen holte und aus dem bisweilen auch eine Kuh trank.

An der Längsseite der Hütte waren zwei Türen, eine diente als Zugang zum Wohnbereich, die andere führte in den Stall. Johanna betrat den Wohnbereich und stand nun direkt im Herzen der Berghütte: der Sennküche. Von hier aus gelangte man über eine steile Steintreppe in den Käsekeller, wo auf mehreren Holzregalen die Laibe den Sommer über lagerten und reiften. Jeden Tag mussten sie mit einem feuchten Tuch benetzt und von allen Seiten mit Salz eingerieben werden. Außerdem war es wichtig, dass der Käse jeden Tag gewendet wurde.

An dem der Tür gegenüberliegenden hinteren Ende der Sennküche hing der riesige schwarze Kupferkessel an einem Holzgestell, mit dessen Hilfe er über das Feuer geschoben werden konnte. An der linken Wand standen Käsepresse und Butterfass und dazwischen gab es eine Tür, die im Inneren des Hauses in den Stall hinüberführte. Die Käsepresse war besonders wichtig, denn mit ihr wurde die Molke aus dem nassen Käse befördert und dieser gleichzeitig in Form gepresst. Dazu musste die Sennerin einen großen Naturstein auf die Presse wuchten, der an einem Seil über der Käseform hing. Alles in diesem Raum, bis hinauf zum Dachstuhl, war schwarz von Ruß und Rauch, aber es duftete auch herrlich nach verbranntem Holz.

Zwischen Kellertreppe und dem Kamin, wo der Kupferkessel hing, gab es noch eine Tür. Durch sie gelangte man in einen Raum, der Wohn- und Schlafstube zugleich war. Hier stand unter einem Fenster das Bett, in dem Anna schlief, und an dessen Fußende ein Tisch mit einer Eckbank und zwei Stühlen. In der Zimmerecke über der Bank hing ein einfaches schönes Kruzifix, darunter ein kleiner Blumenstrauß, das war der Herrgottswinkel. Links neben der Tür gab es ein gemütliches Sofa und daneben stand ein weißer Herd, auf dem Anna kochte und in dessen Schiffchen stets heißes Wasser zur Verfügung stand, wenn mit dem Ofen die Stube geheizt wurde. In einem Schränkchen neben dem Herd wurden Geschirr und Töpfe aufbewahrt. Von der Stube aus führte eine Tür in einen weiteren Raum, in dem ein Kleiderschrank und ein Bett standen.

Johanna hatte ihren gewohnten Rundgang durch die Zimmer der Alpe beendet, den sie immer machte, um zu sehen, ob sich seit ihrem letzten Aufenthalt etwas verändert hatte. Heute war tatsächlich etwas anders: Auf dem Sofa lag ein Buch mit einer weißen Karte.

»Ich habe ein Geschenk für dich, Johanna«, sagte ihre Mutter lächelnd.

»Von Joseph?«, fragte Johanna erwartungsvoll. »Ist er wieder da?«

»Ja, gestern Abend hat er noch kurz vorbeigeschaut.«

Johanna nahm die Karte, auf der in schwarzer Tinte mit fein säuberlicher Schrift stand: ›Für Johanna, die kleine Bergfee, Tochter der Sennerin Berganna von der Alpe Rangiswang!‹

Johanna musste lachen. »Mutter, die Karte ist ja auch für mich.«

Auf dem blauen Einband war ein Mädchen mit vielen Goldtalern abgebildet und darüber stand ›Märchen der Gebrüder Grimm‹. Johanna blätterte das Buch durch und entdeckte viele bunte Zeichnungen. Die Bilder weckten sofort ihr Interesse, vor allem eines, auf dem eine schöne Frau in einem Schaukelstuhl saß und den vielen Kindern zu ihren Füßen gerade eine Geschichte vorlas. Die Frau im Lehnstuhl musste die Mutter der Kinder sein. Wie gern wäre Johanna in diesem Augenblick eines dieser Kinder gewesen, aber sofort schämte sie sich für den Gedanken. Sie blickte auf die von der vielen Arbeit geröteten Hände ihrer Mutter. Da war wenig Zeit geblieben, richtig lesen und schreiben zu lernen!

»Jetzt habe ich schon vier Bücher von Joseph«, meinte Johanna stolz. »Das mit den wilden Tieren aus dem Urwald ist mein liebstes.«

Am nächsten Morgen wurde Johanna vom Gebimmel der Kuhglocken geweckt. Durch die dünnen Holzwände der Alpe schien es fast so, als würden die Kühe direkt neben ihrem Bett stehen, an ein erneutes Einschlafen war gar nicht zu denken. Also stand Johanna gähnend auf und ging barfuß in die Sennküche, wo sie ihre Mutter vermutete.

Der Raum war von hellem Sonnenlicht durchflutet, das den Kupferkessel, in dem sich bereits die frisch gemolkene Milch befand, golden erstrahlen ließ. Ihre Mutter saß mit roten Wangen vor dem Kessel und kontrollierte unter ständigem Umrühren die Temperatur der Milch, die langsam und gleichmäßig erhitzt werden musste. Heute bereitete sie keinen Allgäuer Bergkäse sondern Weißlacker zu, das hatte sie Johanna am Abend zuvor angekündigt.

Draußen zeigte sich der Sommer von seiner besten Seite, die Eingangstür zur Alpe stand weit offen und ließ im Gegenlicht den Staub in der Sonne tanzen. Licht fiel strahlend durch das einzige Fenster der Sennküche, und selbst wenn man sich hinten im Raum auf das Bänkchen vorm Milchkessel setzte, erreichten einen noch die Sonnenstrahlen und wärmten einen in der morgendlichen Kühle.

Schläfrig drückte sich Johanna näher an ihre Mutter, die in geübten Bewegungen die Milch rührte. Jetzt wartete sie nur darauf, dass Anna anfing, ihr eine Geschichte von früher zu erzählen, dann würde sie wie immer stundenlang einfach dasitzen, zuhören und den sanften Klang von Annas Stimme in sich wirken lassen.

ZWEITES KAPITEL

Es war ein langer Tag geworden. Nach dem morgendlichen Gespräch mit der Mutter hatte sie sich den Nachmittag über um das Braunvieh gekümmert und konnte es nun, nach einem ausgiebigen Abendessen – es hatte Rühreier mit Speck, dazu Milch mit Honig und zum Abschluss Brot und Käse gegeben –, kaum erwarten, todmüde ins Bett zu fallen. Seit sie zehn war, schlief sie nicht mehr bei ihrer Mutter, sondern war in die ›Rumpelkammer‹ neben der Wohnstube umgezogen.

An einer Seite der Kammer hingen auf einer langen Stange Kuhglocken, gegenüber lagerten in einem wackeligen Holzregal eine Bastschale voll Eier, ein Säckchen Salz und ein Korb mit Kartoffeln, daneben lehnte ein Sack Mehl. Ihre Mutter hatte sich dauerhaft für ein Leben hier oben eingerichtet – kein Wunder, schließlich bewirtschaftete sie seit ihrem neunzehnten Lebensjahr jeden Sommer die Alpe. Jeden Morgen stand sie um vier Uhr auf, um die Kühe zu melken, die sich nach der Nacht im Freien bereits aus eigenen Stücken vor dem Stall eingefunden hatten. Wenn die Tiere sich vor der Hütte versammelten, war es mit der Ruhe vorbei. Zuerst einmal war da das Gebimmel und Geläute, das einen Höllenlärm verursachte, dazu kam noch das immer ungeduldiger werdende Muhen der Kühe, deren Euter bis zum Platzen gefüllt waren.

Auch Johanna wurde von den Kühen aus dem Bett vertrieben, obwohl sie gerne noch ein Viertelstündchen unter dem blau karierten Federbett verbracht hätte. Schnell zog sie sich an und schlüpfte vor dem Haus in ihre geschnitzten Holzschuhe. Dann trug sie Holz in die Sennstube und spleißte feine Späne davon ab, um die Feuerstelle für den großen Kupferkessel vorzubereiten. Mit einem kurzen Blick auf die vor dem Stall stehenden Kühe stellte sie fest, dass sie heute nicht auf den Bergwiesen nach fehlenden Tieren Ausschau halten musste – es waren bereits alle beisammen.

Es würde ein schöner, aber nicht zu heißer Tag werden, so konnte das Vieh nach dem Melken zurück auf die Weide und musste nicht bis zur Dämmerung in den Stall. Johanna beobachtete ihre Mutter, die auf dem einbeinigen Melkschemel hockte, beide Arme unter dem Bauch einer Kuh verschwinden ließ und Strahl um Strahl der weißen Flüssigkeit in den Blecheimer spritzte. Mit einem verschmitzten Grinsen wandte sie sich plötzlich zu Johanna hin, richtete eine Zitze auf sie und bevor sich's ihre Tochter versehen hatte, landete ein Strahl in weitem Bogen direkt in ihrem Gesicht. Die Milch lief ihr über Stirn und Wangen, ein Teil davon traf aber genau in ihren Mund und so kuhwarm schmeckte sie einfach wundervoll.

»Reicht dir das als Frühstück?« Anna lachte über ihre Zielgenauigkeit. »Und waschen brauchst du dich jetzt auch nicht mehr, Milch ist viel besser als Brunnenwasser.«

Johanna musste nun auch lachen und machte schnell ein paar Schritte außer ›Schussweite‹ ihrer Mutter – und außer Reichweite des Kuhschwanzes, vor dem man ebenfalls auf der Hut sein musste, denn auch Kühe liebten solche unverhofften Scherze. Allerdings war ein Schlag mit einem Kuhschwanz wesentlich unangenehmer als ein Spritzer Milch im Gesicht. Bei ihrem Satz nach hinten verlor sie einen ihrer Holzschuhe und versank mit dem nackten Fuß in einem riesigen Kuhfladen. Die grüne, spinatähnliche Masse quoll breiig zwischen ihren Zehen hervor. Schnell schleuderte sie auch den anderen Schuh vom Fuß und stellte sich barfüßig mitten in den Kuhmist. Ein herrliches Gefühl! Erwachsene schienen das leider gar nicht zu verstehen, denn erst nachdem sie sich am Brunnen mit der Bürste gründlich abgeschrubbt und mit dem eiskalten Wasser auch Hände und Gesicht gewaschen hatte, durfte sie wieder in die Hütte.

Ihre Mutter war inzwischen mit dem Melken fertig, das Feuer in der Sennstube, wo später Käse gemacht werden sollte, brannte und knisterte schon, aber zuerst wollten sie nun zusammen frühstücken. Nur sie und ihre Mutter am Tisch und weit und breit um sie herum nur Kühe, so als wären sie die einzigen Menschen auf der Welt, das war für Johanna stets etwas ganz Besonderes. Doch immer war das Frühstück viel zu schnell vorbei, und das nicht nur, weil die Auswahl äußerst beschränkt war. Unter der Woche gab es stets ein Honig- oder Marmeladenbrot mit frischer Butter, ein Stück Käse, dazu Milch oder einen Milchkaffee. Nur am Sonntag stand ab und an ein frisch gebackener Hefezopf auf dem Tisch. Anschließend gab es für die Gesundheit stets einen Apfel. Das Frühstück war aber vor allem deswegen viel zu schnell vorüber, weil sie an die Arbeit mussten – und vormittags hieß diese ›Käsen‹.

Anna schwenkte den Kessel mit der Milch über das Feuer, stellte die kleine Sitzbank davor, setzte sich auf ein mitgebrachtes Kissen und begann, die Milch gleichmäßig zu erhitzen. Johanna spülte in der Stube noch ab, bevor sie zu ihrer Mutter auf die Bank kam. Die Mutter breitete eine alte Decke über ihre nackten Beine, um sie vor Funkenflug und Hitze zu schützen. Als dann bis auf ihr ununterbrochenes Rühren Stille eingetreten war, hatten sie Zeit für eine Geschichte oder ein Gespräch.

»Ich möchte mit dir heute etwas Wichtiges bereden, Johanna«, hob Anna bedeutungsschwer an. »Jetzt bist du, glaube ich, alt genug, dass ich das zur Sprache bringen kann. Mit jedem Jahr entferne ich mich mehr von der glücklichsten

Zeit meines Lebens, als dein Vater noch lebte und wir beide zusammen hier oben waren.«

Johanna hatte keine Ahnung, was Anna damit meinte. »Aber Vater ist doch nicht tot, Mutter, was redet Ihr denn da?«

»Doch, hör zu, ich möchte dir endlich die ganze Wahrheit erzählen«, erwiderte sie mit tieftraurigem Blick. »Drei Monate –« Ihr Atem stockte und es entstand eine kurze Pause.

Johanna merkte, wie schwer ihrer Mutter das Sprechen fiel. »Was ist, was wollt Ihr mir sagen?« Sie konnte ihre Neugier, aber auch ihre Ungeduld kaum bezähmen.

Anna begann von Neuem. »Nein, nur zwei Monate bevor du geboren wurdest, genau am sechsten Januar achtzehnhundertdreiundsiebzig, ist mein Mann – dein richtiger Vater – gestorben!«

Johanna spürte, wie das Blut in ihren Schläfen pochte. Ihr wurde am ganzen Körper heiß, dann wieder kalt. »Bitte, Mutter, jetzt müsst Ihr mir die ganze Geschichte erzählen!«

Und so begann die Berganna, Johanna zu erzählen, was sich vor über zwölf Jahren zugetragen hatte.

»Ich war jung und dumm, als ich auf den Gundlerhof auf der Breite kam. Ich war mit dem ältesten Sohn der Familie, deinem Vater Daniel, verheiratet, der später einmal das Anwesen bekommen sollte. Doch Daniel wurde eines Tages beim Wildern erwischt und schwer verletzt. Noch am selben Tag starb er. Du warst zu der Zeit schon fast auf der Welt, obwohl Daniel und ich erst drei Monate verheiratet waren. Wir waren so verliebt ineinander, aber seine Mutter war eine bösartige und verbitterte Frau und sie verstand es, durch ihre krankhafte Seele unsere kurze Zeit des Glücks durch Eifersucht zu trüben. Sie hat mich als Eindringling gesehen, jemand, der ihr den Sohn weggenommen hatte – und den Hof wegnehmen würde. Dafür war ich aus ihrer Sicht nicht gut genug, oder wie sie es ausdrückte: Ich war nichts, ich konnte nichts, ich hatte nichts. Da wirst du es einmal besser haben, Johanna.«

Johanna verstand nicht ganz, was sie meinte. »Aber ich habe doch auch nichts!«

»Doch. Wenn wir einmal tot sind, dein Stiefvater und ich, dann erbst du als einziges Kind das Anwesen in Bolsterlang, die Felder und den Wald. Du wirst einmal etwas mitbringen und nicht wie ich mit leeren Händen in eine Ehe gehen.«

»Sagt so etwas nicht! Ich will Euch nicht verlieren, Mutter.« Ängstlich umklammerte sie Anna.

Doch Anna rührte mit ernstem Blick unentwegt weiter. »Mit dir wird man später nicht umspringen können wie mit dem letzten Dreck. Du wirst es einmal gut haben, das verspreche ich dir!«

»Wie ging es denn weiter? Bitte erzählt mir alles.«

»Als du auf der Welt warst, habe ich den Hof verlassen und bin zu deinen Großeltern nach Bolsterlang. Aber lange konnte ich auch da nicht bleiben, du weißt ja, viel Platz ist dort nicht, und als mein Bruder geheiratet hat und Vater wurde, wurde es immer enger. Schließlich habe ich den Anton geheiratet, der schon um meine Hand angehalten hat, als ich deinen Vater noch gar nicht kannte. Doch ich habe ihn nie geliebt – und die Zuneigung ist auch später nicht gekommen, in Gedanken und mit dem Herzen war ich immer bei Daniel.« Tränen standen in ihren Augen. »Jetzt sind so viele Jahre vergangen, aber weh tut es immer noch.«

Johanna konnte den Blick nicht mehr von ihrer Mutter abwenden, auch sie hatte eine tiefe Traurigkeit erfasst.

»Du hast viel von deinem Vater, Johanna«, fuhr Anna fort. »Das war mir in meinem großen Schmerz immer ein Trost, aber damals wäre ich am liebsten gestorben. Doch ich musste weiterleben – für dich, du hast mich gebraucht und auch Daniel hätte es so gewollt. Ohne dich hätte ich es nicht geschafft, und auch wenn ich heute im Dorf schief angesehen werde, weil ich nur ein Kind habe und meinem zweiten Mann keine mehr geboren habe, so ist das doch wohl nicht meine Schuld. Besser ein Kind als keines. Hörst du, was ich sage, Johanna? Kinder sind für uns Frauen das größte Glück, sie wachsen unter unserem Herzen, sie sind ein Teil von uns. Und auch, wenn wir sie unter Schmerzen bekommen, sie bleiben ein Teil von uns. Männer verschwinden wieder aus unserem Leben und in den Augen der meisten sind wir nur für die Arbeit und das Kinderkriegen da. Für Daniel hätte ich das gern getan, aber bei Anton war ich dazu nicht imstande. Da war mir mein Leben wichtiger. Und das habe ich mir hier oben geschaffen, hier habe ich meinen Seelenfrieden, so gut es ging, gefunden.«

»Ist der Anton etwa darum oft so ... so gefühllos?« Auch wenn Johanna nicht genau ausdrücken konnte, was sie meinte, so wurden ihr doch manche seiner Verhaltensweisen besser verständlich.

»Das kann schon sein, besonders glücklich ist er mit mir sicher nicht geworden«, gab Anna unumwunden zu. »Aber weißt du, in der Ehe mit deinem Stiefvater fehlte einfach auch bei mir das Gefühl, die Liebe im Herzen. Und nur, wenn die Liebe in beiden ist, ist Gott dabei. Gott ist die Liebe und er gibt sie uns, damit wir sie einem anderen schenken können.«

Johanna dachte noch lange über das nach, was ihre Mutter gesagt hatte, und obwohl sie beide nicht mehr auf dieses Thema zu sprechen kamen, begann Johanna nach dieser Unterhaltung, sich über ihre eigene Zukunft, darüber, was sie vom Leben erwartete, Gedanken zu machen. Sie wollte einmal viele Kinder haben, das war sicher. Und ihr Mann, der sollte etwas darstellen, auf den musste Verlass sein. Und es sollte einer sein, den sie mindestens so lieben konnte wie ihre

Mutter den Daniel. Heiraten, nur um versorgt zu sein oder gar wegen einer Schwangerschaft, das kam nicht in Frage. Aber heiraten nur der Liebe wegen, das würde auch nicht genug sein. Es war doch nicht verwerflich, dass sie eigene Vorstellungen hatte, oder? Diese Sache war viel zu wichtig, um nur wegen irgendwelcher Gefühle oder aus Unüberlegtheit einen falschen Weg einzuschlagen. Auf keinen Fall sollten die Eltern oder Geschwister ihres Mannes einmal mit im Haus wohnen. Nicht nur die Geschichte ihrer Mutter, viele andere Beispiele aus dem Dorf hätte sie nennen können, wo das zu schweren Auseinandersetzungen geführt hatte. Die Altbäuerin, die ihr Leben lang unterdrückt und häufig von ihrem Mann geschlagen wurde, drangsalierte nun die Schwiegertochter, die den Hoferben geheiratet hatte, ließ die Enttäuschungen des eigenen Lebens an der künftigen Bäuerin aus. Auch ein armer Schlucker kam nicht in Frage. So, wie sie allerhand in die Ehe ›einbrachte‹, musste auch ihr Zukünftiger etwas mitbringen, möglichst als Alleinerbe, damit das auch sicher war. Wie hätte sie sonst auf gleicher Augenhöhe mit ihm das Leben teilen können, wenn sie sich nicht von Anfang an gegenseitig respektieren würden?

Und als Johanna im Herbst dieses Jahres auf den Hof nach Bolsterlang zurückkehrte, hatte sie eine ziemlich klare Vorstellung davon, wie sie ihre Ehe, ihre Familie, ja, ihr Leben zu führen gedachte. Ihrem Stiefvater begegnete sie mit noch größerer Zurückhaltung und eine vorher nicht gekannte Traurigkeit hatte von ihr Besitz ergriffen. Sicherlich lag das auch daran, dass sie nun die Wahrheit kannte, um die enttäuschten Erwartungen, die betrogenen Hoffnungen wusste, die nicht nur ihre Mutter, sondern auch ihr Stiefvater durchlebt haben musste. Das gab ihm allerdings noch lange nicht das Recht, sie so gefühllos zu behandeln – geschweige denn sie zu demütigen oder gar zu schlagen!

Da sie bald nicht mehr ableugnen konnte, dass die Blicke der jungen Burschen im Dorf ihr galten, bereitete es ihr immer größeres Unbehagen, mit ihrem Stiefvater allein zu sein. Sehnlich erwartete sie die Rückkehr ihrer Mutter von der Alpe, damit sie in ihrem Zimmer, das sie inzwischen jeden Abend gewissenhaft von innen absperrte, wieder ruhig schlafen konnte. Meist stellte sie zusätzlich noch einen Stuhl mit der Lehne unter den Türgriff, damit ja nichts passieren konnte. Besonders nach seinen Wirtshausbesuchen berührte er sie viel zu oft oder strich ihr mit der Hand über Haar und Gesicht, als dass es Zufall sein konnte. Manchmal hielt er sie an der Taille fest, nur um festzustellen, »ob sie noch dünner geworden sei«, oder er drängte sich am Herd ganz dicht an sie. Johanna entwickelte regelrecht Ekel vor diesem Mann, von ihrer Angst ganz zu schweigen – denn aus Scham wagte sie es nicht, mit ihrer Mutter über diese Vorfälle zu sprechen.

DRITTES KAPITEL

Als Johanna mit dreizehn die Volksschule verließ, bat sie ihre Mutter, in einen großen Haushalt gehen zu dürfen, um den Umgang mit Kindern zu erlernen. Zufällig wurde gerade zu dieser Zeit in Hüttenberg jemand gesucht, der bei der Familie Besler, einer vielköpfigen und sehr gläubigen Familie, im Haushalt helfen und die Kinder mit betreuen sollte. Frau Besler war seit der Geburt ihres zwölften Kindes sehr geschwächt und brauchte daher dringend Unterstützung.

Es fiel Anna nicht leicht, ihr einziges Kind so früh aus dem Haus gehen zu lassen, doch die Vernunft gab letztendlich den Ausschlag und sie stimmte schweren Herzens zu. Johanna lebte sich bei ihrer neuen Familie schnell ein, die Kinder himmelten sie an und auch sie selbst schien an diesem Ort körperlich und seelisch aufzublühen. Hier wuchs sie in den nächsten Jahren zu einer besonnenen jungen Frau heran.

An den Sonntagnachmittagen unternahm sie meist einen ausgedehnten Spaziergang mit den Kindern. Dabei führte sie ihr Weg anfangs zufällig, dann immer häufiger an einem Haus in Westerhofen vorbei, vor dem um diese Tageszeit immer ein junger Bursche im Garten oder im Stall bei der Arbeit anzutreffen war. Die ersten Male grüßten sie sich lediglich, doch später blieb Johanna meist für eine Weile dort stehen, während die Kinder auf dem Weg Fangen spielten, und die beiden kamen über Dinge wie das Wetter oder die Sonntagspredigt ins Gespräch. Der junge Mann, sein Name war Engelbert Bietsch, lebte nicht nur allein in diesem Haus, sondern sah selbst dann noch gut aus, wenn er schweißüberströmt und schmutzig im Gartenbeet wühlte. Er war sehr groß, hatte lockiges, dunkelbraunes Haar und eine Nase, die gekrümmt war wie die eines Adlers. Unter dem Blick seiner leuchtend blauen Augen fiel es Johanna schwer, nicht zu erröten, und sie meinte ihren Herzschlag bis in die Kehle hinauf zu spüren, wenn er sie fröhlich lachend begrüßte. Inzwischen war sie achtzehn und zu einer hübschen Frau herangewachsen mit ihrem schmalen Gesicht und den Haaren, die schwarz wie die Nacht waren. Den hellen Teint und die braunen Augen hatte sie von ihrer Mutter geerbt, genau wie die zierliche Figur.

Nach kurzer Zeit hatte Engelbert Bietsch herausgefunden, wo Johanna zu Hause war, und da er die Familie Besler kannte, kam er nun mehrmals die Woche von Westerhofen nach Hüttenberg hoch, um Werkzeug auszuleihen. Ein anderes Mal musste er mit dem alten Besler unbedingt ein neues Drainagesystem für die Jauchegrube besprechen, weil die B'schitte bei ihm in Westerhofen unglücklicherweise in die Wiese einsickerte. Die Beslers lachten inzwischen schon, wenn sie ihn auftauchen sahen, denn natürlich hatten sie mitbekommen, was beziehungsweise wer der wahre Grund seiner häufigen Besuche war. Sie ließen sich aber nichts anmerken, und Johanna freute sich, dass sie auch ihr gegenüber nie ein Wort über den hartnäckigen Verehrer verloren.

Völlig unerwartet erreichte Johanna eines Tages in Hüttenberg die Nachricht vom Tod ihres Stiefvaters. Der Arzt hatte ihm wegen seines schwachen Herzens Alkohol schon vor längerem strikt verboten gehabt, doch das hatte ihn nicht interessiert – und nun war die letzte Maß Bier wohl auch wirklich eine zu viel gewesen. Ein Herzschlag hatte ihn über Nacht hingestreckt und er war nicht wieder aufgestanden. Bis zu seinem Ende hatte er allerdings noch die Kraft gehabt, ihrer Mutter schwer zuzusetzen. Gerade einige Tage zuvor war Johanna bei einem Besuch einmal mehr Zeugin einer hässlichen Auseinandersetzung zwischen den beiden geworden. Sie war dankbar, dass sie von diesen Dingen in Hüttenberg nichts mehr mitbekam, und auch ihre Mutter schien mittlerweile gänzlich mit Anton abgeschlossen zu haben.

»In meinem Herzen lebe ich mein eigenes Leben«, hatte Anna ihr geantwortet, als Johanna sie anlässlich dieses bösen Streits gefragt hatte, wie ihre Mutter bloß die vielen Demütigungen aushalte. »Ich liebe Anton nicht, und somit kann er mich auch nicht verletzen.«

Am Grab schließlich vergoss Johanna keine Träne für ihren Stiefvater, reglos nahmen sie und ihre Mutter Hände schüttelnd die Beileidswünsche von Verwandten, Nachbarn und Freunden entgegen. Die große Anteilnahme verwunderte Johanna, doch ihre Mutter erklärte ihr den Grund dafür:

»Dein Stiefvater war überall beliebt, denn er war stets hilfsbereit und freigebig. Nur die Wenigsten haben gewusst, wie er sich daheim aufgeführt hat. Von mir hat niemand etwas darüber erfahren, denn ich habe unser Leid für mich behalten und nicht in die Öffentlichkeit getragen. Von denen wäre auch keine Hilfe zu erwarten gewesen, die hätten sich alle nur das Maul zerrissen, du kennst doch das Allgäuer Sprichwort: ›Jeds Hüs hot an Strüß, doch hängt ban it vorn nüs.‹«

Als sie sich nach der Beerdigung von ihrer Mutter verabschiedete, war es Johanna ganz leicht ums Herz. Ab heute würde es auch für Anna mit den Erniedrigungen, den Demütigungen und der Gewalt ein Ende haben, endlich würde sie frei und unabhängig sein – und dies nicht nur während ihrer Zeit auf der Alpe. Johanna brauchte nun nie mehr Angst um sie zu haben oder ein schlechtes Gewissen, weil sie nicht bei ihr geblieben, sondern zu den Beslers nach Hüttenberg gegangen war. Eine große Last war von ihr genommen.

In den folgenden Wochen kam Engelbert Bietsch häufig bei

der Familie Besler vorbei. Johanna verhielt sich zurückhaltend, ja fast abweisend – und genau das gefiel Engelbert: Endlich war da mal eine, die ihm nicht nachlief. Seine Wirkung auf Frauen war ihm wohl bewusst, auch, dass er eine ›gute Partie‹ war, und so sollte seine Zukünftige ebenfalls etwas Besonderes sein: Schön sowieso, möglichst nicht aus armen Verhältnissen und verlässlich musste sie sein. Ja, verlässlich, das war das Wichtigste. Schließlich hatte er schon so einige schlechte Erfahrungen machen müssen in seinem Leben.

Bei einem der gemeinsamen Spaziergänge, die Johanna und er unternahmen, wann immer es ihre anderen Verpflichtungen erlaubten, erzählte er ihr dann vom dem ›Päckchen‹, das er schon von klein auf zu tragen hatte: »Ich hatte eine schlimme Kindheit. Meine Mutter starb nach der Geburt ihres neunten Kindes mit sechsundvierzig im Kindbett. Ich war damals knapp zwei Jahre alt. Als vorletztes Kind hatte ich im Vergleich zu meinen Geschwistern wohl die schwierigste Position, denn ich musste mich nicht nur gegen meine älteren Brüder zur Wehr setzen, sondern auch gegen die jüngere Schwester, die zum Liebling meiner neuen Stiefmutter wurde. Mein Vater war als Frächter dauernd unterwegs und brauchte deswegen schnell eine neue Frau für uns Kinder, als meine richtige Mutter starb. Schon sechs Monate später heiratete er meine Stiefmutter. Sie war ebenfalls schon sechsundvierzig, hat Zigarre und Pfeife geraucht und gesoffen wie ein Loch. Wir Kinder haben sie gar nicht interessiert, nur meine Schwester. Vielleicht, weil sie noch so klein war. Die Neue kam aus Hinterstein, und jemand aus diesem einsamen Tal hat mir später erzählt, dass sie dort ein Fest gefeiert haben, als sie sie los waren. An eine Situation erinnere ich mich besonders deutlich. Im Herbst kam mein Vater einmal mit dem Pferdefuhrwerk von einer Tour aus München zurück. Müde, hungrig und voller Staub von der anstrengenden Fahrt. Als er unser Haus betrat, glaubte er seinen Augen nicht zu trauen. Manche von uns Kindern weinten, weil sie hungrig waren, Hühner, Schafe und Schweine liefen im Haus herum. Meine Stiefmutter dagegen lag im Bett und schlief ihren Rausch aus. Die Zigarre hing ihr noch im Mundwinkel. Da zog er das alte Luder an den Haaren aus dem Bett. Sie schrie und schlug wild um sich, doch mein Vater ließ sich nicht beeindrucken. Er schleifte sie aus dem Zimmer, durch den Flur und nach draußen. Dort setzte er sie mitten auf den Misthaufen.« Engelbert lachte. Noch nie hatte er mit jemandem so offen über sein Leben gesprochen, alles war aus ihm herausgesprudelt. Fast schämte er sich ein wenig vor Johanna und schaute sie unsicher von der Seite her an.

»Und was ist dann geschehen?« Johanna wartete gespannt auf den Ausgang der Geschichte.

»Nichts!« Engelbert spannte sie weiter auf die Folter.

»Nichts? Wie, nichts?«, wiederholte Johanna.

»Mein Vater hat uns Kindern etwas zu essen gemacht und die Tiere versorgt. Dann hat er uns ins Bett geschickt. Seine Frau war immer noch so voll, dass sie nicht allein vom Misthaufen herunterkam. Und so blieb sie da hocken, bis es schon spät am Abend war.«

»Mein Gott, was für eine furchtbare Frau!« Johanna war erschüttert.

»Und nun musst du mir etwas von dir erzählen«, forderte Engelbert sie auf.

Doch Johanna war in Eile. »Heute nicht mehr. Aber beim nächsten Spaziergang bin ich dran, versprochen.«

Sie rannte los. Zwar hatte sie über die Geschichte schon etwas schmunzeln müssen, doch irgendwie tat Engelbert ihr auch leid, und während der kommenden Woche ertappte sie sich immer wieder dabei, wie sie in Gedanken bei Engelbert und seiner schwierigen Kindheit war. Als sie ihm am Sonntag darauf von sich erzählt hatte, beendete sie ihre Geschichte mit dem Hinweis darauf, dass sie beide einen Elternteil früh verloren hätten und der oder die ›Neue‹ ihnen nur Unglück gebracht habe.

»Ich glaube, dass es schlimmer ist«, meinte sie, »wenn ein Kind seine Mutter verliert, denn eine Mutter bleibt immer eine Mutter.«

»Aber auch ein Vater bleibt immer ein Vater«, entgegnete Engelbert. »Und wir hatten einen guten, einen fleißigen Vater, der uns nicht nur alle geliebt, sondern bis zum Umfallen für uns gearbeitet hat. So konnte er jedem von uns schließlich einen Hof kaufen – sogar meiner Schwester! Er war immer für seine Kinder da.«

»Da magst du recht haben«, meinte Johanna. »Es ist immer schlimm, einen Elternteil zu verlieren. Am besten, man behält sie beide und sie ziehen einen gemeinsam groß.«

Engelbert nickte und legte den Arm um ihre Schulter.

»Lieber nicht.« Johanna entfernte sich schnell einen Schritt von ihm. »Ich will nichts überstürzen.«

Er blickte sie fragend an. »Also, ich könnte mir sofort ein Leben mit dir vorstellen. Du bist fünf Jahre jünger als ich, außerdem gesund und kräftig …«

»So, so«, erwiderte Johanna schnippisch. »Kaufst du dir gerade eine Kuh, oder was?« Etwas beleidigt war sie schon, zumindest hätte er sie auch hübsch finden können.

Obwohl sie sich in der kommenden Zeit immer öfter verabredeten, dauerte es lange, bis Johanna Engelbert die Erlaubnis gab, über eine Heirat zu sprechen. Sehr genau prüfte sie ihn, um zu sehen, ob er standhaft bleiben würde und fähig war, seine Ungeduld zu zügeln.

An ihrem vierundzwanzigsten Geburtstag machte Engelbert ihr einen Heiratsantrag, doch sie wollte nun erst noch mit ihrer Mutter reden, bevor sie ihm eine Antwort gab. Ohne

Annas Einwilligung und Fürsprache hätte Johanna keinesfalls den Bund fürs Leben geschlossen. Für Engelbert war das schwer zu verstehen, schließlich war Anna bereits volljährig. »Ich heirate dich und nicht deine Mutter«, meinte er entrüstet. »Das geht doch nur uns zwei etwas an.«

»Stimmt, Engelbert, aber wegen mir hat meine Mutter in ihrem Leben viel Leid erfahren. Deswegen bin ich ihr das einfach schuldig. Ich will und ich kann sie nicht übergehen, denn sonst würdest du immer zwischen meiner Mutter und mir stehen, das sagt mir mein Gefühl, und das könnte ich nicht ertragen.«

Einige Tage später saß Johanna mit ihrer Mutter in Bolsterlang am Küchentisch und erzählte freudestrahlend von ihrem Verehrer.

»Musst du etwa heiraten?«, war Annas erste Frage.

»Ach, woher denn.« Johanna lachte. »Ich will ihn heiraten. Aus freien Stücken. Ich mag ihn sehr gut leiden und in seinem Haus hocken keine böse Schwiegermutter und keine zänkischen Geschwister. Dort werde ich von Anfang an die Frau und Herrin sein, die Mutter aller seiner Kinder. Und ich will viele Kinder haben, Mutter, ganz viele Kinder. Schon immer. Ich will Leben in unserem Haus und Kindergeschrei von früh bis spät. Könnt Ihr das verstehen?«

»Ich sehe, du machst nicht die gleichen Fehler, die ich gemacht habe, ich bin stolz auf dich, Johanna!«

Johanna bekam die Einwilligung ihrer Mutter und am sechsten Mai 1897 heiratete sie ihren Engelbert. Sie ließ sich ein schlichtes schwarzes Seidenkleid nähen, das vorne geknöpft und hochgeschlossen war. Eine schöne schwarze Stickerei verzierte die Vorderseite des Oberteils, die eng anliegenden Ärmel, die nur im oberen Schulterbereich gerafft waren, verliehen dem Kleid die besondere Note. Der Faltenrock betonte Johannas schmale Taille. Sie hatte sich einen

Mittelscheitel ins Haar gezogen und es im Nacken streng zu einem Knoten zusammengesteckt. Auf dem Kopf trug sie ein einfaches weißes Kränzchen aus künstlichen Blüten. Klein und zierlich, wie sie war, reichte sie ihrem Zukünftigen gerade bis zu den Schultern.

Als Engelbert sie am Hochzeitsmorgen wie verabredet mit seinem Zweispänner in Hüttenberg abholte, konnte Johanna ihn schon von weitem mit seinen beiden schwarzen Pferden den Berg hochfahren sehen. Sie staunte nicht schlecht, als er in seinem schwarzen Gehrock mit weißem Hemd und einer schwarzen Schleife vor ihr stand. Der schwarze Zylinder auf seinem Kopf ließ ihn noch größer erscheinen, als er ohnehin war.

Engelbert erfasste sogleich, welch einen Eindruck sein Äußeres auf Johanna gemacht hatte – ihr hatte es regelrecht die Sprache verschlagen.

»Komm, wir haben uns einen Tag wie im Bilderbuch ausgesucht«, bemerkte er gut gelaunt und hob Johanna wie eine Puppe auf die Kutsche.

»Wir sehen uns dann am Nachmittag wieder«, verabschiedete sich Johanna von den Beslerkindern, die die Szene mit offenen Mündern bestaunten. »Jetzt fahren wir als Erstes nach Sonthofen aufs Standesamt. Die Kirche ist ja erst morgen.«

Dann ging es den Hügel hinunter und über Sigishofen nach Sonthofen, wo Engelbert zuerst einen Blumenladen ansteuerte. Er kam mit einem Strauß weißer und rosa Nelken wieder aus dem Laden, im Schlepptau hatte er die Verkäuferin, die nun drei längere Rosmarinzweige, die mit einer Nelke und einer weißen Schleife zusammengehalten wurden, an Engelberts rechter Hüfte befestigte. An Johannas Kleid steckte sie in Taillenhöhe ein identisch aussehendes Gebinde fest.

»Das wird euch Glück bringen«, versicherte sie dem Hochzeitspaar lachend bei der Abfahrt.

Die Kutsche wurde beim Gasthof Krone abgestellt, dann schritten sie zusammen zum Standesamt hinauf. Dem Beamten fielen fast die Augen aus dem Kopf, als er den Bauernburschen in Gehrock und Zylinder vor sich sah. Die Trauzeugen, zwei von Engelberts Brüdern, warteten schon. Auch sie waren in schönen neuen Anzügen erschienen. Nach der standesamtlichen Zeremonie ging es in die Krone, wo die restliche Hochzeitsgesellschaft schon Platz genommen hatte. Die Brautleute waren freudig überrascht, als sie in der Gaststube Engelberts Vater, Johannas Mutter und eine von Johannas Tanten inmitten einer angeregten Unterhaltung vorfanden.

»Ja, so etwas.« Engelbert war sichtlich erfreut, seinen alten Vater, der kaum noch das Haus verließ, in einer geselligen Runde mit zwei Frauen und offensichtlich bestens gelaunt anzutreffen. Und Johanna hatte ihre Mutter eigentlich nur zur kirchlichen Trauung erwartet. Dass sie inzwischen wieder etwas weniger menschenscheu war, gefiel der Tochter gut.

»Esst und trinkt, was ihr könnt«, rief Engelberts Vater in die Runde. »So jung wie huit kummat mir numma zämmet.«

Alle folgten seiner Aufforderung, nur Engelbert wollte nach dem Essen nicht zu lange bleiben.

»Komm mit«, flüsterte er Johanna ins Ohr. »Ich habe noch eine Überraschung für dich.«

Sie verabschiedeten sich schnell und ließen die anderen weiter feiern, dann ging es zu Fuß durch den Ort. Nachdem sie die Bäckerei Hämmerle, den Uhrmacher Waibel und das Schuhhaus Lacher hinter sich gelassen hatten, fragte sich Johanna, wo Engelbert eigentlich mit ihr hinwollte. Auch am Kolonialwarengeschäft von Josef Lechthaler schlenderten sie vorüber, dann ließen sie die Wagnerei von Adolf Mangold links liegen und genauso das Eisenwarengeschäft Schöb.

»Jetzt sag schon, wo gehen wir eigentlich hin?« Johanna platzte inzwischen vor Neugier.

»Das wirst du gleich sehen«, meinte Engelbert geheimnisvoll und zog sie mit sich in das Fotohaus Heimhuber, das vor Kurzem eröffnet hatte und von dem jetzt alle sprachen. Johanna hatte sich noch nie fotografieren lassen und sie kannte auch außer ihrer Mutter niemanden, der das bereits getan hatte. Aufgeregt folgte sie Engelbert in das kleine Studio. Natürlich wollte sie besonders schön sein für das Foto. Ein Spiegel half, sie überprüfte nochmals ihr Äußeres, dann trat sie am rechten Arm ihres zukünftigen Mannes vor die Kamera. Engelbert musste den Zylinder vom Kopf nehmen, sonst hätte der Fotograf ihn nicht ganz aufs Bild gebracht.

»Sie sind halt ohne Hut schon fast zu groß, Herr Bietsch«, lachte er. »Aber jetzt hat alles geklappt, nächste Woche können Sie die Bilder abholen.«

Beim anschließenden Kauf der Hochzeitsringe durfte sich Johanna als Geschenk von Engelbert noch eine Goldkette mit einem Kreuz aussuchen, die sie gleich anbehielt.

Zurück am Gasthaus Krone warteten schon Johannas Mutter und deren Schwägerin bei dem Zweispänner auf sie. »Du nimmst uns doch mit, Engelbert?« Anna wollte nach dem reichlichen Essen den Weg nicht zu Fuß gehen.

»Aber heiraten werde ich nur Eure Tochter«, erwiderte er galant, wie es zu seinem Gehrock und dem Zylinder passte. Johanna war in diesem Moment so stolz auf ihn wie noch nie zuvor.

Zu viert fuhren sie über den holprigen Weg nach Westerhofen zurück. Unterwegs holten sie sogar noch Engelberts Vater und seine Brüder ein. Dann ging es nach Hüttenberg, denn Johanna wollte keinesfalls schon heute in ihrem neuen Heim übernachten.

»Noch bin ich nicht deine Frau«, sagte sie in einem Tonfall, der keinen Widerspruch duldete. »Erst morgen, wenn wir uns vor Gott das Jawort gegeben haben, dann ist es so weit.«

»Ich habe schon so lange gewartet«, fügte sich Engelbert, »da kommt es auf eine weitere Nacht nun auch nicht mehr an.«

Sie schlief sehr schlecht in dieser Nacht. Am nächsten Morgen holte Engelbert sie bereits um neun Uhr ab und diesmal fiel Johanna der Abschied von den Kindern besonders schwer, wusste sie doch, dass sie von heute an nur noch zu Besuch hierherkommen würde.

Engelbert hob sie auf die Kutsche, und vorbei an der Hüttenberger Sennküche, der alten Dorfschule und der kleinen Kapelle führte sie der steinige Weg bergab durch einen großen, dunklen Wald, durch die Ortschaft Bihlerdorf hindurch bis hin zur Kirche von Seifridsberg, die erhaben wie eine Festung über dem Ort thronte.

Auf dem Platz vor der Kirche warteten schon die zahlreichen Gäste. Es würde eine imposante Hochzeit werden, denn Engelbert hatte nicht nur acht Geschwister, von denen die meisten bereits verheiratet waren und Kinder hatten, er war auch in einigen Vereinen engagiert, deren Mitglieder gekommen waren, und dann war da noch sein großer Freundeskreis. Alles, was Rang und Namen hatte, war da. Johannas Hochzeitsgäste dagegen konnte man an einer Hand abzählen.

Die Kirche war so voll, dass gar nicht alle einen Platz bekamen, aber glücklicherweise waren die Räumlichkeiten des Gasthofs ›Marienbrücke‹ in Bihlerdorf dann ausreichend groß – und der Schweinebraten mit Semmelknödel und Kraut war ausgezeichnet. Engelberts Schwester hatte in eine sehr musikalische Familie eingeheiratet. Also wurde nach dem Essen musiziert, gesungen und getanzt – eine der üblichen Schlägereien gab es glücklicherweise nicht. Leicht beschwipst und durch das viele Tanzen und die Gespräche erschöpft, verließen Johanna und Engelbert in einem unbemerkten Augenblick heimlich die Feier und rumpelten kichernd in ihrer Kutsche zurück nach Westerhofen.

Für Johanna und Engelbert war es die erste gemeinsame Nacht, die erste von vielen.

»Dass es so schön sein würde, habe ich nicht geglaubt«, sagte er am nächsten Morgen gleich nach dem Aufwachen zu ihr.

VIERTES KAPITEL

Engelbert liebte Johanna nicht nur aus tiefstem Herzen, er bewunderte sie auch. Endlich besaß er etwas, das ihm ganz allein gehörte, wie er glaubte.

»Du brauchst das nicht zu tun«, sagte er oft zu ihr, wenn er sah, wie sie sich abmühte, denn Johanna stand jeden Morgen schon früh mit ihrem Mann zusammen auf und half bei der Stallarbeit. Im Sommer ging sie schon um vier Uhr mit der Sense auf der Schulter an seiner Seite zum Mähen und obwohl sie nie mehr als fünfzig Kilo wog, konnte sie immer mit ihrem Mann, dem kräftigen großen ›Lulatsch‹, als den sie ihn bisweilen neckte, mithalten.

»In jeder Arbeit kann man etwas Gutes sehen, man muss sie nur gerne machen«, erwiderte sie ihm einmal.

Er liebte sie, wie sie war, und versuchte nicht, sie zu ändern. Auch Johanna akzeptierte ihren Mann in seiner Art, es gab nichts, was sie an ihm nicht mochte. Nun waren sie schon seit zwei Monaten verheiratet, aber sie war noch immer nicht schwanger. Lag es an ihr? War sie vielleicht krank und konnte keine Kinder bekommen? Jedes Mal, wenn sie wieder ihre Tage bekam, wurde sie noch unglücklicher. Sie hatte sich doch so sehr Kinder gewünscht! Schon ihr großer Wunsch nach einem Geschwisterchen war nicht in Erfüllung gegangen und nun, wo es möglich gewesen wäre, eigene Kinder zu haben, sollte diese Sehnsucht nach einer großen Familie erneut unerfüllt bleiben?

Irgendwann musste es in nächster Zeit einfach klappen,

denn schließlich ging es zwischen ihnen fast jede Nacht ›zur Sache‹, die beiden konnten gar nicht genug voneinander bekommen. Aber die nächste Periode kam und auch die übernächste, so sicher wie das Sonntagsläuten.

Als die Menstruation dann endlich ausblieb, konnte sie es erst gar nicht glauben. Sie behielt es fast ein Vierteljahr für sich, bis sie ganz sicher war. Dann rannte sie freudestrahlend zu ihrem Mann, der gerade das Brennholz für den Winter hackte und die Scheite vor der Stallwand aufschichtete.

»Engelbert, ich bin in guter Hoffnung!« Vor lauter Glück warf sie sich ihm an den Hals und hätte fast geweint.

»Wir bekommen ein Kind?« Engelbert klang weit weniger begeistert, als sie es war. Aus seiner Sicht musste das ja mal passieren, doch so schnell hätte es für sein Gefühl nicht passieren müssen.

»Ja, ich bin schon im vierten Monat. Im Frühling sind wir zu dritt, ist das nicht herrlich? Freu dich doch auch ein bisschen!«

»Das kommt nur so überraschend«, erwiderte Engelbert und griff nach der Axt.

Den ganzen Winter über war Johanna damit beschäftigt, Babywäsche zu nähen und kleine Kittelchen zu häkeln und zu stricken. Als ihre Mutter die Neuigkeit erfuhr, freute sie sich für ihre Tochter, dass in der Ehe alles so gut zu laufen schien. Auch sie fing an, alles so für das Kind vorzubereiten, als sei es ihr eigenes.

In den ersten Monaten des neuen Jahres wurde Johanna immer rundlicher, was Engelbert gar nicht zu gefallen schien. Aber als er es wagte, ihr gegenüber einmal eine entsprechende Bemerkung zu machen, war sie um die richtige Antwort nicht verlegen.

»Mein Bauch geht wieder weg – im Gegensatz zu den Bierbäuchen der Mannsbilder!«

Nur konnte sie damit ihren Mann nicht aufziehen, denn der hatte noch nicht einmal den Ansatz eines Bauches, so eitel wie er war. Und Alkohol trank er eigentlich nur am Sonntag und dann reichte ihm meistens eine Halbe Bier zum Essen oder beim Kartenspielen.

Johanna war glücklich, das sah man ihr an. So, wie sie es von ihrer Mutter gelernt hatte, wirtschaftete sie ordentlich und sparsam und auch damit konnte sie Engelbert immer wieder beeindrucken. Ein kleiner Hinweis auf die Geschichte mit dem Misthaufen genügte, um sie beide zum Lachen zu bringen und ihn daran zu erinnern, welch gute Wahl er getroffen hatte.

Am vorletzten Märztag des Jahres 1898 kam ihr erster Sohn zur Welt. Johanna war gerade auf dem Feld und ebnete Maulwurfshaufen mit einem Rechen ein, als ohne Vorwarnung die Wehen einsetzten. Sie musste sich beeilen, sonst würde sie das Kind unterwegs verlieren. Doch immer wieder musste sie auf dem Weg nach Hause anhalten. Gekrümmt vor Schmerzen blieb sie auf den Holzrechen gestützt stehen, dann ging es wieder ein Stück. Bald konnte sie an nichts anderes mehr denken, als sich hinzulegen und die Schmerzwellen, die durch ihren Leib gingen, in den Griff zu bekommen, ihnen zumindest einen Rhythmus aufzuzwingen, der die Geburt einleitete. Viel zu langsam und mit letzter Anstrengung schaffte sie es bis zur Haustür, dann löste sich plötzlich etwas zwischen ihren Beinen, sie spürte noch, wie das Fruchtwasser aus ihr herausschoss – dann wurde sie ohnmächtig.

Als sie wieder zu sich kam, lag sie in ihrem Bett, Engelbert, der sie vor der Eingangstür aufgefunden und auch für alles Folgende sein Bestes gegeben haben musste, stand vor ihr und reichte ihr ein schreiendes Stoffbündel. Und wie es schrie!

Sie legte das Kleine in ihre Armbeuge, alle Schmerzen waren auf einen Schlag vergessen, nur etwas matt fühlte sie sich noch und sagte zu ihrem Mann: »Wenn das kein Geschenk des Himmels ist, jetzt weiß ich, wie schnell die Kinder kommen.« Und zu ihrem kleinen Sohn meinte sie: »Schrei nicht so, du wirst ja bald einen Spielkameraden bekommen, das verspreche ich dir.«

Engelbert glaubte, nicht richtig gehört zu haben. Wollte seine Frau tatsächlich, dass das jetzt so weiterging? Und wo würde er bei dem Ganzen bleiben, wenn sich alles nur noch um die Kinder drehte? Seine Befürchtungen waren nicht grundlos, denn kaum hatte der kleine Max, wie sie ihn genannt hatten, an der Brust der Mutter getrunken und ließ auch nur einen winzigen Quäker, das mindeste Bäuerchen oder die leiseste Blähung hören, schon wurde er aus seinem Bettchen genommen, im Zimmer herumgetragen und von vorne bis hinten von seiner Mutter verwöhnt. Noch schlimmer wurde es, wenn Anna zu Besuch war. Nicht etwa verlagerte sich dann ein Teil der Aufmerksamkeit von Johanna wieder auf ihren Mann zurück – dem kleinen Max wurde vielmehr gleich von zwei Frauen Zucker in den Hintern geblasen! Das war zumindest Engelberts feste Überzeugung und einmal äußerte er sie auch lautstark.

»Man könnte meinen, Ihr hättet gar keine andere Arbeit mehr«, schimpfte er beim Betreten der Küche, als seine Schwiegermutter schon wieder mit dem kleinen Kind auf dem Arm bei ihnen am Tisch saß.

»Arbeit brauchst du mir nicht anzuschaffen, Engelbert, das merk dir. Davon habe ich in meinem Leben genug gehabt, aber Kind war mir halt nur eines vergönnt. Ist es da nicht verständlich, dass ich Max wie mein eigenes Fleisch und Blut liebe? Aber du kannst dich beruhigen, nächste Woche ziehe ich wieder auf den Berg und ihr seid mich drei Monate los.«

Engelbert entschuldigte sich, er habe es nicht so gemeint,

aber die beiden Frauen schienen ohnehin nur Augen für den kleinen Wurm zu haben.

Ein Jahr und vier Monate später bekam Max seinen Spielgefährten, wie Johanna es ihm versprochen hatte. Weitere elf Monate später kam der dritte dazu.

»Max, Josef, Hermann – kannst du eigentlich nur Söhne zeugen?« Johanna klang fast vorwurfsvoll, denn als drittes Kind hatte sie sich eigentlich ein Mädchen gewünscht. Die drei kleinen Buben nahmen sie nun voll in Beschlag. Die Zeit mit Engelbert wurde weniger und weniger, aber er hatte inzwischen aufgehört, darüber zu klagen, denn sie hörte es ja doch nicht, stets war sie gerade für eines der Kinder mit etwas viel Wichtigerem beschäftigt. Auch wenn es ihm nicht passte, mit jedem Kind, das geboren wurde, verlor er seine Johanna ein Stück mehr, das war inzwischen seine feste Überzeugung.

Noch ein Jahr und vier Monate später bekam Johanna ein weiteres Kind. Diese vierte Schwangerschaft war anders als die bisherigen. Ihr Bauch war diesmal runder und nicht so spitz, und während sie früher mit dem dicken Bauch ausgesehen hatte wie das blühende Leben, hatte sie jetzt am ganzen Körper zugenommen, ihr Gesicht war aufgedunsen und sie hatte dunkle Schatten unter den Augen und Flecken auf Wangen und Hals. Auch ihre Haare glänzten nicht mehr so wie früher, doch schien ihr all das nicht viel auszumachen, denn dieses Mal würde es ein Mädchen werden, schwärmte sie voller Vorfreude und Gewissheit.

Engelbert aber hatte ein ungutes Gefühl. Das dauerte alles schon viel zu lange. Über zwölf Stunden war es her, seit die Wehen eingesetzt hatten. Seit Kurzem konnte man die Schmerzensschreie im ganzen Haus hören. Die Hebamme hatte gemeint, das Kind sei sehr groß für eine so schmal gebaute Frau wie Johanna. Und heute war auch noch der Tag nach Nikolaus. Der Tag, an dem vor einunddreißig Jahren seine leibliche Mutter gestorben war! Nicht, dass er sich daran hätte erinnern können, aber seine älteren Geschwister hatten ihm alles genau erzählt. Wie ihre Mutter an der Geburt des neunten Kindes gestorben war. Wie ihr Vater hemmungslos vor ihnen geweint hatte. Wie ihn der Verlust des Kostbarsten, das er je auf dieser Welt besessen hatte, für immer verändert hatte. Konnte es sein, dass sich dieser siebte Dezember nach so vielen Jahren wiederholte, dass das Unglück nun über ihn kam, so wie es damals über seinen Vater gekommen war?

Er stürmte die Treppe nach oben und betrat das Zimmer, in dem sich Johanna und die Hebamme befanden. Es war vorbei, die Schreie hatten aufgehört, Johanna hielt ein kräftiges Mädchen an ihre Brust gedrückt, das schon so kurz nach der Geburt einen ungewöhnlich dichten schwarzen Haarflaum aufwies.

»Sie soll Anna heißen, wie meine Mutter.« Obwohl diese Geburt nicht einfach gewesen war, schien Johanna sich wie üblich in kürzester Zeit erholt zu haben.

Engelbert nickte nur erleichtert. Ihm war jetzt alles recht. Heute hatte er Todesängste um seine Frau ausgestanden. Was hätte er nur getan, wenn auch er sein Liebstes verloren hätte wie sein Vater vor ihm? Und ein furchtbarer Gedanke nahm in seinem Kopf Gestalt an, der ihn nie mehr loslassen sollte. Wegen der Kinder entglitt ihm Johanna nicht nur gefühlsmäßig, das kannte er ja schon – wegen eines Kindes konnte er sie sogar ganz verlieren. Jede Geburt barg diese Gefahr von Neuem in sich, jedes Kind konnte die Katastrophe auslösen. Wie sollte er da die kleine Anna lieben, die es fast so weit gebracht hatte? Er wandte sich ab und verließ das Zimmer, doch der Gedanke fraß weiter an seiner Seele.

Als Max, Josef Anton und Hermann schon etwas älter

waren, ging Johanna an einem Sonntag nach Hüttenberg, um die Familie Besler zu besuchen, zu der sie nie den Kontakt verloren hatte. Voller Mutterstolz präsentierte sie ihre drei Lausbuben, als draußen plötzlich das Wetter umschlug. Dunkle Wolken zogen über der Hörnerkette auf, und bald durchfuhren Blitze und Donnergrollen den blauschwarzen Himmel. Johanna musste sich mit ihren Kindern umgehend auf den Rückweg machen, denn das Gewitter machte nicht den Eindruck, als würde es schnell vorüberziehen. Zwar erblickten sie ihr Zuhause, noch bevor der erste Tropfen gefallen war, doch zum Erschrecken der Kinder rannte ihre Mutter mit einem Mal schreiend den Hang hinunter.

»Maria und Josef steh uns bei«, rief sie entsetzt. »Der Blitz hat eingeschlagen!«

Dann lief sie weiter querfeldein auf den Hof zu, von dessen Rückseite bereits Rauchwolken aufstiegen. Jetzt sah sie auch die Nachbarn, die mit großen Eimern herbeieilten, um beim Löschen zu helfen. Staunend lehnte sich Engelbert aus einem der Fenster im ersten Stock und konnte sich auf den ganzen Trubel noch keinen Reim machen. Nun hatte auch der Regen eingesetzt, der sich zu einem Guss steigerte, als der Himmel alle Schleusen öffnete.

Johanna lief immer noch schreiend und wild gestikulierend um die Hausecke, als die Flammen schon meterhoch aus der Tenne schlugen. Nass bis auf die Haut und mit ins Gesicht hängenden Haaren erblickte sie ihren Mann, der seelenruhig vom Fenster aus das Gewitter beobachtete.

»Schnell, es brennt!«, rief sie zu ihm hoch.

Mit einem Satz war Engelbert verschwunden.

Johanna war schon in den Stall geeilt und jagte Schweine und Kühe ins Freie, wo sich inzwischen eine lange Menschenkette gebildet hatte, die mit Wasser gefüllte Eimer zum Brandherd weiterreichte. Der Letzte in der Schlange schüttete das

Wasser in die Flammen, rannte dann mit dem leeren Gefäß zum Brunnen, füllte es wieder und reihte sich am Beginn der Schlange erneut ein.

Engelbert war unfähig, irgendetwas zu sagen, geschweige denn zu tun. Vor dem Haus stand er mit zwei Kindern im Arm nur da und sah zu, wie sein Hof abbrannte. Johanna hingegen rannte geistesgegenwärtig ins Haus und warf alles aus den Fenstern, was ihr in den Zimmern und in der Küche gerade in die Finger kam.

Bis auf diese wenigen Gegenstände hatten sie nichts mehr, als vom gesamten Anwesen nur noch die Grundmauern standen. Kein Dach über dem Kopf und eine Schar von Kindern. Schlimmer hätte es nicht kommen können.

Am Abend brachten Johanna und Engelbert die Kinder auf die Alpe Rangiswang. Sie würden erst einmal bei ihrer Mutter Anna bleiben, bis eine Lösung gefunden war. Johanna musste die Kinder für längere Zeit zurücklassen, so schwer ihr das auch fiel. Aber Zeit hätte sie während der nächsten Monate sowieso nicht für sie gehabt. Der Hof musste so schnell wie möglich wieder aufgebaut werden, denn schon in wenigen Monaten würde der Winter hereinbrechen. Johanna und Engelbert arbeiteten Tag und Nacht, und da auch seine Brüder jeden Tag tatkräftig mit anpackten, schafften sie es gemeinsam, nach nur zwei Monaten Bauzeit ein Bauernhaus samt Stall und Tenne aus dem Boden zu stampfen. Die Mauern hatten keine Zeit, richtig auszutrocknen, da das Haus viel zu früh bezogen und bewohnt wurde, und für den Verputz war kein Geld mehr da. Doch damit konnte man ja auch bis nächstes Jahr warten, meinte Engelbert, der auf solche Äußerlichkeiten keinen besonderen Wert legte.

Johanna war da anderer Meinung, aber sie stieß auf taube Ohren, da konnte sie auf ihn einreden, so viel sie wollte. Trotzdem ließ sie nicht locker, sie hatte sich vorgenommen, das Haus müsse vor dem Winter verputzt sein, und so fing sie immer wieder davon an.

»Wenn es dir nicht passt«, erwiderte er ihr in aller Deutlichkeit, »dann kannst du ja gehen.«

Daraufhin hielt sich Johanna zurück. Einen weiteren Streit wollte sie nicht riskieren. Schließlich war dies der erste Streit in ihrer Ehe gewesen.

Auch in dem neuen Heim nahm der Kindersegen kein Ende. Johanna stillte jedes ihrer Kinder ein Jahr lang. Kaum hatte sie aufgehört zu stillen, kam innerhalb von drei bis sechs Monaten schon das nächste Kind. Im Rhythmus von Schwangerschaft und Stillzeit verging Jahr um Jahr. Einen Tag vor ihrem neunzehnten Hochzeitstag brachte Johanna ihr dreizehntes Kind, einen Buben, zur Welt. Er war seinem Vater nicht nur wie aus dem Gesicht geschnitten, auch in seiner hilfsbereiten, geradlinigen Art glich er Engelbert sehr. Johanna und ihr Mann wussten, dass dies ihr letztes Kind sein würde, und doch hatte diese Tatsache für jeden von ihnen eine andere Bedeutung.

Johannas Wünsche waren Wirklichkeit geworden. Sie hatte sich schon als Kind nach einer richtig großen Familie gesehnt. Die hatte sie nun bekommen. Wie sich die Wünsche der Menschen in ihrer nächsten Umgebung erfüllten – und was sie dazu beitragen konnte –, das hatte nicht so sehr in ihrem Blickfeld gelegen.

Engelbert hingegen schwor sich, seine Wünsche und Ansprüche nicht weiter hintanzustellen, jetzt, wo wieder Zeit war für gegenseitige Aufmerksamkeiten und gemeinsame Unternehmungen. Auch er wollte zu seinem Recht und Glück kommen.

FÜNFTES KAPITEL

War ihre große Familie endlich unter dem Herrgottswinkel am Küchentisch versammelt – bei fünfzehn Personen konnte das etwas dauern –, dann wurde mit dem Essen erst begonnen, wenn Johanna das Tischgebet gesprochen hatte. Engelberts großer Silberlöffel lag auf der zweiteiligen Kredenz, doch mit seinen langen Armen konnte er ihn ohne Mühe im Sitzen vom oberen Sims ergreifen. Dieser Löffel wurde nie mit dem anderen Besteck zusammen gespült, sondern nur dadurch gereinigt, dass Engelbert ihn nach dem Essen jedes Mal gründlich ableckte, bevor er ihn wieder auf das Sims zurücklegte. Und erst nachdem er sich als Familienoberhaupt mit diesem Löffel seine Portion aus der großen Schüssel genommen hatte, durften die anderen beginnen. Lag der Silberlöffel abgeschleckt wieder auf der Kredenz, hörte die ganze Familie auf zu essen, alle legten ihre großen und kleinen Holzlöffel in die leere Schüssel und das Mahl war beendet. In hohem Alter, als Zeichen der Hofübergabe, würde er den Löffel einmal an denjenigen abgeben, der sein Nachfolger werden sollte.

Der Erste Weltkrieg tobte nun schon über drei Jahre. Auch Bauernburschen aus der Nachbarschaft der Familie Bietsch waren eingezogen worden, und mancher hatte irgendwo weit weg sein Leben lassen müssen. Johanna hatte große Angst um ihre Söhne. Sollten sie, kaum dass sie ihr eigenes Leben beginnen konnten, dasselbe Schicksal erleiden wie ihre gefallenen Freunde? Annas Befürchtungen hatten seit Kurzem einen konkreten Anlass: Max, ihr Ältester, war seit einigen Wochen zur Ausbildung als Soldat in einer Kaserne in Lindau. Zwanzig war er gerade und sollte sich solcher Gefahr aussetzen – Johanna war außer sich.

»Was haben wir mit diesem Krieg zu tun«, fragte sie ihren Mann aufgebracht. »Sollen unsere Kinder für Dinge kämpfen, die sie nicht betreffen, noch je betreffen werden?«

»Die kleinen Leute hat man doch noch nie gefragt, wenn die großen etwas haben wollten. Die waren immer nur das Kanonenfutter für die Gier der Mächtigen. Aber leider haben sie die Gesetze, den Staat und die Presse hinter sich, weil sie sie bezahlen. Wir können da nichts machen, Johanna, wer zahlt, schafft an, das weißt du doch.«

So hatte Johanna sich gefügt, auf die Stirn ihres Sohnes beim Abschied ein Kreuzchen mit Weihwasser gemacht und auf den Beistand des Himmels gehofft. Alle hatten Max nachgeblickt, bis er hinter der Kapelle verschwunden war.

Dann, eines Tages, erkrankte das halbe Dorf an einem Fieber, das mit heftigen Halsschmerzen einherging. Das Virus hatte auch Johannas Familie heimgesucht, und in der Küche wurde ein Krankenbett aufgestellt. Johanna war fast nur noch damit beschäftigt, essigsaure Wadenwickel zu machen und Kräutertee zu kochen. Engelbert half ihr dabei. Anfänglich war er etwas mürrisch, da er die Krankheit für ein ›Wehwehchen‹ hielt, doch dann begriff er, dass die Kinder mit einer viel schlimmeren Sache daniederlagen. Bei seinen vier Jüngsten ging es um Leben und Tod, die größeren Kinder waren Gott sei Dank schon wieder auf dem Weg der Besserung.

Die vier Todkranken lagen in dem Bett in der Küche, zwei am Kopfende, zwei am Fußende. Es war ein Kampf gegen die Zeit. Während drei der Kinder sich langsam wieder zu erholen schienen, hörte die kleine Karolina eines Abends auf zu atmen. Johanna riss das Mädchen aus dem Bett und drückte es schluchzend an sich, dann rannte sie mit dem Kind auf dem Arm zu Engelbert ins Schlafzimmer. Sie hielt ihm den kleinen Körper entgegen.

»Tu doch was, das Linele atmet nicht mehr!«

Weinend legte sie sich mit dem Kind zu ihrem Mann unter die Decke und hoffte, Karolina würde in der Nähe der Eltern und ihrer Wärme wieder mit dem Atmen beginnen. Aber es war vergebene Liebesmüh – vier Wochen vor ihrem sechsten Geburtstag starb die Kleine in den Armen ihrer Mutter und an der Seite ihres Vaters. Engelbert war nicht fähig, seiner Frau über den Schmerz hinwegzuhelfen. Er, der als Kind in trostlosen Verhältnissen aufgewachsen war, sollte auf einmal trösten. Er war überfordert, brachte weder eine Geste des Trostes noch ein Wort der Besänftigung zustande. Trotz der vielen Kinder, die sie hatten, war der Verlust von Karolina ein herber Schlag, sie vermissten sie, als wäre sie ihr einziges Kind gewesen. Engelbert nahm den kleinen weißen Sarg mit ihrem leblosen Körper auf seine Schulter und trug ihn den ganzen Weg nach Seifridsberg, wo Karolina begraben wurde.

Zu ebendieser Zeit stand eines Nachmittags völlig überraschend Max vor der Tür. Kurz vor Beendigung seiner Grundausbildung war auch der Krieg zu Ende gegangen.

»Na, da sind wir ja gerade noch einmal davongekommen«, begrüßte ihn Engelbert und klopfte seinem Sohn erleichtert auf die Schulter. Und auch wenn die Wiedersehensfreude vom Verlust der Tochter überschattet wurde, so musste es wohl in einer großen Familie sein: Licht und Schatten traten immer zusammen auf – nie gab es nur eitel Sonnenschein, nie nur schwarze Nacht. Die Jahre vergingen, aus den Kindern wurden Erwachsene.

Max half seinem Vater, wo immer er konnte. Besonders bei der schweren Arbeit, die der Winter mit sich brachte: beim Holzen und beim Burden.

Ausschließlich im Winter wurden die großen Bäume geschlagen, denn nur wenn sie nicht im Saft standen, konnten sie zu gutem Nutzholz für den Haus-, den Brücken- und den Möbelbau verarbeitet werden. Deswegen fuhren Max und Engelbert meist im Dezember und Januar zum Holzen.

Im Februar, spätestens Anfang März, wurde das Futter für die Tiere knapp, die den Winter über im Stall standen. Dann nahmen Vater und Sohn den Hörnerschlitten und zogen ihn über Bettenried hoch auf das Bergle, wo das Heu der Sommerwiesen in einem Stadel gelagert wurde. Engelbert und Max luden den Schlitten damit voll, verschnürten ihre Ladung sicher mit Seilen und dann ging es mit den neuen Futtervorräten auf dem Schlitten steile Waldwege, verschneite Bergwiesen und über viele Kurven hinunter nach Westerhofen. Das Burden, wie diese Tätigkeit hieß, konnte ein riesiger Spaß sein, doch oft schwebten die Schlittenlenker in Lebensgefahr.

Bei Faulschnee oder Sulz war es vor allem anstrengend, da die Kufen immer wieder versackten und der Schlitten sich nicht einmal auf einem abschüssigen Hang von allein bewegte. Dann musste Max schieben, während Engelbert vorne am Schlitten die Richtung bestimmte. Meist schoben sie sogar beide, damit überhaupt etwas voranging. Leichter ging die Fahrt bei Griesel und bei Wildschnee, sie mussten dann nur achtgeben, dass sie nicht zu schnell wurden und aus der Kurve getragen werden konnten. Doch unter diesen Verhältnissen ging es gut voran und der Lenker konnte das Gefährt einigermaßen beherrschen. Äußerst gefährlich war es jedoch, wenn die Fahrt über Firn oder Bruchharsch ging. Waren die Kufen durch das Gewicht des Schlittens erst einmal im Firnspiegel eingebrochen, hatte die gefrorene Harschkruste nachgegeben, dann blieb der Schlitten in dieser Spur, die immer weiter nur geradeaus ging, wie ein Eisenbahnwagen auf seinen Geleisen. Steuern war fast unmöglich, denn für eine Kurve hätte man die vorgegebene Spur verlassen müssen, und das war nur unter äußerster Kraftanstrengung der Schlittenführer möglich. Schnurstracks waren Max und Engelbert schon manchmal mit dem Schlitten auf einen Abgrund zugesteuert und hatten ihre letzte Stunde vor Augen gehabt, da war es ihnen gerade eben noch gelungen, den Schlitten durch den Einsatz der metallenen Würfel unter ihren Greifschuhen im letzten Moment zum Stehen zu bringen.

»Heute war es wieder mal wie der Ritt auf einem Drachen«, berichtete Max völlig erschöpft seiner Mutter, während Engelbert schon Heu in die Tenne trug. »Hoffentlich schneit es weiter so, denn kommende Woche müssen Vater und ich noch häufiger zum Stadel hoch, damit wir für das Vieh genug Heu auf Vorrat haben.« Gefrorene Haarschippel schauten unter dem Rand der Wollmütze hervor, sein Gesicht glühte von der Kälte des Fahrtwindes und von der Mütze bis zu den Gamaschen hatten sich Blumensamen und Grashalme in seiner Kleidung verfangen.

Trotz aller Erschöpfung schien das Burden ihm aber gut zu bekommen und einen Riesenspaß zu machen. Engelbert und er wiederholten diese Drachenritte in der darauffolgenden Woche noch sechsmal. Dann hatten die Tiere im Stall genug zu fressen, bis nach dem langen Winter Ende April endlich der Frühling kam und im Mai die Waldfeste folgten.

Die ältesten Söhne von Engelbert Bietsch ließen kein einziges dieser Feste aus. Sie zogen ihre kurzen schwarzen Wildlederhosen an, die hinten am Gesäß schon ganz speckig waren, schlüpften in ihre weißen Hemden und knöpften darüber die Hosenträger fest, die mit Blüten vom Edelweiß verziert waren. Auch der Spitzhut mit dem Gamsbart und die grauen Wadenwärmer durften nicht fehlen. Dann wurden die schwarzen Haferlschuhe angezogen und noch ein Kittel über die Schulter geworfen, falls es frisch werden sollte. So verließen die jungen Stenze jedes Wochenende das Haus.

Nicht selten kam es auf diesen Veranstaltungen zu Raufereien, doch am Montagmorgen, wenn seine Söhne mit zerrissenen Hemden am Frühstückstisch saßen, fragte der alte Bietsch nur: »Wer hat gewonnen?« Und wenn seine Söhne als Sieger hervorgegangen waren, grinste er zufrieden und gab jedem einen Fünfer aus seinem Ledergeldbeutel. Seine Tochter Anna musste die Hemden dann wieder zusammenflicken, denn als Werktaghemden zum Arbeiten taugten sie ja noch.

Engelbert Bietsch war nun ›der alte Bietsch‹, ein Kind nach dem anderen ging seinen eigenen Weg und Johanna stellte mit Entsetzen fest, dass immer mehr Silberfäden ihre dunklen Haare durchzogen. Sie fing an, ihre Fingerspitzen mit dem Ruß der Topfunterseiten zu schwärzen und strich dann mit den Fingern durch das ergraute Haar oder zog mit dem Ruß ihre schön geschwungenen Augenbrauen nach. Mochte sie jetzt auch im ›besten Alter‹ sein und trotz ihrer vielen Kinder – eitel war sie geblieben.

Und sie blieb auch eitel, als sie Großmutter wurde, denn ein Kind nach dem anderen war nun so weit, selbst eine Familie zu gründen.

Hermann, den Johannas Mutter besonders in ihr Herz geschlossen hatte, bekam zu seiner Hochzeit das Anwesen der Berganna überschrieben. »Aber wer den Hof erbt, muss mich bis in den Tod versorgen«, hatte die nun schon sehr gebrechliche Frau zu ihrem Enkel gesagt. Wann immer es Johanna möglich war, besuchte sie ihre Mutter und ihren Sohn mit seiner Familie in Bolsterlang. Es war nicht leicht für sie, mit ansehen zu müssen, wie es ihrer Mutter immer schlechter ging. Sie hatte angeboten, die alte Frau mit sich hinunter nach Westerhofen zu nehmen, um sie dort nach ihrem Schlaganfall zu pflegen. Doch die Berganna hatte ihren eigenen Kopf behalten. »Aus diesem Haus bringen mich keine zehn Pferde, solange ich noch lebe«, hatte sie starrsinnig geantwortet. Wenn auch ihr Verstand etwas nachließ, so wusste sie doch immer ganz genau, was sie wollte oder nicht wollte. Und obwohl sie seit zehn Jahren an einem offenen Bein litt, hatte sie im Großen und Ganzen ihren Frieden mit sich und der Welt gemacht und strahlte eine innere Harmonie aus, die nur ein erfülltes Leben zurücklässt.

Einige Tage vor ihrem Tod besuchte Johanna ihre Mutter, die nun ständig das Bett hüten musste, noch ein letztes Mal.

»Ich war in meinem Leben nicht oft in einer Kirche.« Das Sprechen fiel der Berganna bereits sehr schwer. »Ich war ja über zweiundvierzig Sommer im Berg. Wahrscheinlich war ich dort oben auf der Alpe Gott näher als in einer prunkvollen großen Kirche.« Wieder entstand eine Pause. »In meinem Leben habe ich ein einziges Mal ein Kind geboren, dich, Johanna, obwohl ich zweimal verheiratet war. Wirklich geliebt habe ich nur einen meiner Männer. Mit dem dritten Mann in meinem Leben war es ganz anders, ich weiß keine Worte dafür, unsere Beziehung hatte etwas unbeschreiblich Tiefes und Reines.« Anna holte tief Luft. »Es gab einen Moment, da wollte ich mich bei Joseph bedanken, dass er jeden Sommer zu mir kam, und ihn bitten, nie mehr fortzugehen. Diesen Entschluss hätte ich schon viel früher fassen sollen und als ich mich endlich dazu entschieden hatte, setzte ich mich sofort hin und schrieb ihm einen Brief nach München. Schon nach kurzer Zeit erhielt ich ein Telegramm: Joseph war unter ein Auto gekommen und sofort tot.«

»Warum habt Ihr mir nie etwas davon erzählt, Mutter?«

»Du hattest schon dein eigenes Leben und deine eigenen Sorgen. Nur sein Buch ist mir geblieben. Jetzt nimm du es. Bewahre es gut auf«, sagte Anna müde und übergab ihrer

Tochter die abgegriffenen Seiten. »Ich kenne inzwischen sowieso jeden Vers auswendig.«

Beide Frauen spürten, dass sie sich in diesem Leben nicht mehr begegnen würden. Beim Abschied lagen sie sich lange in den Armen, es brauchte keine Tränen, denn jede von ihnen wusste, wie sehr die andere sie liebte. Sie konnten sich trennen, weil sie nie wirklich getrennt sein würden, sie konnten einander allein lassen, weil sie immer zusammen sein würden. Dies war kein Abschied, sie betraten nur einen neuen Weg – miteinander.

Einige Tage später bekam Johanna die Nachricht, dass ihre Mutter am Morgen tot in ihrem Bett aufgefunden worden sei. Erst jetzt konnte sie die Tränen vergießen, die ganz tief aus ihrem Herzen kamen. Sie weinte tagelang, die Leere in ihr dauerte Wochen, die Trauer verließ sie nie mehr. Ihr wurde bewusst, dass sie ihrer Mutter die letzte Beichte abgenommen hatte. Als man ihren Sarg in die Erde senkte, musste Johanna daran denken, wie wenig die Berganna zeitlebens von der Kirche gehalten hatte, obwohl sie ihr Nachtgebet nie vergaß. Sie erinnerte sich noch genau an die Worte ihrer Mutter: »Wichtig ist, dass man Gott im Herzen hat und richtig lebt. Heuchler gibt es genug, Kirchen scheinen sie geradezu anzuziehen. Deswegen kommt Gott auch lieber zu denen, die ehrlichen Herzens woanders nach ihm suchen.«

Sie hat wirklich ihren eigenen Kopf gehabt, dachte Johanna und ging still vor sich hin lächelnd die Friedhofsmauer entlang dem Ausgang zu.

Kaum war ihre Mutter unter der Erde, erfuhr Johanna von ihrer ältesten Tochter Anna, dass sie schwanger war. Der Vater des Kindes war nicht nur verheiratet, er hatte bereits zwei schulpflichtige Buben. Gemeinsam gelang es Johanna und Anna, die Schwangerschaft geheim zu halten und Engelbert erst davon in Kenntnis zu setzen, als er auf der Alpe Gschwend war. Zu Hause hätte er wahrscheinlich alles kurz und klein geschlagen. Als er im Herbst wieder von der Alpe herunterkam, hatte er sich immer noch nicht beruhigt, und obwohl Anna wie auch Johanna ihn anflehten, das Kind in seinem Haushalt aufzunehmen, sorgte er dafür, dass das uneheliche Balg, wie er es nannte, sofort nach der Geburt in eine Pflegefamilie kam. Für Anna wendete sich das Blatt dann doch noch unerwartet schnell. Sie lernte einen neuen Mann kennen, heiratete und bekam bald ihre erste Tochter, Erika.

Wenn sich nur auch auf der großen Weltbühne das Schicksal so zum Besseren gewendet hätte! Ein Anstreicher aus Österreich hatte zuerst München erobert, danach in Deutschland die Macht übernommen und nun schickte er sich an, seine Hand nach der ganzen Welt auszustrecken. Banken, Wirtschaftslenker, die Presse, ja selbst die Kirche waren auf seiner Seite, denn er versprach, dass sie es alle besser haben sollten. Es war schwierig, gegen ihn zu sein, waren doch fast alle für ihn! Und man munkelte auch, es sei lebensgefährlich, gegen ihn oder seine Parteigänger Stellung zu beziehen. Henne, der beste Freund von Johannas Vater, war abgeholt worden, und keiner wusste, wohin man ihn geschafft hatte.

Abgeholt worden war auch Johannas jüngster Sohn Albert, von einem Feldwebel, der ihm eine Uniform für den Dienst am Vaterland verpasst und ihn dann in einem Gefährt, das knatterte und wie die Pest stank, zu den Feldjägern in die Füssener Kaserne gebracht hatte. Johanna weigerte sich, mit den anderen aus dem Dorf nach Sonthofen zu fahren, um diesem Anstreicher bei seiner Stippvisite zuzujubeln, einem wahnsinnigen Schreihals, der unschuldige Kinder in den Krieg schickte!

Vielleicht hatten sie noch einmal Glück, Max war ja auch

wohlbehalten wieder aus Lindau zurückgekommen, vor vielen Jahren, bei einem anderen Krieg, angefangen von anderen Wahnsinnigen. Aber geschrien und gejubelt hatten auch damals alle.

»Ich habe meine Söhne doch nicht unter Schmerzen geboren, dass sie jetzt im Feld sterben müssen«, schimpfte sie, denn inzwischen war auch ihr drittletzter Sohn Anton abgeholt worden.

»Nicht so laut, die Leute reden schon über dich und deine Ansichten«, meinte Engelbert, bei dem sie nicht mehr genau sagen konnte, ob er tatsächlich stolz auf seine Söhne war oder nur so tat, weil er Angst vor der Geheimpolizei hatte, die es jetzt selbst in Westerhofen gab.

Im November würde Anna ihr drittes Kind bekommen und Johanna hoffte, die Geburt würde diesmal einfacher als die beiden vorangegangenen sein. Und hoffentlich würde es der jungen Familie bald finanziell besser gehen. Oft gab Johanna ihrer Tochter – heimlich, weil Anna sich schämte – eine Schüssel mit Milch, ein Stück Käse oder eine Ecke Butter, und jede Nacht hörte Johanna die Nähmaschine ihrer Tochter surren, wenn sie im Bett lag und aus lauter Sorge um ihre beiden Söhne keinen Schlaf fand. Anna war eine fleißige Frau und die Mutter hatte Mitleid mit ihr, dass sie so schwer arbeiten musste. Doch sie fand die richtigen Worte nicht, so wie es ihr überhaupt schwerfiel, ihre Gefühle zu zeigen. Sei es vor ihrem Mann, sei es vor ihren Kindern.

Kurz vor Kriegsende kam ein Brief der Wehrmacht, dass Albert gefallen sei. Kurz nach seinem Geburtstag im Mai, im Alter von siebenundzwanzig Jahren. Von einer Kugel in Montenegro mitten ins Herz getroffen und sofort tot. Später stand in der Zeitung ein Nachruf auf ihn mit der Überschrift ›Heldentod‹. Engelbert las seiner Frau den Artikel beim Frühstück vor. Ihm versagte immer wieder die Stimme. Johanna konnte nur still dasitzen, die Tränen waren längst alle vergossen. Nach dem Frühstück gingen sie, jeder für sich allein, ihren täglichen Arbeiten nach.

Auch Anton, der andere Sohn, kam nicht aus dem Krieg zurück: Zwei Jahre nach Kriegsende bekamen Johanna und Engelbert wieder einen Brief, der nur lapidar einen Tod annoncierte: Am dreizehnten Dezember 1947 war Anton Bietsch an den Folgen einer Lungenentzündung in russischer Kriegsgefangenschaft gestorben.

An einem verregneten Sonntagnachmittag im November 1948 wurden sie von einem Mann aus Wertach aufgesucht. Johanna stopfte gerade Strümpfe, Engelbert lag auf dem Kanapee in der Küche und Rosel, Johannas jüngste Tochter, ratschte mit einer Freundin in der Stube, als es klopfte. Rosel erhob sich und öffnete. Der Mann, der vor der Tür stand, war hager, sah unterernährt aus und seine Augen lagen tief in den Höhlen. Er fragte, ob dies das Elternhaus von Anton Bietsch sei. Rosel bejahte und führte ihn in die Küche. Engelbert war durch die Stimmen aufgewacht, er saß verschlafen auf dem Kanapee. Die Geschichte des Mannes rückte Antons Tod in ein neues Licht.

Er erzählte, dass er mit Anton im selben Gefangenenlager gewesen sei, und welch kameradschaftlichen, fürsorglichen Charakter der junge Mann gehabt habe. Hinter dem Stacheldraht hätten unvorstellbare Zustände geherrscht, selbst die Ratten wären verhungert, wenn sie nur das zu fressen gehabt hätten, was unter den ehemaligen Soldaten an Essen verteilt worden sei. Außerhalb des Lagers habe ein Kartoffelacker gelegen, und weil er es vor Hunger nicht mehr ausgehalten habe, sei Anton einmal in der Nacht unter dem Zaun durchgekrochen, sei weiter bis zum Acker und hätte für sich und einige andere Insassen in der trockenen Erde nach Kartoffeln gegraben. Dabei sei er von einem Wachposten entdeckt und auf der Stelle erschossen worden.

»Mein Gott, dann ist Anton gestorben wie mein Vater«, rief Johanna aus. »Nur, weil er für die anderen sorgen wollte. Wegen ein paar Kartoffeln!«

Weder die offizielle Todesursache Lungenentzündung noch der im Schreiben angegebene Zeitpunkt von Antons Tod stimmte also, das wussten sie jetzt.

»Was für ein Lügenverein«, polterte Engelbert. »Die verreckten Hunde soll der Teufel holen.« Und mit diesen Worten verschwand er im Stall und sprach tagelang kein Wort mehr.

Johanna dachte etwas anders als er, doch diesmal hielt sie ihren Mund. Davon würde ihr Anton auch nicht wieder lebendig werden. Aber die Katastrophen gingen weiter, Johanna schien kein Glück mehr gegönnt zu sein. Zwei Jahre nach Antons Tod starb unerwartet ihre Tochter Sophie. Sie war erst dreiunddreißig und hinterließ einen Mann und drei kleine Kinder.

Karolina, Albert, Anton, Sophie – vier von Johannas Kindern waren nun tot. War das die gepriesene neue Zeit, in der die Kinder vor den Eltern starben? Zwei durch Krankheit, zwei durch den verdammten Krieg. Erst jetzt redete man von den Millionen von Toten, die dem Krieg geschuldet waren. Und immer offener wurde nun auch von den Millionen von Toten gesprochen, die wegen einer anderen Meinung, einer anderen sexuellen Neigung oder einer anderen Religion in den Lagern umgebracht worden waren: Juden, Zigeuner, geistig Behinderte, Homosexuelle, Sozialisten, echte Christen, Kommunisten, Sozialdemokraten, Gewerkschafter – die Liste nahm kein Ende.

Und an allem sollte plötzlich der Anstreicher allein schuld gewesen sein. Aber der hätte das ohne seine Hintermänner in den Banken, den Wirtschaftsunternehmen, den Zeitungen und den Kirchen doch gar nicht geschafft, dachte Johanna. Doch mit dieser Meinung stand sie auch in der neuen Zeit schon wieder ziemlich alleine da.

SECHSTES KAPITEL

Im Mai würde es eine große Feier geben. Engelbert und Johanna waren fünfzig Jahre verheiratet. Es herrschten Zeiten der Armut, selbst die Bauern hatten wenig zu essen, und nun wollte auch noch der Witwer von Sophie, der nach dem Tod seiner Frau mit drei Kindern alleine dastand, wieder heiraten – Marie, eine Schwester von Sophie. So kamen also auch Hochzeitskosten auf die ›Goldenen Hochzeiter‹ zu. Zwei große Feste in so kurzer Zeit, wie sollte das zu bewältigen sein?

Da hatte Rosel, Johannas Jüngste, den rettenden Einfall. »Wir machen einfach eine Doppelhochzeit daraus. Alles in einem Aufwasch und nur einmal Kosten.«

Dieser Vorschlag gefiel dem alten Bietsch sofort und Rosel schrieb einige Tage lang die Einladungen. Auf jeder vermerkte sie säuberlich, dass das Gebäck für den Kaffee selbst mitzubringen sei. Dieser Zusatz war Rosel ziemlich peinlich, doch wagte sie nicht, ihrem Vater zu widersprechen, der darauf bestanden hatte. Es konnte nicht angehen, in diesen schweren Zeiten nach dem Krieg jedem Gast solch einen Luxus zu bieten, hatte er argumentiert. Rosel fand das arg knauserig, trotzdem fügte sie auf jeder Einladung diese Bitte hinzu – wenn auch in der kleinsten Schrift, zu der sie fähig war.

Es wurde ein schönes Doppelfest, niemand hatte sich daran gestört, selbst für den Kuchen zu sorgen. Johanna schickte aus eigenen Beständen einen Sack Kartoffeln nach Ofterschwang, wo im Engel gefeiert und Kartoffeln mit frischer Butter und eingelegten Heringen aufgetischt wurden.

Bereits drei Jahre zuvor hatte Rosel einen Fund gemacht, der nun ebenfalls wesentlich zum Gelingen der Doppelhochzeit in diesen Zeiten des Mangels beitrug. Damals hatte Rosel wie jeden Morgen die Kühe aus dem Stall auf die Wiese getrieben, als sie plötzlich am Hang etwas Großes, Weißes liegen sah. Da sie keine Idee hatte, was das sein konnte, und durch die Ereignisse im Krieg vor allem Unbekannten Angst hatte, wollte sie die Kühe anfangs gar nicht auf die Weide lassen. Doch die Neugier siegte und ganz langsam und vorsichtig schlich sie auf den weißen Fleck zu. Er lag am Abhang über dem Hühnerbach und bewegte sich leicht hin und her. Je näher sie kam, desto mehr weiße Schnüre konnte sie erkennen. Schließlich stand sie vor einer riesigen Fläche aus leuchtend weißem Stoff. Vorsichtig legte sie ihn zusammen und trug ihn unter dem Arm nach Hause. Sie wunderte sich über sein geringes Gewicht, es musste sich wohl um einen Seidenstoff handeln.

Als Rosel und Anna abends in unermüdlicher Kleinarbeit die Schnüre vom Stoff lösten und ihn in einzelne Bahnen auftrennten, lüftete Engelbert das Geheimnis. Es musste ein Fallschirm sein, wahrscheinlich von einem Franzosen, denn die hatten diese Gegend am Ende des Krieges befreit. Nach dem Auftrennen wurde jede Bahn gewaschen, gebügelt und in einem Karton verstaut. »Wer weiß, für was man das noch brauchen kann«, meinte Anna zufrieden über die getane Arbeit.

Nun wurde im oberen Stockwerk schon seit Wochen gemessen, zugeschnitten, genäht, Anprobe gemacht und wieder genäht. Anna fertigte für Marie ein langes, weißes Hochzeitskleid aus reiner Fallschirmseide. Aber es war danach noch so viel Stoff übrig, dass Annas Tochter Erika und ihre Nichte ebenfalls weiße Seidenkleider bekamen. Als Rosels Fund vom Hühnerbach bis auf einen winzigen Rest, der aber noch für einige Taschentücher reichte, seiner neuen Bestimmung zugeführt worden war, nähte Anna ihrer Mutter noch ein schönes, lila schimmerndes Kleid für die Goldene Hochzeit. Es war hochgeschlossen, schwarze Spitze zierte den Stehkragen. Vorne am Kragen war eine ovale, ebenfalls schwarze Brosche appliziert.

Am großen Tag sah Johanna in ihrem neuen Kleid sehr vornehm aus. Sie hatte sich eine schwere, in sich gedrehte goldfarbene Kette um den Hals gelegt und ihr Haar, das nun stark ergraut war und viel von seiner einstigen Fülle verloren hatte, im Nacken zu einem Knoten gebunden. Auf dem Kopf trug sie wie bei ihrer Hochzeit ein Gebinde aus Kunstblumen. Aus nächster Nähe sah man ihr die vielfache Großmutter nun deutlich an. Ihre dunkelbraunen, offenen Augen waren kleiner geworden, glanzloser und sie blickten müde. Unter der Gesichtshaut waren winzige Äderchen zu sehen, die ihren Wangen eine rote Farbe verliehen, egal, ob es warm oder kalt war. Hunderte kleiner Knitterfalten durchzogen die Stirn und umspielten die Mundwinkel, ihre einst vollen, roten und kühn geschwungenen Lippen wirkten blass und verkniffen.

Johannas Freude über das Fest hielt sich in Grenzen. Sie mochte keinen Trubel mehr, sie hätte es selbst an diesem Tag vorgezogen, alleine zu sein und in Ruhe gelassen zu werden, ihr Bedürfnis nach Geselligkeit und nach neuen Erlebnissen war mehr als gestillt, es war erloschen.

Ganz anders Engelbert. Auf diesem Fest konnte er zeigen, dass er der Herr im Haus war, der Patriarch, der dreizehn Kinder gezeugt und ernährt hatte. Seine Kinder und Kindeskinder waren wichtige Leute in diesem Landstrich, seine Saat war aufgegangen. Er stolzierte von Tisch zu Tisch, ließ sich von allen hofieren und kostete eine Wichtigkeit aus, die er bei seiner Frau seit langem nicht mehr hatte.

Johanna aber hockte still vor ihrer Tasse Milchkaffee, nahm kaum Notiz von ihrer großen Familie und den zahlreichen Gästen. Ihr Blick war leer und nach innen gerichtet, seit den Schicksalsschlägen und Todesmeldungen war die Trauer nicht mehr aus ihr gewichen. Karolina, Albert, Anton, Sophie – schon einer wäre schlimm gewesen, vier hatten jeglichen Lebensmut und alle Freude aus ihr vertrieben. Als junge Frau hatte sie sich immer einen großen, starken Mann gewünscht, an dessen Schultern sie sich lehnen konnte. Der mit ihr lachte, wenn sie glücklich war, der mit ihr traurig war und sie tröstete, wenn schlechte Zeiten kamen.

Aber in den schlechten Zeiten hatte jeder für sich getrauert. Johanna hatte sich tagelang ins Schlafzimmer zurückgezogen, Engelbert war im Stall verschwunden. Er war seinen Weg gegangen, sie den ihren. Als sie Engelberts Hilfe, seinen Trost, seine Schulter gebraucht hätte, war er wortlos aus dem Zimmer geschlichen und oft hatte ihn tagelang keiner zu Gesicht bekommen. Hatte er sie strafen wollen? Machte er sie für dieses Leid verantwortlich? Ja, sie war es gewesen, die die vielen Kinder wollte. Kaum war eines geboren, wurde schon das nächste von ihr geplant. Was man nicht hat und nie besessen hat, kann man auch nicht verlieren, hatte er einmal zu ihr gesagt. Hätte sie ihm nicht so viele Kinder geschenkt, wäre der Schmerz nicht gewesen, wenn sie ihnen wieder genommen wurden.

»Aber keine Kinder zu haben heißt nicht nur, kein Leid zu erfahren, es heißt auch, keine Freude zu erfahren, Engelbert«, hatte sie ihm erwidert. Ob er das eingesehen hatte, wusste sie nicht. Sie hatte keine Ahnung, was in ihrem Mann vor sich gehen mochte. Ihr halfen die schönen Dinge irgendwann über die vielen Tiefen der letzten Jahre hinweg, sie begann, das

Leben als ein Ganzes zu sehen. Ohne Tiefen waren Höhen gar nicht möglich, ein trostloses, ein leeres, ein totes Leben wäre das gewesen – nie unglücklich, aber deswegen auch nie wirklich glücklich!

Und doch, was war ihr im Alter geblieben, nachdem Engelbert sich so weit von ihr entfernt hatte und sie beim Thema Kinder nur noch an Verlust und Tod denken konnte? War sie nicht jetzt wieder einsam und allein, nicht anders als einst, als sie noch ein Kind war und sich nichts sehnlicher gewünscht hatte als ein Geschwisterchen? Was hatte ihr die große Familie gebracht, wozu all die Schmerzen, die Sorgen, das Leid durch die vielen Kinder, wenn sie einem die Einsamkeit nicht nehmen konnten? Wenn sie einen nur müde am Leben machten, todmüde?

Johannas Kräfte gingen langsam zu Ende, sie sperrte sich immer mehr in ihrem Inneren ein und auch ihr Körper machte nicht mehr richtig mit. Halbseitig gelähmt nach einem schweren Schlaganfall, wollte sie niemandem zur Last fallen und verließ ihr Zimmer nicht einmal mehr zu den Mahlzeiten.

Manchmal, wenn sie die Umgebung für gewisse Zeit wieder in ihr Bewusstsein dringen ließ, sah sie Engelbert am Bettrand sitzen. Er hielt wortlos ihre Hand und sah sie nur an.

»Schön, dass du da bist«, sagte sie in einem dieser raren Momente zu ihm.

»Wir hätten miteinander reden sollen, als noch Zeit dafür war.« Er wusste nicht recht, wie er nach so langer Sprachlosigkeit zwischen ihnen eine Unterhaltung in Gang bringen sollte.

»War ich dir eine gute Frau?« Sie musste sich augenscheinlich überwinden, ihm eine solche Frage zu stellen.

»Du warst die beste Mutter, die ich mir für meine Kinder vorstellen konnte«, antwortete er zweideutig.

»Und du? Was ist mit dir? Hast du mit mir das Leben gehabt, das du haben wolltest?«

»Du weißt, wie wichtig mir Vertrauen und Verlässlichkeit sind, nach dem, was ich als Kind erleben musste. Beides hast du mir gegeben, ich habe dir immer blind vertrauen können.«

Er schien ihr weiter auszuweichen. »Und das andere? Deine Lebensträume, deine Sehnsüchte? War ich dir da eine Hilfe?«

»Wir haben zusammen so viele Kinder großgezogen, wir haben den Hof neu aufgebaut, nachdem der alte niedergebrannt war. Wir haben nur einmal in unserer Ehe wirklich gestritten. Wir haben zusammen durchgehalten. Wahrscheinlich haben wir unser Leben mehr gelebt als viele andere. Dabei warst du immer meine größte Hilfe. Du hast mir gegeben, was du konntest, so, wie ich versucht habe, dir zu geben, wozu ich fähig war. Reicht das nicht?«

Sie wusste, mehr würde sie nicht aus ihm herausbekommen. »Man bekommt immer das im Leben, wonach man sucht. Nicht weniger – aber auch nicht mehr.«

Engelbert nickte, obwohl er sich auf diesen Satz keinen Reim machen konnte. Doch er blieb an ihrem Bettrand sitzen und hielt weiter stumm ihre Hand.

Wenige Tage nach dieser Unterhaltung schlief Johanna ein und wachte nie mehr auf.

JULIA

ALS ROSEL GEENDET HATTE, ÜBERLEGTE ICH EINE GANZE Weile, was ich wohl aus der Geschichte meiner Urgroßmutter für mich herausziehen konnte, doch ihr Leben schien auf den ersten Blick nicht viel mit dem meinen zu tun zu haben. Gut, auch ich war als Einzelkind aufgewachsen, doch hatte das nicht dazu geführt, dass es mein einziges Ziel im Leben wurde, Kinder zu bekommen.

War mir meine Urgroßmutter Johanna nicht sogar gerade deswegen so bemitleidenswert fremd geblieben, da sie in meinen Augen gar kein eigenes Leben geführt, sondern nur eines im Sinn gehabt hatte: Kinder, Kinder und nochmals Kinder. Neunzehn Jahre lang war sie eine Gebärmaschine gewesen, kam aus dem Kreis von Geburt, Stillzeit und neuer Schwangerschaft nicht mehr heraus. Sie wollte immer Kinder und dann hatte sie viel zu viele, als dass sie sich um die Belange jedes einzelnen hätte richtig kümmern können. Zur damaligen Zeit war das kein Einzelfall, vielleicht dachten sich die Frauen nichts dabei, weil sie es nicht anders kannten und weil man den Mädchen in der christlichen Erziehung schon von klein auf einbläute, ihre einzige Aufgabe würde darin bestehen, Kinder zu bekommen. Nein, Johanna war kein Lebensmodell für mich, mochten ihre Entscheidungen auch nachvollziehbar sein, sie schien mir viel zu selbstlos und fremdbestimmt gewesen zu sein. Für ihre Partnerschaft hatte sie keine Zeit mehr gehabt, und an ein eigenes Hobby war gar nicht zu denken gewesen. Und doch gab es auch Parallelen zu meinem eigenen Leben.

WIE JOHANNA BIN AUCH ICH NOCH AUF EINEM BAUERNhof groß geworden. Auf demselben Hof, auf dem sie mit Engelbert ihr Leben verbracht hatte. Jetzt wohnte im Erdgeschoss Tante Lina, die Frau von Johannas ältestem, bereits gestorbenen Sohn Max, mit ihren Enkelkindern Hubert, genannt Hubi, und Marianne, zu der alle nur Nanne sagten, und natürlich deren Eltern. Im ersten Stock lebten meine Eltern und ich in der alten Wohnung meiner Oma Anna. Hubi und Nanne waren nur zwei und drei Jahre jünger als ich, und wir spielten jeden Tag zusammen wie Geschwister. Fast immer habe ich unten mit ihnen zu Mittag gegessen, an einem großen Tisch und in einer großen Familie.

Als ich an einem nebligen, kalten Tag im März das Licht der Welt erblickte, war ich ein winziges Häuflein Elend, das über vier Monate brauchte, um zu wissen, ob es leben oder sterben wollte. Mein Vater Heinz heiratete meine Mutter Helga erst, nachdem ich über den Berg war und der Chefarzt der Kinderabteilung des Kemptener Krankenhauses ihnen bestätigt hatte, dass ich es schaffen würde. Mit sechs Monaten wog ich gerade mal neun Pfund und muss so fürchterlich ausgehungert ausgesehen haben, dass es aus dieser Zeit keine Fotos von mir gibt. Meine Eltern liehen sich bei einem Onkel meines Vaters Geld und richteten sich in der Wohnung meiner Oma Anna ein Zimmer ein, das gleichzeitig Wohnzimmer und Schlafzimmer war. Mein Vater arbeitete in Blaichach bei der Baumwollspinnerei, und meine Mutter ging in Sonthofen in die Strumpffabrik. Nach dem Tod meiner Großmutter konnten meine Eltern zwar in Annas Wohnung bleiben, doch meine Mutter hatte nun keinen Babysitter mehr. Sie musste von heute auf morgen ihren Job aufgeben, und weil das Geld hinten und vorne nicht reichte, begann sie mit Heimarbeit. Damit sie am Wochenende wenigstens ein bisschen rauskam, arbeitete sie nebenbei als Kellnerin. In der Gaststätte, wo sie kellnerte, hatten sich meine Eltern kennengelernt, und kurze Zeit nach ihrem ersten Treffen war meine Mutter mit mir schwanger gewesen.

Die Ehe meiner Eltern war schwierig. Helga war unzufrieden, weil sie auf einmal nicht mehr unter Menschen kam. Den ganzen Tag alleine mit einem kleinen Kind, das immer kränkelte und sich bei jeder Gelegenheit erbrach. Sie musste alles von Hand waschen und kam mit der Arbeit kaum mehr nach. Mein Vater hatte auf diese Jammerei keine Lust und so kam er bald nach der Arbeit nicht mehr gleich nach Hause, sondern kehrte in seiner Stammkneipe ein und spielte mit seinen Wirtschaftshockern Karten. Meist wurde es sehr spät, bis er mit seinem Moped endlich nach Hause fand.

Ich bekam ihn oft die ganze Woche nicht zu Gesicht. Wenn ich manchmal nachts wach wurde, weil meine Eltern wieder einmal heftig miteinander stritten, dann schlüpfte ich aus meinem warmen Bett und drückte mein Ohr an die kalte Schlafzimmerwand, die an die Küche angrenzte. Verstehen konnte ich meistens nur Bruchstücke der Auseinandersetzung, wie ›Trennung‹, ›Wirtschaftshocker‹ und ›andere Wohnung‹. Ich hatte furchtbare Angst, dass meine Eltern auseinandergehen könnten. Was sollte dann aus mir werden?

Wenn meine kleinen Füße so kalt wie Eiszapfen waren, bin ich durch den langen, kalten Gang gehuscht und in die Küche gelaufen und schnell bei meinem Papa, der nach Metall, Zigaretten und Wirtschaft roch, auf den Schoß gekrochen. Meistens hatte er einen Stoppelbart und trug ein verschwitztes kariertes Hemd und eine schwarze Bundhose mit grauen Bundhosenstrümpfen, die im Laufe des langen Tages schon bis an die Knöchel heruntergerutscht waren. Ich schmiegte mich fest an seinen dicken Bierbauch. Er hielt mich mit seinen schrundigen, schwarzen Händen fest und massierte meine kalten Füße. Meine Mutter stöhnte dann und schimpfte mich, dass sie nicht einmal am Abend Ruhe vor mir hätte. Geschwind machte sie eine Bettflasche für meine Füße, um mich schnell wieder loszuwerden.

So war der Streit meiner Eltern nur für kurze Zeit unterbrochen. Beide zündeten sich von Neuem hastig eine Zigarette an, und der heftige Wortwechsel ging weiter. Die Teller vom Abendessen standen meist noch auf dem Tisch, und mein Vater hatte wieder einmal so gut wie nichts gegessen. Das Essen war ihm ja im wahrsten Sinne des Wortes vergangen, denn sein Bauch war mit Bier gefüllt.

Immer bekam er von meiner Mutter wegen der einfachen Wohnverhältnisse Vorhaltungen. »Kein Bad, keine richtige Wohnung, wie die Grattler«, sagte sie zu ihm.

»Du kannst ja gehen«, erwiderte mein Vater meist zum Schluss einer Auseinandersetzung. »Ich jedenfalls bin hier geboren und hier will ich auch sterben.«

Meine Mutter drückte mir die Bettflasche in die Hand und forderte mich auf, mich wieder hinzulegen. Ich sagte ihr dann, während ich meine Hände fest um den Hals meines geliebten Papas schlang, dass ich hier in Westerhofen bleiben wolle und keine Lust hätte, nach Blaichach in ein Hochhaus zu ziehen oder in Sonthofen in der Stadt zu wohnen. Dann trug mich mein Papa schwankend ins Schlafzimmer und legte mich vorsichtig ins Ehebett. Er zog sich sein Hemd, seine Bundhose und seine Strümpfe aus, und wir kuschelten uns ganz eng aneinander. Einige Minuten später schnarchte er tief und fest neben mir, und auch ich schlief nach kurzer Zeit neben ihm ein.

Wenn ich am Morgen wach wurde, war es meistens schon ganz hell im Schlafzimmer. Meine Mutter saß dann mit ihrem hochtoupierten Haar wie gewöhnlich in der Küche an ihrer Kettelmaschine, an der sie in Heimarbeit den ganzen Tag und bis spät in die Nacht die Vorderseite von Strümpfen zusammennähte. In der Küche roch es immer etwas eigenartig nach Zigarettenrauch, dem Perlonstoff der Strümpfe und dem Maschinenöl in der warmen Kettelmaschine. An der rechten Wand der Küche, die nur durch eine dünne Pressspanwand und einen Vorhang vom Wohnzimmer abgetrennt war, reihten sich die Einbaumöbel mit der weißen, glänzenden Kunststofffront aneinander, daneben ein weißer Elektroherd mit Backröhre und in der Ecke schließlich ein Ölofen mit silberfarbig gestrichenem Ofenrohr. An der bunt tapezierten Wand aus Pressholz standen ein Tisch mit einer Kunststofftischdecke mit Blumenmuster und drei Stühle, die mit rot und schwarz gemustertem, abwaschbarem Kunststoff bezogen waren. Bis auf das künstliche Licht an der großen, mit Ölfarbe dunkelgrün gestrichenen Maschine war es dunkel in dem Raum, denn meine Mutter zog um diese Uhrzeit die Vorhänge zu, da die Sonne sie sonst bei ihrer Arbeit geblendet hätte. Links neben der Maschine dampfte eine große Tasse mit Kaffee, und im Mundwinkel meiner Mutter hing meist eine Zigarette.

Manchmal setzte ich mich neben sie auf den Küchentisch, wenn Hubi und Nanne keine Zeit für mich hatten. Dann erzählte sie mir Geschichten aus ihrer Kindheit und Jugend. Schon mit vier ist sie Halbwaise geworden, da ihr Vater im Krieg fiel. Der neue Freund ihrer Mutter hat sie geschlagen und aus dem Haus geworfen, ohne dass diese eingeschritten wäre, und so ist sie mit siebzehn ganz allein ins Allgäu gekommen und hat zuerst in einem Hotel gearbeitet, das ihr sogar noch Miete für ihr Zimmer von dem kargen Lohn abzog, bis sie eine Stelle als Bedienung fand, die auch schlecht bezahlt war, aber immerhin gutes Trinkgeld einbrachte. Dort hat sie dann meinen Vater kennengelernt und ist mit ihm wohl zum ersten Mal in ihrem Leben ihrer grenzenlosen Einsamkeit etwas entkommen. Armut, Entbehrungen, Alleinsein –

alle ihre Geschichten drehten sich um diese Themen. An manchen Tagen schlich ich leise von meinem Platz auf dem Küchentisch zu ihr hin und legte meinen Kopf in ihren Schoß. Dabei umarmte ich sie, um ihre Trauer etwas zu lindern, und wir weinten zusammen, bis die Maschine erneut zu rattern anfing. »Jetzt muss ich aber wieder ein bisschen Geld für uns verdienen«, sagte sie traurig zu mir.

Wenn es draußen regnete, spielte ich oft auf dem Dachboden. Mein Papa hatte mir da oben eine Schaukel aufgehängt. An der einen Seite hingen auf langen Stangen große Kuhglocken mit bunten Fransen, auf der anderen hängte meine Mutter ihre Wäsche zum Trocknen auf. Mich interessierten vor allem die Schränke, die prall gefüllt waren mit alten Kleidern, Hosen und Schuhen. Nanne und ich verkleideten uns manchmal, dann stolzierten wir in den ›Geggelarschuhen‹, den Stöckelschuhen, umher. Es machte uns jedes Mal großen Spaß, da wir immer wieder neue Sachen entdeckten.

Einmal zog ich aus einer Schublade ein großes Bild in einem dunklen Rahmen heraus. Das Glas hatte einen Sprung und war total eingestaubt. Ich wischte es mit dem Ärmel von einem alten Kostüm ab. Da sah ich einen großen Mann mit einem langen Gehrock, der einen schwarzen Zylinder in seiner linken Hand hielt. Neben ihm stand eine schöne Frau mit einem langen, schwarzen Kleid und einem weißen Kränzchen auf dem Kopf. Sie hatte sich am Arm ihres Mannes eingehängt. Ich weiß nicht mehr, wie lange ich das Foto staunend betrachtet habe, doch ich wollte wissen, wer diese beiden Menschen auf dem Bild waren. Schnell lief ich die Treppe hinunter und fragte meine Mutter, die unermüdlich an der Kettelmaschine saß, wer das sei.

»Lass doch das staubige Bild da oben. Das sind Lina und Max! Bring das Bild sofort wieder hinauf und leg es dorthin, wo du es hergenommen hast, hörst du, Julia!«

Viele Jahre später erfuhr ich von meiner Tante Erika, dass diese beiden Menschen auf dem alten Foto meine Urgroßeltern Engelbert und Johanna Bietsch waren, bei ihrer Hochzeit im Mai 1897, nicht Max und Lina. Ungefähr siebzig Jahre später hatte ich das Bild zufällig beim Spielen entdeckt. Und nicht einmal meine Mutter hatte gewusst, wer die abgelichteten Personen waren.

Eines Tages stopfte meine Tante alles, was sich auf dem Dachboden befand, achtlos in Müllsäcke. Dann wurde es zum Schuttabladeplatz gefahren und verbrannt. Von nun an war nichts mehr zum Verkleiden und Entdecken da, und der Dachboden wurde für uns Kinder uninteressant.

Im Sommer bin ich gerne mit dem Traktor mitgefahren und durfte beim Heuen mitmachen, wenn ich auch mehr im Weg gestanden bin, als dass ich eine Hilfe war. Zumindest durfte ich dabei sein. Wenn ich morgens die Augen aufgemacht habe, bin ich in meine Sachen geschlüpft und, so schnell ich konnte, zu Nanne und Hubi hinunter. Ich durfte dann gleich die Kühe aufs Feld austreiben helfen und später auf dem neuen, grünen Traktor sitzen und mitfahren. Der alte, rote war jetzt uninteressant geworden.

Der erste Schnitt im Frühjahr kam inzwischen in einen Silo, der, je nach Witterung, ganz erbärmlich stank. Die neue Zeit war mit der vielen Technik auch in Westerhofen eingekehrt. So wurde es in einem Sommer auf einmal sehr, sehr laut im Dorf. Jede Landwirtschaft hatte Heulüfter bekommen, damit sollte das frisch eingelagerte Heu besser belüftet und einem Heustockbrand vorgebeugt werden. Die zugezogenen Bewohner beschwerten sich bei den Bauern über die Lärmbelästigung, und auch den Kurgästen gefiel das Geräusch gar nicht. Mir hat es Spaß gemacht, wenn das Heu mit einem Ladewagen abgeladen wurde und mit einem großen

Greifarm von einem Bagger auf den Heustock transportiert wurde. Wir drei Kinder waren immer mittendrin, das war die Hauptsache.

Wenn Hubi, Nanne und ich in einer Reihe hinter den Kühen im Stall standen, dann hat der Vater von Nanne und Hubi uns dreien die warme Milch beim Melken in den Mund gespritzt. Doch damit war es jäh vorbei, als die Melkmaschine Einzug in die Ställe hielt, was andererseits eine enorme Erleichterung und Zeitersparnis für die Landwirte bedeutete. Uns Kindern fehlte leider ab diesem Moment der Spaß von früher!

Schlimm war, wenn ein Schwein geschlachtet wurde. Als ich an einem Wochenende einmal meine Mutter zum Arbeiten begleitete, musste im Schuppen gegenüber der Gastwirtschaft ein Schwein dran glauben. Die Sau riss aus und in ihrer Todesangst lief sie quiekend quer über den Hof zum Parkplatz. Die Männer aus der Gaststube und der Metzger fingen sie jedoch wieder ein, und sie wurde geschlachtet. Ich saß gerade auf der Eckbank in der Küche und verfolgte das Geschehen durch das Fenster. Noch nie hatte ich so viel Blut gesehen. Ich sah die dicke Sau auf dem Rücken in einer Wanne liegen, alle vier Füße von sich gestreckt und wie mehrere Männer zwei Eisenketten unter ihr hin und her zogen, um die Borsten zu entfernen. Von da an hat es eine lange Zeit gedauert, bis ich wieder Fleisch und Wurst essen konnte.

Weitaus schöner ist die Erinnerung an die feinen Sachen, die Lina immer in der großen Küche des Bauernhauses für uns zubereitete. Am Karsamstag stand sie einmal den ganzen Tag in der Küche und kochte für den Ostersonntag vor. Sie hatte einen großen, lockeren Hefezopf mit vielen Weinbeeren gebacken. Jetzt war sie gerade dabei, den Zopf mit einer Zuckerglasur zu bestreichen. Es duftete herrlich im ganzen Haus. Nanne, Hubi und ich standen um den Küchentisch herum und konnten es kaum erwarten, eine Scheibe von dem köstlichen Gebäck zu erhaschen.

»Heute ist noch nicht Ostern«, sagte Lina unnachgiebig.

Wir gingen zu dritt raus, um zu spielen, doch fiel uns heute nichts Gescheites ein. Einige Zeit später waren wir wieder bei Lina in der Küche versammelt und schauten ihr zu, wie sie einen Brätknödel schöner als den anderen formte und kochte. Im Ofen knisterte das Feuer, und wir bettelten alle drei, wenigstens einen Knödel zu bekommen. Lina gab jedem von uns einen. Er schmeckte herrlich. Die gekochten Knödel reihte sie schön säuberlich auf das Nudelbrett. Dann ging Lina mit dem Brett in die Speisekammer, die direkt neben der Küche lag. Da hatte ich den rettenden Einfall. Die Speisekammer konnte man auch vom Gang aus erreichen. Lina räumte noch die Küche auf und putzte den Boden, als wir uns immer wieder heimlich von der anderen Türe in die Speisekammer schlichen und einen Knödel nach dem anderen verputzten. Sie schmeckten so lecker, dass wir gar nicht genug davon bekommen konnten. Plötzlich ging die Tür auf und Lina ertappte uns drei auf frischer Tat. Sie stieß erschrocken einen Schrei aus, als sie sah, dass nur noch wenige Brätknödel auf dem Nudelbrett lagen. Jetzt fing sie zu jammern an, denn morgen wollte sie in die Kirche gehen und Mittag musste es dann mit Kochen schnell gehen.

»Mach doch eine Flädlesuppe«, meinte Hubi.

»Au ja«, riefen Nanne und ich begeistert im Chor. Lina machte Flädle, so dünn, dass man durchschauen konnte. Sie schmeckten uns immer vorzüglich, waren sie mit selber gemachter Marmelade doch unser Leibgericht. Heute konnten wir drei beim besten Willen nichts mehr verdrücken. Unsere Bäuche waren schon mit Brätknödeln bis zum Platzen voll.

Im Sommer, wenn Lina auf der Alpe Gschwend war, dann durfte ich mit Nanne auch auf die Alpe, wie meine Urgroßmutter Johanna damals. Je älter ich wurde, desto häufiger verbrachte ich dort oben den Großteil meiner Sommerferien. Lina schlief in der Küche, und Nanne und ich teilten uns das große Bett in der Kammer nebenan. Am Morgen, wenn wir aufwachten, gab es nur das Gebimmel der Kuhglocken, Autolärm war hier oben nicht zu hören.

Wie die Alpe Rangiswang liegt auch die Alpe Gschwend im Gebiet der Hörnergruppe, allerdings in einem anderen Tal. Auch ich habe wie meine Vorfahrinnen beim Käsen auf einem Bänkchen vor der Feuerstelle gesessen und habe mir Geschichten angehört. Wunderschöne Momente waren das, wenn wir oft einen ganzen Vormittag zu zweit oder auch mit Besuchern, die vom Tal zu uns hochgekommen waren, zusammensaßen und schwätzten und lachten, als sei seit den Zeiten der Berganna nicht ein Jahr vergangen.

Aber natürlich hatte sich seit damals auch auf der Alp viel geändert. Ich erinnere mich noch gut, dass nach jedem Winter, in dem die Alpe Gschwend inzwischen an reiche Wintergäste aus Kempten vermietet wurde, zu meiner großen Freude ein hoher Stapel Modezeitschriften auf mich wartete. In diesen Zeitschriften erfuhr ich etwas über die große weite Welt, und geradezu gierig verschlang ich einen Alpsommer lang eine Artikelserie über die ›wilde Affäre‹ zwischen Richard Burton und Liz Taylor. Geschichten, die mir ebenso spannend erschienen wie jene, die mir Tante Lina aus ihrem Leben erzählte.

Linas Leben war gezeichnet von Arbeit und Entbehrung. Doch niemals habe ich sie schlecht gelaunt erlebt. Einmal, als wir am Abend noch in der Küche saßen und Milch mit Honig tranken, sagte sie zu mir, wenn sie mich sehe, müsse sie oft an ihren Mann Max denken.

»Einen Tag, nachdem du geboren wurdest, ist Max gestorben! So ist das Leben, ein Kommen und Gehen!«

Nach diesen Worten fühlte ich mich durch meinen Geburtstag fast ein wenig schuldig an seinem Tod.

Lina war eine kleine, zierliche Frau mit einem Buckel. Ihre Haut war hell und ihre Wangen leicht gerötet. Sie hatte wasserblaue, gütige Augen, und ich liebte sie sehr. Meine Oma Anna und sie mochten sich von Anfang an gut leiden, erzählte sie mir einmal.

»Ich hatte es sehr schwer, als ich auf den Hof kam. Ich war jung und mit dem ältesten Sohn Max verheiratet, der später einmal den Hof bekommen sollte. Doch mein Schwiegervater war ein starrköpfiger, harter Mann. Max war das älteste von dreizehn Kindern und von seinem Vater nie als Nachfolger anerkannt. Wir wohnten im Nebenhaus in zwei kleinen Zimmern und arbeiteten viel. Ich ging mit den Männern am Morgen um vier Uhr früh schon zum Mähen mit der Sense, damals gab es noch keine Maschinen. Auch im Winter half ich bei den schweren Holzarbeiten im Wald und hackte oft alleine das ganze Holz. Nie bekam ich dafür einmal Dank vom Vater von Max. Deine Großmutter Anna hat mir einmal erzählt, dass es ihr sogar als Tochter mit dem alten Engelbert ähnlich ging. Und ich war ja bloß die Schwiegertochter.«

Irgendwann in diesen Kindertagen, als sie so erzählte, beschloss ich für mich in meinem Herzen, dass sie auch meine Oma sein sollte. Zu meiner anderen Oma, die in Niederbayern noch lebte und die ich nur an Ostern für einige Tage im Jahr sah, hatte ich keine Beziehung, sie war für mich wie eine Fremde. Auf der Alpe sprach ich Lina mit Oma an, und unten im Tal war sie dann wieder meine Tante Lina. Wie habe ich Nanne und Hubi oft um ihre Oma beneidet!

WÄHREND ICH NOCH IN GEDANKEN VERSUNKEN AM TISCH saß, hatte Rosel Kundschaft in ihrem Lädchen gehört und ging hinüber. Ich begann, den Tisch abzuräumen und für uns vier das Nachtlager herzurichten. Rosel hatte angeboten, dass wir während unseres Aufenthaltes ihr Zimmer benutzen konnten und sie selbst hier in der Küche neben dem Laden bleiben würde, also holte ich aus der Abstellkammer ein zusätzliches Klappbett für Susanne, das normalerweise als Zusatzbett für Hausgäste diente, und ich selbst würde mit den beiden Jungs im alten Ehebett von Tante Rosel nächtigen.

Währenddessen spielten die Kinder vor dem Haus und ich hatte Zeit, weiter über die Geschichte von Johanna nachzudenken. Wie ich war auch Johanna ein Einzelkind gewesen und sie hatte daraus den Schluss gezogen, so viele Kinder wie möglich in die Welt zu setzen, um so ihrer inneren Einsamkeit zu entkommen. Ich konnte zwar nicht behaupten, dass meine Kindheit durch ein solches Gefühl der Einsamkeit geprägt war, ich hatte Hubi und Nanne, meine Eltern, Tante Lina und Tante Rosel – und durch das Leben auf dem Bauernhof tagtäglich Unterhaltung, Spaß und Abenteuer. Trotzdem, wenn ich mir meine Kindheit genauer betrachtete, war da auch, seit ich denken konnte, unterschwellig eine Angst vorhanden, dies alles zu verlieren, allein zu sein, keine Familie mehr zu haben. Diese Angst vor Einsamkeit teilte ich mit Johanna.

»Komm, Julia, ich sehe, du musst dir dringend den Kopf ›auslüften‹. Pack deine Kinder ein, wir machen einen Ausflug zu unserer alten Lieblingsbank.« Tante Rosel kam ins Zimmer und versuchte, mich auf andere Gedanken zu bringen.

Also rüstete ich meine Familie und mich für den bevorstehenden Spaziergang mit der richtigen Kleidung und kleinen Naschereien aus, dann marschierten wir an diesem warmen Frühlingstag durch das kleine Dorf, dem Waldrand entgegen. Auf dem Weg durch den Wald war es noch kühl, und ich war froh, dass ich meine roten Gummistiefel angezogen hatte, denn es gab viele Wasserpfützen auf dem Holperweg. Auch Tante Rosel hatte Gummistiefel an, unter der Woche trug sie stets eine weiße, gestärkte Kleiderschürze über einem Nylonpulli und einem schwarzen Faltenrock. Ihre schönen blonden Haare waren immer kunstvoll hochgesteckt. Nur am Sonntag und wenn sie in die Stadt zum Einkaufen ging, hatte sie ein dunkelblaues Kostüm und eine weiße Bluse an.

Auf unserem Weg durch den schwarzen und nach dem ergiebigen Regen dampfenden Wald brachen die dichten Äste die Sonnenstrahlen, und das Licht drang nur vereinzelt bis zu uns auf den Boden herab. Gerade war ein kleiner, braungrauer Hase über den Weg vor uns davongesprungen, ängstlich und durch unser Reden aufgeschreckt.

»Jetzt müssen wir ganz leise sein«, hörte ich Rosel zu den Kindern sagen, »vielleicht sehen wir auch noch ein Reh oder einen Fuchs.«

Sie wurden mucksmäuschenstill und warteten gespannt, doch sahen wir leider keine größeren Tiere mehr. Die Vögel zwitscherten, ohne sich von uns stören zu lassen, und schließlich erreichten wir die moorige Wiese, die über und über mit pechschwarzen Erdhügeln übersät war. Hier waren die Gräser im Gegensatz zu den anderen Feldern nur ganz spärlich gewachsen. Der Boden war weich und gab nach, sodass wir nur langsam vorwärtskamen.

Rechts war, ganz nah, die Hörnerkette zu sehen, und im Hintergrund konnte man die gewaltigen felsigen Gipfel vom kleinen Walsertal und den Oberstdorfer Bergen ausmachen, die noch über und über mit Schnee bedeckt in der Ferne blitzten. Hier im Tal, wo der Frühling bereits seinen Einzug gehalten hatte, strahlte das satte Gelb der Löwenzahnblüten wie tausend kleine Sonnen.

Wir gingen auf ein altes schmales Bauernhaus mit Holzschindeln und grünen Fensterläden zu. Eine steile, schiefe Steintreppe mit einem rostigen Geländer führte an seiner linken Seite zur Haustür hinauf. Das Haus war unbewohnt, aber noch immer stand davor die alte, etwas wackelige Holzbank, die Tante Rosel und ich so mochten. Sofort, als Rosel und ich uns gesetzt hatten, begannen die Kinder auf der nahe gelegenen Wiese herumzutollen, während wir die nachmittägliche Sonne genossen.

»Julia, du weißt, dass du immer bei mir willkommen bist«, begann Rosel. »Aber das ist doch keine Lösung deiner Probleme. Das ist eine Flucht, und so klärst du gar nichts in deinem Leben! Deine Kinder werden das auch nicht lange mitmachen, sie fragen mich schon dauernd, wann sie wieder zu ihrem Papa und nach Hause dürfen.«

»Aber dort halte ich es im Augenblick nicht aus. Wenn ich jetzt heimkehre, hat sich dort doch nichts geändert. Franz geht weiterhin den Weg des geringsten Widerstandes, und wir werden nur wieder zu streiten anfangen – und die Sache mit Eberhart und Agnes lässt sich durch meine Rückkehr auch nicht lösen. Ich werde nur noch unglücklicher, als ich schon bin, da bleibe ich lieber hier, wo du dann an meiner Seite bist.«

»Du weißt selbst, dass das Leben, wie du es momentan organisiert hast, kein Dauerzustand sein kann. Also stelle dich deinen Problemen, finde heraus, woher diese ganze Misere mit deinem Schwager und dessen Frau kommt. Tu es für dich und für deine Familie, die liegt dir doch außerordentlich am Herzen. Wenn Franz nicht bereit ist, das Problem aus dem Weg zu schaffen, dann musst eben du es tun. Auch für ihn und für eure Liebe musst du diese Kraft und Stärke jetzt aufbringen.«

»Gib mir noch etwas Zeit zum Nachdenken«, bat ich sie. »Ich will jetzt nichts mehr falsch machen, das würde uns alle nur noch weiter in den Abgrund ziehen.«

Nach einem kurzen Picknick brachen wir wieder auf und stiegen, ohne ein Wort zu sprechen, den langen Schotterweg an den grünen Wiesen und am Kinderheim vorbei, zurück dem Wald entgegen. Rosel ging sehr schnell, und ich kam mit den Kindern kaum nach. Als wir Schweineberg hinter uns gelassen hatten und endlich den Waldrand erreichten, setzte sie sich auf einen Baumstamm, der am Wegrand lag, und bat mich, neben ihr Platz zu nehmen. Die Kinder tobten schon wieder ausgelassen im Wald herum.

»Immer denkt man, die eigenen Probleme seien die größten. Doch auf dem Weg von dem alten Bauernhof hier herüber dachte ich mir, dass dir vielleicht die Geschichte deiner Großmutter Anna helfen könnte, eine Entscheidung zu treffen, ob du zu Franz zurückkehrst und euren Konflikt zu lösen versuchst. Außerdem können wir hier noch etwas in der Sonne sitzen, bevor wir das letzte Wegstück nach Westerhofen zurücklaufen.«

Ich war sehr neugierig, was meine Großmutter Anna, von der ich so wenig wusste, für eine Frau gewesen war. Vor allem wollte ich auch wissen, warum in unserer Familie kaum von ihr gesprochen wurde. Immer, wenn Tante Rosel in meinen Kindertagen zu mir gesagt hatte: »Der Vater hat die Anna nicht sonderlich mögen«, wurde ich traurig. Warum mochte er sie nicht? Rosel setzte sich auf dem Baumstamm zurecht und begann mit der Geschichte, die man ihr erzählt hatte, als sie selbst noch klein war. Rosel war erst zwölf Jahre nach Anna zur Welt gekommen, und meine Großmutter war für sie so etwas wie eine Mutter gewesen, da ihre richtige Mutter ja wenig Zeit für sie gehabt hatte, hatte sie sich doch noch um so viele andere Kinder kümmern müssen.

ANNA

ERSTES KAPITEL

Ihr Leben war schwer, solange sie zurückdenken konnte. So klein sie gewesen war, sie hatte ihrer Mutter schon immer helfen müssen. Während ihre älteren Brüder vor dem Haus Fangen spielten, stand sie, kaum drei Käse hoch, auf einem Stuhl am Herd und spülte in einer großen Blechschüssel das Geschirr ab. Dann war um sie herum alles nass, und wenn das Wasser auf die heiße Herdplatte spritzte, dampfte und rauchte es nur so in der Küche.

Der Vater hatte kein gutes Wort für sie übrig, er beachtete sie kaum. Nur wenn beim Abtrocknen ein Teller in Scherben ging, dann schaute er sie mit einem verächtlichen, finsteren Blick an, der ihre zarte Kinderseele mehr verletzte, als körperliche Züchtigung es vermocht hätte. Handgreiflich wurde ihr Vater bei der Erziehung kaum, obwohl sie zu Hause dreizehn Kinder waren. Sein strenger, wortloser Blick genügte. Da musste man schon wirklich etwas Schlimmes ausgefressen haben, um seine Hand zu spüren.

Die Mutter war da schneller bei der Sache, doch mehr als einen Klaps auf den Hintern oder eine Ohrfeige hatte man auch von ihr nicht zu erwarten. Eigentlich kannte Anna ihre Mutter nur mit dickem Bauch und halb offener Bluse, wenn sie gerade wieder einmal eines ihrer neuen Geschwisterchen stillte. Doch während Johanna einfach immer mit etwas anderem beschäftigt zu sein schien, hatte Anna bei ihrem Vater das Gefühl, dass er sie nicht mochte und noch nie gemocht hatte, solange sie zurückdenken konnte. Als sie älter wurde, hatte sie sich oft gefragt, warum er all ihre Brüder und Schwestern ihr gegenüber bevorzugte und für sie nur Verachtung übrig hatte, falls er sie überhaupt einmal zur Kenntnis nahm. Mit seinen Söhnen tollte er oft ungezwungen herum und auch für die Wünsche ihrer jüngeren Schwestern schien er stets ein offenes Ohr zu haben. Anna konnte sich jedoch nicht daran erinnern, von ihm jemals zärtlich in den Arm genommen und getröstet worden zu sein. Sie hatte zu arbeiten und die Pflichten der ältesten Tochter im Haushalt zu erfüllen – da war kein Platz für solche gefühlsmäßigen ›Ablenkungen‹.

Erst viel später, sie war schon über zwanzig, erfuhr sie von ihrer Mutter, dass sie ausgerechnet am Todestag von Engelberts Mutter auf die Welt gekommen war. Annas Vater war gerade zwei Jahre alt gewesen und das letzte der acht Geschwister, als seine Mutter mit sechsundvierzig Jahren im Kindbett starb. Keine sechs Monate später hatte Engelbert eine Stiefmutter bekommen, die bei Auseinandersetzungen immer nur ihn verantwortlich gemacht hatte, und ab diesem Augenblick auch keine Mutterliebe mehr erfahren.

»Aber zwischen dem Todestag seiner Mutter und meinem Geburtstag liegen über dreißig Jahre!« Anna war entsetzt. »Was kann denn ich dafür, dass ich am siebten Dezember geboren bin?«

Darauf wusste Johanna auch keine Antwort, und Anna brachte nicht den Mut auf, mit ihrem Vater einmal offen über dessen Ablehnung zu sprechen. Er war ihr gegenüber einfach zu unnahbar, als dass sie sich das getraut hätte. Wahrscheinlich hätte ein solches Gespräch an ihrer Situation sowieso nichts mehr geändert. Ihr Leben war verpfuscht, bevor es richtig begonnen hatte! Vielleicht war sie wirklich am falschen Tag zur Welt gekommen, dachte sie oft, und an ihren Geburtstagen schaffte sie es sogar manchmal, darüber einen

Scherz zu machen: So viel Unglück, nur weil sie sich einen schlimmen Tag für ihre Geburt ausgesucht hatte …

Vielleicht war durch den Mangel an Zuwendung auch zu erklären, warum sie das Schneiderhandwerk erlernt hatte. Denn hatte sie nicht schon als Kind immer, wenn sie wieder einmal etwas besonders schön und sorgfältig gestopft hatte, ihren Vater wohlwollend mit dem Kopf nicken sehen? Hatten nicht ihre Großmutter, deren Namen sie geerbt hatte und die von allen nur ›Mahle‹ genannt wurde, und ihr Vater über sie getuschelt, wenn sie am Fenster gesessen hatte und Knöpfe annähte? Mahle hatte ihr früh den Umgang mit Nadel und Faden beigebracht und Anna konnte sich noch gut erinnern, wie ungeduldig die alte Frau mit dem gekrümmten Rücken und den schlechten Augen immer darauf gewartet hatte, dass Anna endlich den Faden durch die Öse der Nadel gebracht hatte und sie mit dem Nähen beginnen konnten.

»Langes Fädle, faules Mädle«, neckte sie Anna, die trotz ihrer sonstigen Fingerfertigkeit dazu so lange brauchte.

Doch Anna machte das nichts aus, sie liebte ihre Großmutter und nahm alles, was diese ihr zeigte und erzählte, dankbar an. Nur leider durfte sie nicht so oft wie ihre Geschwister mit nach Bolsterlang, da Johanna sie meist zu Hause in Westerhofen im Haushalt brauchte. Alle ihre Geschwister schienen Mahle zu lieben, und zwei oder drei von ihnen fuhren stets einige Wochen mit ihr zurück nach Bolsterlang, wenn sie nach dem Besuch bei ihrer Tochter wieder heimkehrte. Deswegen versuchte Anna auch immer, so viel Zeit wie möglich mit ihrer Großmutter zu verbringen und mit ihr zu nähen und zu schwätzen, solange sie in Westerhofen war. Sie verstand zwar nicht immer alles, was die alte Frau sagte, aber es war einfach schön, in ihrer Nähe zu sein und ihrer Stimme zu lauschen.

»Warte nur, bis du einmal so alt bist wie ich, und erlebe,

was ich in meinem Leben durchmachen musste! Zwei Männer habe ich zu Grabe getragen und gearbeitet habe ich mehr als mancher Mann«, hatte sie eines Abends zu Anna gesagt, als diese schon etwas älter war und die schwarze Pfaff-Nähmaschine bedienen konnte wie eine Erwachsene. »Leider habe ich nur ein Kind bekommen, doch geliebt habe ich meine Johanna dafür umso mehr.«

Den genauen Sinn hinter dieser Kurzfassung vom Leben ihrer Großmutter und dem ihrer Mutter verstand Anna zwar nicht, doch an jenem Abend war sie überglücklich, von beiden Frauen wegen ihrer Nähkünste in den höchsten Tönen gelobt zu werden. Ihre Geschicklichkeit nahm, nicht nur wegen ihres Fleißes, Jahr für Jahr zu, sodass sie mit der Zeit Röcke, Kleider, ja sogar Mäntel für ihre Schwestern nähen konnte. Oft saß sie den ganzen Tag und die halbe Nacht da, während die Maschine ratterte und ratterte. Das Schöne an dieser Beschäftigung war, dass sie einem Zeit zum Nachdenken und Träumen ließ, und Anna musste dann oft an einen Satz des alten Mahle denken, der sie sehr beeindruckt hatte.

»Alles im Leben können sie einem nehmen«, hatte diese gesagt, »nur die Gedanken und die Träume, die sind frei, die bleiben immer.« Dabei hatten ihre wissenden Augen gestrahlt, die sich im Gegensatz zu ihren Gichtfingern mit den geschwollenen Gelenken eine fast jugendliche Frische erhalten hatten. »Das Leben macht mit einem eh, was es will, also nimm es an, wie es kommt – aber vergiss nie deine Träume, kämpfe für sie. Wer aufgibt, ist schon tot, obwohl er noch lebt, das kannst du einer alten Frau glauben!«

Anna wusste es zu schätzen, dass ihre Großmutter so offen und mitfühlend mit ihr sprach, schließlich hatte sie ihr Leben nach diesem Glaubenssatz gelebt, und so verbrachte Anna, während der Stoff unter ihren Händen durch die Maschine surrte, viel Zeit damit, sich mit ihrem Leben, ihren Vorstellungen und Träumen zu beschäftigen.

Fast immer drehten sich ihre Gedanken um das Verhältnis zu ihrem Vater oder um einen Mann, den sie lieben, für den sie da sein und mit dem zusammen sie ihre eigene Familie gründen könnte. Leider hatte dieser Traum gleich mehrere Haken, wie sie sich dann jedes Mal eingestehen musste. Da war zunächst einmal die Tatsache, dass sie nur selten das Haus verließ – wie sollte sie also überhaupt jemanden kennenlernen? Und sollte sich doch einmal eine Gelegenheit ergeben, so würde die Strenge ihres Vaters sie wohl davon abhalten, näher auf ein Angebot einzugehen. Auch den zu erwartenden ›Gegenwind‹ ihrer Mutter, die befürchtete, sie als günstige Haushaltshilfe für die große Familie zu verlieren, durfte sie nicht unterschätzen.

»Mutter, Ihr wart vierundzwanzig, als Vater Euch geheiratet hat! Und Ihr standet kurz vor der Geburt Eures dritten Kindes, als Ihr so alt wart, wie ich jetzt bin. Mit meinen siebenundzwanzig Jahren hatte ich noch nicht einen Verehrer!«, hatte sie erst vor Kurzem zu Johanna gesagt, die davon aber nichts hören wollte.

Irgendwie schien das Leben an ihr vorüberzugehen – vielleicht war sie auch in dieser Hinsicht am falschen Tag geboren. Sie war einfach vergessen worden, so musste es sein, denn die Freundinnen aus der Schulzeit waren bereits verheiratet, hatten meist schon Kinder. Und was hatte sie erreicht? Sie war zur Haus- und Hofschneiderin der gesamten Großfamilie avanciert: Eltern, Geschwister, Schwägerinnen, Cousinen, Tanten, sogar entfernte Verwandte nahmen ihre Dienste gern in Anspruch. Denn sie half immer, jedem, der einen Wunsch ihr gegenüber äußerte – und mit besten Ergebnissen. Nur schaffte sie es manchmal kaum, sich am Vormittag auf den Beinen zu halten, weil sie wieder einmal erst im Morgengrauen den Weg ins Bett gefunden hatte. Und wenn sie bisweilen abends ihr Gesicht im Spiegel sah, war sie selbst erschrocken über die dunklen Schatten unter den Augen und die Blässe ihres Gesichts, die davon Zeugnis ablegte, wie selten sie ihr Zimmer verließ.

»Die Arbeit hört wohl nie auf«, hielt sie manchmal leise klagend Zwiesprache mit ihrer Nähmaschine, doch auch die wusste nicht, wie es besser werden sollte.

Als Anna sich schon fast damit abgefunden hatte, ihr weiteres Leben als schneidernde Jungfer fristen zu müssen, änderte sich plötzlich ihre Situation. Seit einiger Zeit schon ritten zweimal in der Woche die neuen Zollbeamten durch Westerhofen, die im Nachbarort Hüttenberg eine Schnapsbrennerei zu kontrollieren hatten. Sie waren stets zu zweit, und man hätte die Uhr nach ihnen stellen können, so pünktlich war der Hufschlag ihrer Pferde vorm Hof von Annas Eltern zu hören. Als Anna bei dieser Gelegenheit einmal zufällig aus dem Fenster geschaut hatte, war ihr Blick sofort an einem der beiden Zöllner hängen geblieben, einem hoch gewachsenen, blendend aussehenden Mann im besten Alter. Seitdem unterbrach sie nun jeden Dienstag- und Freitagvormittag, sobald die Hufschläge erklangen, die Arbeit an der Nähmaschine, um die Blumen auf dem Fenstersims zu gießen, von dem aus sie einen guten Blick über die Dorfstraße und auf den feschen Mann in seiner grauen Uniform hatte. So hoch zu Ross war er eine absolute Respektsperson und er entbot ihr jedes Mal aufs Eleganteste einen Gruß – zweifellos war er die beste Partie, die ihr je unter die Finger kommen würde! Anna fieberte diesen kurzen Momenten immer schon Stunden vorher entgegen. Kurz bevor die Männer vorbeiritten, wurden noch einmal Frisur und Kleidung gründlich inspiziert, und lange nachdem das Hufgeklapper verstummt war, konnte sie noch ihr Herzklopfen und die Röte auf ihren Wangen spüren.

Nach dem Frühling, der in diesem Jahr besonders zeitig gekommen war, begann Anna sich Gedanken darüber zu machen, welchen Schritt sie als Nächstes tun konnte – tun musste –, damit aus diesen wöchentlichen Begrüßungszeremonien endlich mehr wurde. Aber ihr fiel nichts Schickliches ein und sie schalt sich schon insgeheim, dass Träume eben nur Träume sind, da geschah das Unerwartete: Eines Spätsommermorgens brachte der Zöllner sein Pferd direkt vor ihrem Haus zum Stehen, stieg ab und klopfte laut und deutlich an der Tür. Ihre Mutter öffnete ihm, und er wurde hereingebeten. Dann hörte Anna, wie er kurz mit ihrem Vater sprach. Das Herz schlug ihr bis zum Hals, doch sosehr sie sich auch anstrengte, sie bekam von der Unterhaltung kein Wort mit.

»Anna, komm herunter! Hörst du, Anna?« Ihre Mutter rief die Treppe hoch nach ihr.

Noch schnell einen Blick in den Spiegel, das musste sein, dann stieg Anna in höchster Anspannung die Stiege hinunter und zählte dabei jede Stufe mit. Doch, welche Enttäuschung, unten warteten nur ihre Eltern auf sie, der Zöllner hatte das Haus schon wieder verlassen.

»Kennst du diesen Mann?« Ihr Vater sah sie prüfend und sehr ernst an.

Anna schüttelte heftig ihren Kopf. »Nein«, erwiderte sie wahrheitsgemäß und etwas verwirrt über diese Frage. »Woher sollte ich denn?«

»Wie kommt es dann, dass er deinen Namen kennt und dich am Sonntag zu einem Spaziergang abholen möchte?« Auch ihr Vater schien verwirrt, doch er war zumindest nicht wütend.

»Darauf habe ich keine Antwort, Vater. Da müsst Ihr ihn schon selbst fragen«, meinte sie vorsichtig, denn sie konnte sich noch keinen Reim auf diese Geschichte machen.

»Sei es, wie es sei«, fuhr ihr Vater fort. »Jedenfalls gehst du nächsten Sonntag keinesfalls mit ihm spazieren. Das fehlte noch, dass du uns Schande machst!«

Eine Pause entstand. Anna spürte, wie ihr der Atem stockte. Mit einem Schlag zerplatzten alle ihre Träume. Sie konnte die Worte ihres Vaters nur schweigend entgegennehmen, widersprechen würde sie ihm auch diesmal nicht. Den Zorn dieses starrsinnigen, befehlsgewohnten Mannes wollte sie nicht auf sich ziehen. Doch als der Vater endlich weitersprach, glaubte sie ihren Ohren nicht zu trauen.

»Ich habe ihm gesagt, wenn ihm das so wichtig sei, könne er ja am Sonntag zu Kaffee und Kuchen kommen.«

Anna blickte zu Boden, sie fühlte, wie ihr das Blut in die Wangen schoss. Dann räusperte sie sich verlegen und brachte ein krächzendes »Danke!« heraus, bevor sie auf schnellstem Wege und mit weichen Knien die Treppe hoch in ihr Zimmer verschwand. Sie wusste nicht, wie ihr geschah, nur, dass sie sich unendlich glücklich, zugleich aber auch unsicher und ängstlich fühlte.

Am darauffolgenden Sonntagnachmittag war die ganze Familie um den gedeckten Tisch in der Stube versammelt. Auch diesmal war Franz, so hieß der Zöllner, auf die Minute pünktlich in Westerhofen erschienen und hatte sich zu den anderen auf die Bank gesetzt. Sie aßen fast wortlos von dem Gugelhupf und dem Zopf, die Anna am Vortag mit ihrer Mutter und der jüngsten Schwester Rosel gebacken hatten. Die Brüder und Schwestern musterten den fremden Mann in seiner grauen Uniform neugierig, und auch Annas Eltern hatten nur Augen für den Besucher. Für Anna war diese Schweigsamkeit etwas Neues, denn normalerweise hatte in einer so großen Familie wie der ihren immer einer irgendetwas zu berichten, zu bereden oder zu bemerken. Sie fragte sich gerade, wie sie der angespannten Stille durch einen Scherz oder eine kluge Bemerkung ein Ende bereiten könnte, da erinnerte ihr

Vater an den geplanten Spaziergang und bat Rosel, die beiden während der nächsten Stunde zu begleiten.

So sehr Anna sich freute, endlich mit Franz alleine zu sein, ein Gesprächsanfang stellte sich in der frischen Sommerluft genauso wenig ein wie während der Kaffeerunde in der Stube. Beide hatten den Blick stumm auf den Boden gerichtet, setzten wie Marionetten einen Fuß vor den anderen und verwarfen Idee um Idee, wie zwischen ihnen eine Unterhaltung zustande kommen könnte. Lediglich Rosel plapperte wie ein Wasserfall von ihrem neuen Kaufladen, den sie geschenkt bekommen hatte, völlig unbeeindruckt, ob ihr jemand zuhörte oder nicht. Immerhin gab sie damit Franz das Stichwort, Anna von seiner Tätigkeit als Zöllner zu erzählen. Gott sei Dank hätte er durch die strenge Erziehung seiner Eltern schon sehr früh erfahren, wie wichtig die Einhaltung von Gesetzen, Terminen und Versprechen sei und dass jeder für seine Taten auch die Verantwortung übernehmen müsse, erklärte er Anna. Das würde ihn heute auch berechtigen, über andere Menschen harte Urteile zu fällen, denn er selbst – und so würden es auch seine Vorgesetzten sehen – sei ja ein Beispiel dafür, dass man sich in jeder Situation absolut tadellos und verlässlich verhalten könne. Ehre, Treue, Vaterland – das seien seine Grundsätze im Großen wie im Kleinen, und da verstehe er sich wohl ganz gut mit Annas Vater, denn sie hätten sich vom ersten Augenblick an als Ehrenmänner respektiert. Anna hörte seine Ausführungen hocherfreut an. Ja, das war der Mann, den sie beim Nähen vor Augen gehabt hatte: verlässlich, geradlinig, treu. Mit ihm konnte sie sich vorstellen, eine Familie zu gründen. Und, das Allerwichtigste, er schien die Wertschätzung ihres Vaters in kürzester Zeit gewonnen zu haben. Mit einem solchen Mann könnte es ihr gelingen, endlich auch etwas Anerkennung von ihrem Vater zu bekommen. Als sie sich etwas später von Franz verabschiedete, war sie nicht nur höchst zufrieden über den Verlauf des heutigen Tages, manch einer ihrer lang gehegten Träume schien in greifbare Nähe gerückt zu sein – und mit dem Einverständnis ihrer Eltern verabredete sie sich bereits für den nächsten Sonntag wieder mit ›ihrem‹ Franz, wie sie ihn bereits besitzergreifend nannte. Endlich hatte ihr Leben eine Richtung, ein Ziel, das nicht nur ihren eigenen Herzenswünschen entsprach, sondern auch von ihren Eltern wohlwollend betrachtet zu werden schien.

Als sie im Laufe der Woche über die neuen Entwicklungen nachdachte, fielen ihr mit einem Mal gewisse Ähnlichkeiten zwischen ihrem Vater und Franz auf. Beide waren ihr gegenüber nüchtern, ja fast kühl, und diese Unnahbarkeit faszinierte sie sowohl an ihrem Vater wie auch an Franz. Und wieder fiel ihr ein Ausspruch von Mahle ein. »Es heißt, wir Frauen würden uns die Männer aussuchen, die Ähnlichkeit mit unseren Vätern haben«, hatte die Großmutter einmal gesagt, als sie gerade dabei waren, einen Hohlsaum zu sticken. Anna hatte sich wohl deshalb so schnell und ohne Vorbehalt verliebt, da Franz ihrem Vater sehr ähnlich war. Er hätte ja auch fast ihr Vater sein können, wie ihre Schwestern sie manchmal zu necken versuchten.

»Der könnte ja dein Vater sein«, prustete Marie, als Anna ihr das Geburtsdatum von Franz nannte. »Fast zwanzig Jahre älter als du, das wäre mir viel zu alt.«

Doch Anna machte das nichts aus. Sie sah einen Weg, der Einsamkeit und der vielen Arbeit zu entrinnen. Noch oft dachte sie daran, wie sie diesen stattlichen Mann in seiner Uniform zum ersten Mal gesehen hatte. Ab diesem Moment hatte sich ihr Leben anders angefühlt, irgendwie leichter, so, als würde jetzt alles einfacher werden.

Zwischen ihren sonntäglichen Spaziergängen schrieb Franz Anna fast immer einen Brief, den er dann Rosel auf ihrem

Schulweg von Hüttenberg nach Westerhofen in die Hand drückte. Heimlich übergab Rosel den Brief ihrer Schwester, sobald sich dafür eine Gelegenheit bot, und von Mal zu Mal war diskrete Übergabe auch angebrachter, denn seine Liebesbriefe wurden immer eindeutiger und feuriger.

Anna war zum ersten Mal in ihrem Leben voller Glücksgefühle. Die viele Arbeit schien ihr leicht von der Hand zu gehen und sie lebte nur noch für die Augenblicke, in denen sie mit Franz zusammen sein konnte. Nach Weihnachten hatten sie auf sein Drängen hin angefangen, sich unter der Woche heimlich zu treffen. Waren sie anfangs noch Händchen haltend nebeneinander auf den tief verschneiten Wegen spaziert, so war ihr aufgefallen, dass er sie immer häufiger an einsame Orte oder in das Dickicht am Rande des Waldes führte, wo er »endlich nur mit ihr allein« sein wollte. Einmal im Januar war er so zudringlich geworden, dass sie sich nicht mehr anders zu helfen gewusst hatte, als ihn über sein Verhalten zur Rede zu stellen.

»Du weißt, dass ich das nicht tun kann, und du solltest es respektieren, Franz. Wo bleiben deine strenge Erziehung und dein mustergültiges Verhalten? Du weißt, wie sehr ich dich mag, aber bitte nimm Rücksicht auf mich. Ich könnte meiner Familie nicht mehr unter die Augen treten, wenn ich dir deine Wünsche erfülle.«

»Es sind doch gar nicht nur meine Wünsche. Wie soll ich dich denn respektieren, wenn du nicht einmal deine eigenen Wünsche ernst nimmst? Immer unterdrückst du deine Bedürfnisse, nur weil du glaubst, dass du in den Augen der anderen so richtig handelst. Steh endlich zu dir und zu deinen Träumen und lass nicht immer andere über dein Leben bestimmen.«

»Ich weiß, dass ich viel zu wenig auf mich selbst höre, und eigentlich will ich dasselbe wie du, aber stell dir mal vor, ich werde schwanger ... Meine Großmutter hat sich dadurch ihr Leben zerstört.«

»So weit würde ich es nie kommen lassen, das weißt du. Ich würde immer zu dir stehen. Du weißt doch, was für ein Familienmensch ich bin. Eine Schwangerschaft wäre für mich nur ein Grund, dich noch viel schneller zu heiraten.«

Wie hätte sie ihm da widerstehen können? Ja, sie musste endlich damit anfangen, zu ihren Träumen zu stehen und dafür zu kämpfen. Was konnte schon Schlimmes geschehen, außer dass sich ihre Ziele, einen Ehemann und eine eigene Familie zu haben, noch schneller erfüllen würden?

»Aber gib mir noch etwas Zeit, ich will doch nichts falsch machen«, bat sie ihn, denn ihr war bewusst, welch schwere Entscheidung sie treffen musste. Er verabschiedete sich von ihr mit einem Kuss auf die Stirn und dem Versprechen, so lange zu warten, wie sie wollte, wenn es sein musste bis zur Hochzeitsnacht. Und sie hätte an diesem Abend die ganze Welt umarmen können. Ja, sie hatte mit Franz die richtige Wahl getroffen. Es war ihm ernst, er respektierte sie und er würde der verlässlichste Ehemann und ein treu sorgender Vater für ihre Kinder sein, das zeigte sein Verhalten. Anna stieg in ihr Bett und begann, über ihr Hochzeitskleid nachzudenken und dass sie bald mit ihren Eltern reden musste.

Beim nächsten Treffen im Februar sah sie ihn schon von Weitem, wie er kerzengerade an eine einzelne Eibe gelehnt auf sie wartete. Er lachte sie an, als sie in seine Arme flog, und drückte sie, dass ihr fast die Luft wegblieb. Sie hatte ihm heute endlich die fertig gestrickten Fingerhandschuhe mitgebracht, ein Geschenk, damit seine Hände auf seinen Kontrollritten nicht mehr blau vor Kälte wurden.

»Wahrscheinlich könnte heute der erste richtig warme Tag im Februar werden«, meinte er zur Begrüßung. »Deswegen wollte ich mit dir zu unserer Quelle gehen, wo die Sonne so lange über der Lichtung steht.«

Sie bemerkte, dass er eine Decke mitgebracht hatte, damit sie es auf der Bank bei der Quelle bequem haben würden. Anna freute sich, das Licht dort, die glucksenden Geräusche des zutage tretenden Wassers und die Nähe ihres Liebsten ließen einen erholsamen Nachmittag erwarten. Sie hatte versprochen, zum Abendessen zurück in Westerhofen zu sein. Die Luft hier im Mischwald war heute besonders erfrischend, wenn sie auch noch die Schärfe des Winters in sich trug, sobald man sich zu lange im Schatten der großen Bäume aufhielt. Endlich war am Ende der Schlucht die kleine kreisförmige Öffnung zwischen den Moospolstern zu sehen, aus der das silbrig glitzernde, Blasen werfende Wasser hervorsprudelte. Obwohl die Quelle im Schatten von Bäumen lag, befand sich direkt daneben, etwa einen Meter erhöht, ein winziger, mit vielen Schneeglöckchen bewachsener Fleck Waldwiese. Auf ihm stand eine Bank im prallen Sonnenlicht, die sich an einen baufälligen Heustadel lehnte. Durch die geschützte Lage war es hier angenehm warm und die beiden ließen sich nun, nachdem die Decke ausgebreitet war, in der Sonne nieder.

Franz zeigte sein Verlangen, kaum dass Anna neben ihm saß. Er drängte sich an sie und als er sie zärtlich küsste, erschauerte sie, während seine Hände zur selben Zeit versuchten, die Knöpfe ihrer Bluse zu öffnen. Sie ließ es geschehen, sie ließ alles geschehen, denn Nein sagen hatte sie in ihrem Leben bisher nicht gelernt. Außerdem glaubte sie, ihn bereits viel zu lange vertröstet zu haben, und hatte Angst, ihn zu verlieren, wenn sie sich wieder einmal zierte. Er nahm dies als Aufforderung, weiterzumachen, seine Berührungen wurden fordernder, seine Küsse ungestümer – und auch Annas Körper begann zu reagieren, jetzt wollte sie, dass er sie umarmte, immer wieder umarmte, jetzt, wo ihre Empfindungen so intensiv geworden waren. Auch sie strich ihm über den Rücken und durchs Haar, erforschte beim Küssen seine Lippen, seinen Mund. Aus der Mitte ihres Bauches breitete sich wohlige Wärme über ihren ganzen Körper aus, die sie angenehm benommen machte und ihr jegliches Zeitgefühl raubte. Sie wollte, dass dieser Augenblick nie verging, dass seine Berührungen nie aufhörten, und selbst, als plötzlich ein kurzer, stechender Schmerz durch ihren Unterleib fuhr, empfand sie diesen fast als dazugehörig, denn er wich sofort noch viel stärkeren Wohlgefühlen, die sie so noch nie erlebt hatte.

Jetzt hörte sie ihn, wie er stoßweise und sehr laut direkt neben ihrem Ohr atmete. Auch für ihn schien es im Augenblick nur ihre Zweisamkeit, den Gleichklang ihrer Empfindungen zu geben. Vor Glück drückte sie ihn an sich, freute sich, dass sie ihm so viel geben konnte, dass sie ihm so viel bedeutete. Warum hatte sie diesen Moment nur so lange hinausgezögert, jetzt konnte sie ihm endlich zeigen, dass er der Mann war, auf den sie neunundzwanzig Jahre gewartet hatte, zu dem es sie mit jeder Faser ihres Körpers hinzog. Seit er in ihr Leben getreten war, hatte plötzlich das Dasein einen neuen Sinn bekommen. Sie war glücklich, wenn Franz glücklich war. Und so sollte es bleiben, dafür wollte sie kämpfen, denn sie hatte lange darauf warten müssen!

Als sie hinterher in seinem Arm auf der Decke lag und in den Himmel schaute, rannen ihr Tränen aus den Augenwinkeln, nicht, weil sie selbst so glücklich war, sondern weil sie jemand anderem solches Glück bereitet hatte. Wie viel mehr wog diese Anerkennung im Vergleich zu jener, die sie bisher als einzige kannte: die für ihre Geschicklichkeit beim Nähen. Natürlich, sie hatte dafür Grenzen überschritten, Grenzen der Anständigkeit, doch die Belohnung war in ihren Augen unendlich mehr wert als die Moralvorstellungen, an die sie sich bisher gehalten hatte.

Und das war auch der Grund, warum es nicht bei diesem einen Mal blieb.

Sooft es nur ging, versuchte Anna bei den folgenden Treffen mit Franz jenes Gefühl der inneren Verbundenheit, das sie auf der Lichtung neben der Quelle verspürt hatte, wieder zu erleben. Es war zwar bisweilen noch zu kalt für das Liebesspiel in freier Natur, doch dem Himmel sei Dank, gab es im Allgäu ausreichend Heustadel und Scheunen für ihre Bedürfnisse.

»Wir haben uns doch erst ein paar Mal heimlich getroffen«, klagte sie im Sommer schluchzend ihrer Mutter. »Da kann es doch gar nicht sein, dass meine Regel nun schon zum vierten Mal ausbleibt.«

Doch es bestand kein Zweifel mehr. »Wie sollen wir das nur dem Vater beibringen?« Der erste Gedanke ihrer Mutter galt dem zu erwartenden Zorn Engelberts, der umso wütender sein würde, als das Verhältnis ja unter seinen Augen und mit seiner Zustimmung begonnen hatte. »Es wird nichts anderes übrig bleiben, ihr müsst so schnell wie möglich heiraten, dann bleibt der Anstand gewahrt.«

»Leider geht das nicht mehr, Mutter«, entgegnete Anna traurig.

»Und warum soll das nicht mehr gehen?« Forschend drehte Johanna den Kopf ihrer Tochter zu sich und blickte ihr in die tränenverschleierten Augen.

»Franz hatte doch eine schlimme Lungenentzündung und war danach auf Heimaturlaub, wie Ihr wisst. Deswegen hatte ich ihn bis zu unserem Treffen letzte Woche längere Zeit nicht gesehen. Erst da konnte ich mit ihm über die Schwangerschaft reden, doch er hat mich nur verwundert angeblickt und gemeint, das Kind könne unmöglich von ihm sein, denn er hätte immer gut aufgepasst. Könnt Ihr Euch das vorstellen, Mutter? Er ist doch mein erster Mann und ich habe geglaubt, dass er mich liebt und zu mir stehen wird! Doch er will mich nun plötzlich nicht mehr heiraten!«

»Von *wollen* kann da keine Rede mehr sein, er wird dich heiraten *müssen*«, erwiderte ihre Mutter zornentbrannt. »Hat nicht gerade er immer von Ehre, Treue und Verlässlichkeit schwadroniert? Aber das weiß man ja, kleine Kinder und große Sprüche sind schnell gemacht!«

»Selbst wenn man seine Reden ernst nehmen würde, Mutter, und das habe ich weiß Gott getan, selbst dann wäre es schwierig mit dem Heiraten, denn als ich heute auf dem Zollamt war und den Franz sprechen wollte«, Anna weinte nur noch herzzerreißender, »eröffnete man mir, er sei nach Österreich versetzt worden, wohin genau, wollte man mir nicht sagen.«

»Sieh an, der feine Herr Zollinspektor zieht sich elegant aus seiner Verantwortung.« Johanna war außer sich. »Und immer sind es wir Frauen, die ausbaden müssen, was uns die Männer einbrocken. Aber mach dir mal keine Gedanken, ich jedenfalls bin auf deiner Seite, nur müssen wir deinem Vater irgendwie schonend beibringen, dass er in fünf Monaten Großvater eines unehelichen Kindes wird. Am besten ist wohl, er ist schon auf der Alpe, wenn er die Neuigkeit erfährt, sonst schlägt er hier unten noch alles kurz und klein.« Mit diesen Worten ließ sie ihre Tochter allein und ging in die Stube hinunter.

Einige Tage später erhielt Anna einen Brief, den ihr der ältere Zollbeamte persönlich vorbeibrachte. Ihm schien das alles sehr peinlich zu sein und er fühlte sich sichtlich unwohl, als er so vor Anna stand. Er räusperte sich, bevor er überhaupt einen Ton herausbekam.

»Wenn ich gewusst hätte, dass mein Kollege die Situation so schamlos ausnützen würde, dann hätte ich Sie gewarnt, Fräulein Anna, das versichere ich Ihnen.«

Zuerst verstand Anna nicht, was er damit sagen wollte,

aber als sie das Schreiben öffnete, wurde ihr die ganze Niedertracht und Verlogenheit, mit der Franz sie umgarnt hatte, bewusst. Der Brief bestand aus wenigen Sätzen – und jeder von ihnen war ein Schlag in Annas Gesicht: Franz war bereits verheiratet, hatte zwei Söhne, und eine Trennung kam für ihn nicht in Frage, da seine Frau schwermütig war.

Jeder Satz war auch ein Schlag in Annas Herz. Er hatte ihr das Blaue vom Himmel versprochen. Doch er hatte ihr dabei die ganze Zeit etwas vorgespielt. Wie hatte sie sich nur dermaßen täuschen lassen können?

Sie hatte ihn doch nur glücklich machen wollen …

ZWEITES KAPITEL

»Sag mal, ist Anna krank, dass sie mich gar nicht besuchen kommt?« Engelbert ging wie jeden Sommer seiner Arbeit als Senn auf der Alpe Gschwend nach und wunderte sich, weil er schon seit mehreren Wochen vergeblich auf den sonst üblichen Besuch seiner Tochter wartete.

»Na ja, so kann man das nicht gerade nennen«, meinte sein jüngster Sohn Albert, der ihm seit einigen Tagen hier oben zur Hand ging. »Morgen kommt die Mutter, wie abgemacht. Sie wird Euch schon sagen, was mit Anna los ist.« Verlegen senkte Albert den Blick, doch er schaffte es nicht, sich so einfach aus der Affäre zu ziehen.

»Nein, so geht das nicht, ihr wisst wieder einmal mehr als ich. Aber ihr braucht nicht zu meinen, dass ihr ewig etwas vor mir verheimlichen könnt. Ich spüre es, wenn da unten bei euch etwas nicht in Ordnung ist. Also, heraus mit der Sprache und zwar auf der Stelle«, schrie er seinen Sohn an. Normalerweise wurde er nie laut mit seinen Kindern und mit seinem Lieblingssohn Albert, der ihm nicht nur äußerlich aufs Haar glich, schon gar nicht.

Völlig verdutzt zog der Junge den Kopf ein, als er erstmals seinen Vater so zornig erlebte, dann rang er sich kleinlaut zu einer Antwort durch. »Anna ist schwanger, und der Zöllner kann sie nicht heiraten, weil er schon verheiratet ist.«

»Ist das wahr?« Wutentbrannt sprang Engelbert von der Küchenbank auf und riss diese dabei mit sich. Er war so außer sich, dass er es drinnen nicht mehr aushielt, mit geballten Fäusten stürmte er vor die Hütte.

Albert war froh, dass sein Vater endlich Bescheid wusste, daheim gab es schon seit Wochen kein anderes Gesprächsthema mehr. Alles drehte sich nur noch darum, wie man dem Vater die Nachricht möglichst schonend beibringen konnte. Nun war es also heraus. Zögernd ging Albert zu seinem Vater ins Freie, um ihn wieder etwas zu beruhigen.

»Ich habe gewartet, bis mir eine Frau von ganzem Herzen gefallen hat – und selbst dann habe ich sie erst angerührt, als wir verheiratet waren. Mir wäre es nie in den Sinn gekommen, Schande über deine Mutter und ihre Familie zu bringen, denn es wäre ja auch meine Schande gewesen. Und deine Mutter hat genauso gedacht und gehandelt, sie wusste, was es heißt, keinen richtigen Vater zu haben. Und ich wusste, was es bedeutet, keine richtige Mutter zu haben. Aber Anna ist und bleibt ein Unglückskind. Mir war schon immer klar, dass ich ihretwegen noch viel Ärger in meinem Leben bekommen würde. Geboren am Todestag meiner Mutter, damit fing es an ...« Abrupt verstummte er, sein Gesicht versteinerte sich und es war kein weiteres Wort aus ihm herauszubringen. Schnellen Schrittes verschwand er im Stall.

Als Engelbert Mitte September mit seinen Kühen von der Alpe ins Tal gezogen war und wieder bei seiner Familie wohnte, wechselte er kein einziges Wort mit seiner Tochter. Aber Anna verließ auch kaum ihr Zimmer, da sie Angst hatte, ihm zu begegnen. Sie ging ihm aus dem Weg und sie fühlte sich momentan ohnehin besser, wenn sie mit sich alleine war. In den ersten Monaten der Schwangerschaft hatte sie fast ununterbrochen geweint, sie konnte kaum etwas essen und wenn sie ihrem Ungeborenen zuliebe doch eine Kleinigkeit hinuntergewürgt hatte, wurde ihr nur schlecht und sie musste sich übergeben. Man konnte ihr fast beim Abmagern zusehen, und doch brachte sie immer von Neuem die Kraft auf, Franz einen Brief zu schreiben, in dem sie ihn bat, sich zu trennen und zu ihr zu kommen, denn er liebe sie doch, wie er tausendmal beteuert hatte. Die Briefe adressierte sie an das hiesige Zollamt, doch sie kamen ausnahmslos ungeöffnet und mit dem Vermerk ›Annahme verweigert‹ an sie zurück.

Anna verließ immer seltener ihr Zimmer, saß Tag und Nacht an ihrer Nähmaschine. Die Mutter versorgte sie heimlich mit Essen und Milch und besuchte sie, wann immer es ging. Das war selten genug der Fall, eigentlich nur, wenn Engelbert aus dem Haus war und die Kinder sich ebenfalls gerade anderweitig beschäftigten. Alles musste heimlich geschehen, niemand durfte etwas davon mitbekommen. Schließlich hätte es jemand dem Vater verraten können.

Johanna hielt ihr Versprechen, sie stand zu Anna, wann und wie immer es ging. Sie litt mit ihrer Tochter – um das zu bemerken, brauchte man nur in ihr verzweifeltes, abgehärmtes Gesicht zu blicken. Aber auch Johannas Fürsorge und ihr Mitleiden halfen Anna nur wenig in ihrer seelischen Not. Gegen Ende der Schwangerschaft rebellierte ihr Körper plötzlich ein weiteres Mal und statt wie zuvor appetitlos vor sich hin zu dämmern, wurde sie nun von regelrechten Fressattacken heimgesucht. Doch das Ergebnis war letztendlich dasselbe – sie behielt nichts bei sich.

Aber das war ihr nun auch egal, so egal wie ihr Aussehen, so egal wie ihre Familie, so egal wie ihre Zukunft. Nur das Kind war jetzt wichtig, das sollte gesund und kräftig zur Welt kommen. Und im Gegensatz zu ihr selbst schien es tatsächlich prächtig zu gedeihen, so, wie es manchmal nachts mit seinen Beinen gegen ihren Bauch stieß. Es waren diese ruckartigen, ohne eine Vorwarnung sich ereignenden Bewegungen unter ihrem Herzen, die ihr wieder Hoffnung einhauchten. Hoffnung, weil da neues Leben in ihr entstand. Hoffnung, weil sie es war, die dieses neue Leben hervorbrachte. Und Hoffnung schließlich, weil zum ersten Mal etwas ganz ihr gehören würde, eine Erfahrung, die ihr das Schicksal bisher verweigert hatte – bei ihrem Vater, bei ihren Geschwistern und schließlich bei Franz. Der Ausspruch ihrer Großmutter, man müsse für seine Träume kämpfen, kam ihr in ihrer jetzigen Situation völlig abwegig vor. Wenn die anderen einen nicht wollten, war jeder Kampf aussichtslos, schon bevor er begonnen wurde! Sie war unter einem falschen Stern geboren, daran war nichts zu ändern.

Erst einmal musste nun dieses neue Leben zur Welt gebracht werden, und Anna war nicht nur froh, dass es bis zur Geburt nicht mehr lange dauern würde, sondern auch, dass sie ihr Kind zu Hause bekommen konnte, weil sich ihre Mutter in diesem Punkt gegen den Vater durchgesetzt hatte. Das war durchaus nicht selbstverständlich, die meisten unehelichen Kinder wurden schon bei der Geburt versteckt, ihre Mütter mussten das Dorf verlassen, um irgendwo in der Fremde in einem Krankenhaus niederzukommen. Anna aber würde das große Ereignis in ihrem eigenen Bett und umsorgt von ihrer Mutter erleben, das gab ihr Zuversicht, selbst in ihren schlimmsten Stunden, denn es wurde eine sehr, sehr schwere Geburt. Sie dauerte ganze drei Tage.

»Sie hätte sich mehr bewegen müssen«, meinte die Hebamme. »Weder für die Mutter noch für das Kind ist es gut, wenn während der Schwangerschaft die Bewegung fehlt.«

»Ich hatte andere Sorgen als das«, erwiderte Anna und stöhnte während einer starken Wehe vor Schmerz auf, da sie wieder einmal nicht pressen durfte, weil sich der Muttermund noch immer kaum geöffnet hatte.

Johanna war Tag und Nacht damit beschäftigt, warmes Wasser und frische Wäsche bereitzuhalten. »Wenn es doch nur endlich richtig losgehen würde«, jammerte sie. »Solche Qualen kann sich doch keiner lange ansehen!«

In Abständen hallten inzwischen Annas Schreie durchs ganze Haus, niemand in der Familie kam mehr zur Ruhe. Die Geschwister hatten sich in der Stube versammelt und beteten im Herrgottswinkel für ihre Schwester, so schlimm stand es um sie und das Kind. Es war nicht abzuleugnen – Anna stand mit mehr als nur einem Fuß im Grab. Der Vater hatte verboten, einen Arzt zu holen, man hätte fast den Eindruck bekommen können, dass er über den Tod seiner Tochter gar nicht so unglücklich gewesen wäre. Dadurch wären aus seiner Sicht zumindest seine und die Ehre der Familie wiederhergestellt gewesen. In seinem verletzten Stolz offenbarte er einen Wesenszug, der weit über seine übliche Härte hinausging und nur als menschenverachtend bezeichnet werden konnte. Anna hätte es vorgezogen, wenn sie zumindest während dieser für sie äußerst schmerzhaften Stunden von seiner Gegenwart unter demselben Dach befreit worden wäre.

Nachts blieb Johanna bei ihr, trocknete ab und zu ihre schweißnasse Stirn und hielt ihr zur Beruhigung die Hand. Bei Tag löffelte sie ihrer Tochter Hühnersuppe in den Mund und flößte ihr Alpkräutertee ein. Anna hatte inzwischen jeglichen Lebensmut verloren, sie war überzeugt, diese Geburt nicht zu überleben. Doch ihr eigenes Leben spielte sowieso keine Rolle, es hatte nie eine Rolle gespielt. Viel schlimmer war, und darüber zermarterte sie sich den Kopf, welche Schande sie über ihre Familie gebracht hatte. Den Kampf um die Gunst ihres Vaters hatte sie jetzt endgültig verloren. Selbst wenn sie überlebte, sie würde es nie mehr schaffen, Anerkennung oder gar Nähe von ihm zu erfahren. Dieser Traum war ein für alle Mal ausgeträumt – und die Schuld dafür suchte sie nur bei sich und ihrer Gutgläubigkeit. Sie hatte es verdient, dass sie so leiden musste, sollte er nur kommen, der Schmerz, immer wieder kommen, bis sie ausreichend Buße getan hatte für ihre Verfehlungen. Immer tiefer steigerte sie sich in diesen Wahn hinein, ließ sich von den Wellen der Krämpfe in ihrem Unterleib treiben, bis sie trotz aller Qualen nicht einmal mehr schrie und jegliches Zeitgefühl verloren hatte.

Nach über fünfundsechzig Stunden neigte sich die Geburt endlich einem Ende zu, und als Anna bei einer starken Wehe pressen durfte, hatte sie keine Kraft mehr dazu. Völlig ermattet spürte sie nur, wie etwas aus ihr herausdrängte, und sie ließ es einfach geschehen, denn zu einer willentlichen Reaktion war sie sowieso nicht mehr imstande. Auch wer ihr das fast neun Pfund schwere Neugeborene in den Arm legte, bekam sie nicht mit, sie schlief sofort tief und erschöpft ein. Sie hatte noch nicht einmal mehr genug Kraft, um zu weinen oder sich darüber zu freuen, dass es endlich vorüber war.

Er soll es einmal besser haben als ich, dachte Anna, als sie von dem kleinen Schreihals geweckt wurde. Es war ein Junge, wie sie sich inzwischen vergewissert hatte. Wie hätte es auch anders sein können, nur ein Junge hatte ihr solche Schmerzen bereiten können, das wurde ihr schlagartig klar. Es waren immer Männer, unter denen sie in ihrem Leben zu leiden hatte: zuallererst ihr Vater, dann Franz und nun ihr Engelbert. Ja, sie würde den Kleinen, geboren im Oktober 1930, Engelbert nennen. Das würde ihr erneuter Versuch sein, den Vater gnädig zu stimmen, und ihm zeigen, welch wichtige Rolle er in Annas Leben spielte. Doch obwohl sie inzwischen ihrer Mutter und der Hebamme mitgeteilt hatte, dass der Kleine Engelbert getauft werden sollte, weigerte sich sein Großvater weiterhin, ihn auch nur in Augenschein zu nehmen. Obwohl der junge Engelbert nun wirklich nichts dafürkonnte, unehelich geboren worden zu sein, ignorierte der alte Bietsch seinen Enkel, als wäre dieser nie zur Welt gekommen.

Am vierten Tag nach der Geburt kam Rosel Anna besuchen, sie weinte und schaute so unglücklich drein, wie Anna sie noch nie zuvor gesehen hatte. Mit einem Mal schluchzte sie: »Die Mutter wird gleich hochkommen und dein Kind holen.«

Anna strich Rosel nur müde mit der Hand über die langen hellbraunen Zöpfe. »Niemand holt den Kleinen«, versuchte sie ihre Schwester zu beruhigen.

Doch Rosel schüttelte unbeirrt den Kopf. »Die Mutter hat vergeblich versucht, sich Vaters Anweisungen zu widersetzen. Schon seit Wochen streiten sie, was aus dem Kind werden soll.«

Anna erfuhr, dass sich ihr Vater, gleich nachdem er erfahren hatte, dass sie schwanger war, nach einem Pflegeplatz für sein unerwünschtes Enkelkind umgetan hatte. Auf keinen Fall sollte es in seinem Haus aufwachsen, sodass ihm dieser Schandfleck auch noch ständig vor die Augen gekommen wäre. Entgegen seinen Gewohnheiten hatte er während des vergangenen Sommers mehrmals die Alpe verlassen und unten im Tal zu mehreren Familien Kontakt aufgenommen, die als Pflegeeltern in Frage kamen. Alles natürlich unter strengster Verschwiegenheit, nicht einmal seiner Frau oder seiner Familie gegenüber hatte er ein Wort darüber verloren. In Muderbolz war er dann fündig geworden, und dass seine Frau ihm Widerrede gab, als er ihr seinen Entschluss mitteilte, interessierte ihn wenig. Was er beschloss, wurde getan, üblicherweise ohne Diskussion, aber wenn die Frau es haben wollte, dann konnte sie ihre Diskussion haben – es würde nichts ändern.

Johanna hatte gehofft, ihr Mann würde durch Annas Qualen bei der Geburt vielleicht milde gestimmt werden und von seinem Plan abrücken, aber sie musste zur Kenntnis nehmen, dass sie bei ihm auf Granit biss. Traurig hatte sie schließlich klein beigegeben und sich in das Unvermeidliche gefügt. In ihrem dunklen Sonntagsmantel und dem schwarzen Kopftuch erklomm sie die Stiege zu Annas Kammer und öffnete die Tür.

»Das könnt Ihr doch nicht machen«, schrie Anna aufgelöst und hielt ihren kleinen Engelbert fest an sich gedrückt. »So grausam könnt Ihr nicht sein!«

Plötzlich stand auch der alte Engelbert in Annas Zimmer und blickte sie nur kalt an. »Schweig, du hast genug Schande in dieses Haus getragen! Ich hätte schon viel früher so mit dir umgehen sollen, dann wäre das alles nicht passiert.«

Jetzt schrie auch noch der Säugling, der durch den Lärm unsanft aus dem Schlaf gerissen worden war, aber auch ihm nützte alles Klagen nicht, Johanna trat ans Bett, nahm das Kind aus Annas Armen und trug es aus dem Zimmer. Auch Rosel zerrte sie mit sich, dicht gefolgt von ihrem Mann, der die Tür mit lautem Knall hinter sich zuschlug.

Anna drückte sich schluchzend in ihre Kissen, ihr ganzer Körper zuckte, so außer sich war sie über das, was ihre Eltern ihr antaten. Gerade sie mussten doch wissen, wie schwer es ein Kind hatte, das ohne seine Eltern aufwachsen musste! Ihre Mutter war schließlich selbst als Halbwaise aufgewachsen und hatte unter den Angriffen ihres Stiefvaters unsäglich gelitten, wie sie ihren Kindern oft erzählt hatte. Und ihr Vater war sogar noch schlimmer dran gewesen, hatte er doch mit knapp zwei Jahren seine Mutter verloren und unter der Fuchtel der Stiefmutter von klein auf mehr Schläge als zu essen, geschweige denn Zuwendung bekommen. Mit ihrer harten Entscheidung wiederholten Annas Eltern nun das furchtbare Schicksal, das ihnen selbst zuteilgeworden war – und begingen so ein schreckliches Verbrechen an ihrem eigenen Enkelkind.

»In diesem Haus sind dreizehn Kinder geboren worden, aber für das vierzehnte soll plötzlich kein Platz mehr sein!«

Anna war außer sich vor Wut und Verzweiflung. Unter großen Schmerzen erhob sie sich von ihrem Bett und ging auf wackeligen Beinen zum Fenster. Sie sah, wie ihre Mutter mit dem Kleinen auf dem Arm zum Vater auf den Kutschbock stieg und der Einspänner Richtung Ofterschwang den Hof verließ. Immer mehr verschwamm das Bild des davonfahrenden Gespanns vor ihren Augen, auch, weil ihr ununterbrochen Tränen die Wangen hinunterliefen. Dann sank sie kraftlos vor der Fensterbank auf die Knie und verbarg zitternd ihr Gesicht in den Händen. Minutenlang verharrte sie in dieser Stellung, fast sah es aus, als würde sie beten, dann schleppte sie sich leise schluchzend zurück in ihr Bett, versteckte den Kopf unter der Decke und rollte sich ein wie die Ungeborenen im Mutterleib, die sie einmal auf einer Zeichnung in einem Buch über Krankheiten gesehen hatte. Ihr war plötzlich eiskalt und sie nahm die Bettflaschen, die ihr die aufmerksame Rosel in die Kammer brachte, dankbar an. Eine der Bettflaschen drückte sie an ihre Brust, wie sie es schon als Kind getan hatte, denn so hatte sie auch heute wieder das Gefühl, etwas von der liebenden Wärme zu verspüren, an der in ihrem Leben immer Mangel geherrscht hatte.

»Ich hatte niemals in meinem Leben etwas Eigenes, etwas, das mir ganz alleine gehörte«, sagte sie zu Rosel und erinnerte sich plötzlich an die Puppe, die sie vom Mahle vor langer Zeit einmal zu Weihnachten bekommen hatte. Schön war sie ja gerade nicht mehr, die Puppe, aber die Großmutter hatte ihr ein Rüschenkleid genäht und ein Häubchen und Schuhe gestrickt. Die Puppe hatte in der Kindheit ihrer Mutter gehört und ihre Finger wiesen noch immer die Spuren von Johannas Zähnen auf. Ganz abgeschabt sahen sie aus und von der Farbe der Haare, der Augen und der Lippen war inzwischen fast nichts mehr vorhanden. Anna liebte die Puppe trotz – oder vielleicht gerade wegen – dieser Gebrauchsspuren und niemand außer der Berganna wusste, dass diese nun in ihren Besitz übergegangen war. Ihre Brüder interessierten sich Gott sei Dank nicht für solchen ›Mädchenkram‹ und so konnte sie jede Nacht mit ihrer Babel Lore, wie sie sie nannte, verbringen und sich jeden Morgen erneut beim Aufwachen über ihre Gefährtin freuen. Doch keine Freude währt ewig, das wusste sie nur zu gut, und so war es auch mit Babel Lore. Ihre Schwestern hatten sie bei ihr im Bett entdeckt und schon allein aus dem Grund, dass die Puppe jemand anderem gehörte, Ansprüche auf sie angemeldet. Eines Abends hatte Babel Lore dann nicht mehr in ihrem Bett auf Anna gewartet und Johanna hatte nur zu ihr gemeint: »Du bist doch schon viel zu groß, um mit Puppen zu spielen.« Noch herzloser hatte ihr Vater reagiert: »Hast du sonst nicht genug zu tun, dass du glaubst, deine Zeit mit einer Puppe vertrödeln zu können?« Schon immer hatte Anna entweder teilen oder ganz verzichten müssen, schließlich war sie die Älteste, das hatte man ihr jahrelang eingebläut. Sie war die, die geben musste, das wurde ihr von Kindesbeinen an abverlangt. Und zwar ohne Widerworte, eigene Wünsche oder Träume waren bei einem Mädchen fehl am Platz, so war der Lauf der Welt. Denn später würde sie ihrem Mann und ihren Kindern ja auch ihr Bestes geben müssen, also fügte sich ein Mädchen besser beizeiten. Ihrer Mutter wäre es nie in den Sinn gekommen, dass auch Anna manchmal gern einen Nachmittag mit Spielen verbracht hätte. Und schon gar nicht wäre ihr in den Sinn gekommen, einen ihrer Brüder abzukommandieren, damit er die Spülarbeit am Herd übernahm und Anna entlastet wurde.

Es dämmerte schon leicht, Anna war wohl eingeschlafen, als jemand ganz behutsam die Bettdecke von ihrem Kopf zog. Ihre Haare klebten nass an ihrem Gesicht und das Nachthemd war vollkommen durchgeschwitzt. Auch sonst fühlte sich ihr Körper an, als hätte sie Fieber, denn in Abständen schüttelten sie von oben bis unten Krämpfe und sie blickte aus rot unterlaufenen, verschwollenen Augen ins Gesicht ihrer Mutter Johanna, die sich zu ihr heruntergebeugt hatte und ihr zärtlich über den Rücken strich.

»Warum habt Ihr mir das Liebste auf der Welt genommen? Wer gab Euch das Recht dazu? Und dass Ihr da mitgemacht habt, Mutter, ist mir völlig unverständlich!«

»Versteh doch, Kind«, entgegnete Johanna, »dein Engelbert ist in Muderbolz in bester Pflege. In der Familie Burgstaller gibt es bereits zwei Kinder und sie hat den besten Leumund, den man sich vorstellen kann. Anständig, fürsorglich, christlich, dein Sohn wird es dort gut haben, da kannst du beruhigt sein.« Ihre Mutter versuchte, Anna über den Verlust ihres Kindes hinwegzutrösten, doch ihr war selbst nicht wohl dabei, das konnte man schon allein daran erkennen, dass sie ihrer Tochter nicht in die Augen blicken konnte.

»Warum nur darf ich nie etwas für mich alleine haben, Mutter? Jeder, den ich liebe, wird mir wieder genommen, nichts bleibt für mich. Zuerst war es Vater, der mich nie wirklich geliebt, sondern immer nur geduldet hat, dann war es Franz, der mich nur schamlos benutzt hat, um an das Ziel seiner Triebe zu kommen, der mich in meinen schönsten Stunden belogen und betrogen hat – und nun wird mir auch noch mein kleiner Sohn genommen. Warum darf ich eigentlich nie glücklich sein, Mutter, was mache ich falsch, dass ich immer wieder so gestraft werde?«

»Ach, Anna, ich verstehe ja, wie schlimm das alles für dich sein muss, aber du bist noch so jung – und du bist gesund und ganz schön zäh, wie ich während der Geburt feststellen konnte. Das wird vorbeigehen, du hast doch dein Leben noch vor dir.«

Doch die Worte ihrer Mutter waren Anna kein Trost. Sie erholte sich nur sehr langsam von den Strapazen der vergangenen Tage. Johanna musste ihr zeigen, wie sie ihre Milch abpumpen konnte, damit der kleine Engelbert in der Ferne etwas davon hatte, und so wurde während der nächsten vier Wochen jeden Nachmittag der jüngste von Annas Brüdern, Albert, nach Muderbolz geschickt, um im Rucksack ein Fläschchen voll Muttermilch dort abzuliefern. Für Anna lag eine gewisse Genugtuung darin, dass die Familie jetzt zu ihr hielt und ihr Vater von den Milchtransporten nichts erfuhr. Aber jedes Mal, wenn sie die Pumpe an ihrer Brust anlegte, wurde sie von Neuem an ihren Sohn erinnert, der nun bei fremden Leuten leben musste.

Jetzt, wo sie endlich etwas Eigenes hätte haben können, etwas, das auch noch aus ihr selbst gekommen war, hatte man sie schon wieder zur Einsamkeit verdammt, hatte das Kind aus ihren Armen gerissen, das sie gerade unter Schmerzen auf die Welt gebracht hatte. Rücksichtslos spielten die anderen immer wieder mit ihren tiefen und ehrlichen Gefühlen. Was für eine Welt ist das nur, fragte sie sich, und wo ist darin mein Platz? Und mit einem Schlag durchfuhr sie ein schlimmer Gedanke: Will ich überhaupt einen Platz in so einer Welt?

DRITTES KAPITEL

Es war ein strahlend blauer Sonntag im Februar, als sich Anna und ihre Schwester Rosel auf den Weg nach Ofterschwang machten. Zunächst besuchten sie den Gottesdienst in der großen Kirche, und wie schon oft erschien Anna die Predigt viel zu lang, denn sie war mit ihren Gedanken bereits an einem anderen Ort. Nach drei Monaten durfte sie heute ihren Sohn zum ersten Mal besuchen. Sie überlegte aufgeregt, wie er jetzt wohl aussehen und wie ihr Wiedersehen nach so langer Zeit verlaufen würde.

Während des Winters hatten sich die grauen Tage schier endlos hingezogen, und das trübe Licht war nicht gerade dazu angetan, Annas Gemütsverfassung aufzuhellen. Damit die Zeit schneller verging, hatte sie wieder mit dem Nähen angefangen, doch im Gegensatz zu früher wollte keine richtige Freude über ihre Arbeit mehr aufkommen. Immer wieder war die völlig abgemagerte Anna in Weinkrämpfe ausgebrochen, manchmal hatte sogar die kleine Rosel ihr abends die Kleider ausziehen und ihr ins Bett helfen müssen, so sehr nahmen sie diese Anfälle mit.

Endlich war der Gottesdienst vorbei, und die beiden Schwestern konnten gar nicht schnell genug nach Muderbolz kommen. Sie setzten sich auf ihre alten Holzschlitten, die sie mit einiger Kraftanstrengung den steilen Weg von Westerhofen nach Ofterschwang hochgezogen hatten, dann ging es im Sauseschritt nach Muderbolz hinunter, denn die Straße war so abschüssig, dass auch der Pappschnee ihr Tempo nicht wesentlich abbremste. Selbst Anna hatte großen Spaß dabei und die Schwestern lachten und schrien voller Übermut, wenn ihnen die Fahrt einmal allzu rasant wurde. Anna hatte schon fast vergessen, wie es sich anfühlte, frische Luft zu atmen und die Sonne auf dem Gesicht zu spüren, so lange war sie nicht mehr draußen gewesen. Das letzte Stück mussten sie ihre Schlitten wieder ziehen, dann standen sie vor dem Haus der Familie Burgstaller. Annas Herz klopfte bis zum Hals, als sie am Griff der Haustür rüttelte. Sofort hörte sie Schritte im Haus und eine freundliche, ältere Frau öffnete. Sie hatte ein blondes, gut genährtes Kind mit roten Wangen und braunen Augen auf dem Arm. Anna stockte der Atem, als sie ihrem Sohn so unvermittelt gegenüberstand, denn dies musste der kleine Engelbert sein, das spürte sie sofort.

»Komm zu deiner Mama, mein Gott, wie habe ich dich vermisst!« Sie breitete ihre Arme aus, nahm den Kleinen und drückte ihn fest an sich. Freudentränen liefen ihr über das Gesicht, als Frau Burgstaller sie und Rosel hereinbat, während Engelbert weinte und schrie wie am Spieß. Er fremdelte und streckte seine kleinen Ärmchen immer wieder in Richtung der anderen Frau. Anna strich ihm über den Rücken und summte eine Melodie, die ihn beruhigen sollte. Langsam wirkten Annas Bemühungen und sein Schluchzen ging in Seufzen über, das immer seltener zu hören war.

Rosel und Anna aßen bei der Pflegefamilie zu Mittag, danach machten sie mit dem warm eingepackten Engelbert, der im Kinderwagen seinen Nachmittagsschlaf hielt, eine Spazierfahrt. Zurück bei Frau Burgstaller wurde es langsam Zeit, an die Rückkehr nach Westerhofen zu denken. Anna wurde ganz schwer ums Herz. Ihr Hals war wie zugeschnürt, sie hatte das Gefühl, kaum noch Luft zu bekommen. Erneut hatten sie die Seelenqualen fest im Griff. Warum muss ich in meinem Leben alles, was ich liebe, wieder hergeben, fragte sie sich. Warum verliere ich alles, kaum dass ich es besessen habe?

»Nächsten Sonntag komme ich wieder«, verabschiedete sie sich mit fester Stimme von der freundlichen Frau Burgstaller, nachdem sie innerlich eine wichtige Entscheidung getroffen hatte. Sie würde es nicht dazu kommen lassen, dass sie und ihr kleiner Sohn sich entfremdeten. Sie würde ihn so oft besuchen, wie sie nur konnte.

Rosel und Anna mussten die Schlitten nun den steilen Hang wieder hinaufziehen, den sie vorhin im Schuss lachend heruntergerodelt waren. Jetzt ächzten und stöhnten sie und verfluchten den sulzigen Schnee, der ihnen zusätzliche Anstrengungen abverlangte. Völlig außer Atem, schwitzend und mit einem Herzschlag, der dem Surren von Annas Nähmaschine Konkurrenz machte, erreichten sie Ofterschwang.

»Woher weißt du eigentlich, dass du den Engelbert von nun an jeden Sonntag besuchen kannst, Anna? Du hast doch noch gar nicht mit dem Vater gesprochen«, keuchte Rosel und setzte sich kurz auf ihren Schlitten, bis ihr Herz sich wieder beruhigt hatte.

»Lass mich nur machen«, erwiderte Anna zuversichtlich, denn sie hatte bereits einen Plan gefasst.

Auf ihrer Rodelfahrt hinunter nach Westerhofen dämmerte es schon, und da die wärmende Kraft der Sonne nun fehlte, kamen sie mit roten Gesichtern und ziemlich durchgefroren zu Hause an. Sie verstauten die Schlitten im Stadel, hängten ihre steif gefrorenen Wintersachen in der Diele zum Trocknen auf und freuten sich nach all der körperlichen Betätigung während dieses Tages auf ein herzhaftes Abendessen und einen Platz vor dem Ofen.

Als Anna später in ihrem Bett lag, fiel ihr der Februar vor einem Jahr wieder ein. Damals hatte sie sich zum ersten Mal Franz hingegeben – und von da ab war es in ihrem Leben immer weiter bergab gegangen. Heute hatte sie zum ersten Mal seit langem wieder etwas mehr Lebensmut und Kampfgeist in sich gespürt, trotzdem war sie sich noch nicht sicher, ob das als eine gute Entwicklung gelten konnte. Sie war einfach schon zu oft enttäuscht worden, wieso sollte es diesmal anders sein?

Von ihrem Entschluss, den kleinen Engelbert jeden Sonntag bei seiner Pflegefamilie zu besuchen, ließ sie sich allerdings nicht mehr abbringen. Fast immer wurde sie dabei von Rosel begleitet. Anna brachte dem Kleinen meist etwas selbst Geschneidertes oder Gestricktes mit nach Muderbolz. Auf dem Hinweg war Anna unbeschwert und in gespannter Vorfreude darauf, was ihr Sohn in der gerade vergangenen Woche wohl wieder Neues gelernt hatte. Und wenn sie dann sah, welche schnellen Fortschritte er machte, war sie glückselig, drückte ihn stolz an ihre Brust und hätte diese Augenblicke um nichts mehr missen wollen. Wenn er vor Freude gluckste und fröhlich vor sich hin quietschte, hätte Anna die Welt umarmen können. Doch so unbeschwert ihr Hinweg war, so bedrückend war die Rückkehr nach Westerhofen. Meist weinte sie den ganzen Weg und brauchte oft bis zur Wochenmitte, bis sie den Schmerz einigermaßen verwunden hatte. Dann kam der nächste Sonntag und die Wunden wurden von Neuem aufgerissen. Trotzdem nahm sie das alles klaglos auf sich. Kein Gewitter, keine Sintflut, kein Schneesturm hätte sie aufhalten können. Sie lebte nur noch für diese wenigen Stunden, die sie jeden Sonntagnachmittag mit ihrem Engelbert verbringen durfte. Ansonsten nähte und nähte sie in jeder freien Minute, die sie nicht auf dem Hof mithelfen musste. Das verdiente Geld wurde nahezu völlig für die Kosten der Pflegefamilie gebraucht, aber zumindest hatte es ihr kleiner Sohn bei den Burgstallers wirklich gut getroffen, wie sie sich in Abständen stolz und traurig zugleich versicherte, um kein schlechtes Gewissen zu bekommen, weil sie ihr Kind nicht selbst großziehen konnte.

»Die Anna bekommt keinen Mann mehr«, stellte ihr Vater bei jeder sich bietenden Gelegenheit fest. »Fesch und fleißig mag sie ja sein, aber wer will schon eine mit einem unehelichen Kind?«

Als Engelbert fast drei Jahre alt war, verwirklichte Anna ihren Plan. An einem Sonntag nahm sie den Kleinen einfach mit sich zurück nach Westerhofen. Sie hatte sich einen Leiterwagen besorgt, eine Wolldecke und ein weiches Kissen hineingelegt. Dann war sie allein mit dem Wagen nach Muderbolz und hatte den inzwischen äußerst aufgeweckten Jungen mit den langen blonden Haaren und den wachen Augen hineingepackt. Mit seinem Topfschnitt, den vielen Sommersprossen und dem pausbäckigen Gesicht sah er nach einem richtig frechen Lausbub aus. Zuvor hatte sie der Pflegefamilie erzählt, sie wolle heute endlich einmal den kleinen Engelbert mit dem großen zusammenbringen und schauen, was passieren würde. Zum Abendessen würde sie den Kleinen aber wieder nach Muderbolz zurückbringen, die Burgstallers brauchten sich also keine Sorgen zu machen.

Dann machte sie sich – diesmal durch den Wald über Wielenberg und Schweineberg – mit Engelbert im Leiterwägelchen auf den Weg. Die Herbstsonne streckte ihre sanften Lichtfinger durch die Äste des Mischwaldes, das Laub hatte schon angefangen, sich in strahlenden Rot-, Orange- und Gelbtönen zum letzten Mal, bevor der Winter Einzug halten würde, zur Schau zu stellen, und die Luft roch nach Moos, nach Pilzen und nach der Trägheit des langsam zu Ende gehenden Jahres. Über allem lag eine Ruhe, die diesen Herbsttag besonders geeignet für ihren Plan machte. Zumindest war Anna davon überzeugt.

In Westerhofen angekommen, fand sie ihren Vater tief und

fest schlafend auf dem Kanapee in der Stube vor. Sie versuchte, ganz leise zu sein, und drückte beide Daumen, dass auch ihr Sohn ausnahmsweise einmal für fünf Minuten den Mund halten würde. Sie breitete eine Decke aus, setzte den Kleinen darauf und gab ihm seine Holzklötze zum Spielen. Dann setzte sie sich zu ihm auf den Fußboden und baute kleine Türme, die er hochinteressiert, aber mucksmäuschenstill anstarrte. Plötzlich wachte ihr Vater auf, streckte sich laut stöhnend und blickte noch ganz verschlafen auf das Kind. Durch die Geräusche war der Kleine auf den Großvater aufmerksam geworden und da er noch keine Furcht kannte, stand er neugierig auf und tappte Richtung Kanapee. Dann sah er sich den fremden Mann genau an. Der alte Bietsch war schwer beeindruckt. Es imponierte ihm, wie der Kleine so zielstrebig und selbstbewusst auf ihn zugekommen war. Dass ein Kind so wenig Angst vor ihm hatte, gefiel ihm. Und so saß der kleine Kerl später bei seinem Großvater auf dem Schoß und aß mit ihm aus derselben Schüssel Milch und Brocken. Immer wieder warf der alte Mann einen wohlwollenden Blick auf seinen Enkel, der ohne großes Geschrei seine Ansprüche auf den nächsten Bissen geltend machte. In kürzester Zeit hatte der alte Bietsch an dem kleinen Engelbert einen Narren gefressen. Und Anna hatte ihr Ziel erreicht. Von nun an durfte Engelbert bei seiner Mutter in Westerhofen bleiben. Er war der kleine Liebling seines Großvaters, er wurde der große Liebling aller seiner Onkel und Tanten. Anna war selbst etwas überrascht, wie reibungslos ihr Plan funktioniert hatte.

Wären nur auch ihre anderen Pläne so einfach zu verwirklichen gewesen! Die einheimischen Männer machten schon lange einen großen Bogen um sie. Innerlich hatte sie sich damit abgefunden, nie mehr einen Mann zu finden, da eröffneten sich durch eine berufliche Veränderung plötzlich neue Möglichkeiten. Anna hatte in Immenstadt in der Krone angefangen, die Bettwäsche auszubessern und für die Chefin die Garderobe zu erneuern. Sie blieb manchmal eine ganze Woche von zu Hause weg, denn sie konnte umsonst in dem Hotel übernachten und sparte so Zeit und Geld für die vielen Zugfahrten. Ihren Engelbert wusste sie in Westerhofen gut von ihrer Familie versorgt. So konnte sie in Immenstadt auch noch abends arbeiten, bis sie vor Müdigkeit in ihr Bett fiel, und morgens bereits früh ihr Tagwerk beginnen. Sie arbeitete die Woche über fast rund um die Uhr, aber das Geld konnte sie gut gebrauchen.

Am ersten Mai sollte in Immenstadt am Viehmarktplatz der Maibaum aufgestellt werden, und unter den Angestellten des Hotels gab es schon seit Wochen kein anderes Gesprächsthema mehr.

»Anna, du hast in der letzten Zeit so viel gearbeitet, übermorgen fährst du erst am Abend nach Hause. Du machst dir hier zum ersten Mai einen schönen Nachmittag«, hatte ihre Chefin mitfühlend vorgeschlagen, denn das Maifest fiel auf einen Freitag. »Du kannst bis Mittag arbeiten, nachmittags etwas unternehmen und dann am Samstagabend nach Hause fahren. So kannst du die Feier mitmachen und bekommst trotzdem deinen vollen Lohn.«

Nach anfänglichem Zögern willigte Anna ein. Ihre Chefin hatte schon recht, was hatte sie denn vom Leben außer Arbeit? Wenn sie in Westerhofen war, wartete ja nur neue Arbeit auf sie, denn von ihrem Sohn hatte sie eigentlich nur sonntagnachmittags etwas, wenn sie zusammen spazieren gingen, und an den Abenden, wenn sie ihn zu Bett brachte. Trotzdem, ein bisschen ein schlechtes Gewissen hatte sie schon, länger und wegen einer Feier in Immenstadt zu bleiben. Noch immer fühlte sie sich schlecht, wenn sie einmal nur an sich dachte.

Doch dann war es endlich so weit und sie ging mit ihren

neuen Freundinnen, zwei Zimmermädchen, auf den Viehmarktplatz. Dort waren viele Leute zusammengekommen, und einige junge Männer hatten bereits damit angefangen, den Maibaum, der zwar noch am Boden lag, aber schon zu großen Teilen geschmückt war, in die richtige Position zu bringen, als Anna mit ihren Freundinnen eintraf. Es waren lauter Zimmermannsleute, die ganz schwarz gekleidet waren und große Schlapphüte auf dem Kopf trugen. Auf der Stelle fiel ihr ein großer, breitschultriger und gut aussehender junger Mann auf, der den anderen Anweisungen erteilte, welche Handgriffe als Nächstes zu tun waren, um den Baum aufzurichten. Dann spielte die Blechmusik einen Tusch, die Festbesucher wichen ehrfürchtig zurück und brachten sich in sichere Distanz zu dem riesigen Stamm. Wieder gab der junge Mann Befehle. Seine Stimme war angenehm, aber die Worte, die er sprach, klangen seltsam fremd und unverständlich. Die anderen Männer nahmen ihre Plätze rechts und links vom Baum ein, um ihn mit langen Stangen zu stützen und langsam in eine senkrechte Position zu schieben. Zu ihrer Unterstützung wurde der Stamm von einem Pferdefuhrwerk in die Senkrechte gezogen, und der Mann, der die Rösser dabei antrieb, war wieder jener mit der angenehmen Stimme. Als der Maibaum gerade stand, nahm er, während er noch mit der Rechten die Zügel straff hielt, mit der Linken geschwind eine Axt vom Fuhrwerk. Dann gab er die Zügel einem Kollegen und trieb mit sicherer Hand die Holzkeile in den Boden, die den Stamm fixierten. Dem jungen Mann schallten für seine große Geschicklichkeit von den Festbesuchern Jubelrufe und viel Applaus entgegen.

Als Anna am frühen Abend von der Feier ins Hotel zurückkehrte, saß der junge Mann mit seinen Arbeitskollegen in der Gaststube beim Bier. Sobald er ihrer ansichtig wurde, erhob er sich von seinem Platz und bat sie, sich zu ihm zu setzen. Sie zögerte kurz, dann nahm sie am Tisch der Zimmermannsleute Platz. Sie verstand allerdings nicht viel mehr als die Hälfte der Unterhaltung, denn jeder hatte seine eigene Sprache oder redete in einem Dialekt, der ihr fremd war. Erich, wie der freundliche junge Mann hieß, erzählte ihr, dass alle am Tisch auf der Walz seien und von weit her kämen. Er selbst habe hier Arbeit gefunden und sei deshalb schon seit einiger Zeit in Immenstadt.

Im Verlauf der nächsten Wochen traf sie sich noch häufiger mit Erich, und bei ihren Gesprächen stellte sich heraus, dass Anna elf Jahre älter war als er, was ihr einen kurzen Stich versetzte. Doch Erich schien das nicht zu stören, er fühlte sich in ihrer Gegenwart offenkundig wohl. Selbst, als sie ihm von ihrem inzwischen fünfjährigen Sohn erzählte, schien ihm das nichts auszumachen, denn er machte ihr weiterhin den Hof. Wegen der vielen Arbeit konnten sie sich immer nur sonntags treffen, also holte Erich sie auf halbem Wege zwischen Westerhofen und Immenstadt ab. Anfangs kam Anna immer allein, doch schon bald wollte Erich auch den kleinen Engelbert kennenlernen. Sie verhielt sich ihm gegenüber viel zurückhaltender und vorsichtiger als bei Franz, als er anfing, sein Verlangen deutlicher zu zeigen. Er schien sich tatsächlich in sie verliebt zu haben, denn wie hätte sie sonst sein Interesse an allem, was sie betraf – Engelbert, Beruf, Familie, selbst Kleidung und Frisur –, deuten sollen? Trotzdem, noch einmal durfte es ihr nicht passieren, dass sie mit einem unehelichen Kind niederkam. Es gelang ihr, die Vorsicht und Zurückhaltung den ganzen Sommer über zu bewahren, doch dann wurde sie schwach.

Sie hatten sich eines Sonntags schon mittags verabredet, und Erich hatte sie gebeten, am Bahnhof in Immenstadt auf ihn zu warten, falls er sich verspätete. Als sie ihn dann auf den kleinen Bahnhofsvorplatz eilen sah, wusste sie auch, warum er befürchtet hatte, zu spät zu kommen. Er hatte sich bei Freunden zwei Fahrräder ausgeliehen und beide zum Treffpunkt schieben müssen. Auf einem der Gepäckträger war mit einem Hosengürtel ein Picknickkoffer aus geflochtenen Weidenruten festgeschnallt, auf dem anderen bemerkte sie eine rotweiß karierte Decke mit Fransen.

»Bei dem schönen Wetter könnten wir doch einen Ausflug zum Alpsee machen, was hältst du davon«, begrüßte er sie mit einem strahlenden Lachen.

Sie war sofort begeistert von seinem Vorschlag und war schon ganz gespannt auf den Alpsee, den sie noch nie in ihrem Leben gesehen hatte. »Das ist eine wunderbare Überraschung, wie es aussieht werden wir auch nicht unterwegs verhungern!« Sie deutete lächelnd auf den Picknickkorb.

Vom Bahnhof aus fuhren sie die leicht abschüssige Straße hinunter und bald schon lag die Stadt hinter ihnen. Auf einem Kiesweg ging es entlang des Bachlaufs weiter zum kleinen Alpsee, der, idyllisch in einer Kuhle zwischen Immenstädter Horn und der Ruine Rothenfels gelegen, inmitten der dunkelgrünen gemähten Wiesen glitzerte wie ein übergroßer Edelstein. Nach einer kurzen ebenen Strecke am Seeufer erreichten sie die kleine Ortschaft Hub mit ihren alten Bauernhöfen und nachdem sie die Eisenbahngeleise überquert hatten, galt es noch, die letzte Anhöhe vor dem Ufer des großen Alpsees zu erklimmen. Anna traute ihren Augen kaum, als sie oben auf dem Hügel anhielten, gefangen von der Schönheit des Anblicks stieg sie wortlos vom Rad, dann nahm sie minutenlang staunend das vor ihr liegende Panorama mit allen Sinnen auf. Zu ihrer Linken fiel das mächtige Bergmassiv des Immenstädter Horns steil zum einen Ufer des Sees ab. Vor und unter ihr war, so weit der Blick reichte, eine riesige Fläche Wasser zu sehen, es glitzerte in tiefen Blautönen, die an manchen Stellen in Flaschengrün und Türkis übergingen, besprenkelt mit braunen und weißen Tupfern, als hätte ein Maler ein wenig falsche Farbe auf der Leinwand verspritzt. Diese Punkte waren einzelne Ruderboote und Segeljollen, die auf der spiegelglatten Wasserfläche in der absoluten Windstille vor sich hin trieben. Am anderen Ende des Sees, wo er zum Teil verlandet war, leuchtete das helle Gelb des sonnengetrockneten Schilfs zu Anna herüber. Dahinter breitete sich über sanft geschwungene Hügel mit vereinzelten Bauernhäusern und hier und da einer Kuhherde das unvergleichlich satte Grün der Wiesen bis zum Horizont aus, ein Grün, das Annas Meinung nach eigentlich einen eigenen Namen verdient hätte, so unverwechselbar und durchdringend stach es einem in die Augen – Allgäugrün, so wie Preußischblau oder Blutrot oder Postgelb, ja, ein solcher Name wäre angebracht gewesen. Ganz zu ihrer Rechten stieg das Gelände um den See zur Thalerhöhe wieder etwas steiler an und das Dunkelgrün der Wälder wurde zur beherrschenden Farbe. Direkt über Anna, sozusagen im Zenit des Himmels, schien eine so kräftige Sonne auf die Seeoberfläche, dass die Luft über dem Wasser flirrte und Trugbilder schuf, die die Konturen der Landschaft zäh wie geschmolzenes Blei zerrinnen ließen, sodass diese eher einem Ölgemälde ähnelte als einer tatsächlich vorhandenen Kulisse.

Anna konnte sich gar nicht sattsehen, und hätte nicht Erich neben ihr zum Aufbruch gedrängt, Anna wäre bis zum Abend auf dieser Anhöhe stehen geblieben, ehrfürchtig und atemlos vor diesem Wunderwerk der Schöpfung. Nun ging es nur noch eine kurze Abfahrt zum Ufer des Sees hinunter, dann legten sie vor einem Weidengestrüpp ihre Räder ins Gras und kämpften sich mit Decke und Picknickkoffer durch den Hag. Auf den flachen Kieseln einer versteckten kleinen Bucht am Nordostufer des Sees breiteten sie das mitgebrachte Essen auf der karierten Decke aus und streckten sich zufrieden dort aus. Die frische Luft und die körperliche Betätigung hatten sie hungrig und vor allem durstig gemacht. Erich hatte Holunderwein sowie Bergkäse samt einem Ranken Brot für das leibliche Wohl eingepackt.

Anna schmeckte der Holunderwein ausnehmend gut. Schon nach wenigen Schlucken aus der Flasche wurde ihr am ganzen Körper heiß. Es war ein angenehmes Gefühl, einfach nur so auf der Decke zu sitzen und die Umgebung immer mehr verschwimmen zu sehen. Das Wasser zog sie geradezu magisch an und sie genoss es, sich einfach treiben zu lassen, dahinzuschweben, wie die Boote und die Gruppe Schwäne vorne am kleinen Hafen, die sie gerade noch erkennen konnte. Die stechende Hitze und ein weiterer Schluck brachten ihren Kopf noch mehr zum Glühen. Sie musste sich abkühlen! Nicht gerade elegant legte sie das halbe Dutzend Schritte bis zum Ufer zurück, dann beugte sie sich nach vorn, um die Arme bis zu den Ellbogen ins Wasser zu strecken und sich Gesicht und Nacken mit dem kühlen Nass zu benetzen. Unglücklicherweise – vielleicht auch, weil sie sich sowieso schon etwas schwindelig fühlte – verlor sie dabei das Gleichgewicht und plumpste wie ein Stein ins Wasser. Das Nordufer fiel entgegen der Ostseite des Sees, an der sich auch der Badestrand befand, relativ steil ins Wasser ab. Als Anna endlich wieder Boden unter den Füßen spürte, stand sie tropfend wie ein begossener Pudel bis zu den Hüften im See. Zuerst blickte sie ungläubig zu Erich hin, der von der Decke aufgesprungen war, um ihr zu Hilfe zu eilen, dann brach sie in schallendes Gelächter über ihre eigene Dummheit aus. Auch Erich konnte nicht mehr an sich halten und prustete los, als er sie da in ihrer besten Sonntagskleidung patschnass im Wasser stehen sah. Er zog sie an Land und trocknete sie mit der Decke ab, da sie kein Handtuch dabeihatten. In dem Weidengestrüpp zog sie die nassen Sachen aus und hüllte sich in Erichs trockenen Janker, der ihr aufgrund seiner Größe Gott sei Dank bis zu den Knien reichte.

Zusammen breiteten sie die Kleider zum Trocknen auf den Steinen in der Sonne aus. Dann setzte sich Anna neben Erich auf einen Felsblock, und er legte wärmend einen Arm um sie.

Sie schaute ihm in die Augen und musste schon wieder lachen, der Alkohol hatte wohl noch nicht ganz seine Wirkung verloren, da legte er sanft beide Hände auf ihre Wangen und zog ihr Gesicht zu sich. Dann spürte sie seine Lippen auf ihren, sie genoss seine Zärtlichkeiten, der Kuss schien nicht enden zu wollen. Seine Hände rutschten tiefer, legten sich um ihre Schultern, drückten sie fest an seinen Körper. Anders als bei Franz ließ sie es nicht nur geschehen, sie erwiderte seine Liebkosungen. Sie gab Zärtlichkeit nicht nur, sie nahm sie sich auch. War es der Alkohol, war es die wunderschöne Umgebung oder war es, weil Erich sie als Frau mit allen Stärken und Schwächen akzeptierte – sie war nicht nur bereit für ihn, sie wollte, dass er all das tat, was ihrem Körper und ihrer Seele guttat. Sie war jetzt froh, dass sie seine Jacke trug. So war sie vor den Blicken der Spaziergänger jenseits der Weidenbüsche geschützt. In immer kürzeren Abständen fühlte sie, wie Wellen der Wärme durch ihren Körper liefen, und längst hatte sie aufgehört nachzudenken, was mit ihr geschah. Nach einem weiteren langen Kuss, den sie so intensiv spürte, dass es kaum auszuhalten war, setzte sie sich auf seinen Schoß. Dann spürte sie nur noch seine Bewegungen in ihr und es dauerte nicht lange, bis sie das Gefühl hatte, genau jetzt müsste die Zeit stillstehen, so wunderschön fühlte sich dieser Augenblick an.

Zwei Monate später hatte sie die Gewissheit, dass sie erneut schwanger war. Auf Erich war Verlass, er wollte sie auf der Stelle heiraten. Anna stellte ihn ihren Eltern vor, doch mit einem derartigen Widerstand ihres Vaters hatte sie nicht gerechnet.

»Elf Jahre jünger als du ist er, das kann doch nicht gut gehen! Es ist einfach nicht normal, dass die Frau älter ist als der Mann«, schimpfte der alte Engelbert.

»Und wieso soll das nicht normal sein? Ihr seid doch auch fünf Jahre älter als die Mutter.« Anna ließ nicht locker, es wollte ihr nicht in den Kopf, dass man in diesem Punkt mit zweierlei Maß messen sollte.

»Frauen altern schneller als Männer, weil sie die Kinder bekommen. Deswegen ist so ein Altersunterschied nicht gut. Und jetzt möchte ich von dieser Hochzeit nichts mehr hören«, beendete der Vater, keine Widerworte mehr duldend, die Unterhaltung.

Anna konnte ihrem Vater unmöglich gestehen, dass sie schwanger war und die Zeit drängte. Aber weil sie so große Angst vor ihm hatte, schwieg sie und fügte sich scheinbar seinen Anweisungen. Vielleicht konnte sie etwas erreichen, wenn sie die Mutter auf ihre Seite bekam. Aber Johanna schlug nur die Hände über dem Kopf zusammen, als sie von Annas neuer Schwangerschaft erfuhr. »Joramleh, Fehl, hosch du no nix glernat vum letschta Mol?«, brach es aus ihr heraus. Auch sie wusste keine Lösung für Annas Problem.

Anna versteckte ihr wachsendes Bäuchlein, was den Winter über ganz gut ging, da sie sowieso dicke Kleider tragen musste. Außerdem nahm sie diesmal lange nicht so an Umfang zu wie bei ihrem ersten Kind. Niemand in ihrer Familie ahnte, was unter den weiten Kleidern heranwuchs, ihre Mutter bewahrte das Geheimnis und suchte nach einem Ausweg. Als Ostern kam, schlug sie Anna vor, ihr Problem durch Ehrlichkeit zu lösen und nochmals – gemeinsam mit Erich – beim Vater vorzusprechen.

Der alte Bietsch wurde weiß wie ein Bettlaken, als er erfuhr, in welchen Umständen seine älteste Tochter nun schon zum zweiten Mal war, und dass das Kind schon in zwei Monaten zur Welt kommen sollte.

»Du machst doch immer, was du willst«, stieß er zornig hervor. »Aber sag nicht, dass ich dich nicht gewarnt hätte! Renn in dein Unglück und tu, was du nicht lassen kannst. Hast du dir das auch gut überlegt, deine Zukünftige ist elf Jahre älter als du«, fragte er Erich voller Bitterkeit. »Du weißt, was Gott zusammenfügt, soll der Mensch nicht trennen!« Für ihren Vater wäre eine Scheidung noch schlimmer gewesen als ein zweites uneheliches Kind. Ohne auf Erichs Antwort zu warten, stürmte er aus der Stube.

Die Hochzeit wurde im kleinsten Kreis gefeiert. Einer von Annas Brüdern war der eine Trauzeuge, ein Arbeitskollege von Erich der andere. Außer den Brautleuten und den Trauzeugen kamen nur Rosel und Annas Mutter zu den Hochzeitsfeierlichkeiten. Ihr Vater hatte ihnen noch nicht einmal gratuliert.

VIERTES KAPITEL

Acht Wochen nach der Hochzeit kam die kleine Erika zur Welt. Nun hatte Anna endlich die Familie, von der sie schon immer geträumt hatte und auf die sie so lange hatte warten müssen. Es war wohl die glücklichste Zeit in Annas und Erichs gemeinsamem Leben. Von ihrer Familie hatte Anna zu ihrer Wohn- und Nähstube einen weiteren Raum dazubekommen. Erich hatte, auch aus Geldmangel, in Immenstadt aus seinem möblierten Zimmer ausziehen müssen und war nach Westerhofen gekommen, damit sie so viel wie möglich zusammen sein konnten. Fleißig und geschickt wie er war, hatte er in seiner freien Zeit mit einfachsten Mitteln Annas zwei Zimmer umgebaut, indem er eine Trennwand aus Sperrholz einzog, die aus den beiden großen Räumen vier machte. Jetzt hatten sie eine separate Kammer für das Baby, ein Zimmer für Engelbert, ein Wohn- und Arbeitszimmer und eine weitere Kammer als Elternschlafzimmer.

An einem Sonntagnachmittag einige Jahre später, Anna war gerade zum dritten Mal von Erich schwanger, machte die Familie einen Ausflug nach Sonthofen. In allen Straßen war geflaggt, die Auslagen der Schaufenster zeigten Bilder des Führers und Anna fragte sich, ob jetzt alle übergeschnappt waren mit ihrer unheimlichen Götzenanbetung, da entdeckten die beiden an einer Plakatwand den Aushang, dass der Anstreicher aus Österreich in wenigen Tagen Sonthofen besuchen würde, um in der Burg eine Ansprache an die neuen Offiziere zu halten. Sein Besuch war wohl so kurzfristig anberaumt worden, dass die Stadtväter keine Zeit mehr gehabt hatten, den renovierungsbedürftigen Bahnhof, wo er aus seinem extra für ihn gebauten Salonwagen aussteigen würde, zumindest neu zu streichen. Auf die Schnelle hatte man deswegen den ganzen Bahnhof einfach mit Stoff bespannt, um dem Führer den Anblick von verschmutzten Mauern und bröckelndem Putz zu ersparen. In seinem Reich durfte es nichts Marodes geben, deswegen versteckte man es einfach. So vieles wurde versteckt und doch hatte jeder die Stoffbahnen direkt vor seinen Augen, die das Unerwünschte unsichtbar machen sollten.

»So eine Verschwendung«, Anna war außer sich, »was man daraus alles hätte nähen können!« Sie zog Erich und ihre Kinder weg von diesem Schandfleck. Selbst ihr jüngster Bruder Albert hatte zu den Gebirgsjägern nach Füssen einrücken müssen und auch ihr Mann trug seit Neuestem eine Matrosenuniform und kam nur auf Heimaturlaub nach Hause. Wo sollte das alles enden? Nach seinen Besuchen war Anna regelmäßig von Neuem schwanger. Erst als ihm eine Granate fast den Bauch zerfetzt hatte, war zumindest für ihn dieser Wahnsinn vorbei. Eigentlich konnte Erich noch von Glück reden – denn Albert kam nie mehr nach Westerhofen zurück.

Inzwischen hatte Anna vier Kinder und sie konnte ihre Familie an keinem Tag der Woche mehr satt bekommen. Zwei weitere Kinder waren kurz nach der Geburt gestorben. Mit über vierzig war sie dann noch einmal Mutter geworden und hatte einen kräftigen Jungen, namens German, zur Welt gebracht. Noch immer verdiente Erich trotz seiner Geschicklichkeit, seinem Fleiß und seiner schweren Arbeit nur einen Hungerlohn, und obwohl Anna neben der Kindererziehung und dem Haushalt oft bis zum Morgengrauen schneiderte – die Armut wollte nicht aus ihrem Leben weichen.

Wenn sie so über ihre Näharbeiten gebeugt dasaß, alles um sie herum ruhig war, und sie ihren Gedanken und Träumen freien Lauf lassen konnte, dann hatte sie oft das Gefühl, alles in ihrem Leben falsch gemacht zu haben. Nein, sie wollte nicht undankbar sein! Sie wollte nicht mit Gott hadern. Ihre Familie war gesund, sie konnten jeden Tag aufstehen und ihr Mann und sie hatten Arbeit. Schwer war das Leben trotzdem und so wie ihr ging es vielen anderen auch. Wer hatte schon ausreichend zum Essen? Ihre Mutter brachte unter der Schürze versteckt oft einen Topf mit Milch, ein Stück Wurst, Käse oder Butter herauf. Der alte Engelbert und auch Annas Geschwister, die noch im Haus lebten, durften davon nichts mitbekommen. Später, als ihre Mutter gestorben war, gab ihr oft ihre Schwägerin Lina heimlich Lebensmittel, die unter ihr wohnte und mit Annas ältestem Bruder Max den elterlichen Hof weiter bewirtschaftete. Nein, sie durfte nicht jammern! Viele hatten nicht einmal das Glück, aus einer geheimen Quelle immer wieder etwas dazuzubekommen.

Doch alles Grübeln änderte nichts an der Situation, dass der Appetit ihrer Kinder parallel zu ihrem Wachstum zunahm. Ein Esser musste vom Tisch verschwinden, dann konnten sich die anderen wieder annähernd satt essen. Am Abend hatte ihr eine Kundin erzählt, dass bei der Familie Bechteler ein Hütebub gesucht wurde. Für die Mithilfe im Stall, beim Heuen und vor allen Dingen zum Hüten der Kühe und Schafe im Sommer auf der Weide. Kost und Logis würden frei sein, und Anna sah bei einer solchen Lösung den Vorteil, dass sie das Kind nicht ganz aus den Augen verlieren würde, weil es ja im Dorf bleiben und nur einen Katzensprung von der elterlichen Wohnung entfernt sein würde. Allerdings musste schnell gehandelt werden, damit ihr der Platz nicht vor der Nase weggeschnappt wurde.

Doch welches von ihren vier Kindern sollte sie morgen früh

den Bechtelers anbieten und dann im Frühjahr zu ihnen schicken? Soviel sie hin und her überlegte, die Entscheidung fiel immer wieder auf den einen. Ihr ältester Sohn Engelbert kam nicht in Frage, schon einmal hatte sie ihn hergeben müssen, damals war er gerade vier Tage alt gewesen, und jetzt war er regelmäßig im Sommer bei ihrem Vater auf der Alpe Gschwend und half ihm bei der schweren Arbeit dort oben. Das zweite Kind, Erika, stand ebenfalls nicht zur Debatte, sie war erstens ein Mädchen und zweitens der Liebling ihres Mannes. Der jüngste Sohn German kam mit seinen vier Jahren auf keinen Fall in Frage. Blieb also nur Heinz, der drittgeborene. Zwar war auch er gerade erst acht Jahre alt geworden, doch für die Arbeit und die Anforderungen geeignet. Heinz war ein Kind, das durch seine fröhliche Art und seine Unbeschwertheit im Nu die Herzen der Mitmenschen eroberte. Mit seinen kohlrabenschwarzen Haaren und seinen dunkelbraunen Augen kam er ganz nach ihr, nur seine Zähne standen nicht so gerade wie die ihren, was wohl daher kam, dass er auch mit acht noch heimlich nachts am Daumen lutschte.

Morgen Abend nach dem Essen würden sie und ihr Mann mit Heinz sprechen und ihm ihre Entscheidung mitteilen. Das Herz blutete ihr wieder einmal, doch es gab keine andere Möglichkeit: Je eher ein Esser vom Tisch verschwand, desto besser. Beim Nähen fielen ihr nun fast die Augen zu und beinahe hätte sie eine Naht falsch angesetzt. Der Arbeitstag dauerte schon lange und die letzten Nächte waren ebenfalls verdammt kurz gewesen. Doch sie ging erleichtert zu Bett, denn die Entscheidung war gefallen und es war eine Entscheidung zum Wohle aller, wie sie glaubte.

Am nächsten Abend gab es nach dem Abendessen Schokoladenpudding zum Nachtisch und Erika fragte erstaunt, ob es etwas zu feiern gäbe. »In gewisser Weise ja«, sagten die Eltern. »Euer Bruder Heinz wird in ungefähr einem Monat bei den Bechtelers als Hütebub anfangen. Außerdem geht Engelbert in voraussichtlich acht Wochen wieder mit dem Großvater auf den Berg. Dann werden wir nur noch zu viert hier am Tisch sitzen.«

Heinz wollte der Schokoladenpudding nach diesen Worten zwar nicht mehr so recht schmecken, doch aß er trotzdem hastig auf und ging dann wie jeden Abend um dieselbe Zeit zu Bett. Am nächsten Morgen hatte er eingenässt, doch darüber wurde nicht gesprochen, das Leben ging weiter wie immer.

Bald war der Tag gekommen, an dem Anna die kleine Tasche mit Wäsche für Heinz vollpackte. Morgen nach der Schule würde es so weit sein, Heinz zog zu den Bechtelers. Die letzten Wochen waren viel zu schnell vergangen, immer wieder hatte der kleine Junge sie mit leiser, fast flehender Stimme und manchmal unter Tränen gebeten, ob er nicht doch zu Hause bleiben dürfe. Einmal hatte er sogar versprochen, nicht mehr so viel zu essen. Doch Anna war bei ihrer Entscheidung geblieben, obwohl ihr fast das Herz stehenblieb. Sie hatte die Verpflichtung, *alle* satt zu bekommen, da musste sie es hinnehmen, dass sie einem aus der Familie auch mal wehtun musste. Die Familie war ihr Ein und Alles, besonders die Kinder, und darüber konnte es schon passieren, dass sie vor lauter Problemen manchmal ihren Mann vergaß. Sie hatte die Wechseljahre bereits erreicht, wogegen Erich sich in der Blüte seines Lebens befand. Er war gerade dreiunddreißig geworden. Aber bald sollte ja alles besser und einfacher werden, daran glaubte sie fest, dann würde sie wieder mehr Zeit und Muße haben, sich ihrem Mann zuzuwenden.

Heinz bekam bei den Bechtelers eine Kammer über dem Stall. Dort war es auch im Winter schön warm, weil die Wärme, die das Vieh erzeugte, zu ihm hochstieg – der Duft ihrer Ausdünstungen leider auch. Heinz wurde in der neuen Familie herzlich aufgenommen und in kürzester Zeit war ihm das Ausmisten und Melken so in Fleisch und Blut übergegangen, dass er es auch im Schlaf zustande gebracht hätte. Eine neue Erfahrung war für ihn außerdem, dass der Tisch immer reichlich gedeckt war und die jungen Bechtelers sich so viel Zeit für etwas scheinbar Überflüssiges wie das Musizieren nehmen konnten. Elfriede spielte Gitarre, Maria die Zither, Eugen Trompete. Sie brachten Heinz in seinem ersten Jahr nicht nur die Noten bei, er lernte von ihnen, ganz besonders aber von Eugen, das Flötenspiel.

Ein gutes Leben, dachte Heinz, als das Jahr vorüber war, vor allem, was die Verpflegung betrifft. Ein schönes Leben, was die Musik angeht. So hätte er eigentlich vollkommen zufrieden sein können, wäre da nicht die Tatsache gewesen, dass er viermal am Tag an seinem Elternhaus vorbeimusste. Am Morgen, wenn er zur Schule ging, musste er die Milch bei der Sennküche abliefern und auf dem Weg dorthin lag der Hof, in dem seine Familie wohnte. In der Sennküche wurde seit einigen Jahren die Milch nur noch gesammelt und dann abtransportiert, da es dort niemanden mehr gab, der für die Weiterverarbeitung zuständig war. Der Senn war im Krieg, das schien den Mächtigen im Lande wichtiger zu sein, als sich um die Milch zu kümmern. Am Mittag, wenn Heinz von der Schule nach Hause ging und die leeren Milchkannen wieder mitnahm, kam er zum zweiten Mal an der Wohnung seiner Familie vorbei. Und diese Prozedur wiederholte sich am Abend beim Abliefern der vollen Milchkannen und beim Zurückbringen der leeren.

Jedes Mal lief er Gefahr, dass seine Geschwister ihn vom oberen Fenster aus hänselten, einmal rannte ihm Erika sogar mit dem kleinen German an der Hand nach und machte sich über ihn lustig. Heinz war den Tränen nah. Immer wieder musste er es über sich ergehen lassen, dass seine eigenen Geschwister ihn beschimpften und beleidigten. »Nesthupferle«

und »Kuckucksei« riefen sie ihm nach, ausgerechnet ihm, den man aus dem Nest geworfen hatte! Manchmal machte er extra einen Umweg zur Sennküche übers obere Dorf und zurück zu seinem neuen Zuhause, um den Demütigungen zu entkommen. Nur am Samstag, da wurde er von seiner Mutter verwöhnt. Er durfte in der Stube daheim in der Zinkwanne voll warmem Wasser sitzen und bekam den Rücken mit Kernseife geschrubbt und nach dem Baden mit Johanniskrautsalbe eingerieben. Anschließend gab es ein Stück Gugelhupf oder Zopf.

Obwohl nun zwei Esser weniger am Tisch saßen, wollte die Not bei Anna und Erich Kiesow nicht enden. Und wo die Not einzieht, da zieht die Liebe aus. Die Eheleute lebten sich auseinander – unmerklich zuerst, unübersehbar, als weitere zehn Jahre ins Land gegangen waren. Sicher, Anna liebte ihren Mann noch immer, aber es gab so viel Arbeit, um die Familie über Wasser zu halten, und immer war Wichtigeres zu tun, als die winzige Flamme ihrer Liebe neu zu entfachen oder zumindest nicht erlöschen zu lassen.

Erich half seiner Frau im Haushalt, wo er nur konnte. Waren Einkäufe zu machen, lief er mit Tochter Erika nach Sonthofen und machte die Besorgungen. An Silvester begleitete Anna ihn, da er einen schwarzen Anzug brauchte. Am Morgen war unerwartet Annas Vater Engelbert im hohen Alter von vierundachtzig Jahren an den Folgen einer Thrombose im Bein gestorben. Rosel hatte Anna schon früh geweckt, um ihr mitzuteilen, dass sich sein Zustand verschlechtert hatte. Sofort war sie, noch im Nachthemd, zu ihm ans Bett geeilt. Engelbert bekam kaum mehr Luft, der kalte Schweiß stand ihm auf der Stirn und Rosel weinte. Noch einmal sah er sie mit weit aufgerissenen Augen an, dann ging alles sehr schnell. Bevor Anna begriff, was geschah, hatte ihr Vater seinen letzten Atemzug getan. Anna konnte nicht weinen, zu viel war zwischen ihnen vorgefallen. Nähe und Vertrauen hatte es nie gegeben. Um Rosel zu trösten, legte sie einen Arm um ihre Schwester.

Jetzt brauchte Erich einen Anzug, denn Engelberts Beerdigung sollte bereits übermorgen stattfinden. Als sie einen angemessenen Anzug erstanden hatten, schauten sie noch kurz bei dem Lebensmittelgeschäft vorbei, wo Erich immer seine Wocheneinkäufe machte. Anna stand gerade an der Kasse und verstaute Zucker und Mehl in einer Tasche, da kam eine der Verkäuferinnen auf ihren Mann zu. »Lange nicht gesehen, Herr Kiesow. Haben Sie uns heute statt Ihrer Tochter einmal Ihre Mutter mitgebracht?«

Anna senkte den Kopf. Sie konnte einfach nicht glauben, was sie gehört hatte. Erich bezahlte die Rechnung und sie verließen grußlos den Laden. Schweigend gingen sie nebeneinander her und Anna fragte sich insgeheim, warum er nicht richtiggestellt hatte, dass sie seine Ehefrau war und nicht seine Mutter. Sah sie wirklich schon so alt aus? Wann hatte sie sich das letzte Mal in einem Spiegel genauer betrachtet? Vor Wochen? Vor Monaten?

Zu Hause angekommen, stürmte sie sofort ins Schlafzimmer und schaute in den Spiegel über der Kommode. Tränen schossen ihr in die Augen, tropften von ihrem Gesicht. Die Verkäuferin hatte recht! Schon mit fünfundfünfzig wirkte sie alt und grau. Jegliche Ausstrahlung war verloren gegangen. Die Augen lagen in tiefen Höhlen und waren von dunklen Ringen umgeben, die Wangenknochen stachen aus ihrem Gesicht hervor, die Gesichtshaut war weißlich und von tausenden kleiner Äderchen durchzogen. Schmale Lippen, glanzloses Haar und ein faltiger Hals komplettierten den traurigen Anblick. Dazu kam auch noch, dass vom vielen Sitzen und den Geburten ihre Hüften in die Breite gegangen waren. Warum hatte Erich nie eine Andeutung gemacht, dass sie sich mehr um sich kümmern sollte? Aber diese Frage konnte sie sich gleich selbst beantworten: War es denn kein Zeichen, dass er lieber seine Tochter zum Einkaufen mitnahm als sie?

»Findest du mich eigentlich noch schön, Erich«, fragte sie abends im Bett ihren Mann.

»Du stellst vielleicht Fragen«, erwiderte Erich und blickte noch nicht einmal von seinem Buch hoch.

»Warum hast du heute Nachmittag der Verkäuferin nicht gesagt, dass ich deine Frau bin? Hast du dich meinetwegen geschämt?«

Erich legte das Buch beiseite und drehte ihr den Rücken zu. »Ich würde gerne schlafen, das müssen wir doch nicht jetzt besprechen.«

Anna weinte in dieser Nacht noch lange leise vor sich hin.

Am folgenden Morgen fasste sie einen Entschluss. Ihr ganzes Leben war ein Kampf gewesen, dann sollte es eben so weitergehen! Eine total Fremde hatte einen Spiegel vor ihr Gesicht gehalten und ihr so die Wahrheit gezeigt. Das mochte schlimm sein, aber jetzt wusste sie wenigstens, woran sie war und was sie ändern musste. Sie musste sich schleunigst um ihr Aussehen – und ihre Ehe – kümmern! Und von dem, was Anna einmal beschlossen hatte, rückte sie nicht ab, da war sie ganz die Tochter ihres Vaters Engelbert!

Aber die Zeiten wurden noch schlechter, als sie es ohnehin schon waren. Erich wurde arbeitslos. Er wurde launisch, da er sich unnütz vorkam. Das Zusammenleben wurde unerträglich, obwohl er nicht träge und voller Selbstmitleid herumsaß, sondern viel las und in der Nachbarschaft half, wo immer er gebraucht wurde. Aber ein Mann ohne Arbeit ist wie ein Baum ohne Wasser. Er fühlte sich wie ein Nichtskönner, ein unnützer Esser, abgeschrieben und ausgemustert. Es musste dringend etwas geschehen, auf ihrer Wohnungstür stand ohnehin seit längerem in unsichtbaren Buchstaben »Wo die Not einzieht, zieht die Liebe aus«.

Bei seiner Suche nach Arbeit stieß er auf ein verlockendes Stellenangebot der Firma Bayer in Leverkusen. Als er Anna davon erzählte, fiel sie aus allen Wolken.

»Wie stellst du dir das vor, Erich«, fragte sie ihn aufgebracht. »Du gehst fort und lässt mich hier mit den Kindern allein? Das kannst du dir aus dem Kopf schlagen!«

»Doch nicht für immer, nur vorübergehend, bis ich hier in der Nähe wieder etwas finde. Es kann ja nicht ewig so schlecht bleiben«, beschwichtigte er sie. »Schau nur, wie viel ich da verdienen kann, das würde all unsere Probleme lösen. Und alle drei Wochen kann ich für vier Tage hierherkommen, wenn ich die Schichtarbeit bekomme.«

Anna zögerte, aber innerlich musste sie ihm recht geben. So konnte es nicht weitergehen. Sie willigte ein.

An einem sonnigen Samstag packte sie einige Kleidungsstücke in Erichs alten, braunen Lederkoffer und begleitete ihn zum Bahnhof nach Sonthofen. Erst in einigen Wochen würde sie ihn wiedersehen. Es war ihre erste längere Trennung, seit sie sich kennengelernt hatten. Anna fühlte sich ihrem Mann nahe, wie seit langem nicht mehr, spürte eine Vertrautheit, die viel stärker war als jedes Verliebtsein. Die Wurzeln, die sie in ihrem tiefsten Inneren mit ihm verbanden, waren über lange Jahre gewachsen. Sie winkte, bis das rote Rücklicht am letzten Waggon des Zuges hinter einer Kurve verschwunden war.

Nach einigen Tagen kam ein Brief, in dem er ihr freudig mitteilte, dass er nicht nur die Stelle, sondern auch nette Arbeitskollegen bekommen und ein günstiges Zimmer ganz in der Nähe seiner neuen Arbeitsstelle gefunden hätte. Für Anna vergingen die nächsten Wochen unendlich langsam, sie konnte es kaum erwarten, bis sie wieder am Bahnsteig stand, um ihn zum ersten Mal abzuholen. Sie merkte jeden Tag mehr, wie sehr er ihr fehlte. So ging es auch die nächsten Monate weiter,

Erich hielt sich an seine Zusage und besuchte Anna alle drei Wochen. Ihm schien es in Leverkusen gut zu gehen, die Schichtarbeit gefiel ihm und das für ihre Verhältnisse ungewohnt hohe Einkommen beflügelte geradezu seine Lebenslust, während es Anna von den Zwängen befreite, sich dauernd Sorgen um das Auskommen der Familie machen zu müssen. Sie hatte sogar angefangen, sich ab und an etwas zu gönnen – und sie hatte es gewagt, einen schlecht bezahlten Änderungsauftrag abzulehnen!

Nach etwa vier Monaten bekam Anna ein Telegramm von Erich, dass er eine zusätzliche Schicht übernehmen würde und nächstes Wochenende nicht kommen könne. In einem weiteren Brief würde er ihr genauer erklären, wie sein Arbeitsplan in der nächsten Zeit aussehen würde und wann genau er das nächste Mal ins Allgäu fahren könne. Als der Brief eintraf, zählte Anna die Wochen, bis sie wieder mit Erich zusammen sein würde, und kam auf fast zwei Monate, die bis dahin vergehen würden. Sie schrieb ihm zurück, wie sehr sie ihn vermisse und dass sie lieber mit weniger Geld auskommen wolle, als ihn so selten zu sehen. Als sie die Empfängeradresse auf das Kuvert schreiben wollte, drehte sie seinen Briefumschlag um, weil sie die Hausnummer in Leverkusen vergessen hatte. Erstaunt stellte sie fest, dass Erich auf seinem Brief eine ganz andere Straße angegeben hatte als sonst. Komisch, er hatte ihr gar nicht mitgeteilt, dass er umgezogen war. Ein seltsames Gefühl beschlich sie.

Anna zerriss ihren Brief und schickte stattdessen ein Telegramm an Erich, dass sie ihn kommenden Freitag in Leverkusen besuchen würde. Es dauerte keine vierundzwanzig Stunden, bis sie seine Antwort in Händen hielt.

»Komme bitte nicht. Ausführlicher Brief folgt. Erich.«

Zwei Tage später lag ein dicker Brief vor ihrer Wohnungstür, in dem Erich ihr so schonend wie möglich die Wahrheit beizubringen versuchte. Er war bei einer Kriegerwitwe eingezogen. Sie war zwölf Jahre jünger als er.

Ihr Vater hatte recht behalten.

Annas Hände zitterten. Sie konnte einfach nicht glauben, was sie da las.

FÜNFTES KAPITEL

Keine zehn Pferde hätten Anna von ihrem Vorhaben abbringen können. Sie würde nicht zu Hause sitzen und tatenlos zusehen, wie ihr eine fremde Frau den Mann und Vater ihrer Kinder wegnahm. Ihr Entschluss stand fest. Sie wollte um ihren Mann kämpfen. Als Erstes besprach sie den Plan mit ihren Kindern. Sie hatte vor, auch gegen den ausdrücklichen Willen ihres Mannes, am kommenden Freitag nach Leverkusen zu fahren und Erich wieder nach Hause zu holen. Heinz fand die Idee großartig, wollte seine Mutter aber auf keinen Fall die lange Zugreise allein machen lassen. Er würde sie begleiten. Anna holte also ihre letzten Ersparnisse hervor, denn da Erich in letzter Zeit kein Geld mehr geschickt hatte, lebten sie und ihre Familie augenblicklich von der Hand in den Mund. Als Nächstes stand ein Friseurbesuch an. Sie ließ sich die Haare kurz schneiden und von ihrer Tochter zeigen, wie man sich dezent schminkt, zog ihr neuestes Kleid, das mit den breiten grünen und weißen Längsstreifen, an und stellte sich vor den Spiegel. Sie war nicht bis in alle Details zufrieden mit dem, was sie sah, aber so würde sie ihren Mann auf alle Fälle eher zurückgewinnen als vorher.

»Niemand kann doch einfach neunzehn Ehejahre aus seinem Leben streichen«, dachte sie, als der Zug gemütlich Richtung Kempten schaukelte. Heinz saß schweigend neben ihr und hing seinen eigenen Gedanken nach. Die Stimmung war gedrückt, keiner von ihnen wusste, was sie in Leverkusen erwarten würde. Nach einem langen Tag in überfüllten Zügen erreichten sie abends endlich das Ziel ihrer Reise. Anna war übernervös und verunsichert, da sie noch nie in einer so großen Stadt gewesen war. Zum ersten Mal in ihrem Leben bestieg sie ein Taxi und Heinz nannte dem Fahrer die Adresse, zu der sie wollten. Er bezahlte, dann suchten sie auf dem Klingelschild des Gebäudes mit den acht Einträgen den Namen ›Kiesow‹. Es gab ein Schild ›Meck/Kiesow‹, das musste es sein, Anna drückte den Klingelknopf. Daraufhin öffnete sich im zweiten Stock ein Fenster und eine blonde Frau schaute neugierig zu ihnen herunter.

»Ja, bitte? Was wollen Sie?«

Anna hatte einen solchen Kloß im Hals, dass sie nichts herausbrachte.

So übernahm Heinz es, die peinliche Situation zu regeln. Wie gut, dass er dabei war! »Mein Vater, Herr Erich Kiesow, soll bei Ihnen wohnen. Könnte er bitte herunterkommen? Wir wollen mit ihm sprechen.«

»Einen Moment bitte. Ich bin gleich unten«, rief die Frau ihnen zu.

Nach wenigen Minuten ging die Haustür auf, und Anna stand der Blonden direkt gegenüber. Sie war sehr zierlich gewachsen und ihre rotblonden lockigen Haare waren exakt kinnlang geschnitten. Die helle Haut von Gesicht und Händen war über und über mit Sommersprossen bedeckt, was der Frau eine sympathische Ausstrahlung gab. Die seltsam grün leuchtenden Augen ließen sie im Kontrast dazu eher geheimnisvoll erscheinen. Eine äußerst attraktive Frau, musste Anna zugeben – und das genaue Gegenteil von ihr selbst!

»Erich ist gerade nicht da, er hat Nachtschicht und kommt erst morgen früh von der Arbeit«, meinte die Frau mit einem Singsang in der Stimme, der wohl dem hiesigen Dialekt geschuldet sein musste.

Da momentan nichts auszurichten war, verabschiedeten

sich Heinz und Anna wieder, dann gingen sie stadteinwärts. Anna musste sich zwingen, einen Fuß vor den anderen zu setzen, mit hängenden Schultern, den Blick nach unten gerichtet und ab und zu leise schluchzend, schleppte sie sich langsam den Gehsteig entlang. Heinz hatte tröstend den linken Arm um die Schulter seiner Mutter gelegt, in seiner rechten Hand hielt er ihre gemeinsame kleine Reisetasche. Sie sagten beide nichts, waren nur unendlich müde von der Reise und enttäuscht, dass sie Erich nicht angetroffen hatten. Was, wenn er sich morgen verleugnen lassen würde, da er nun vorgewarnt war? War ihre Reise dann völlig umsonst gewesen? Denn spätestens morgen Nachmittag mussten sie zurück, für einen weiteren Tag würde ihr Geld nicht ausreichen. In einer Gaststätte nahmen sie sich ein Zimmer für die Nacht. Eigentlich hatte Anna gehofft, dass sie bei ihrem Mann übernachten konnten, aber er war ja nicht mehr allein. So direkt mit dieser Tatsache konfrontiert, schossen ihr schon wieder Tränen in die Augen. Ohne Abendessen und ohne sich zu entkleiden, schliefen Anna und Heinz schließlich tief erschöpft in ihren Hotelbetten ein.

Als Anna am nächsten Morgen wieder klarer denken konnte, lastete noch immer ein schwerer Stein auf ihrer Brust. Was fiel ihrem Mann eigentlich ein, einfach bei einer anderen Frau einzuziehen und sie und die Kinder allein zurückzulassen? Da machte er es sich in Annas Augen zu leicht. Wie ein altes Paar abgelegter Strümpfe kam sie sich vor. Wollte Erich die Rotblonde in einigen Jahren genauso beiseitelegen wie sie, wenn der Reiz des Neuen verflogen sein würde? Und eine Schönheit war sie ja auch nicht gerade. Attraktiv ja, interessant vielleicht. Aber doch höchstens so attraktiv und interessant wie ein neues Paar Schuhe! Auch die waren nach kurzer Zeit abgelaufen, ausgetreten, unbrauchbar. Das würde sie Erich sagen, das musste er doch einsehen. Und dann würde er mit ihr heimkommen, da war sie sich sicher.

Sie und Heinz liefen die kurze Wegstrecke zu dem Mietshaus, das sie nun schon kannten. Sie hatten noch nicht geklingelt, da öffnete sich die Tür und eine der Bewohnerinnen trat auf die Straße. Sie nutzten die Gelegenheit und schlüpften durch die offene Tür ins Treppenhaus. Im zweiten Stock fanden sie schnell die Wohnungstür, die zu ›Meck/Kiesow‹ gehörte. Anna klopfte aufgeregt.

»Ja, bitte?« Erichs vertraute Stimme drang durch die Tür zu ihnen.

Das war zu viel für Anna, sie glaubte, ihr würde das Herz in der Brust zerspringen. Ihr ganzer Körper zitterte und mit kleinlauter Stimme brachte sie ein »Ich bin es, Erich. Mach bitte auf« heraus.

Es folgte ein Augenblick absoluter Stille, dann hörten sie ein Räuspern und Erich bat sie um einen Moment Geduld.

Anna kamen die Minuten des Wartens wie eine Ewigkeit vor. Endlich vernahm sie das Geräusch des Schlüssels. Die Tür ging auf, Erich stand vor ihr. Er hatte sich nur schnell ein Unterhemd übergezogen, die Hosenträger hingen lose an seinen Hüften herab, er war verschlafen und unrasiert. Heinz durchschaute seinen Vater sofort. Das mit der Nachtschicht war eine Lüge, er hatte sich schon gestern von der Blonden verleugnen lassen!

»Ich bin gekommen, um dich nach Hause zu holen. Hier gehörst du nicht her.« Annas Stimme klang überraschend selbstsicher, so, als hätte sie sich ihre Worte lange vorher überlegt.

Erich brachte keinen Ton heraus. Er war von seiner Frau regelrecht im Schlaf überrumpelt worden, vor allem wollte er hier im Hausflur kein Aufsehen erregen, die Wände waren dünn. Unerwartet folgsam wie ein Kind, das einen Befehl bekommen hat, zog er sich die Schuhe an und griff an der Garderobe neben der Wohnungstür nach seinem Kittel. Dann stiegen sie zu dritt die Stufen ins Erdgeschoss hinunter. Heinz musste seine Mutter stützen, die seit vierundzwanzig Stunden nichts mehr gegessen und einen Schwächeanfall bekommen hatte. Auf dem Weg zum Bahnhof sagte keiner ein Wort.

Wieder saß Anna einen ganzen Tag lang in einem schaukelnden Zug, allerdings verschlief sie diesmal fast die komplette Reise an Erichs Schulter gelehnt. Sie war die zurückliegende Woche keine Nacht richtig zur Ruhe gekommen, so viel war ihr durch den Kopf gegangen. Aber nun war alles erledigt, Erich saß an ihrer Seite und sie fuhren zusammen heim. Das war das Wichtigste, jetzt durfte sie schlafen. Zwischen Erich und Heinz kam kein Gespräch zustande, der Vater fühlte sich unwohl in der Gegenwart seines Sohnes, er spürte, dass Heinz ihn durchschaut hatte. Als Anna wieder aufwachte, hatten sie München fast erreicht. Sie mussten umsteigen und liefen den Bahnsteig entlang.

»Du hast dir die Haare schneiden lassen«, bemerkte Erich. Erst jetzt war ihm bewusst geworden, dass Anna eine neue Frisur hatte – oder kam er darauf zu sprechen, um überhaupt ein Gesprächsthema zu haben?

»Nicht nur das, Erich. Dir hätte in der Zwischenzeit auch auffallen können, dass ich mich auch sonst verändert habe«, erwiderte sie. »Ich habe abgenommen, über zehn Kilo, ich bin geschminkt und ich trage keine Tracht, sondern ein modernes Kleid. Aber ich habe ja auch nicht die lange Zugfahrt bis Leverkusen auf mich genommen, damit du alles wieder so vorfindest, wie du es verlassen hast.«

Beim Abendessen saß Annas kleine Familie endlich wieder komplett um den Tisch, aber keiner traute sich, Fragen zu stellen, oder gar, den Vater zur Rede zu stellen. Erst einmal waren alle froh, dass er wieder bei ihnen war und dass ihre Mutter sich beruhigt zu haben schien. Am Sonntag gingen sie zusammen in die Kirche. Anna wollte, dass alle sehen konnten, dass ihr Mann zurückgekehrt war, denn Gerüchte hatten sich wie ein Lauffeuer im ganzen Dorf verbreitet, er hätte sie verlassen. Dabei hatte er doch nur eine Zeit lang auswärts gearbeitet – so wollte es Anna zumindest aussehen lassen.

Da Erich bei dem übereilten Aufbruch all seine Habseligkeiten in Leverkusen zurückgelassen hatte, kleidete Anna ihren Mann komplett neu ein. Sie hatte sich deswegen von einem ihrer Brüder Geld leihen müssen, aber Erich war ihr alle Schulden der Welt wert. Hauptsache, er war wieder bei ihr. Sogar einen Wintermantel und zwei Paar Schuhe packte sie noch obendrauf, obwohl sie das im Geschäft anschreiben lassen musste, denn das geliehene Geld war längst aufgebraucht. Vier riesige Einkaufstüten schleppten sie von Sonthofen nach Westerhofen, Anna war glücklich wie seit langem nicht mehr.

Erich hatte sie viel Geld gekostet. Egal, die Welt war wieder in Ordnung! Sie hatte ihm immer alles gegeben, das würde sich auch nie ändern. Auf der Suche nach Liebe hatte sie stets ihre Bedürfnisse ganz hintenan stellen müssen, damit sie etwas erreichte. Was anfangs wie ein Verlust aussah, war in ihrem Leben doch oft zu einem Gewinn geworden, den sie selbst nicht erwartet hatte. So war es bei ihrem Vater gewesen und seiner Ablehnung ihr gegenüber, so war es bei ihrem Sohn Engelbert, der ihr zuerst genommen und dann wieder geschenkt wurde, das Gleiche bei Heinz, den sie aus schierer Not zu den Bechtelers hatte geben müssen und der nun ihre größte Stütze geworden war. Und jetzt Erich – er war zu ihr zurückgekehrt, wollte nun bei ihr bleiben. Der Seitensprung, das war eine Episode, ein unüberlegtes Abenteuer. Die Rotblonde war nur ein Trabant im Gegensatz zu ihr. Sie war die Sonne, um die Erich wie ein Planet kreiste. Und die Sonne fragte ja auch nicht, wem sie ihr Licht und ihre Wärme spendete.

Eine Woche später stand sie am Küchentisch und bügelte gut gelaunt das frisch gewaschene Lieblingskleid mit den grünen und weißen Streifen, das sie in Leverkusen getragen hatte. Gleich würde sie mit dem Bügeln fertig sein, es fehlten nur noch das Hemd und die Hose, in denen Erich die Rückreise angetreten hatte. Im Radio spielten sie einen dieser neuen Schlager, die einem Italien so schmackhaft machten, auch Anna hatte schon darüber nachgedacht, einmal mit Erich dort hinzufahren. Doch wie immer bremste sie sich sofort bei ihren Träumereien, denn das Geld dafür hatten sie momentan sowieso nicht, Erich war ja seit seiner Rückkehr wieder arbeitslos. Sie trug die gebügelte Wäsche ins Schlafzimmer und öffnete den Kleiderschrank, um alles zu verstauen.

Seltsam, Erichs Seite wirkte irgendwie leerer als gestern. Sie hängte ihr Kleid an die Stange und wollte gerade seine Sachen einordnen, da fiel es ihr wie Schuppen von den Augen – alle neuen Kleidungsstücke, auch Mantel und Schuhe, die sie ihm vor einer Woche gekauft hatte, fehlten. Ein furchtbarer Verdacht stieg in ihr hoch. Sie eilte in jedes Zimmer und schaute nach Erich, sie durchsuchte das ganze Haus, die Scheune und den Stall nach ihm. Dann rannte sie nach draußen, rief seinen Namen, lief in die Nachbarschaft und suchte dort weiter. Niemand hatte ihren Mann gesehen.

Ihre schlimmsten Befürchtungen schienen sich zu bestätigen. Sie setzte sich auf ihr Fahrrad und fuhr, so schnell sie konnte, zum Bahnhof nach Sonthofen.

»Der ist vor einigen Minuten hier vorbeigekommen.« Der Mann am Schalter konnte sich gut an den vornehm gekleideten Herrn mit den drei Einkaufstaschen vom Herrenausstatter erinnern. »Beeilen Sie sich, der Zug Richtung Kempten fährt jeden Moment los!«

So schnell war Anna noch nie in ihrem Leben gerannt. Erich hatte sie von vorne bis hinten betrogen, das stand fest. So, wie vor vielen Jahren Franz. Beide Männer ließen sie allein mit ihrem Kummer zurück und führten mit einer anderen

Frau ein neues Leben. Für sie brach eine Welt zusammen. Schon wieder hatte sie sich von Grund auf in einem Menschen getäuscht, den sie liebte, dem sie Kinder geschenkt hatte und mit dem sie durch viele Höhen und Tiefen gegangen war. Schon wieder war sie in ihrer Gutmütigkeit und Selbstlosigkeit nur ausgenützt worden. Für sie war die Liebe ehrlich und rein gewesen, wieso passierte es also immer ihr, dass die Männer Liebe nur vorspielten? Beim Rennen liefen ihr die Tränen übers Gesicht. Sie wischte sie nicht fort. Er sollte sehen, wie sie litt. Er sollte nie vergessen, was er ihr angetan hatte.

Als sie den Bahnsteig erreichte, sah sie gerade noch das rote Rücklicht am letzten Waggon des Zuges hinter einer Kurve verschwinden.

JULIA

»DAS IST BEI WEITEM DIE TRAURIGSTE GESCHICHTE, DIE du mir bisher erzählt hast, Tante Rosel«, sagte ich, während wir mit den Kindern auf dem Weg zurück zu ihrem Haus waren. »Woher nahm Anna bloß die Kraft, so viel zu geben? Und das durchzuhalten, obwohl sie immer nur im Schatten stand?«

»Genau deswegen habe ich dir die Geschichte so ausführlich erzählt, Julia. Anna war ein ganz besonderer Mensch. Sie hat in den anderen immer nur das Gute gesehen. Vielleicht konnte sie so viel geben, weil sie selbst nicht viel hatte, hast du darüber schon einmal nachgedacht?«

»Ich war immer der Meinung, je mehr man hat, desto mehr kann man auch geben«, erwiderte ich.

»Je mehr man hat, desto mehr will man, so wird ein Schuh daraus! Schau dir doch die Welt an. Wer gibt denn überhaupt, ohne etwas dafür zurückzuverlangen? Solche Gedanken waren Anna fremd. Über sechs Monate hat sie ihre Schulden durch Nähen abstottern müssen. Aber selbst dann ist keine Klage über ihre Lippen gekommen. Ihre Lebensfreude lag gerade darin, dafür Sorge zu tragen, dass es den Menschen um sie herum gut ging, auch wenn sie ihre eigenen Wünsche hintanstellen musste.«

»Und ich dachte, Glück entsteht aus dem Gleichgewicht zwischen Geben und Nehmen.« Ich war verunsichert, denn in meiner Partnerschaft wollte ich nicht nur die Gebende sein. Ich versuchte, Parallelen zwischen mir und meiner Großmutter zu finden. Wie sie habe ich nie nach dem Morgen, dem Wenn und dem Aber gefragt – ich hatte allerdings im Gegensatz zu ihr das Glück, dem richtigen Mann zu begegnen, der meine Selbstlosigkeit nicht ausgenützt hat. Anna hingegen war gleich zweimal an die falschen Männer geraten.

ERST MIT DREIZEHN HABE ICH ERFAHREN, DASS ICH einen Opa in Leverkusen habe, von dem ich vorher noch nie etwas gehört, geschweige denn gesehen hatte. Meine Tante Erika, die Schwester meines Vaters, bewunderte und verehrte ich sehr. Sie war immer sehr geschmackvoll gekleidet, und ihre Haare waren so schön frisiert. Doch am besten gefielen mir ihre schönen Hände und die perfekt rot lackierten Fingernägel. Darüber hinaus hörte ich ihr immer gerne zu, wenn sie mir von fremden Ländern und Kulturen, über die sie so viel wusste, erzählte – auch die erste Pizza meines Lebens mit Oliven und Kapern bekam ich bei ihr! Sie mochte mich, das spürte ich, und manchmal schenkte sie mir ein kleines Parfümfläschchen. An dem betreffenden Tag besuchte sie meinen Vater und erzählte ihm, dass Erich unheilbar krank sei und ständig nach ihm fragen würde. Doch mein Papa war unnachgiebig und besuchte seinen todkranken Vater nicht.

Ich dagegen wollte den Opa unbedingt kennenlernen, der da plötzlich aus dem Nichts aufgetaucht war. Ich wäre gerne mit Erika und German nach Leverkusen gefahren, um meinen Opa einmal zu sehen, doch mein Vater blieb stur, und ich musste zu Hause bleiben. Alles Bitten und Betteln half nichts, Heinz verzieh seinem Vater nicht, nicht einmal auf dem Sterbebett, was er seiner Mutter Anna angetan hatte. Das war sicher auch der Grund gewesen, seine Existenz so lange vor mir zu verbergen.

Als mein Opa gestorben war, durfte ich wenigstens mit

Erika und German zur Beerdigung nach Leverkusen und Abschied nehmen von einem, der aus dem Nichts gekommen und wieder ins Nichts verschwunden war. Dort lernte ich die zweite Frau meines Opas kennen und auch seinen halbwüchsigen Sohn. Viel später habe ich einmal meinen Vater gefragt, was mein Opa so Schlimmes gemacht hätte, dass er ihm nicht einmal auf dem Sterbebett vergeben konnte und ihm selbst seinen letzten Wunsch, ein Wiedersehen, abgeschlagen hatte. Aber mein Vater antwortete nur ausweichend auf meine Frage, er muss seine Mutter, meine Oma Anna, über alles geliebt haben, das wurde aus seinen wenigen Worten zumindest klar.

Meine Oma Anna war es auch, die sich die ersten Monate nach meiner Geburt um mich gekümmert hat. Doch dann starb sie ganz plötzlich einen Tag nach dem Geburtstag meines Vaters. Als sie in Westerhofen ihr Elternhaus betrat und die ersten sechs Stufen mit zwei Einkaufstaschen voll bepackt die Treppe zu ihrer kleinen, bescheidenen Wohnung hocheilte, wurde es ihr auf einmal schlecht und schummerig vor den Augen. Sie spürte, wie der Schweiß auf ihre Stirn trat, dann drehte sich alles vor ihr und sie fiel um. Der Doktor kam, und anschließend wurde sie mit einem Krankenwagen ins Sonthofener Krankenhaus gebracht. Die ganze Familie war um ihr Bett versammelt. Sie sah ihre Kinder Engelbert, Erika, Heinz und German und ihre beiden Schwiegertöchter vor sich stehen und weinen, aber sie konnte nicht mehr sprechen. Drei Stunden nach ihrem schweren Schlaganfall starb Anna im Alter von knapp sechzig Jahren.

Wie schwer hatte Anna es in ihrem Leben gehabt und wie schrecklich muss es gewesen sein, als man ihr den ersten Sohn, den kleinen Engelbert, gleich nach der Geburt weggenommen hat, bloß weil er ein uneheliches Kind gewesen ist!

Bei dem Gedanken daran wurde mir ganz schlecht. Auch ich war unehelich geboren worden und hatte selbst ein uneheliches Kind zur Welt gebracht, und obwohl sich bis dahin zwar einiges geändert hatte und dies nicht mehr als solche Schande angesehen wurde, wie zu Zeiten meiner Großmutter, hat man es auch mir damals nicht leicht gemacht.

Als Franz und ich noch jung verliebt und einmal bei seinem Bruder zu Besuch waren, da schlug sich Eberhart vor Schadenfreude immer wieder auf die Schenkel, als er erfuhr, dass sein Arbeitskollege Großvater von einem unehelichen Kind wurde. Kurz darauf stellte ich dann mit Schrecken fest, dass meine Tage ausblieben. Zwei Tage später war ich beim Frauenarzt, und der eröffnete mir, dass ich schon in der fünften Schwangerschaftswoche war und tatsächlich ein Baby bekommen würde. Ich war ganz außer mir. Auf der einen Seite freute ich mich, doch wie sollte das alles werden? Franz war noch bei der Bundeswehr und ich war gerade in meinem zweiten Ausbildungsjahr zur Bürokauffrau. Keine abgeschlossene Berufsausbildung, kein Geld, geschweige denn eine Wohnung. Alles, was wir hatten, war unsere Liebe und das kleine Kind, das unter meinem Herzen heranwuchs.

Am Abend erzählte ich alles meiner Mutter. Sie schimpfte ganz schön drauflos. »Du bist selbst noch ein Kind und willst jetzt schon eines bekommen? Wie stellst du dir das vor? Du kannst es auf keinen Fall zur Welt bringen.« Ich ging in mein Zimmer und heulte mir die Augen aus. Ich wollte das Kind. Es war ein Zeichen unserer Liebe.

Am folgenden Abend kam meine Mutter mit der Adresse einer Arbeitskollegin nach Hause, deren Tochter sich vor einigen Wochen zu einer Abtreibung entschlossen hatte. Ich war schockiert, wusste meine Mutter eigentlich, was sie da von mir verlangte? Sie schlug vor, ich solle Franz am kommenden Wochenende keinesfalls sagen, dass ich schwanger war, und wenn er dann die Woche darauf wiederkommen würde, dann hätte ich bereits alles hinter mir. »Du kannst doch später noch viele Kinder haben. Zuerst machst du einmal deine Lehre fertig. Dann verdienst du richtig Geld und sparst, und wenn ihr dann verheiratet seid und eine Wohnung habt, dann können die Kinder kommen.«

Ich fieberte dem kommenden Wochenende entgegen und war entschlossen, Franz gleich am Freitagabend zu sagen, dass ich schwanger war. Zuerst schaute er mich ungläubig an, dann meinte er kopfschüttelnd zu mir: »Und was machen wir jetzt?«

Ich weinte und sagte ihm, dass ich auf keinen Fall eine Abtreibung machen lassen, sondern das Kind auf jeden Fall bekommen wolle.

»Wir haben keine Wohnung, und ich muss noch sieben Monate zum Bund. Das Haus meiner Eltern beansprucht mein Bruder für sich, das weißt du ja. Von ihm ist also nichts zu erwarten. Er gönnt nur sich selber was, Geben ist nicht gerade seine Stärke.«

Am Freitagabend tauchten wir dann bei meinen Eltern auf. Mein Vater fiel aus allen Wolken, als er hörte, dass ich schwanger war. Er redete in den ersten Schwangerschaftsmonaten nur das Nötigste mit mir, doch als mein Bäuchlein zu wachsen anfing, hatte er sich mit der neuen Situation abgefunden und freute sich auf sein Enkelkind. Meine Mutter machte eine riesige Szene und sprach vom Gerede der Leute und der Schande. Franz und ich wollten das Kind und wir wussten, dass unsere Liebe stärker sein würde als das Gerede der Leute und dass es uns egal wäre, was die anderen von uns sagen und denken würden.

Am nächsten Morgen sagte ich zu meiner Mutter: »Wenn nur die Kinder auf die Welt kämen, die wir Menschen uns ausdrücklich gewünscht haben, dann wäre die Menschheit schon lange ausgestorben – und ich wäre dann ja auch nicht da!«

Wir beschlossen, Agnes und Eberhart noch nicht einzuweihen. Erst wenn mein Bäuchlein nicht mehr zu übersehen sein würde. Schließlich war der Moment gekommen, und wir sagte es den beiden.

»Ich habe es schon immer gewusst, dass da nichts Gescheites herauskommt, wenn ihr zwei euch zusammentut«, giftete Eberhart. Er saß kreidebleich am Tisch, mit einer solchen Nachricht hatte er wohl nicht gerechnet. »Franz, was machst du da bloß für einen Blödsinn, lässt dir von so einer ein Kind anhängen. Ich versteh dich nicht mehr.«

Wir standen wortlos auf und verließen fluchtartig das Haus. Agnes ging uns nach. »Ihr kennt ja den Eberhart. Er spricht, bevor er das Gehirn einschaltet, besonders, wenn ihn etwas so ohne Vorwarnung trifft wie Julias Schwangerschaft. Wir haben ein großes Haus zur Verfügung, wir haben ausreichend Geld, wir sind verheiratet – und warten nun schon eine Ewigkeit auf Nachwuchs. Und bei euch klappt alles auf Anhieb – wo ihr doch noch nicht einmal verheiratet seid und einem Kind gar nichts bieten könnt. Auf jeden Fall solltet ihr heiraten, solange man es noch nicht sieht – ihr könnt euch ja vorstellen, was es sonst für ein Gerede unter den Leuten gibt, und das würde letztendlich auch auf uns zurückfallen.«

Mir schossen Tränen in die Augen, ich konnte nichts sagen. Mit so einer gemeinen Reaktion hatte ich nicht gerechnet. Jeden Sonntag rannten sie in die Kirche, doch im Herzen hatten sie nichts als Bosheit, Neid und Kälte. Als wir im Auto saßen und ziellos umherfuhren, sagte ich zu Franz, dass ich auf keinen Fall nur heiraten würde, um den Schein zu wahren. »Liebst du mich denn nicht mehr«, fragte Franz mich bestürzt. Ich beruhigte ihn schnell. »Das hat doch damit nichts zu tun.«

Plötzlich fielen mir die Worte von Tante Lina ein, die sie einmal, als ich noch klein gewesen war, auf der Alpe zu mir gesagt hatte: »Es ist besser, ein uneheliches Kind zu haben und nicht zu heiraten, als wegen eines Kindes zu heiraten und sein Leben lang unglücklich zu sein!« Ihr Ratschlag damals war ganz eindeutig gewesen. »Wenn du einmal erwachsen bist, Julia«, dabei hatte sie mir ernst in die Augen geschaut, »und ein Baby bekommst, dann musst du nicht gleich heiraten.«

Fünf Monate später bekam ich ein kleines Mädchen, das fast acht Pfund wog. Die Geburt war problemlos, und ich stillte meine Tochter über ein Jahr lang. Nur, weil Franz *und* ich unser Kind wollten, hatten wir uns entschieden, es zu bekommen. Wir haben uns einfach vom Leben an der Hand nehmen lassen und uns keine Gedanken über das Morgen gemacht.

Unsere Tochter Susanne war viereinhalb, als wir heirateten. Agnes wurde richtig böse, als sie erfuhr, dass wir uns nach so langer Zeit in wilder Ehe nun freiwillig für das ganze Leben binden wollten. Sie und Eberhart hatten noch immer keine Kinder, Agnes' Putz- und Kirchenfimmel wurde immer schlimmer, und Eberharts Unzufriedenheit in dieser Ehe war schon lange nicht mehr zu übersehen: Er war zu einem Eigenbrötler und Menschenhasser geworden. Wir sahen die beiden immer seltener, worunter Franz sehr litt, schließlich war Eberhart alles an Familie, was er außer Susanne und mir hatte.

Es wurde eine Hochzeit, wie ich sie mir immer gewünscht hatte, trotz des schwierigen Verhältnisses zu Eberhart und Agnes. Wir luden unsere Verwandten und Freunde ein und heirateten an einem wunderschönen Tag im Oktober in der Pfarrkirche von Ofterschwang. In der Kirche musizierte eine Stubenmusik aus Oberstdorf, und unsere Tochter trug vor uns die Kerze zum Altar, nach der Trauung streute sie mit ihrer Freundin Blumen.

Ein halbes Jahr später, an einem windigen und regnerischen Märztag, ging ich mit zwei Einkaufstaschen die kleine Steigung zur Westerhofener Kapelle hinauf, als mir ein Krankenwagen ganz langsam entgegenkam. Eine seltsame Ahnung beschlich mich. Anstatt links abzubiegen und den kürzesten Weg nach Hause einzuschlagen, ging ich zum Haus, in dem meine Eltern wohnten. Davor sah ich das blaue Auto stehen – meine Mutter war also nicht bei der Arbeit! Ich betrat das alte Bauernhaus mit einem beklommenen Gefühl in der Brust, rannte die Treppe hinauf und den schmalen, schier endlosen Flur entlang. Meine Schritte wurden immer schneller. Abrupt riss ich die Tür auf und bereits von hier aus konnte ich meine Mutter in der Küche weinen hören. Ich ließ beide Taschen achtlos auf den Boden fallen und eilte zu ihr. Sie saß mit einer Tasse schwarzem Kaffee am Tisch, ganz zitterig hielt sie eine Zigarette in der Hand und zog hastig daran. Noch immer liefen dicke Tränen aus ihren Augen.

»Wo ist der Papa?«, rief ich, weil ich ihn nirgendwo sah. »War er in dem Krankenwagen, der mir begegnet ist?«

»Ja, sie haben ihn gerade geholt.« Nach einer kurzen Pause und zwei hastigen Zügen an der Zigarette fuhr sie fort: »Er hatte heute Nacht einen Schlaganfall!«

Ich glaubte nicht, was ich da hörte. Taumelnd setzte ich mich auf den Küchenstuhl. Innerlich hatte ich zwar schon lange gewusst, dass etwas Schlimmes bevorstand. Aber mit einer solch schlimmen Nachricht hatte ich nicht gerechnet!

»Gegen Morgen musste er wohl mal raus und ist dabei umgefallen. Ich habe ihn mit all meiner Kraft ins Wohnzimmer gezerrt und auf die Couch gehoben. Er konnte nicht mehr aufstehen. Dann habe ich ihn gewaschen und frisch angezogen, denn ihm war schlecht und er hatte sich erbrochen. Heute früh habe ich dann den Doktor angerufen«, strömte die ganze Katastrophe aus meiner Mutter heraus.

»Und dann?«, fragte ich entsetzt.

»Der Doktor hat gesagt, dass er später vorbeikommt, da das Wartezimmer voller Leute sei.«

»Warum hast du nicht gleich im Morgengrauen den Notarzt gerufen – oder zumindest mich?« Ihre Sorglosigkeit wollte mir nicht in den Kopf.

»Ich habe doch nicht gedacht, dass es so schlimm ist«, erwiderte meine Mutter mit zittriger Stimme. »Heinz ist halbseitig gelähmt, der Doktor hat es gleich erkannt, da die rechte Gesichtshälfte so schlaff herunterhing. Und sprechen kann er auch nicht mehr!«

Wir saßen beide am Küchentisch und weinten. Als ich ging, zündete sich meine Mutter eine neue Zigarette an. Heute sagte ich nichts, heute war es mir ziemlich egal.

Schnell eilte ich nach Hause, verstaute die gekauften Lebensmittel in der Küche. Dann zog ich mich warm an, nahm meinen Regenschirm und ging in den nasskalten Regen hinaus. Mir peitschte der Wind ins Gesicht. Frische, kalte Luft, das tat mir gut. Im Dorf ging ich schnell an dem Haus vorüber, in dem ich aufgewachsen war. Weiter und immer weiter Richtung Bihlerdorf. Jetzt kam schon Waldhörs Stadel auf der linken und der Baggersee auf der rechten Seite, ich hörte die Enten von Weitem schreien. Für den Kindergarten war es noch viel zu früh, Susanne konnte ich erst gegen halb zwölf Uhr abholen.

Ich schlug den Weg links zu Roths Burgel ein, die schwarzen Bäume bogen sich und rauschten bedrohlich im starken Wind. Ich betete, ich weinte, ich schrie, so laut ich konnte. »Warum ausgerechnet mein Papa? Hilf ihm, lieber Gott im Himmel, steh ihm bei!« Der Wind hatte meinen Schirm geknickt, ich warf ihn im Tobel achtlos auf die Seite. Jetzt ging es steil hinauf, und ich betete die ganze Zeit, bis ich beim Schwarzkopf vorbei wieder den Weg bergab durch den Wald Richtung Bihlerdorf kam. Starker Schneeregen hatte eingesetzt, ich erreichte den Kindergarten total durchnässt und vor Anstrengung heftig atmend. Susanne wartete bereits auf mich, und während wir nach Hause liefen, erzählte ich ihr, was mit ihrem Großvater passiert war. Einige Stunden später klingelte es an unserer Wohnungstür. Helga holte uns mit dem Auto ab, damit wir meinen Vater im Krankenhaus besuchen konnten. Ich setzte mich ans Steuer, sie war zum Fahren zu aufgeregt, Susanne kam auf den Rücksitz. Im Krankenzimmer war gerade ein junger Arzt bei meinem Vater und untersuchte ihn. Wir warteten auf dem Gang.

»Warum gehen wir nicht rein zum Opa?«, fragte Susanne.

Meine Mutter schluchzte hemmungslos, und ich nahm sie in den Arm. Jetzt muss eben ich stark sein, dachte ich. »Wir können erst zum Opa, wenn der Doktor mit der Untersuchung fertig ist.«

»Was ist eine Untersuchung?«, kam die nächste Frage.

»Bei einer Untersuchung stellt der Doktor fest, was dem Patienten fehlt«, sagte ich.

»Was ist ein Patient?« Susanne gab keine Ruhe.

Ich sparte mir eine Antwort.

»Warum wird der Opa untersucht?«, machte sie mit ihrem Fragespiel weiter.

»Ich habe dir doch schon alles erklärt, als wir vom Kindergarten heimgelaufen sind, Susanne! Jetzt sei bitte ruhig. Oma ist traurig, und du fragst einem Löcher in den Bauch.«

Kurze Zeit später verließ der Arzt das Zimmer. Als mein Vater uns drei sah, weinte er zum Gotterbarmen. Er wollte etwas sagen, doch das ging ja nicht mehr! Meiner Mutter und mir liefen auch schon wieder Tränen übers Gesicht, und die kleine Susanne ging wortlos zu ihrem Opa ans Bett und streichelte seine Hand. Neugierig betrachtete sie den Schlauch, der von einer Flasche über ihm herabhing und an seinem Handrücken befestigt war.

»Was ist das?«, fing sie schon wieder zu fragen an.

»Eine Infusion«, antwortete ich pflichtschuldig.

»Tut das weh, Opa?«, meinte sie neugierig und berührte mit ihren kleinen Fingern ganz vorsichtig den durchsichtigen, dünnen Schlauch.

Mein Vater war halbseitig gelähmt, da gab es keinen Zweifel mehr, denn er reagierte überhaupt nicht auf ihre Berührungen. Sechs Wochen später wurde er einer gefährlichen Bypassoperation an der Halsschlagader unterzogen. Wie uns der Arzt erklärte, war sein Gehirn während der Operation über vier Minuten lang ohne Sauerstoffversorgung gewesen, deswegen kam jetzt noch eine spastische Lähmung hinzu. Seine Beine waren Tag und Nacht so stark angewinkelt, dass seine Fersen ständig sein Gesäß berührten.

»Aus ist. Aus ist!« Das war das Einzige, was er noch stammeln konnte. Zumindest verstanden wir seine Gurgellaute so. Seine beiden Arme waren über dem Brustkorb gekreuzt und standen ebenfalls unter ständiger Spannung, sodass die rechte Hand die linke und die linke Hand die rechte Kinnseite berührten.

In dieser schlimmen Zeit wurde ich mit unserem zweiten Kind schwanger und obwohl ich sehr viel weinte, lachte ich mit meinem Vater auch manchmal unter Tränen. Mein Bäuchlein wuchs und wuchs, da schlug meine Mutter eines Tages vor, dass wir unser Kind Heinz nennen sollten, wenn es ein Junge würde. Ich wollte meinen Papa auf dem Sterbebett nicht anlügen und sagte: »Wir wollen unseren Sohn auf den Namen Jonas Heinrich taufen lassen«, denn so hatte ich es mit Franz schon zu Beginn meiner Schwangerschaft beschlossen.

Mein Vater schien mit dem Kopf zu nicken, was wohl bedeutete, dass er einverstanden war.

Obwohl der Arzt zu meiner Mutter gesagt hatte, dass er noch nie einen so schweren Pflegefall zu Hause behandelt hatte wie meinen Vater, hielten wir beide die Pflege zusammen durch. Es kostete uns so viel Kraft, wie wir es uns niemals hätten vorstellen können. Abend für Abend ließ ich meinen Mann zu Hause allein, und als er sich zu beschweren anfing, gab ich ihm zur Antwort: »Dich habe ich noch länger, meinen Papa nur noch für kurze Zeit!«

Einige Wochen später meinte der Hausarzt zu meiner Mutter: »Ihr Mann wird Weihnachten nicht mehr erleben.«

Mein Vater erlebte Weihnachten. Er lebte sogar noch mehr als eineinhalb Monate länger, als der Arzt prophezeit hatte. In ein Pflegeheim hätten wir ihn niemals getan, obwohl meine Mutter während seiner Krankheit weiterhin halbtags arbeitete. Der Doktor kam täglich und spritzte Morphium. Es dauerte Stunden, bis das Medikament endlich seine Füße erreichte. Ganz langsam wurden seine Zehen schwarz und ganz, ganz langsam starben nicht nur die Zehen, sondern auch seine Füße immer mehr ab.

»Aus ist. Aus ist!«, krächzte er ständig. Manchmal träumte ich schon davon. Ich konnte es nicht mehr hören. Er wusste, dass sein Leben vorbei war und dass ihm niemand mehr helfen konnte. Seine Seele war jetzt in seinem Körper wie in einem Gefängnis. Zusehends ging es ihm von Tag zu Tag schlechter. Meine Mutter weinte nur noch. Und dann hatte mein Vater noch einmal einen Schlaganfall.

»Wenn er nicht so ein kräftiges Herz hätte, dann wäre er schon lange gestorben«, meinte unser Hausarzt. »Ich kann leider nichts mehr für ihn tun!«

»Wie lange noch?«, fragte ich.

»Bis zu drei Tagen«, erwiderte er beim Abschied.

Das Herz schlug unermüdlich, sein Adamsapfel bewegte sich bei jedem Schluckreflex unaufhörlich nach oben und unten. Todesschweiß stand ihm die ganze Zeit über auf der Stirn, meine Mutter und ich wechselten uns im Rhythmus von zwei Stunden mit der Nachtwache an seinem Bett ab. Seine Augen waren nur noch halb geöffnet, und wir hielten abwechselnd seine Hand und streichelten ihm sanft über den Kopf. Wir wussten beide, dass wir den Kampf verloren hatten. Als mein Vater an einem Morgen Ende Januar gegen acht Uhr endlich sterben konnte, waren Franz und Susanne seine letzten Besucher. Meine Mutter machte sofort das Fenster auf, damit die Seele hinausschweben konnte. Den Sarg hat sie besonders groß kaufen müssen, damit man den Deckel trotz der angewinkelten Beine schließen konnte.

Die Bindung zu ihm war durch die Pflege so stark geworden, dass ich anfangs mehrmals am Tag an sein Grab ging. Auf dem Grabstein stand ›Anna Kiesow‹ – und nun auch ›Heinz Kiesow‹. Wie oft hatte ich schon als Kind mit meinen Eltern an diesem Grab gestanden. Jetzt war mir klar, dass auch wir hier einmal beerdigt werden würden. Dann würden unsere Kinder an diesem Grab stehen, dem Grab ihrer Eltern, und mir wurde die Vergänglichkeit überdeutlich bewusst. Es war ein ständiges Kommen und Gehen, das Leben, ein Geborenwerden und Sterben, nur ein kurzer Augenblick des Lichts. Ich erinnerte mich an meinen Vater, dessen Haut im Tode wie Wachs geglänzt hatte. Wie lange ich so in mich gekehrt am Grab gestanden bin, weiß ich nicht mehr, es war auf jeden Fall ein tief empfundenes Abschiednehmen von meinem geliebten Vater.

Zu meiner Mutter hatte sich während der gemeinsamen Pflege meines Vaters ein engeres Verhältnis aufgebaut. Nach seinem Tod fühlte sie sich furchtbar einsam. »Seit meiner Jugend habe ich keine solche Trauer und Einsamkeit mehr in mir gespürt«, sagte sie in dieser Zeit einmal zu mir. »Dabei dachte ich, mein Anteil an Leid läge in diesem Leben bereits hinter mir.«

Dann eröffnete sie mir eines Tages eine große Neuigkeit.

»Ich werde umziehen, Julia. Und stell dir vor, ich freue mich schon darauf, die neue Wohnung einzurichten. Das wird mich ablenken von meiner Trauer. Wo ich jetzt wohne, kann ich der Erinnerung an Heinz nicht eine Sekunde entfliehen. Ich will aber auch wieder ein eigenes Leben führen können, obwohl Heinz immer in mir drinbleiben wird, egal wo ich bin.«

Zum ersten Mal seit sehr langer Zeit hatte ich den Eindruck, dass sie mich wieder an ihrem Leben teilhaben ließ. Es war ein schönes Gefühl.

Im Frühjahr brachte ich dann Jonas zur Welt und noch einmal zwei Jahre später den kleinen Lukas. Jetzt waren wir keine ganz kleine Familie mehr, aber noch immer eine glückliche. Nur Agnes schien mich mit jedem Kind mehr zu hassen, vertiefte dies doch jedes Mal noch ihre Wunde, dass sie selbst bisher keines bekommen hatte.

ALS ICH ÜBER DIESE ZEIT NACHDACHTE, WURDE MIR ganz schwer ums Herz. Konnte es wirklich sein, dass Franz und ich jetzt kurz vor einer Trennung standen, und das alles nur, weil sein Bruder und dessen Frau mir so zusetzten? Plötzlich wusste ich ganz sicher, dass ich mich nicht so leicht geschlagen geben würde. Wie meine Vorfahrinnen würde auch ich für mein Glück kämpfen, das wurde mir in diesem Moment klar.

Nachdem wir einen gemütlichen Abend gemeinsam mit Tante Rosel verbracht hatten, an dem sie den Kindern alte Sagen und Märchen erzählt hatte, packte ich am nächsten

Morgen unsere Sachen und wir kehrten zu Franz nach Hause zurück. Als Susanne und Jonas, kaum dass unser Haus in Sicht kam, auf Franz zustürmten und ihm begeistert von unserem Ausflug und all den Abenteuern erzählten, die sie erlebt hatten, spürte ich, dass ich die richtige Entscheidung getroffen hatte. Franz und ich gehörten zusammen, und auch Agnes und Eberhart würden uns nicht auseinanderbringen können, sosehr sie es auch versuchten.

UND TATSÄCHLICH SCHAFFTEN FRANZ UND ICH ES, DEN unschönen Streit beiseitezuräumen und uns in der folgenden Zeit wieder auf unsere Liebe zueinander zu besinnen. Alles hätte so schön sein können, wäre ich nicht weiterhin den gemeinen Sticheleien von Agnes und Eberhart ausgesetzt gewesen. Auch bei ihnen hatte sich allerdings in der Zwischenzeit einiges getan. Immer häufiger hörte ich von Franz, wie schlecht Agnes über Eberhart redete und wie gemein sie ihn behandelte. Franz fing wieder an, sich häufiger mit seinem Bruder allein zu treffen, um Eberhart auf andere Gedanken zu bringen. Es war fast wie früher – außer dass nun beide Brüder verheiratet waren, und wir Frauen uns untereinander nicht verstanden.

Es war an einem zweiten Weihnachtsfeiertag, die Kinder waren den Tag über zum Spielen bei Oma Helga und würden erst zum Abendessen wieder zurückkommen. Franz und ich saßen nach einem ausgiebigen Frühstück vorm Kachelofen und genossen die Stille, da schlug Franz mir vor, doch heute zusammen einen Besuch bei seinem Bruder zu machen. Da es schließlich Weihnachten war, rangen wir uns durch, bei Agnes und ihm vorbeizuschauen.

Als Franz und ich kurze Zeit später schweigend im Auto saßen und der weihnachtlichen Musik lauschten, die gerade im Radio spielte, legte er plötzlich seinen Arm um meine Schultern und bat mich, ich solle mich bitte auf keinen Fall auf eine Diskussion einlassen. Ich versprach Franz, mich zurückzuhalten. Schließlich war Weihnachten, das Fest der Liebe und der Familie. Wir hatten vor, unsere Geschenke vorbeizubringen und uns dann bald wieder auf den Heimweg zu machen.

Als Agnes nach dem zweiten Klingeln an die Haustür kam und uns erblickte, tat sie sofort ganz entsetzt: »Meine Güte, jetzt kann ich euch gar nichts anbieten.«

»Das macht doch nichts«, erwiderte Franz. Und ich antwortete freundlich, dass wir ja nicht zum Essen gekommen seien.

Wir gingen ins Wohnzimmer und begrüßten Eberhart, der – wie häufig in letzter Zeit – apathisch vor dem Fernseher hockte.

»Leider haben wir auch nur noch ein Bier im Haus«, sagte Agnes, wobei sie in der Küche verschwand und mit einer Tasse heißem Tee wieder zurückkam. Beim Hinsetzen sah sie mich fragend an: »Hättest du etwa auch gerne einen Tee getrunken? Den habe ich gerade für mich frisch aufgebrüht.«

Ich verneinte und wunderte mich insgeheim wieder einmal darüber, wie man nur so wenig gastfreundlich sein konnte.

Unsere Geschenke lagen unbeachtet auf dem Wohnzimmertisch und auch die mitgebrachten Blumen waren noch immer in Folie verpackt und hatten bisher kein Wasser bekommen. Agnes erklärte, dass sie noch gar nicht dazu gekommen sei, für Susanne, Jonas und Lukas ein Geschenkkuvert herzurichten.

»Das ist doch gar nicht nötig«, entgegnete ich verärgert. »Deshalb sind wir schließlich nicht gekommen!«, fügte ich hinzu.

Agnes holte Geld aus einer Schublade, dann sagte sie bestimmend, während sie die Scheine noch fest in ihrer Hand umklammert hielt: »Das ist für Jonas und Lukas. Susanne bekommt später etwas.«

»Nein!« Jetzt konnte ich mich einfach nicht mehr zurückhalten. »Durch solche ungleichen Geschenke treibst du keinen Keil zwischen unsere Kinder. Die hundert Euro teilen wir durch drei, wenn du schon auf einem Geldgeschenk bestehst.«

Jetzt wurde sie richtig böse, denn es ging nicht nach ihrem Willen. »Dank werde ich von deinen Kindern ja so und so später keinen bekommen, so gottlos wie du sie erziehst!« Während sie das sagte, kam sie auf mich zu und schaute mich böse an. Dann brach es aus ihrem Herzen mit voller Überzeugung hervor: »Aus deinen Kindern kann nichts werden, sie sind wie du, und du bist wie deine Mutter!«

Das hatte gesessen! Dieser Pfeil bohrte sich mitten in mein Herz! Wieder wurde ich grundlos erniedrigt und beschimpft. Und was bitte sollte die Bemerkung über meine Mutter bedeuten? Agnes bebte vor Zorn, ihr Kopf war knallrot, und ich wunderte mich, warum Eberhart in dieser Situation so ruhig blieb. Mein Herz schlug mir bis zum Hals, doch ich zeigte nichts von meinen Gefühlen, sondern schaute sie nur unverwandt an. Dann ergriff ich mit meinen Händen fest ihre Unterarme und zwang sie, direkt vor mir stehen zu bleiben. Ihre Hände, ihr ganzer Körper bebten wutentbrannt. Mit leiser, aber fester Stimme sagte ich: »Agnes, du hast mich schon gehasst, als wir uns zum ersten Mal begegnet sind. Warum nur? Was habe ich dir eigentlich getan? Aber lass meine Familie aus dem Spiel, hörst du, unsere Kinder haben dir schließlich nichts zu Leide getan. Wenn dir etwas an mir nicht passt, dann klär die Sache gefälligst mit mir – meine Mutter und die Kinder haben in unserer Auseinandersetzung nichts zu suchen!« Erst jetzt ließ ich sie los.

Franz stand wie angewurzelt da, kreidebleich. Dann sagte

er zu mir: »Hier haben wir nichts mehr zu suchen. Komm, Julia.« Er griff nach meiner kalten, zitternden Hand und zog mich aus dem Wohnzimmer in den Flur. Schnell schlüpfte er in seinen Mantel, gab mir meine Jacke und zog mich weiter durch den breiten Flur des Treppenhauses zur Haustür hinaus.

Aber Agnes ließ nicht locker, sie verfolgte uns den ganzen Weg bis zu unserem Auto und redete eindringlich auf Franz ein. »Äußerlich sieht sie wie ein Engel aus, aber in ihrem Herzen ist sie genau wie ihre Mutter. Hast du denn immer noch nicht gemerkt, was für ein Spiel sie mit dir treibt?« Konnte es wirklich sein, dass Agnes so eifersüchtig auf unsere Liebe und Zweisamkeit war? »Du wirst schon noch erkennen, was sie mit dir gemacht hat!«

Als wir endlich im Auto saßen, liefen mir dicke Tränen übers Gesicht, und ich bekam kaum noch Luft. Franz schlug die Autotür zu und fuhr mit quietschenden Reifen aus der Hofeinfahrt. Ich weinte still vor mich hin, und wir redeten kein Wort miteinander. Uns hatte es beiden die Sprache verschlagen.

Irgendwann durchbrach ich die Stille. »Ich musste doch unsere Kinder verteidigen«, sagte ich weinend zu Franz. »Was nimmt sie sich eigentlich heraus? Wie groß muss ihr Hass sein – und warum hat sie ihn nur? Kannst du mir sagen, warum sie mich so verabscheut?«

Aber Franz zuckte nur wortlos mit den Schultern und steuerte das Auto weiter durch die kalte Winterlandschaft.

»Den Dreck lassen wir im alten Jahr, hörst du, Julia? Den Ballast ziehen wir nicht weiter in unserem Leben mit. Nur unsere Kinder und wir beide sind wichtig, sonst zählt nichts und niemand mehr.« Wir waren wieder zu Hause angekommen und gingen nebeneinander von der Garage zu unserem Haus. Noch immer weinte ich leise vor mich hin.

Als wir in den Flur traten und mein Blick auf das alte Familienfoto fiel, das dort hing, musste ich plötzlich wieder an die Geschichte der Berganna denken, die Rosel mir erzählt hatte. Auch die Berganna war bösen Beschimpfungen ausgesetzt gewesen, aber sie hatte sich nicht unterkriegen lassen, sondern hatte sich mit aller Kraft zur Wehr gesetzt. Ich ging ins Schlafzimmer hoch und durchwühlte die Schublade meines Nachtkästchens auf der Suche nach dem blauen Kuvert, das Rosel mir beim Abschied zugesteckt hatte. Dann las ich Franz das schöne Gedicht über die Berganna vor. Er schaute mich erstaunt an.

»So, und nun fahren wir noch einmal zu Agnes und deinem Bruder«, sagte ich im Brustton tiefster Überzeugung zu meinem Mann. »Ab heute muss Schluss sein mit all den unausgesprochenen Dingen, den Lügen und Verleumdungen in unserer Familie. Ich möchte wissen, was hinter all dem steckt.«

Franz schien meine Bestimmtheit zu imponieren und auch, dass ich das Heft in die Hand genommen hatte, denn er folgte mir ohne ein Wort zum Auto, und kurze Zeit später standen wir zum zweiten Mal an diesem Tag vor seinem alten Elternhaus.

»Was wollt ihr denn schon wieder?« Agnes war sichtlich perplex und starrte uns mit großen Augen an.

»Ich möchte jetzt endlich wissen, was der Anlass für deine Verachtung und die Beleidigungen von Eberhart ist.« Ich stürmte an ihr vorbei ins Wohnzimmer, wo Franz' Bruder gerade den Fernseher ausschaltete. Ich blickte ihm und Agnes, die mir in den Wohnraum gefolgt war, abwechselnd ins Gesicht. »Also, was werft ihr mir eigentlich vor?«

»Dass du ein Verhältnis mit Eberhart hattest«, platzte es aus Agnes heraus, »kann ich dir gar nicht zum Vorwurf machen, denn zum einen war das, als wir gerade getrennt lebten, und zum anderen – das habe ich Eberhart damals auch gleich gesagt – kannte ich ja den Ruf deiner Mutter. Und der Apfel fällt bekanntermaßen nicht weit vom Stamm. Dass du dich dann aber, nachdem du bei meinem Mann nicht endgültig landen konntest, sofort an Franz herangemacht hast, zeigt deinen wahren Charakter. Das Allergemeinste ist jedoch, dass du das aus deiner Affäre mit Eberhart entstandene Kind seinem Bruder untergeschoben hast. Und der gutgläubige und total in dich verschossene Franz hat dir ja sowieso alles abgenommen.«

»Jetzt aber mal halt«, unterbrach ich sie in ihrem Schwall von Vorwürfen. »Ich habe damals noch nicht einmal geflirtet mit deinem Mann, ganz im Gegenteil! Da ich mich vom ersten Augenblick an in Franz verliebt hatte, habe ich jeden einzelnen von Eberharts Annäherungsversuchen im Keim erstickt. Stimmt das etwa nicht, Eberhart? Erzähl deiner Frau doch zum Beispiel von der unschönen Situation vor dem Waschraum, als ich dich sogar mit Gewalt zurückdrängen müsste!«

Agnes sah Eberhart fragend an, doch dieser wich ihrem Blick aus. Offensichtlich hatte er seiner Frau etwas anderes erzählt.

»Und was euch schon gar nichts angeht«, fuhr ich fort, »ist das Liebesleben meiner Mutter. Ich weiß, dass böse Stimmen im Ort ihr Affären mit anderen Männern nachsagen, aber erstens ist das nur übles Gerede und zweitens könnt ihr euch gar nicht vorstellen, wie einsam sie ihr ganzes Leben gewesen ist – vor allem nachdem mein Vater gestorben war. Den absoluten Gipfel finde ich aber, mir ein Kind von Eberhart anzudichten, wo es zwischen uns noch nicht einmal zu einem Kuss gekommen ist. Nein, Agnes, hinter deinen haltlosen Vorwürfen und deiner Verachtung steckt etwas ganz anderes. Du bist einfach nur eifersüchtig auf Franz und mich. Auf unsere Liebe, auf unser Familienglück – und sogar auf unser Haus, das wir unter schwierigsten Umständen auf eigene Regie gebaut haben. Ihr dagegen habt euch ins gemachte Nest gesetzt, und Kinder sind trotzdem keine gekommen.«

Da schaltete sich zum ersten Mal Eberhart in unser Wortgefecht ein. Es stand ihm ins Gesicht geschrieben, wie schwer er sich mit dem tat, was er uns nun eröffnete. »Vielleicht sollte ich etwas Wichtiges zu der ganzen Sache beisteuern. Ich gebe zu, Agnes, dass ich am Neuanfang unserer Beziehung schon etwas übertrieben habe, was meine Chancen bei Julia anbelangte. Vor allem wohl, weil ich mit Julias Zurückweisung, die von Anfang an Franz mir gegenüber vorgezogen hat, nicht umgehen konnte. Und dann musste ich dir zuliebe, Agnes, und auch, weil ich sonst alle Flunkereien hätte zugeben müssen, meine Rolle weiterspielen. Es tut mir sehr leid, Julia, ich habe dich jahrelang so beschimpft, weil ich die Wahrheit vor meiner Frau verbergen wollte und das alles auch gut in das Bild passte, das sie sowieso von dir hatte. Als sie mich dann aber bei jedem Kind, das du bekommen hast, schlechter behandelte, als in unserer Beziehung immer länger die Kinder ausblieben und Agnes mir die Verantwortung dafür gab, da spielte ich meine üble Rolle nur konsequent weiter und machte Andeutungen, die ausbleibenden Schwangerschaften könnten nicht an mir liegen, denn ich hätte ja schließlich schon ein Kind zustande gebracht, damals am Nebelhorn ...

Allerdings wurde unsere Ehe dadurch nicht erträglicher, sondern nur viel schlimmer. Ihr könnt euch gar nicht vorstellen, wie sehr ich litt, dass Agnes' Kinderwunsch nicht erfüllt wurde. Und so bin ich schließlich zum Urologen gegangen. Er fand schnell heraus, dass ich in der Pubertät – woran ich keine Erinnerung mehr hatte – noch bevor Franz auf der Welt war, einmal an Mumps erkrankt und seitdem zeugungsunfähig bin. Das ist der Grund für unsere Kinderlosigkeit, und es belegt natürlich auch, dass ich keinesfalls der Vater von Susanne sein kann!«

Nach dieser Eröffnung fehlten uns allen die Worte, und wir warteten auf eine weitere Erklärung.

»Ich schäme mich dafür, was ich Julia und damit auch dir, Franz, durch mein Verhalten angetan habe«, fuhr Eberhart fort. »Aber ich konnte mich doch nicht vor Agnes bloßstellen. Den einzigen Ausweg, den ich gesehen habe, war, mich immer mehr zurückzuziehen, gar nichts mehr zu sagen, um die Sache nicht noch zu verschlimmern. Danke, Julia, dass du heute die Kraft aufgebracht hast, diesen Teufelskreis aus Lügen und noch mehr Lügen endlich zu durchbrechen.«

»Lass uns darüber ein anderes Mal reden, Eberhart«, unterbrach ihn Franz. Ich hatte meinen Mann noch nie so bleich und fassungslos gesehen wie in diesem Moment. »Ich glaube, du solltest dich jetzt um deine Frau kümmern. Und auch Julia und ich müssen das alles erst einmal verdauen. Und zwar alleine. Komm, Julia, lass uns gehen.« Er nahm meine Hand, und ich ließ mich erschöpft, aber auch ein klein bisschen stolz auf mich von ihm aus dem Raum ziehen.

»Dann hast selbst du nichts von der Mumpserkrankung deines Bruders gewusst?«, fragte ich Franz, als wir schließlich zu Hause am Küchentisch saßen und ich so langsam meine Fassung wiedergefunden hatte. »Wo ihr doch, zumindest früher, ein Herz und eine Seele wart.«

»Nein, das habe auch ich heute zum ersten Mal gehört. Was er mir allerdings nicht verschwiegen hat, sind die furchtbaren Zustände in seiner Ehe. Als es mit den Kindern nicht klappte, hat sich Agnes nach und nach immer mehr von ihm zurückgezogen. Seit langem haben die beiden getrennte Schlafzimmer, und Zärtlichkeit gibt es für Eberhart nur noch als Belohnung für Wohlverhalten. Und das, wo er Agnes doch noch immer liebt und ihr auch nahe sein möchte. Er hat mir sogar gestanden, dass er mit dieser Situation so schlecht umgehen kann, dass er sich inzwischen ab und zu auf Sexseiten im Internet herumtreibt und er mit dem Fernglas auf der Lauer liegt, um den Frauen im Hochhaus gegenüber ins Bade- und Schlafzimmerfenster zu schauen. Wenn jemand so etwas zugibt, und sei es seinem eigenen Bruder gegenüber, muss es schon sehr schlimm um sein Liebesleben bestellt sein! Eberhart hätte ich so etwas jedenfalls nie zugetraut.«

»Du kannst dir gar nicht vorstellen, wie glücklich ich bin, dass nun alles heraus ist. Und dass ich endlich weiß, wie sehr du die ganze Zeit über zu mir gestanden bist.«

»Diese Geschichte von Agnes, dass zwischen dir und Eberhart mal was lief, habe ich ihr nie abgenommen – und schon gar nicht, dass ich nicht der Vater von Susanne sein soll. Auch ohne die Geschichte mit der Mumpserkrankung zu kennen, hatte ich daran nie einen Zweifel. Viel schlimmer war für mich, dass ich Eberhart gegenüber loyal bleiben wollte, schließlich hat er mich großgezogen. Dich wollte ich aber genauso wenig verlieren, und ich habe ja mitbekommen, wie sehr du gelitten hast. Ich wusste einfach nicht, wie ich aus diesem Dilemma herauskommen sollte, ohne einen von euch bloßzustellen oder meinen Bruder vor seiner Frau zu blamieren, die ihn ja eh schon verachtet hat.«

»Weißt du, wer letztendlich unsere Ehe gerettet hat? Tante Rosel mit ihren Geschichten von der Berganna, von Johanna und Anna. Erst von meinen Vorfahrinnen habe ich gelernt, dass innere Stärke darin besteht, sich auf die Suche nach der Wahrheit zu machen, mag sie auch noch so schmerzhaft sein. Erst jetzt, wo ich die Kraft gefunden habe, auf einer Klärung zu bestehen, konnte ich den Schleier von diesem Lügengebäude ziehen, das unser Leben überschattet hat und uns fast auseinandergebracht hätte. Deine Liebe, Franz, und die Frauen meiner Familie haben das möglich gemacht. Dafür möchte ich dir danken, und gleich morgen werde ich zu Rosel gehen und ihr sagen, wie sehr sie mir geholfen hat.«

Wortlos beugte sich Franz zu mir herüber und schloss mich in seine Arme. »Lass uns noch mal ganz neu anfangen«, sagte er dann.

Jetzt, wo alles geklärt war, waren wir endlich frei.

EBERHART UND AGNES HABE ICH VERZIEHEN.

Der, der frei ist von Schuld, werfe den ersten Stein.

Ich werde es nicht tun.

Zu viele wurden nach mir geworfen.